La ordenada vida del doctor Alarcón

La ordenada vida del doctor Alarcón

Tadea Lizarbe

Editado por HarperCollins Ibérica, S.A.
Núñez de Balboa, 56
28001 Madrid

La ordenada vida del doctor Alarcón
© 2018, Tadea Lizarbe Horcada
© 2018, para esta edición HarperCollins Ibérica, S.A.

Diseño de cubierta: Lookatcia

ISBN: 978-84-9139-215-6

Para la testaruda persistencia, que se mantiene extravagante

Para ti

PENSAMIENTO INTRUSO: dícese de aquel pensamiento disruptivo y de origen inconsciente que en ocasiones invade nuestro consciente, con el consecuente efecto atroz en nuestras decisiones, conductas y estado anímico. Difícil tanto de detectar como de erradicar, ya que en su estado original es invisible. Dada su impulsiva naturaleza, en ocasiones se manifiesta de manera fugaz para firmar su feroz y fatal influencia en nuestras historias.

El paciente se muestra irritable. No le gusta perder el control y mucho menos otorgárselo a alguien como yo. No he llegado a establecer el vínculo ni la confianza necesaria como para profundizar en el tratamiento.

Es extremadamente inteligente, los historiales escolares señalan un cociente intelectual de 160. Sin embargo, no parece que el colegio fuese una experiencia gratificante para él, lo subieron de curso en dos ocasiones y no encajó en el nuevo círculo social. Se anotaron varios acontecimientos de agresión en el archivo escolar. El orientador señala el carácter retraído del niño y sus dificultades para socializarse además de un tardío desarrollo físico, lo que pudo facilitar las agresiones y humillaciones que repetidamente sufrió.

No habla de relaciones sociales significativas, sin embargo ha expresado su «necesidad de poder comprender mejor a los demás». Opina que la gente de alrededor es mucho «más tonta» que él, por lo que, desde su inteligente perspectiva, nunca podrá llegar a comprender la lógica que mueve a los demás. Considero que, en realidad, tiene dificultades para relacionarse y que sus experiencias sociales anteriores no han sido exitosas. No quiere admitir sus debilidades ni la humillación que debió sufrir en la infancia, se esconde bajo excusas, bajo algo tangible como el número del cociente intelectual. Considera que así, de manera objetiva, él es mejor que los demás.

Vive en un mundo solitario. Ha construido un lugar en el que todo lo que ocurre está meticulosamente planificado, bajo su control. Parte de la premisa de que es muy inteligente y entiende que eso garantiza el éxito de la rutina que ha decidido poner en marcha. Una vida donde la sorpresa, los acontecimientos inesperados y la posibilidad de exponerse al ridículo o la vergüenza no tienen cabida.

Se escuda en sus capacidades intelectuales absolutamente para todo. Cree que nadie puede tomar una decisión mejor que él mismo, por lo que la confianza que proyecta en su intelecto podría justificar cualquier acto. Es lo que más me preocupa, dadas las muertes que se están dando en el círculo social del paciente.

Dr. Antonio Tenor

1

—¿Manuel? —Mierda, ahora no, llego tarde. Mi vecina, la señora Bermejo, me interrumpe en el rellano. Es tedioso, escalofriante y aburridísimo rodearme de gente como ella.

A pesar de querer huir, me veo obligado a responder con educación. Mi madre, *pensamiento intruso,* me repetía constantemente que debía ser educado si quería sobrevivir en esta sociedad. «Cuando no encuentres la paciencia para comprender a los demás, cuenta hasta tres y sé respetuoso», decía. Pues bien… Uno. Dos. Tres.

—Buenos días, señora Bermejo —digo forzando la sonrisa.

Espero que la conversación acabe aquí, pero no. Por supuesto que no. Las personas siempre tienen alguna estupidez más que añadir.

—¿Va usted a trabajar? —pregunta como si no supiera ya la respuesta.

—Sí, llego un poco tarde. —Debo salir de escena de manera educada, sutil y rápida.

Ignoro su interrupción deseando que esto acabe aquí, aunque sé de sobra que no será así. Apresuro el paso en el descenso por las escaleras en un intento de escaquearme.

—¿Manuel? —¡Joder, no me deshago de ella! Por mi experiencia, seguido del tono de voz que ha utilizado para decir mi nombre, siempre viene una petición y no suelo equivocarme: la señora Bermejo quiere algo de mí—. ¿Podría hacerme un favor? Sé que llega tarde a trabajar, pero es urgente.

He caído en la trampa. No he logrado escabullirme, así que si quiero acabar cuanto antes, tan solo me queda aceptar la cuestión y resolverla con premura. La invito a hablar.

—Mi hijo no se encuentra bien, ha pasado la noche con fiebre. Tiene una tos horrible y escupe unas flemas verduscas gordísimas. Pero no un verde blanquecino... no, no... es un verde intenso con tonos amarillos que... —Suficiente, esto tiene que acabar.

—Bueno, entonces, ¡veámoslo! —La interrumpo antes de que me nombre la lista de colores que pueden teñir una flema.

Ni siquiera soy el médico del niño este, sin embargo, soy el desgraciado de su vecino y parece que eso le da derecho a su mamá para interrumpir mis rutinas y ahogarme con gilipolleces. Existe un sistema sanitario, una cartera de servicios y un protocolo de acceso; que llame al centro de salud y que pida cita como todo el mundo. Y si no quiere, que estudie medicina para tratar a su hijo y me deje en paz de una santa vez.

Entro en la casa con naturalidad, sé de sobra dónde está la habitación del niño, lo he explorado millones de veces. Aunque no recuerdo su nombre... ¿Cómo era? Mierda, odio no acordarme de las cosas, no suele ocurrirme y no me gusta parecer imbécil.

La señora Bermejo va tras de mí. Es una mujer robusta y jadeante que se mueve con contundencia. Suele vestir con un delantal de flores amarillas, huele a tortilla de patata recién hecha y lleva el pelo recogido en un caótico y apresurado moño del que se desprenden unos desordenados mechones. Y yo ODIO el desorden y la «no rectitud». Por su aspecto parece que se hubiese electrocutado hace tan solo un minuto. Siempre tiene una mirada cálida y sonriente. Excesivamente agradable para mi gusto... Tengo que admitir a su favor que mantiene la casa más que cuidada. La habitación de su hijo está impoluta, aunque un cuadro que cuelga de la pared se desequilibra ligeramente hacia la derecha y, en mi opinión, debería cambiar la colocación del escritorio, no recibe luz suficiente y se encuentra justo en medio de la línea recta que se produce entre la puerta y la ventana, por lo que la corriente enfría a este debilucho niño, lo hace enfermar y… ¡ME HACE LLEGAR TARDE AL TRABAJO!

—Cariño, despierta, es Manuel, viene a ver qué tal estás. —La señora Bermejo me presenta.

Con la cantidad de veces que vengo a ver a su hijo enfermo podrían tener la decencia de dirigirse a mí como «doctor Alarcón», ya que esa es mi utilidad en esta familia: el médico de cabecera que siempre está de guardia para ellos.

El niño es de constitución más bien delgada, en contraste con su madre, que cuando lo coge de la mano parece que lo arrastra por los aires. Tendrá unos nueve años. El pelo, de color castaño, se pega a su cráneo como si la gravedad lo empujara con más fuerza de lo habitual. Me observa con sus enormes ojos y esa cara llena de pecas.

Nada más verlo sé lo que le ocurre: catarro común. ¡El aburridísimo catarro común! Estornudos, secreción nasal, dolor de cabeza y de garganta, flemas, ojos llorosos y malestar general. También presenciamos el goteo nasal. Asqueroso. A un tórax abierto en el quirófano, con la cavidad inundada de sangre y las entrañas al descubierto lo definiría como vibrante, atrayente y poderoso. Pero un goteo nasal… Eso es asqueroso. No tiene otra posibilidad descriptiva. No sé por qué demonios no hice caso a mi madre y me hice cirujano. En qué estúpida razón cabe que yo tenga que soportar unos mocos.

A pesar de poder diagnosticar el catarro a dos metros del niño, debo hacer como si lo explorase rigurosamente, es algo que he aprendido con los años. Habitualmente, cuando llega un caso, soy capaz de diagnosticarlo en los primeros dos minutos de consulta. Pero si quiero que el paciente esté de acuerdo con mi conclusión, quiero que se fíe de ella y quiero que deje de hacer preguntas y más preguntas inútiles, debo fingir que pienso tan lentamente como la gente común: hacer una pantomima. Representar de manera exagerada mi deliberación. Y aunque emplee más tiempo en simular frente a mi público cómo reflexiono, cómo llego al diagnóstico clínico, la experiencia me dice que en realidad es una manera útil para que las consultas duren menos:

—¿Te duele la cabeza? —pregunto.

—Sí.

Los niños me caen bastante mejor que los adultos, no suelen hablar demasiado. Respetan la autoridad de las batas blancas y no se andan con charlatanerías. ¿Te duele o no te duele? La respuesta es sencilla: sí o no. No necesito saber más. Mucho menos que los pacientes me cuenten su vida y, en el peor de los casos, sus hipótesis diagnósticas.

—A ver, abre la boca. Ya veo, ya... tienes cierto enrojecimiento.

—¿Mucho? —dice su madre.

He dicho «cierto». ¿Qué es lo que no entiende de la palabra «cierto»?

—No. Mucho, no. —La miro entre sorprendido y asqueado por su nula comprensión.

Pongo la mano sobre la frente del niño y observo el conducto auditivo. Menuda obra de teatro. No necesito hacer nada de esto. Como he dicho, es mejor convencer a la madre de que mi trabajo es concienzudo, si no continuará con sus incesantes preguntas y no llegaré nunca a trabajar.

Lo único que no encaja en mi diagnóstico es la fiebre, si estuviese presente me inclinaría por una gripe, pero estoy seguro de que no lo es. La parte más odiosa de mi trabajo es tener que preguntar a los pacientes y tener que confiar en sus declaraciones.

—¿Ha dicho usted que ha pasado la noche con fiebre?

—Sí, y no había manera de bajársela —dice la señora Bermejo frotándose sus gordas manos y mirando con preocupación hacia la cama.

—¿Cuánta fiebre?

—37,3 °C —¡Por Dios! ¡Eso no es fiebre!

Sanidad debería gastar más presupuesto en prevención. No solo en procurar hábitos saludables o en crear métodos de diagnóstico precoz, debería emplear sus esfuerzos en informar a la gente, educar, enseñar y prevenir… ¡GILIPOLLECES COMO ESTA!

Hago una pausa para hacer como que pienso y sentencio lo que podría haber concretado hace cinco minutos. Pues eso, cinco minutos de mi vida perdidos:

—Tiene un catarro. Vaya a la farmacia y que le den algo.

—¿Ya está? Si apenas lo ha mirado. —Se conoce que no soy tan buen actor como creía.

Vale. Voy a contar hasta… Uno. Dos. Tres. Espero que esta pedantería sea parte del instinto de supervivencia de la especie y que la señora Bermejo, como madre, haya adquirido la estupidez máxima con el propósito de sobreproteger a su cría, digo, hijo, de cualquier peligro con el fin de mantener a la especie humana. Pero ya me he cansado, así que voy a dejar de ser tan buen samaritano para convertirme en un estupendo manipulador.

—Su hijo padece un resfriado común o catarro. Sí, estoy seguro. Pero se lo explicaré mejor: se trata de una enfermedad infecciosa viral —omito «leve»— del sistema respiratorio superior. Es altamente contagiosa.

Veo cómo la mujer va entrando en pánico. Esa es mi intención. Le he dicho que era un catarro, pero no quiere creérselo, elige bombardearme con preguntas que yo ya me he hecho. Pretendo asustarla un poquito, porque así seguro que prefiere oír mi anterior diagnóstico, uno tranquilizador que concluya en «catarro». Debería fiarse de su médico (en este caso vecino) y no querer controlar cuestiones para las cuales es una completa ignorante. Continúo con el susto, espero que eso haga que desaparezca de mi vista:

—Causada fundamentalmente por *rinovirus* y *coronavirus*. No tiene cura. —Omito que el proceso pasa por sí solo entre tres y diez días.

—¿Pero no ha dicho que era un catarro? ¿Que simplemente debía ir a la farmacia a por medicación?

Bueno, está ocurriendo justamente lo que yo había predicho. Esta señora no quiere aceptar que su hijo tenga algo grave, así que en este momento prefiere oír mi anterior y suavizado diagnóstico. Aunque sea el mismo, claro. Está en proceso de negación. ¡Ay!, benditos mecanismos de defensa de la mente, si sabes usarlos bien, tienes el poder de la sugestión. A veces hablo como si fuera un bandido. O, *pensamiento intruso*, algo peor.

¡La mismísima señora Bermejo habrá pasado por mil catarros! Sabe de sobra de qué se trata. ¿Por qué ahora parece haber olvidado todo? No entiendo por qué se preocupa tanto por su cría… hijo, no le daría importancia si lo estuviese padeciendo ella misma.

—Puede ir a la farmacia, aunque no tiene cura, le darán algo para paliar los síntomas. —Ahora que está dispuesta a escuchar, voy a ser bueno, la convenceré—. En tres días se le pasará. Como he dicho, no es más que un catarro.

—Entonces, ¿no es nada grave? —¡Otra vez! ¡No me dejará en paz! Nunca aprendo, la estupidez humana no tiene límites. Vale. Ya no lo soporto más:

—No lo creo. Aunque, claro… Es cierto que el catarro común tiene ciertos síntomas, como la tos, la dificultad para respirar y la expectoración, que coinciden con los primeros indicios del cáncer de pulmón. Pero no dispongo de medios suficientes para valorarlo.

—¡Voy a llevarlo al médico inmediatamente! ¡Juan! ¡Vístete, nos vamos! —Objetivo cumplido: se largan. Algún pediatra lo pasará bien esta mañana explicando a la señora Bermejo que su hijo no tiene cáncer.

Por fin puedo marcharme. ¿Ha dicho «Juan»? Entonces, así se llama su hijo. Espero no olvidarlo para la próxima vez. No me gusta parecer idiota.

SOSPECHOSA N.º 1

ROSARIO BERMEJO SÁNCHEZ

¡Haría lo que fuera por mi hijo! Lo que fuera. Moriría por él y también mataría. No sé si comprar trescientos o cuatrocientos gramos de ternera.

—¡Siguiente! Dígame, señora, ¿qué quiere que le ponga?

Felipe, el carnicero, está de vacaciones en Italia, pero su sustituto me cae simpático, ya me atendió la semana pasada. Es grandote y lleva el sombrero con gracia sobre un pelo blanquecino. Podría ser extranjero, diría que alemán. Tiene las facciones robustas y anchas, como si le hubiesen dado un sartenazo en la cara. La Coque, mi vecina, ya se lo hizo a su marido en una ocasión. Seguro que merecido, esa mujer nunca se equivoca.

—Pues mire, tengo que hacer sopa de cocido y no sé muy bien si cogerme trescientos o cuatrocientos gramos de ternera.

—¿Para cuántas personas es?

—Para tres, pero prefiero que sobre algo. Mi niño está enfermo, el médico dice que tiene que tomar líquidos, así que guardaré cocido por si acaso.

—Con trescientos gramos le vale. Ya le pongo un poquito de más, de «por si acaso», como dice usted.

—Muy bien. —Mira qué atento es.

Con ese mismo cuchillo que ahora está usando el carnicero desollaría a quien quisiera hacer daño a mi Juan.

—Póngame también un cuarto trasero de pollo, dos huesos de espinazo y un trozo de jamón —le digo.

—¡Ahora mismo! —Qué vitalidad tiene este hombre. Y eso que se pasa el día troceando, deshuesando, machacando, triturando carne, órganos, intestinos e incluso partiendo algún que otro cuello. Lleva el delantal manchado de sangre, y la sangre de la carne mezclada con el frío del frigorífico huele de manera especial. Una especie de rancio fresco. Con lo rico que queda todo en el cocido.

Saco las moneditas de la cartera para pagarle, siempre soy un desastre para encontrarlas, con estos dedos gordos que Dios me ha dado. Le agradezco que se haya portado así de bien conmigo y me seco el sudor de la frente. ¡Ay, la Virgen!, me estoy haciendo vieja y tengo que cargar con todas las bolsas de la compra:

—¡Señora! ¿No le va a poner tocino al cocido? —me interrumpe el carnicero. Tan grandote…

—Fíjese, había pensado que si mi Juan está enfermo podría sentarle mal. Pero ahora me hace dudar.

—¿Está su hijo malo de las tripas?

—No. Es un catarro.

—Entonces, ¡póngale tocino, mujer! ¡Revitaliza el alma! —La gente joven sabe de todo—. Tome, le regalo este trocito. ¡Y que su hijo mejore!

—Gracias, es muy amable.

Todavía tengo que ir al mercado si quiero comprar el resto de ingredientes y pasar por la panadería. Voy a cocinar algo para Manuel, se ha portado muy bien esta mañana. Llegaba tarde al trabajo, y aun así el hombre se ha pasado por casa para ver qué tal se encontraba mi Juan.

Manuel me da lástima, una persona tan buena y válida y sin una mujer ni nadie que se preocupe por él. Creo que las jovencitas deben de verlo huraño. Sí, tiene cierto aire reservado y no es de fácil sonrisa. Me da a mí que poco a poco se ha vuelto un hombre triste, algo le tuvo que pasar y a nadie le gusta estar solo, eso no ayuda a la alegría. Llevo compartiendo balcón y descansillo con él casi cuatro años, y no sé de su vida más de lo que puedo observar por la mirilla. Pero es elegante, bueno, guapo y médico. Anda bien de dineros. Cualquier mujer debería estar encantada con todo eso. Aunque claro, hoy en día, las mujeres se han vuelto caprichosas. Las jovencitas quieren ser reinas. No sé de quién será la culpa, tal vez de la televisión y de las revistas, pero no se conforman con nada, solo ven defectos en sus hombres y vacíos en sus vidas que no saben cómo llenar. Siempre queriendo tener más dinero, más tiempo, más ropa bonita, zapatos más brillantes, vacaciones más glamurosas, queriendo estar más delgadas… Todo se resume en «más», y lo mismo les pasa con sus parejas. No saben lo que tienen, sino lo que no tienen.

Antes era otro cantar. Nos enseñaban en la modestia y en el cuidado de los nuestros. Mi Gerardo, por ejemplo, tiene sus cosas y debo aguantarlas, pero es un buen hombre y se preocupa por Juan. Eso es lo importante. De vez en cuando me trae alguna flor del mercado. Soy feliz.

Por todo esto, a veces, me veo obligada a cuidar también un poquito de Manuel. No me cuesta nada darle un trocito de bizcocho o de tortilla de patata. El pobre no tendrá tiempo ni de cocinar. Sale de casa pasadas las siete de la mañana y llega muy tarde, no tengo ni idea de dónde come. Seguramente en cualquiera de esos restaurantes que sirven comida de plástico. ¡Vete tú a saber! Ay… qué lástima, esta misma noche le paso un poco de sopita de cocido. Debería haber comprado más ternera. Bueno, si es necesario yo me hago una tortillita de queso y le doy mi ración de cocido.

21

El pobre no habrá probado uno decente desde que su madre se lo hacía. ¡Qué menos! Si no fuera por él, ni siquiera se me habría pasado por la cabeza la posibilidad de que Juan estuviera en peligro, que pudiera tener una enfermedad grave. El pediatra, Ramón, es un bendito, lo ha auscultado y me ha asegurado que no era un cáncer. Gracias a Dios era un catarro. Tengo que ir a la iglesia esta misma tarde para agradecérselo al Señor.

Eso sí, pasaría por encima de la Virgen, Jesucristo y del mismísimo Dios por proteger a mi Juan. ¡Iría al infierno si fuera necesario!

2

Tras la interrupción de la señora Bermejo no llegaré a tiempo para la primera cita de la mañana. No me gusta llegar tarde al trabajo, parezco un inútil y María Ángeles me critica con su mirada, como hace habitualmente cuando está en desacuerdo conmigo. Suele estar callada, se lo agradezco. Pero sus miradas… Supongo que es demasiado pedir que tenga que controlar eso también.

No sé ni cuántas veces me han cambiado de enfermera antes de que llegara ella. Creo que es la única que han encontrado capaz de aguantarme, pero mañana se jubila. Jubilación anticipada. Puede ser que en realidad tampoco me soporte. No me importa que las enfermeras no quieran trabajar conmigo o lo que cuchicheen en la sala del café, pero no quiero llegar tarde y darles un motivo real para hablar mal de mí. Sé de sobra que no les caigo bien, pero también sé que soy un buen médico y no quiero que nada empañe mi habilidad. Eso deberían saberlo. Sí, soy buen médico. De eso tendrían que hablar.

Voy circulando de camino al centro de salud y me ha tocado «el lento». ¡Por Dios! No puede ir a quince kilómetros por hora en una vía de cincuenta. Es hora punta, veo imposible adelantarlo, tengo una fila de coches a mi izquierda y la fila de la derecha la lidera «el lento». Casi no puedo soportar la desquiciante velocidad de desplazamiento de la que hace gala. Estoy a punto de tocarle el claxon… Debo respirar y contar hasta… Uno. Dos. Tres. ¡¡Por favor!! Si tienes preferencia, no cedas el paso. ¡Idiota! Seguro que para diez segundos en cada señal de *stop*.

Llego a una rotonda: mi salvación. Lo adelantaré por la izquierda. Y… *touché,* es de los que para ir a la izquierda circulan por el carril derecho de la rotonda, tengo tiempo de sobra para adelantarlo con una atrevida y feroz maniobra. Puedo ver la cara de susto que ha puesto cuando me he cruzado en su trayectoria. Es un hombre menudo que se agarra encorvado al volante, como si estar cerca de la luna del coche le hiciese ver mejor. Me permito reír ante su apurado gesto, me gusta haberle causado, *pensamiento intruso,* miedo. Aunque hubiese preferido causarle terror. Ja.

Por fin… Inepto. No solo tengo que soportar la inadecuada interrupción de mi vecina, sino también la lentitud de este conductor precavido. ¡Odio a los precavidos! Es como si se pasaran la vida haciendo «nada». Tengo que respirar porque me irritan soberanamente. El estómago se me encoge en una maniobra de estrangulación que me quita oxígeno, como cuando escurres una toalla mojada, pero seré capaz de controlar esta rabia sin que me produzca una úlcera. Soy consciente de que no puedo alterarme así cada vez que me encuentre con un idiota, o moriré la próxima semana. Control. Uno. Dos. Tres.

Al llegar al centro de salud me alivia ver que tengo un hueco para aparcar justo enfrente de la puerta acristalada de entrada. Algo de suerte ya me merecía… Horror. En realidad, el espacio está ocupado por uno de esos «minicoches», por llamarlos de alguna manera. ¡Me ponen de los nervios! Da la sensación de que hay un hueco para aparcar, pero no, es el efecto óptico causado por un vehículo de un metro de longitud que se esconde entre otros dos coches de tamaño normal. Solo por eso, deberían estar prohibidos. Andan jodiendo las ilusiones por aparcar de los demás, y lo que es más importante: mis ilusiones. El horóscopo –por supuesto que hablo desde la ironía, sería estúpido hasta reventar creer en el horóscopo– se lo está pasando «pipa» conmigo esta mañana.

Para llegar a mi despacho tengo que pasar por la planta de atención temprana a prematuros. Se trata de un nuevo programa con el que enseñan a los padres a estimular a los hijos que, por nacer antes, aún están crudos. Hoy no tengo tiempo para detenerme, pero otras veces me paro a observarlos. Siento gran curiosidad. ¿Los bebes, todos en general, nacerán idiotas? ¿O se van convirtiendo poco a poco? ¿Cuál de ellos no lo es? ¿Cuál de ellos es como yo?

Cada vez que los miro me viene a la cabeza aquel día en que el profesor llamó a casa. Mi madre cogió el teléfono, me acuerdo de su rostro como si fuera ayer. Aunque, claro, es lo que suele pasarme: recuerdo las cosas con facilidad y detalle. Hasta tal punto que se han llegado a burlar de mí. «¿Cómo te vas a acordar de eso? Te lo estarás inventando». Otras veces se enfadan. Las personas suelen mezclar recuerdos, enmascararlos e incluso rediseñarlos a su antojo; sin embargo, yo los revivo con claridad y eso me ha envuelto en numerosas disputas. Me irrita que la gente se confunda y que insista con sus versiones cuando tengo tan claro que no son correctas. NO LO SOPORTO y me llena de ira… Uno. Dos. Tres.

Aquel día, tras unos diez minutos de conversación, mamá colgó el teléfono y me dijo:

—Cariño, siéntate, te voy a preparar un chocolate caliente. Tenemos que hablar.

Ella siempre hacía eso. Me preparaba un chocolate para endulzar las malas noticias. Esperé sentado. Tan solo era un niño, pero no me costaba ser paciente. Mamá volvió con el chocolate en mi taza favorita y unos bizcochitos. Unté el primero y, cuando lo hube saboreado, me cogió de las manos y me pidió que estuviera atento.

—Manuel, ha llamado Carlos. Tenemos una noticia peligrosa entre manos.

Hizo una pausa para ver mi reacción. Me mantuve en silencio, ya con diez años aprendí que las preguntas, si son necias o innecesarias, hay que callárselas. El propio discurso ofrecería las respuestas más rápido sin mi interrupción.

—Bien, no es una mala noticia, ¿de acuerdo? —En realidad aquellas palabras presentaban algo trágico—. De hecho, Carlos estaba ilusionadísimo y yo también lo estoy. ¿Recuerdas las pruebas académicas que os hicieron el otro día?

Claro que lo recordaba. Siempre recuerdo. Mi madre revolvió mi taza, me miró con calidez y sonrió a la vez que decía:

—¡Los resultados son impresionantes! ¡Hijo mío, eres muy inteligente! Bebe un poco más de chocolate —añadió cortando el entusiasmo de manera abrupta.

Sabía que detrás de esa petición para que bebiese chocolate había un «pero», no la veía muy ilusionada ante lo que parecía un gran momento. Mi madre se frotó las rodillas y siguió hablando con un tono tranquilo. Llevaba una camiseta marina de rayas y el pelo castaño y liso recogido en un coletero granate. Olía a lavanda y no podría definir su mirada como inteligente, pero sí como concienzuda.

—Escúchame. Atentamente —continuó—. Tienes un gran poder. ¿Lo entiendes?

—Sí, soy muy listo —asentí obligado a contestar lo obvio.

—Tienes que saber que todo gran poder conlleva un peligro. No te asustes, Manuel, no sé cómo explicártelo… Simplemente me preocupa que a veces puedas sentirte algo solo.

—¿Quieres decir que soy raro? —No me parecía una pregunta estúpida, así que la hice.

—Eres diferente, y eso no es malo. No te alarmes, puedes usar tu inteligencia para comprender el alrededor. No debes caer en la trampa de tu poder, debes ser paciente, no desesperes porque tus amigos no siempre te comprendan.

—Mamá… lo sabía —dije mirando al suelo y a punto de llorar.

—¿El qué? —me preguntó recogiéndome los hombros con sus brazos. Su sonrisa se curvó de manera cariñosa y un mechón de su pelo me hizo cosquillas en el cuello.

—Siempre he sabido que soy diferente —era niño de pocas palabras—, porque me aburro.

—¿En clase?

—En la vida.

—¡Ay!, hijo mío… no te preocupes, tu padre y yo te ayudaremos. Ya lo verás. —Me abrazó con fuerza hasta que recobró la compostura—. Antes de que te acabes el chocolate, escucha esto último que debo decirte: la clave para no caer en la trampa es el respeto. Debes respetar toda forma de vida y toda forma de ser. No tienes más derecho que los demás a decidir, aunque seas mucho más inteligente. Cada persona puede resolver las cosas a su manera y es libre para errar y elegir su camino, tenlo presente cada día. Si alguna vez se te hace difícil, cuenta hasta tres y acuérdate de mí.

Ese mismo año me subieron dos cursos y cambié de compañeros, los niños de doce años eran mucho más altos y mucho más fuertes que yo. Me sentía insignificante y expuesto. A veces, inferior.

3

He llegado a mi consulta a las nueve menos veinte: diez minutos tarde para la primera cita de la mañana y cuarenta minutos después de la hora en que debo presentarme en mi puesto de trabajo. Casi nunca llego tarde, pero, como había predicho, María Ángeles me echa una crítica mirada sin contestar siquiera a los buenos días que le ofrezco. Su boca se retuerce en un gesto poco disimulado. Tiene los labios pintados de un rojo cereza y el pelo azabache, liso como una tabla que le cae en media melena a la altura de su barbilla. Eso le da un aire afilado. Sin embargo, con los pacientes se retira el pelo por detrás de la oreja. Me odia. Bueno, mañana se jubila, puede aguantar un día más.

—Tenemos a Alfonso esperando —me dice, y comienza a concretar los datos clínicos relevantes—. Señor de...

—Ochenta y tres años, con prótesis de cadera izquierda y bronquitis crónica. En los últimos análisis se observó cierta anemia. —Acabo el repaso por ella, siempre me acuerdo de los historiales de los pacientes y me gusta hacerlo saber.

—Sí. Se me olvidaba su prodigiosa memoria —dice con aire disgustado.

A la gente le fastidia. ¿Es porque se sienten amenazados y entonces me sabotean? ¿Me tienen miedo? ¿Envidia? ¿Acaso soy tan diferente? Mi madre decía que no debía exponer mis habilidades en exceso, que eso podía ofender a los demás. Pero no lo comprendo del todo. Me cuesta. Quiero que todo el mundo sepa que soy bueno en mi trabajo. ¿Qué tiene eso de malo?

—Dígale que pase, por favor —le pido.

El «por favor» lo tengo controlado. Lo intento decir a todas horas, incluso en exceso, sé que eso ayuda a que la gente mueva el culo más rápido. A veces se me escapa un suspiro en la exhalación del «por favor» como señal de la desesperación que siento al tener que estar con otras personas. Pero cada vez menos.

Alfonso es un viejito arrugado que anda con bastón, en su juventud tuvo que disfrutar de una gran envergadura. No es de los que me molesta demasiado. Señala sus síntomas de manera escueta y acata las órdenes a la primera. Sin preguntas, confía en su médico. No habla mucho, pero fuma como un condenado y de ahí la bronquitis.

—Dígame usted qué le ocurre. —Antes de que me conteste, lo sé: segundo catarro común de la mañana. Aburridísimo. Sigo como cuando tenía diez años: aburrido de la vida. Por lo menos, este catarro se complica un poco gracias a la bronquitis. La retención de las secreciones de moco por las células caliciformes, debida a la parálisis ciliar de las células de la mucosa respiratoria, incrementa el riesgo de infecciones secundarias.

Me sé de memoria la charla que le tengo que dar a este hombre sobre el tabaco. La he recitado diez mil veces y conozco la intervención ante la bronquitis crónica. Primer punto: dejar hábitos no saludables, dejar de fumar; ¿con ochenta y tres años? Pero si la barba blancuzca que cuelga de su barbilla se tiñe de un tono amarillento causado por el humo del cigarrillo… Este hombre se quiere morir rápido, como todos los fumadores. Pocas cosas hay más estúpidas que fumar. Y es que mata, apesta y es una conducta egoísta hasta la médula. ¿Por qué tengo que soportar el humo de un cigarro que no quiero inhalar? ¿Por qué tengo que echar a la lavadora mi jersey cuando lo han ahumado otros? «Es que me relaja», dicen. Mentira. El tabaco es estimulante del sistema nervioso central, no hay nada más fiable que la química, es imposible que relaje. Si padeces un estrés continuado, los niveles de cortisol y adrenalina aumentados provocan dilatación de las vías respiratorias, incremento del volumen de sangre en los músculos, palpitaciones… El cuerpo se va acelerando y cansando. Si además de eso le añado la nicotina, un estimulante, se produce una precipitación del agotamiento fisiológico. La única razón por la que relaja un cigarrillo es porque calma el síndrome de abstinencia.

Pero este hombre quiere acabar su vida fumando, que, aunque es una manera estúpida, es lo que hizo siempre. Y eso lo respeto, hay que ser coherente. Sería una chorrada inmensa privarse del tabaco ahora, el daño ya está hecho y el proceso no puede revertir. Tengo que darle antibiótico.

Toda esta reflexión la he realizado antes de que Alfonso conteste:

—Buenos días, doctor. Lo que ocurre es que…

En ese preciso momento somos interrumpidos por un griterío que proviene del pasillo. Salgo a ver qué ocurre, todo el mundo rodea la consulta del doctor Costa. Me acerco y veo a mi compañero, por llamarlo así, intentando reanimar a uno de sus pacientes, que se ha desplomado en el suelo. Realiza la maniobra mientras los demás lo observan con miedo y expectación. Una pareja que está sentada en la sala de espera se abraza consternada. Finalmente lo consigue. El hombre, mayor, de unos ochenta años, sale adelante.

—¿Habéis llamado a urgencias? Traigan el desfibrilador igualmente, tiene… ¡No sé cuánto aguantará! —dice con voz autoritaria el doctor Costa. Parece Tarzán golpeándose el pecho con los puños en mitad de la selva.

Llegan los de la ambulancia y se llevan al pobre hombre en la camilla. Entonces, una enfermera se acerca al héroe.

—Bien hecho, doctor. Acaba de salvar una vida.

—Es mi trabajo. —Hace una exagerada, en mi opinión, pausa para recuperar el aliento y continúa—. Pero estoy preocupado. Probablemente se vuelva a repetir.

—Usted ya ha hecho todo lo que estaba en su mano, debe estar tranquilo —le contesta la enfermera con la cara embelesada.

¡Por Dios!, parece un culebrón. El doctor se pavonea con las manos en la cintura y su gran porte. Parece que vaya a cantar una jota, con el pecho expandido y la respiración profunda, agotado por el esfuerzo de la reanimación. ¡Qué hastío!, tan solo ha hecho su trabajo. Me vuelvo a mi aburrida consulta.

—Alfonso, siento la interrupción, dígame usted, ¿qué le ocurre?

—Un catarro, doctor. —Tose con un ruido bastante desagradable, tan asqueroso como el goteo nasal.

—Tómese usted el antibiótico que le prescribo durante siete días. Si no mejora vuelva a concertar cita y si observa que tiene fiebre alta o muchas dificultades para respirar, acuda a urgencias.

—Muy bien, doctor, muchas gracias. —Se levanta con esfuerzo, coge su bastón y se marcha.

Alfonso me cae bien. Sabe que tiene un catarro y no hace incesantes preguntas. Confía en mis conocimientos y habilidades para la medicina, no duda ni cree saber más que su doctor. Entonces no sé si los bebés nacerán imbéciles, pero la experiencia de la edad sí que es útil contra la estupidez humana al fin y al cabo. O eso creo. O eso espero.

4

Por fin en casa. Estoy agotado. Hoy la carrera ha sido intensa. Me gusta hacer una hora de ejercicio casi a diario. Concretamente, cinco días a la semana.

No es que considere el deporte como ocio, no sé si tengo de eso. Es decir, no llego a comprender su significado del todo. «Ocio…». Desconozco si el ocio es productivo, si es útil. Entiendo, no soy estúpido, los beneficios del placer y el disfrute en la salud. Es solo que no creo que yo vaya a disfrutar, aún menos con el ocio social, por lo que no sé si, en mi caso, serviría de algo participar de lo que llaman «una actividad de ocio». Cada día, después de comer, voy para casa y leo un poco, generalmente artículos de revistas médicas. Encargo… Una. Dos. Tres revistas por correo. ¿Es eso ocio?

Tengo curiosidad, y si no la sacio, exploto. Por eso sigo estudiando e investigando. En la aburrida vida tan desesperante que tengo, en mis habituales rutinas y en mi entorno no encuentro nada que me produzca curiosidad, y mucho menos que la sacie, así que me desfogo con los textos médicos y la evidencia científica más fresca.

Los lunes y miércoles voy al gimnasio y el viernes a nadar. Los viernes por la noche me paso por el Medio Limón, un bar de copas.

No sé si todas estas actividades cumplen con los requisitos del ocio, para mí son formas de equilibrar las rutinas de manera inteligente y saludable.

Sin embargo, mi madre insistía en que debía procurar interactuar con los demás y decía que podía aprovechar el ocio para ello, utilizar como facilitadores los gustos que compartía con la gente de mi entorno, es decir, los intereses comunes. Yo no tengo de eso. No.

Tampoco es que interactúe especialmente con nadie ni en el gimnasio, ni en la piscina ni en el bar, así que para compensar mi falta de relaciones sociales me he apuntado a un grupo de *running*. Salimos a correr los martes por la tarde y los sábados por la mañana. Siento cierta obligación por hacerlo, no creo necesitarlo, pero mi madre insistió mucho en ello: «Debes darle una gran importancia a las actividades en grupo, cariño. Puede que ese sea tu flotador». Era una mujer sabia de maneras que no entendía. Y pocas veces no entiendo algo. Es la única persona a la que he seguido con fe, sin cuestionarla. Aun así debo confesar que se me hace más fácil relacionarme con estas personas del grupo de *running*, ya que entre carrera y carrera no nos queda mucho aire que malgastar hablando y a veces dudo de si cumplo con lo que decía mamá.

Abro el frigorífico y cojo el táper que he dejado descongelando por la mañana. Veo perfectamente la pegatina que indica: *Martes: ensalada de tomate, atún con cebolla y pechugas de pollo* (es obvio que los alimentos frescos los guardo en el frigorífico, no en el congelador). Los domingos suelo organizarme las cenas de la semana en recipientes con etiquetas que indican el menú. Así es más sencillo equilibrar la dieta y ahorro el tiempo invertido en pensar en ello, lo hago de una tacada y dejo de preocuparme durante el resto de la semana. Cuando cocino me gusta dejar todos los armarios abiertos. No suelo hacer cosas inútiles como abrir y cerrar puertas cada vez que quiero coger un ingrediente. Las abro todas de golpe y luego las cierro al terminar.

Una vez preparada la cena, me siento frente al televisor. Por fin puedo descansar. Enciendo el disco duro para ver el siguiente episodio de *Criminales*. Me relajan las series en las que hay, *pensamiento intruso*, víctimas que mueren de manera brutal y en las que se debaten enrevesadas hipótesis para atrapar a los asesinos. En cuanto comienza la música de inicio me siento bien, cierro los ojos, huelo la comida que me espera y saboreo un poco de vino. Solo medio vaso. Listo para mi momento del día.

—¡¡Ring!! ¡¡Ring!! —¿El timbre? ¿Ahora? ¡Pero quién cojones es!

Echo un vistazo por la mirilla. ¡Ay, madre mía…! La señora Bermejo. ¿Qué querrá? Insiste en su llamada y golpea la puerta. Esta mujer es arcaica hasta la médula.

—¡Manuel, ábrame! Le he visto entrar. —Mierda.

—Buenas noches, señora Bermejo. Dígame. —La aspereza en mis palabras la podría percibir hasta una inteligencia como la suya.

—Le he cocinado un poquito de sopa de cocido para agradecerle lo de esta mañana.

Me quedo helado. Siempre me sorprende la gratitud humana. Es boba. He amenazado a su hijo con un falso cáncer y ella me lo agradece. Entra en la cocina sin pedir permiso, lleva consigo un bote de sopa y dos platos más envueltos en papel de plata.

—Le traigo también una tortillita de patata y un bizcocho de zanahoria y chocolate. Está usted tan ocupado que he pensado que no tendría tiempo para comer como Dios manda.

¿Que no tengo tiempo? Estructuro muy bien cada tarea. De manera funcional. No necesito que interrumpan mis planes con tortilla de patata o bizcocho. Los dulces solo me los permito los domingos y en ocasiones especiales.

—Gracias. —De la misma manera que el «por favor», el «gracias» también lo tengo controlado. En el caso de la señora Bermejo, hace que salga de mi casa antes.

—No hay de qué. No me cuesta nada, hombre. Ahora me marcho y le dejo que disfrute. ¿Sabe? —a ver… qué es lo que no sé—, mi hijo Juan se encuentra mejor. Tan solo era un catarro.

—Me alegro. —Uf… qué *asqueamiento* de vida.

De repente recuerdo algo. ¡Mañana es la despedida por la jubilación de María Ángeles! Celebramos una horrorosa y casi insoportable comida en la sala del café. Cada uno debía llevar algo con lo que contribuir al festín. ¡Se me había olvidado completamente! ¿Estaré perdiendo facultades? No, no… en realidad no se puede recordar lo que no se memoriza, y no se puede memorizar si no atiendes, y no puedes atender si te importa una mierda la fiesta de jubilación anticipada de la enfermera. Bueno, al final va a resultar que hasta me va a venir bien la tortilla de patata y el bizcocho. La señora Bermejo no tiene nada mejor que hacer que cocinar para mí, supongo que si emplea casi la totalidad del tiempo en estas cosas, se le dará bien. Mi contribución al festín gustará a mis compañeros.

Me sorprende cuando la gente me es útil y mucho más cuando siento un cosquilleo de agradecimiento. Parece ser que esta vez su intromisión me ha salido a pedir de boca.

5

Me he levantado tras unas profundas nueve horas de sueño y he cogido el modelo de ropa número tres de la percha.

Los domingos, además de en cocinar, empleo el tiempo en organizar la ropa; coloco siete perchas en el vestidor ocupadas con siete modelos completos diferentes: pantalón, camiseta, camisa y chaqueta. Para poder completar cada percha con todas las prendas necesarias, algunos pantalones son idénticos, los tengo repetidos. Los del lunes, por ejemplo, son los mismos que los del jueves. Los compré en la misma tienda. La tendera me miró con extrañeza, no veía lógico que comprase dos pantalones iguales, pero su lógica no llega al nivel de la mía, por supuesto.

Cada día cojo un modelo y cuando vuelvo por la noche lo pongo a lavar, quedando una percha vacía que tendré que rellenar el domingo. Además de estas siete perchas, tengo una. Dos. Tres más. La primera la ocupo con un modelo de *sport*; la segunda con algo más elegante, como lo que llevaría a una cena o a una entrevista de trabajo; y la tercera con un modelo equilibrado entre *sport* y «elegante». Estas perchas son de emergencia, por si hay cambio de planes, no sé, un funeral, por ejemplo. Rara vez tengo celebraciones, cenas o voy al cine, pero no es imposible.

En mi vida todo está estratégicamente pensado para ahorrar

tiempo. Tiempo que invierto en pensar cosas más inteligentes. Evito estar invadido por sandeces cotidianas y mundanas como tener que elegir la ropa cada mañana. Con pensar en ello una vez a la semana, suficiente.

Estoy en la salita del café intentando animar la mañana con café y frutos secos, es la hora del almuerzo. Miro por la puerta acristalada, esperando a que en cualquier momento aparezca alguno de mis compañeros. Es entonces cuando veo pasar una coleta… Una coleta perfecta, una coleta que no reconozco… Es el ejemplo de la máxima rectitud, ni un solo rizo. El pelo, negro y voluminoso, cae por su propio peso y acaba estrellándose en la espalda de alguien que camina con la cabeza bien alta. Examino con mayor detenimiento esa coleta. Se balancea con el andar, pero no se despeina ni un ápice. Sigue un movimiento pendular, oscila libremente en un plano vertical fijo, y la masa del pelo posibilita un movimiento armónico con pequeñas oscilaciones, pero lleno de rectitud. Estoy seguro, nunca antes había visto esa coleta, me habría fijado y la habría recordado con detalle. La pierdo de vista.

María Ángeles interrumpe mis pensamientos.

—Doctor, ¿tiene usted un segundo?

—Sí, claro. Dígame —le digo con educación. Siempre nos hemos tratado de usted.

—Acaba de llegar la nueva enfermera, la que va a sustituirme. Está en administración firmando unos papeles, en cuanto vuelva me gustaría presentársela. —¿Puede que ella sea «la coleta»?—. Es más joven, y aunque no tiene mucha experiencia, la veo con tablas.

Mierda, justo lo que necesitaba. No hay nada que odie más que la inexperiencia. Bueno, sí, la ineptitud o la tontería con aires de grandeza.

—Me parece bien. Tengo ganas de conocerla. —«Y de estudiar la física de su coleta», pienso.

—Comenzará mañana, pero hoy ha venido para que le explique las funciones que debe desempeñar, así que pasaré la mañana repasando los casos y mostrándole el trabajo propio de enfermería. ¿Le parece bien que usted se encargue de instruirla sobre el trabajo en la consulta? No sé, podría explicarle lo que espera de ella o las tareas que debe cumplir en caso de necesitar su presencia en sus citas diarias.

Las enfermeras tienen su propia intervención individualizada de los casos. Si bien me acompañan en alguna consulta, sobre todo desempeñan funciones como la gestión de grupos de educación para la salud, vigilancia de normalidad, control dietético, curas, monitoreo de constantes, control de glucemias, vacunas... Vamos, que tengo que admitir que además de enseñar a la gente enferma a ser menos estúpida, también me quitan el trabajo más directo e íntimo con ellos. Y eso se lo agradezco. A veces es preciso que la enfermera entre en la consulta conmigo. Aunque depende del paciente, la necesidad de hacerlo la acaba fijando María Ángeles. Personalmente, no veo la utilidad, lo hacen muy bien fuera y no sé por qué ni para qué decide María Ángeles que deban entrar.

—¿Qué quiere exactamente que concrete con ella sobre el trabajo de consulta? —pregunto, ya que no tengo ni idea de qué me está hablando.

—Me refiero a las tareas de las que debe encargarse cuando comparta consulta con usted y a la actitud que deba tener en ellas. —¿Ah, pero tenían tareas?—. Le he comentado que a usted le suele gustar que no intervengamos en exceso.

¿Y cómo sabe eso María Ángeles? Me está sorprendiendo. No es que no me guste que participen, simplemente no lo necesito, sería una pérdida de tiempo. Sin embargo, me sigue quedando la duda sobre la explicación que debo darle a la nueva enfermera. ¿Qué es lo que hace la enfermera en mi consulta? ¿Observar? Carraspeo un poco y ante mi mutismo María Ángeles continúa con tono visiblemente irritable.

—Funciones como tomar la tensión, pesar, imprimir las recetas y hacer las peticiones de cita para que usted pueda estar a otras cosas. Valorar la necesidad de intervención individual desde el servicio de enfermería y especialmente y mucho más importante: la tarea de acomodar al paciente. —Lo ha dicho con resquemor. Le duele que no sepa concretar cuáles son exactamente sus funciones cuando recibimos a un paciente juntos.

Ha puesto gran énfasis en la frase «especialmente la tarea de acomodar al paciente». ¿Acaso es eso necesario? ¿No están cómodos conmigo? Todo el mundo sabe que soy un buen médico. ¿Por qué no iban a estarlo?

—Muy bien, María Ángeles, yo me encargo de esa parte —digo para no profundizar demasiado en el tema. Sin embargo, parece ser que ella no quiere acabar con esto.

—Soy consciente de que hay cuestiones que no… a ver cómo se lo digo… que no comprende. —¿Que no comprendo algo? ¿Yo? ¡Qué osada!—. Por ello no se preocupe —dice con cierto aire de burla, o eso me ha parecido—, me he encargado de explicarle con detalle a la sustituta el tema del acomodamiento: es importante acompañar a las personas cuando entran en la consulta, brindarles una sonrisa, mostrar en todo momento empatía y, muchas veces, ofrecerles un espacio más amplio para que puedan expresar sus dolencias, quejas y dudas. ¿Acaso no me ha visto, en numerosas ocasiones, cómo invitaba a los pacientes a entrar en mi propio despacho una vez que habían terminado con usted?

La verdad, voy a sincerarme, ya que evitar el tema no me está sirviendo.

—Lo siento, no había detectado esa labor suya. Pensaba que se marchaba para ejercer otra función, no para continuar trabajando con mis pacientes.

—No, doctor. Algunos, tras su consulta, obtenían una cita conmigo con el objeto de tener un espacio más amplio en el que expresar su malestar, un espacio para explicarles con detalle las cuestiones sobre su salud y el tratamiento, resolver las dudas que pudieran tener e incluso dejarles llorar un poco.

¿Es que no me explico bien con el paciente? No, no… Está

claro: a buen entendedor pocas palabras bastan, a mal entendedor, ninguna. No se trata de que yo me explique mal, ni del tiempo que deba emplear en ello. Otra vez, se trata de la estupidez humana. Pero tengo que admitir que esta mujer lleva quince años haciendo la parte más purulenta de mi trabajo.

—Entonces, gracias, María Ángeles, por haberme quitado esa ardua tarea.

SOSPECHOSA N.º 2

MARÍA ÁNGELES HERNÁNDEZ ARZA

Es la primera vez que este subnormal de Manuel me da las gracias, y lo hace insinuando que le hago el trabajo sucio. ¡Si es lo más importante, hombre! La buena atención debe ser cuidadosa, la comprensión que la persona adquiera sobre el proceso de enfermedad es vital para completar el tratamiento con éxito. Si no fuera por mí, se le habrían muerto la mitad de los pacientes.

Sí, se le da bien diagnosticar, memorizar datos médicos relevantes, objetivar y asociar signos en tiempo récord, y la verdad es que siempre está al día respecto a tratamientos e intervenciones. Pero, a pesar de todas estas actitudes, no es capaz de comprender la situación global de la persona, y así es imposible que la intervención sea efectiva. La mayoría de sus pacientes tras salir de su consulta no entendían cómo debían tomar la medicación, por qué les ocurría aquello y mucho menos todas las medidas que debían adoptar en sus hábitos. La gente no puede retener ni comprender cada pauta en menos de cinco minutos de consulta. Se necesita un tiempo para asimilar. Ya sé que es «superlisto», pero debe tener paciencia con los demás, no todos procesamos a su velocidad y menos aún cuando te acaban de diagnosticar una enfermedad y estás angustiado.

¿Y el trato a las mujeres? Por favor, las explora sin cuidado alguno. No es que quiera aprovechar la situación para manosearlas, es que ni siquiera se para a pensar que pueden estar incómodas en una situación tan expuesta. Menos mal que siempre me he mantenido cerca para procurar cierta intimidad y evitar malentendidos, si no se habría llevado más de una denuncia. Para él, los pacientes son un cacho de carne del que sacar signos que coincidan con los contenidos de su excepcional memoria. Ni siquiera se daba cuenta de que yo estaba ahí para suavizar las situaciones, sus comentarios... y no se puede ser un buen médico de esta manera.

Es como si le hubiera ocurrido algo que lo ha trastornado. No sé. Algo así tiene que ser para que odie tanto su trabajo y a las personas que lo rodean. O tal vez sea su gran inteligencia; sus antecedentes y su excepcional carrera académica son conocidos. Puede que se crea muy superior al resto y todos le importemos un comino.

Hoy es la fiesta de mi despedida, dudo bastante que se vaya a quedar, y mucho menos que haya traído algo para comer, algo que compartir con el resto. Me sorprendería.

He guardado el secreto sobre la causa de mi jubilación anticipada, no quiero que anden chismorreando. Me hace gracia pensar que la mayoría cree que abandono porque no soporto más al doctor Alarcón, pero ¡ojalá esa fuera la razón!

Voy camino de la administración, a ver si me encuentro con Natalia, mi sustituta. Ahora me toca instruirla, no sé si le habrán alertado sobre todas estas cuestiones, sobre Manuel, sobre el purgatorio al que se va a lanzar. Parece buena chica, capaz y resolutiva, pero es una pipiola, una chavalilla. Se la ve llena de ilusión, espero que este gilipollas no se la quite. Debo hablarle con cautela sobre él, no quiero crear prejuicios, pero también debo advertirla. ¡Ay, Dios mío, se la va a comer viva! Ahí está, pobrecita, la que le espera.

—¿Qué tal va el papeleo? —le pregunto.

—Bien, acabo de firmar el contrato. —Siempre tiene una sonrisa.

—Si te parece, y antes de comenzar con los casos, te presentaré al doctor Alarcón.

—¡Estupendo! —dice con entusiasmo. Pobrecita…

Llegamos a la salita del café. Ay… qué tensión. Manuel sigue comiendo frutos secos, tiene una extraña costumbre, una especie de obsesión con ellos. No hay día que cambie su almuerzo.

—Doctor, me gustaría presentarle a la nueva enfermera, ella es Natalia. —«Por favor, que se porte como Dios manda y no haga ninguna burrada».

La chica estrecha su mano con contundencia y esa amplia sonrisa. Me ha parecido que Manuel se ha quedado un poco bloqueado; aunque añade un «encantado de conocerla», el tono es algo raro. No se le dan bien estas cosas. El silencio va a precipitar algo inadecuado, lo veo venir:

—Me gusta su coleta. —Y ya ha llegado. Parece que tiene tres años a la hora de relacionarse.

Menudo comentario estúpido, con lo listo que se cree. Podría haber preguntado muchas otras cosas, haberla acogido un poco. Natalia se queda algo sorprendida, se toca la coleta y sigue sonriendo. Decido salir de allí cuanto antes.

Mientras vamos hacia mi despacho recuerdo el momento en que comencé a trabajar junto a Manuel, nadie quería hacerlo. Normal, llevamos quince años ejerciendo codo con codo y todavía nos hablamos de usted. Hasta hoy, ni siquiera conocía cuál era mi labor. Sin embargo, cuando la supervisora me ofreció el puesto, comprendí que debía aceptarlo. Era importante que alguien consciente de las deficiencias del «señorito» fuese capaz de suplirlas, por el bien del paciente y la atención. Cualquier otra podría haberse rendido ante la ingratitud y la carga extra que supone trabajar a su lado, pero yo era joven y entusiasta y quería cambiar el mundo.

Ahora entiendo que esta ha sido mi penitencia, el pago por el motivo de mi jubilación. Y aunque estoy convencida de ello, de lo que debo hacer, y sé que no dudaré llegado el momento, también sé que tengo que cumplir con un castigo, y llevo quince años haciéndolo. Me alivia la culpa en cierto modo. Me merezco los quince años de purgatorio junto a Manuel y tal vez eso me salve de ir al infierno tras lo que voy a hacer.

6

Ha llegado el horrible momento: la fiesta.

Soy el primero y eso me incomoda. Parece que tuviera ganas de estar aquí, cuando en realidad lo que quiero es marcharme cuanto antes. No entiendo por qué la gente no es puntual. Si lo fueran, las cosas no se alargarían tanto, y alargar este momento es como retirar una tirita despacio, arrancando los pelos del brazo uno por uno, con una especie de dolor chirriante y *denteroso*. Eso es lo que siento ahora mismo.

Por la mañana, en el almuerzo, he conocido a la dueña de esa coleta tan excepcionalmente equilibrada. Con un balanceo ágil y estudiado, como un salto de pértiga perfecto y elástico. Es la sustituta de María Ángeles. Me parece que he actuado bien, he sido educado y atento. ¡Incluso le he hecho un cumplido! Esa rectitud de su coleta lo merecía. Cada vez se me da mejor esto de relacionarme, mi madre estaría orgullosa.

Comienza a entrar la gente, mucha gente. Sonríen. Y yo esbozo una especie de contracción bucal, como si fuera el reflejo de un espejo. Cuando te observas en el espejo, quien está al otro lado imita tus gestos, pero no los siente. Así me veo yo. Como una ilusión óptica de las emociones.

¿Realmente quieren estar aquí? Es lo que sus rostros insinúan, pero puede que sean tan hipócritas como yo. Aunque menuda idiotez sería si todos los presentes estuviésemos queriendo marcharnos de allí y por respeto del uno al otro o por una sensación de obligación social nos quedásemos. Pero a ver quién es el primero que da el paso y se sincera. Ahora sí estoy sonriendo de verdad.

No es que María Ángeles no me agrade. De hecho, acabo de descubrir que esta mujer me ha estado ayudando muchísimo más de lo que pensaba, sus labores cubrían una parte importante del trabajo más tedioso al que me tengo que enfrentar: soportar los lloriqueos de la gente y explicarles las mismas pautas una y otra vez hasta que deciden asimilarlas. Al evitarlos puedo dedicarme a cuestiones más relevantes y ser mejor médico. ¡Olé por María Ángeles! Me alegra haber traído una tortilla y un bizcocho para su despedida. Ahora la valoro más, aunque siga odiando estar aquí en esta pantomima de festejo.

Empieza a entrar demasiada gente, me voy a escapar un segundo y vengo más tarde.

En el silencio de mi despacho me paro a pensar. Tengo que explicarle a la nueva enfermera… ¡Mierda! ¿Cómo se llama? Bueno, ya me enteraré, tengo recursos. El caso es que le tengo que explicar sus labores en la consulta y la actitud que debe mostrar. No sé muy bien qué decirle. No me importa demasiado lo que haga mientras no me interrumpa.

Puf… Seguramente tenga a la enfermera esta pegada al culo todo el día. Es lo que pasa con las primerizas, no saben dónde meterse y solo tienen tiempo para dudar y hacer incesantes preguntas. Yo no era así de residente. Resolvía y decidía. Punto.

Debería volver a la sala del café. Si no fuera porque tengo grabadas a fuego las advertencias de mi madre, ya me habría largado de este infierno. No sé por qué ponía tanto ímpetu en que me relacionara. La verdad, estoy bien solo. ¿Para qué…?

Sigue habiendo mucha gente. Me agobia un poco: que si este es imbécil, que si el otro es un inepto y no sabe auscultar, que si esta me sonríe mucho pero le caigo fatal, que si a este sé que le caigo bien pero me parece un estúpido… Me importa una pamplina, *pensamiento intruso,* lo que opinen sobre mí. Todos saben que soy buen médico y es eso lo que me importa. Nadie podría dudar de ello.

Algunos están poniendo la mesa. Me alegra que pasen a la acción porque así no tengo que quedarme tieso como una jirafa con el vaso en la mano y sin saber muy bien qué hacer. No se me acerca nadie a hablar. Sé que es porque los intimido, bueno, en realidad les intimida mi inteligencia, yo suelo ser bastante educado.

A veces me acerco a un grupo que estimo que mantiene una conversación poco íntima, algo intrascendente. Supongo que si hablan de formalidades como el tiempo, la película de la cartelera, las noticias o de eso que hace su perro «tan gracioso» no existe una gran relación entre ellos, no son «amigos». La interacción que se está llevando a cabo en ese momento es casi entre desconocidos. Puedo unirme, fingir que escucho lo que dicen y añadir alguna otra gilipollcz. La diferencia entre ellos y yo mismo es que yo soy consciente de que lo que se trata son imbecilidades. No sé con certeza si ellos están a gusto con la conversación o si esta sacia su intelecto, pero lo creo. Estas situaciones se dan en contadas ocasiones, pero las prefiero a conversaciones jocosas y amistosas en las que los contertulios mantienen un mayor grado de intimidad y debo descifrar guiños cómplices, la ironía o el simbolismo que atribuyen a algunas palabras, que ya son conocidas por los participantes en otro contexto y a cuyo significado completo no puedo acceder. Como cuando tienen el mal gusto de repetir un chiste, un chascarrillo o una broma que tan solo tiene sentido para ellos porque estuvieron en el momento en que sucedió el acontecimiento. No me gustan estas conversaciones porque no llego a comprenderlo todo y si te ríes llevando la corriente los demás saben que no tienes ni jodida idea de por qué te ríes. No me gusta parecer un idiota porque no lo soy en absoluto.

Con el fin de escaquearme de todo eso saco del frigorífico los platos que he traído para la fiesta, los que me dio ayer la señora Bermejo para agradecerme que le insinuara que su hijo tenía cáncer... En fin... Entonces María Ángeles me mira con cara de circunstancias. Creo que le pasa algo.

—¿Qué ocurre? —Puede que le esté dando un infarto, tiene la respiración entrecortada y la cara contraída.

—Nada, nada... Es solo que...

—Algo pasa—. Comienzo a buscar signos de alguna afección, no se vaya a morir antes de jubilarse.

—¿Qué es eso, doctor? —me dice señalando los platos.

—Tortilla de patata y bizcocho de zanahoria y chocolate.

Suaviza el gesto y descubro que la mujer no se está muriendo de un infarto, es solo que está sorprendida, no creía que fuera a traer nada a su fiesta.

—¿Lo ha comprado? —pregunta, dudando aún de mi acto.

—No. —Tampoco he mentido, pero espero que no me pregunte si lo he preparado yo mismo.

—Muchas gracias, doctor. —Me agarra del hombro. La gratitud que muestra es exagerada: María Ángeles, de la misma manera que la señora Bermejo, piensa que no soy capaz de organizarme el tiempo para cocinar y alimentarme como Dios manda y cree que he hecho un soberano esfuerzo por traer algo a su fiesta. Pero todo está controlado. Salgo de la consulta sobre las tres y media del mediodía. Me paro a comer en El Cairo, un restaurante con el que he pactado un precio especial del menú, ya que soy cliente habitual (voy cada día laborable). También hemos hablado sobre la cantidad de aceite que debe utilizar en mis platos, ingredientes exentos y la variedad de alimentos necesarios. Lunes, miércoles y viernes como hidratos y pescado. El resto de días, verdura y carne: alterno el pavo y el pollo con el cerdo y la ternera. Los sábados y domingos realizo el mismo proceso de alternar, si bien me permito algún lujo como pedir comida de diferentes culturas: india, china, árabe… Reconozco que no es una comida muy nutricional. Especialmente la china, con el glutamato monosódico y las grasas *trans,* pero también sé que hay que estimular la lengua con diferentes texturas, sabores… porque ello estimula el cerebro. Es neurología. Ingiero nueces, almendras, arándanos, fresas y tomate a menudo, igualmente son buenas para el cerebro. Y no me olvido de las tres piezas de fruta diarias y los lácteos. Tampoco del salmón y las anchoas, por el omega tres y sus beneficios cardíacos. Sin corazón no hay cerebro. Estos últimos alimentos los suelo guardar para las cenas, que normalmente contienen proteínas (muchas veces huevo, pavo o pechuga) y verdura acompañados de un poco de pan. Las meriendas contienen hidratos (cantidades pequeñas) y fruta. Los almuerzos, los frutos secos que he mencionado.

Nos interrumpe, en mi primer momento íntimo con María Ángeles, el doctor Costa, que entra por la puerta. Es un hombre grande, con matices pelirrojos en la escasa y cuidada barba de tres días que se deja, de postura recta y mirada inteligente. Gusta mucho a todo el mundo y él lo sabe. Es un hombre feliz, extremada y asquerosamente feliz. No se puede ser así. La vida está llena de fatales tonos y más en este horrible trabajo. ¿Cómo puede alguien sentirse satisfecho con él? ¿Cómo puede alguien ser feliz rodeado de tanta simpleza? No lo considero un idiota, así que tiene que darse cuenta de que estamos *enmierdados* hasta el cuello. No entiendo por qué es feliz si es inteligente.

—Buenos días. —Parece que se hincha al hablar. Si fuese como un globo de helio me haría gracia. Pero no debe ser de helio, porque su voz es gruesa y varonil.

Todos lo rodean y felicitan por la exitosa reanimación que salvó la vida de aquel hombre que se desplomó en su consulta. Puede ser que se haya muerto de camino al hospital, eso a la gente le da igual, cuando en realidad es lo relevante: no le salvas la vida a alguien si se muere más tarde.

El doctor Costa agradece los cumplidos con lo que parece modestia, aunque lo dudo. Shakespeare dijo: «No hay nada tan común como el deseo de ser elogiado». Pero claro, yo no soy común. De repente interrumpe las continuas adulaciones que le ofrecen las enfermeras entre jubilosos gritos para saludar a...

—¡Natalia! —Así se llama entonces la sustituta de María Ángeles.

Parece que se conocen y que llevan tiempo sin verse, la saluda con efusividad. En mi opinión, en exceso. Incluso la coge en brazos. Espero que tenga cuidado, no le vaya a estropear su pulcra coleta. No, sigue perfecta. Menos mal.

7

Hoy llegaré puntual al trabajo, es el primer día de la nueva enfermera, no quiero que piense que soy mal profesional. Me aseguro de que la señora Bermejo no esté esperándome en el rellano, coloco el ojo en la mirilla de la puerta, inquieto. Aún tengo que esperar a que venga la mujer de la limpieza.

Tengo un método para el orden. Una chica viene los lunes, miércoles y viernes a realizar las tareas de limpieza. Procuro que venga a su hora en punto de la mañana, yo me marcho al trabajo en cuanto entra por la puerta y solo me relaciono con ella para decir los «buenos días» de rigor. De esta manera tampoco tengo que darle las llaves de mi piso. No me gustaría que las tuviera. Por si acaso, me he aprendido la matrícula de su coche de memoria.

No le permito que ordene las cosas, su labor se limita a la limpieza. No puede tocar nada, me gusta mi colocación de las cosas, por algo las ubico de una manera concreta. Se trata de estrategia, y no puedo dejar que alguien menos inteligente la cambie. A veces, cuando limpia el polvo, mueve ligeramente algo o lo inclina. No lo soporto, me gusta la rectitud, pero, de todas las que han pasado por casa, es la que menos lo hace. Mierda, otra vez, no me acuerdo de su nombre. Parece ser que es mi talón de Aquiles: no soy capaz de memorizar los nombres de las personas.

Además de las labores de la mujer, tengo dividido los espacios de la casa en catorce áreas. De esta manera, cada día ordeno y estudio posibles modificaciones para una de las áreas, y el ciclo se completa cada dos semanas. Son espacios muy concretos, así que el esfuerzo invertido cada día es minúsculo. Una vez al mes, exactamente el día quince, repaso la casa al completo.

Ayer reordené Uno. Dos. Tres cajones de los seis que tiene mi cómoda. También cambié las sábanas. Hoy tengo programado terminar con los otros Uno. Dos. Tres cajones. Mañana debo mirar debajo de la cama porque tengo algunas cajas que revisar, están llenas de objetos que por el momento no uso. Hace dos semanas coloqué debajo de la cama el aspirador, pero me parece que ocupa demasiado espacio y a veces sobresale. No encaja. Lo cambiaré de lugar. Mañana lo pienso mejor. Hoy no me toca.

Consigo llegar al trabajo sin obstáculos, pero Natalia (mira, me acuerdo de su nombre) se me ha adelantado. Está sentada en mi silla, en mi escritorio, en mi despacho.

Sigue llevando la coleta bien recta. Si no fuera por eso, me habría molestado bastante su invasión de mi espacio. Me da los buenos días.

—¡Qué temprano ha llegado! —contesto.

—Sí, me ha parecido importante repasar los casos de las citas de hoy. ¿Te importa si te tuteo?

¿Me importa? No sé… es algo diferente, llevo todo este tiempo hablándome de usted con María Ángeles. No me gustan los cambios. Bah… es una chorrada. Si quiere hacerlo que lo haga. Sin embargo, me surge una cuestión al respecto.

—Sí, puede usted tutearme; entonces, ¿debo tutearla yo también? —Ella ríe con estrépito, no sé por qué lo hace, nunca hago preguntas estúpidas. No soy ningún payaso.

—¡Claro, hombre! —Vale, vale, no sabía que la cosa estuviera tan clara.

***

Sigue sentada en mi silla y no se levanta. No sé muy bien qué hacer. Esta chica me descoloca.

—Primero tenemos al señor Lacasa Gutiérrez. Hombre de…

—Comienza con el repaso de los casos.

—Cuarenta y cinco años con un episodio de síndrome coronario agudo el veinte de octubre, obesidad e hipertensión.

—Vaya. Eres un prodigio.

¿Qué? No recuerdo la última vez que alguien me ha elogiado por mi capacidad intelectual. ¿Realmente está impresionada? No he percibido ironía ni resquemor en su tono, de hecho, me mira como si fuera digno de admiración. Que lo soy, pero la gente no suele darse cuenta. Aunque debo admitirlo, no soy excepcional captando las ironías. ¿Acaso sirven para algo?

Natalia, tras una pausa de sonriente aturdimiento ante mi sobrada capacidad memorística, añade:

—He observado que, tras los últimos análisis, los niveles de insulina circulante no han aumentado, por lo que no se ha desarrollado una resistencia insulínica. Está siendo atendido por dietética y nutrición.

Es un dato relevante, y lo más importante, desconocido para mí. No sabía que el señor Lacasa hubiera estado en nutrición. Desde luego, yo no lo derivé, así que lo habrá mandado María Ángeles a mis espaldas. Este hombre lleva toda la vida comiendo como un cerdo, en ningún momento he creído que fuera capaz de cumplir con una dieta. No creo en el cambio y por ello derivarlo me parecía malgastar el tiempo del especialista, procuré que obtuviera unas pautas básicas sobre alimentación saludable y listo. Pero parece ser que María Ángeles tenía una visión más optimista sobre la voluntad del señor Lacasa.

Al margen de todo esto, Natalia me está sorprendiendo para bien, aunque sigue sin levantarse de mi mesa, de mi silla, de mi despacho… Son las ocho y diez. Quedan veinte minutos para que llegue la primera cita. Siempre degusto el primer café de la mañana en este momento. Siempre.

—Natalia, ¿te importaría traerme un café? Lo tomo con un tercio de café, dos de leche semidesnatada y media cucharada de azúcar. En la taza azul del estante sobre el microondas, por favor. —Cómo manejo el «por favor».

—No —dice con contundencia.

—¿¿¿No???

—No te voy a traer un café. Póntelo a tu gusto. —Y sigue sonriendo la tía, no sé cómo lo ha conseguido, me ha rechazado, pero lo ha hecho con amabilidad.

Punto uno: María Ángeles siempre me traía el café. Punto dos: con las indicaciones que le he procurado, es prácticamente imposible no saber «cuál es mi gusto» al respecto. Punto tres... No sé cuál es el punto tres. Pero me estoy cogiendo un mosqueo de la leche. Contaré hasta Uno. Dos. Tres.

—¿Podrías por lo menos quitarte de mi sitio? —digo con cierto enfado.

—¡Vaya! ¡Lo siento! Claro, claro. La mesa es más grande, por eso me he puesto aquí. Inmersa en las historias como estaba ni siquiera me he dado cuenta de estar ocupando tu silla.

Se sienta en la mesita de al lado, frente al ordenador que utiliza enfermería y la impresora de las recetas. Dejo mi abrigo, me pongo la bata y voy a por el café.

De vuelta, Natalia ni se inmuta ante mi entrada en el despacho, sigue con la lectura sin levantar la cabeza ni un segundo. Está especialmente concentrada. Voy encendiendo el ordenador y abro la historia clínica del señor Lacasa. A las ocho y media Natalia se levanta, se asoma al pasillo y me dice:

—¡Acaba de llegar! ¿Le digo que pase?

Lleva un plus de ilusión consigo que no sé si seré capaz de soportar. Su coleta se mueve con la misma excitación que refleja ella, de un lado para otro, pero siempre bien tiesa y bien recta. De vez en cuando se la coge y la acaricia.

—Está bien. —Ni siquiera nota mi antipatía, lo del café me ha dolido.

El señor Lacasa entra como puede por la puerta. Está gordo gordo. Hiperventila y suda como un demonio, lleva una camisa de flores estampada intentando desviar, sin acierto, la atención de su enorme barriga. También se está quedando calvo, una coronilla asoma desde una esquina. Tiene cara de bonachón, como si fuese Papá Noel. Natalia le ofrece una buena sonrisa y se presenta con educación. Ahora estoy más atento a estas chorradas de acoger al paciente. Desde que me lo comentó María Ángeles, no puedo evitarlo.

—Siéntese. —Lo invito, lo está deseando.

—Buenos días, doctor. ¡Menudo fichaje el de esta enfermera! Así dará gusto venir a trabajar, rodeado de jóvenes… —Se seca el sudor con un pañuelo y omito su comentario.

—Dígame, ¿qué le ocurre?

—Pues mire: cago negro.

Esto no puede estar pasando de verdad.

—¿Desde cuándo? —pregunto a pesar de querer escapar de allí cuanto antes. A pesar de querer escapar de mi vida cuanto antes.

—Desde hace dos o tres semanas aproximadamente.

No me cuesta encajar las piezas. Sé lo que ocurre. Mi vida… mi vida es horriblemente predecible. Ando rodeado de imbéciles ciegos y sin rumbo que piden ayuda constantemente, veo tan claro su camino que me desquicio con su incapacidad de resolver los problemas por ellos mismos. Pero mi madre siempre insistía en que debía respetar las decisiones de los demás… En fin: Uno. Dos. Tres.

—Señor —interviene Natalia con voz dulce—, ¿coincide el síntoma con el inicio de su nueva dieta?

¿Qué? La pregunta que acaba de formular Natalia muestra que también ella ha deducido lo que le ocurre al paciente. No me puedo creer que haya completado el puzle, no ha podido hacerlo al mismo tiempo que yo.

—Sí… creo que sí, señorita. Más o menos coincide.

—¿Ha aumentado usted la ingesta de hierro? —añado inmediatamente. No sea que Natalia se me adelante en el diagnóstico otra vez.

—¿Qué? —dice el señor Lacasa confuso.

Estoy intentando determinar el proceso por el que pasa este hombre y al hacerle las preguntas clave me mira como si tuviera monos en la cara. Tengo ganas de zarandearlo, pero Natalia interviene:

—El doctor Alarcón quiere saber si, al modificar su dieta, ha añadido alimentos con alto contenido en hierro: espinacas, acelgas, remolacha, cereales integrales, carne de vacuno, hígado, almejas, pasas, ciruelas…

¿Acaso conoce el listado de alimentos ricos en hierro de memoria? Yo lo hago, ¿pero ella?

—Sí, prácticamente ha descrito mis platos habituales, especialmente las verduras de hojas verdes… ¡Ñam! ¡Qué ricas! —lo dice con ganas de comerse un bocadillo de chorizo.

La pregunta que debería hacer a continuación es la siguiente: ¿es su mierda de color negro carbón o adquiere tonos verde oscuro cual pino que ha plantado? Pero teniendo en cuenta todo el rollo del buen trato al paciente, la educación, el tacto y la sensibilidad:

—¿Las heces que usted excreta son de color negro carbón o tienen cierto tono verdusco?

—¿Qué? —¿Por qué no consigo comunicarme con este homínido?

Puedo ver cómo Natalia esboza una sonrisa. Ahora no quiere intervenir, qué maja. Lo digo con ironía, para que quede claro… Pues tal vez sirva para algo eso de la ironía. No lo soporto más, hablaré con un lenguaje sencillo, despacio y más alto.

—¿Tu caca es negra como el carbón?

—No diría tanto. —Por fin.

—Entonces, ¿es más tirando a verde?

—Sí. Entre verde y marrón oscuro. —Suficiente por hoy sobre tonalidades de mierda.

—Si fuera negra del todo podría tratarse de una hemorragia del aparato digestivo. ¿Sabe lo que es? —Voy a preguntar por si acaso.

—Por supuesto. —El señor Lacasa parece ofendido, no entiendo por qué, solo intento ser más claro y adaptarme al nivel de comprensión que ha demostrado anteriormente.

Natalia se levanta y se acerca al hombre con una gran sonrisa que consigue camelárselo. Desvía su atención del enfado ofreciendo una explicación de la causa y consigue que baje su irritación conmigo. Veo el momento de intervenir.

—Por lo que, al tratarse de un color más verduzco y al coincidir con el cambio de su dieta, la causa del color negro de sus heces o cacas —por si acaso, dos sinónimos— es tan solo el aumento de hierro en ellas.

—¿Y puede usted estar seguro de ello sin verlas?

¡Oh, no! Por favor, ¿qué hago ahora? ¡¡No pensara enseñármelas!? ¿Y si las ha traído en un táper? Me quedo petrificado de miedo. Muerto de dolor por esta miserable vida y este estúpido trabajo. No quiero ver una caca en un bote. Natalia me rescata.

—Señor Lacasa, no se preocupe. Ni siquiera debe dejar de lado su dieta para comprobar que se trata de un aumento de ingesta de hierro. La semana que viene tiene programado un análisis de control.

—Por el asunto del corazón, ¿no es así?

—¡Exacto! Veo que está usted atento y tomando las medidas adecuadas. —Ahora le está haciendo la pelota descaradamente, qué bien lo engatusa—. Tras los análisis miraremos los niveles de hierro y si usted sufre anemia, indicador de que puede haber una hemorragia, volveremos a citarlo y mandaremos una recogida de muestra de heces para analizarla en el laboratorio por si contiene sangre.

—Me parece bien. Todo depende de mis niveles de hierro —dice el hombre satisfecho.

—Eso es, lo ha comprendido perfectamente. —Ella le pone el lazo final a su peloteo.

Me despido del señor Lacasa y Natalia lo acompaña hasta la

puerta. Sale de la consulta y oigo cómo se presenta a la siguiente paciente de la mañana:

—Espere un momento, enseguidita la atendemos —dice con voz alegre.

Vuelve a entrar en el despacho, cierra la puerta y se tapa la boca con la mano para intentar hacer menos sonora su carcajada. Parece que se va a mear de la risa.

—¿Qué pasa? —pregunto alarmado.

—He estado... —Casi no puede seguir de la risa que le da—. He estado aguantándome las ganas de reír durante toda la consulta del señor Lacasa. ¿No te ha pasado lo mismo?

—No. Me ha parecido horripilante.

Mi comentario le hace gracia. No lo pretendía.

—Ha habido un momento en el que he creído que sacaría un bote con la caca dentro —dice.

Esta observación sí que me hace torcer la boca un poco, casi como si fuera una sonrisilla. Hemos pensado lo mismo.

—¿Cómo has sabido que se trata de un aumento de la ingesta de hierro? —pregunto.

—Estaba claro. Todos los factores coinciden. ¿No creerás que soy idiota, verdad? —lo dice riendo, pero la verdad es que yo siempre parto del presunto de que todo el mundo es más idiota que yo. Desde que lo dijo un test en el colegio y desde que lo he comprobado una y otra vez. Natalia continúa entre risas—. Me parece estupendo que no hayas sugerido que recogiera una muestra. Otros médicos lo hubieran hecho por excesiva cautela.

—No me gustan los cautelosos —comparto.

—En este caso hubiera sido un desaprovechamiento de recursos. El señor Lacasa debe hacerse análisis periódicos —dice con acierto.

—Estoy de acuerdo. —Creo que pocas veces me ha pasado esto. Lo de estar de acuerdo con alguien, digo.

***

Natalia sigue cogiéndose la tripa con la mano, como si tuviera agujetas de tanto reír. Toquetea su estupenda coleta, coge aire y se acerca.

—En fin… He pensado que te voy a poner a prueba…

Me encanta que me pongan a prueba. Aunque sé que el resultado siempre se inclina hacia el éxito rotundo, no deja de ser más excitante que lo tediosamente habitual.

—¿Y cómo piensas hacerlo? —Utilizo un tono provocativo, no sexual, por supuesto, provocativo para hacerle ver que no conseguirá que falle la prueba.

—¿Sabes quién es nuestra siguiente paciente de la mañana? ¿Conoces su historial médico sin que yo anticipe su nombre?

¡Mierda! Nunca me preocupo por mirar la lista de citas. No es que desconozca lo importante, es que no me he parado a leer la dichosa lista. Y tampoco recuerdo bien los nombres de las personas. Una vez que me los dicen, ese dato inicia el acceso a la memoria de los datos clínicos relevantes. Como si buscaras en un archivo del ordenador mediante palabras clave, la información aparece cuando sabes en qué carpeta buscar. En este caso la carpeta llevaría el nombre de mi siguiente paciente. Por eso no miro la lista, porque no importa quién venga, no necesito mirar su historial médico, me lo sé de memoria en cuanto la enfermera lo hace entrar y lo saluda. ¡Dichosos nombres de las personas!

—No suelo mirar las citaciones —afirmo.

—Entonces, ¡has fallado! —Yo no fallo—. Se trata de la señora Esparza.

—Paciente de treinta y siete años que… —Justo cuando pretendo impresionarla con los datos que sí conozco, me interrumpe.

—Los dos conocemos el historial: yo lo acabo de leer y tú tienes una memoria prodigiosa. No hace falta que me demuestres nada, ya no sirve. ¡Has fallado! —me repite riendo.

¡Que yo no fallo! ¿Acaso tiene importancia que memorice o no las citaciones? Mañana pienso hacerlo en cuanto llegue, para que esta listilla deje de reírse de mí.

—Dile que pase. —Mi tono es el de un hombre irritado por la insensatez de una joven que piensa haberme puesto a prueba cuando no lo ha hecho.

La señora Esparza entra en el despacho y nos saluda. Comienza a describir su problema:

—No es nada importante, doctor. Un nuevo lunar. Pero con la alarma que hay ahora, he pensado que debía mirármelo.

Los lunares no son para tomárselos a broma.

—Siéntese en la camilla —le indico—. Dígame dónde lo tiene.

La paciente se quita la camisa y me señala el borde superior de la escápula. Natalia me acompaña en la exploración. Tiene buen aspecto. Se trata de un lunar de menos de cinco milímetros de ancho, redondo, de superficie lisa, borde definido y color tostado. Pero nunca se sabe.

—¿Tiene usted más lunares? —Si tiene más de cincuenta, está en riesgo.

—Sí, tres o cuatro más, que yo sepa. —También los exploro—. Creo que llevan ahí toda mi vida.

—¿Ha detectado cambios de color?

—No.

—¿Cambio de tamaño, forma o volumen?

—Tampoco.

—¿Cambios de textura?

—No lo sé. —Se la ve alarmada ante mi exhaustivo examen, pero repito, un lunar no es broma.

—No se preocupe —interviene Natalia para calmar a la mujer, aunque no estoy de acuerdo con el mensaje—. Son preguntas de protocolo.

—¿Alguno de sus lunares ha sangrado o exudado? —insisto.

—No… no lo creo. —Cada vez se la observa más dudosa y asustada.

—Voy a derivarla a dermatología para que la exploren mejor. Ya puede vestirse —le indico.

—¿Es grave? —pregunta la señora Esparza.

—No lo sé, por eso la derivo. —A preguntas estúpidas, respuestas cortantes.

—Señora, tranquilícese, parece un lunar común —dice Natalia—. Es simple cautela.

Entonces me mira entre sorprendida y mosqueada. ¿Por qué? No es cautela. Odio a los cautelosos, se lo he dicho antes. Yo no soy un cauteloso.

Una vez que la señora Esparza sale del despacho, Natalia cierra la puerta y se acerca a mí con el entrecejo fruncido de confusión.

—Daba la impresión de que tan solo eran lunares comunes. ¿Por qué la has derivado a dermatología? Tú mismo has dicho que no sueles pecar de precavido.

—No tengo por qué darte explicaciones.

—Rara vez los lunares comunes se convierten en melanomas. La has asustado sin alarma alguna.

No voy a soportar más sus aires de grandeza, su incesante desfachatez.

—El riesgo de desarrollar un melanoma es del 1,88 %. Eso equivale a uno de cada cincuenta y tres personas. La incidencia anual ha aumentado en más de un 2 %. Es responsable del 2 % de las muertes por cáncer y del 80 % de las muertes por cáncer cutáneo. Se suele diagnosticar antes de los cincuenta y cinco años, pero aun así reduce la esperanza de vida de manera brutal. ¿Te parecen datos poco alarmantes?

No dejo que me responda, me largo dando un portazo, estoy cansado de que me cuestione y no he sido excesivamente cauteloso, los melanomas no son para tomárselos a broma. No he errado. *Pensamiento intruso.* No, nunca lo hago.

8

Por fin es viernes y puedo disponer de media tarde y dos días para no coincidir de manera obligada con la estupidez de lo que me rodea cotidianamente.

Mientras hago mis sesenta y cuatro largos de costumbre (rutina de viernes en la piscina cubierta), me paro a pensar en Natalia. Ante mi reacción tras la consulta de la señora Esparza, la del lunar, no mostró indicios de enfado. Me fui dando un portazo y aquella mañana Natalia anduvo con más cautela. No se dirigió a mí directamente, aunque sí me echaba alguna tímida mirada. Pero en ningún caso se sintió cohibida, e intervino con los demás pacientes de la consulta cuando lo creía necesario. Importante: se toqueteaba la coleta con la misma frecuencia de siempre, como si no hubiese pasado nada. Vaya, que no dejó de hacer su trabajo a pesar de conocer mi irritación. La verdad es que definiría su reacción como elegante y profesional, pero debe saber que no puede cuestionarme, y menos si hablamos de lunares. Desconoce lo que yo sé al respecto. Bueno, no hemos vuelto a hablar del tema y la coleta se mantiene impecable. Todo va bien.

A excepción de su interrupción en aquella consulta del lunar, Natalia no me molesta demasiado. No puedo partir con ella del presunto de que es imbécil. Desconozco hasta dónde llega su inteligencia, pero su grado de estupidez no es al que comúnmente estoy acostumbrado.

La natación produce una gran sensación de relajación. Conozco la razón fisiológica para ello, y eso me relaja todavía más. Al terminar con la actividad aparco el coche en mi plaza de garaje, subo a casa y pido comida tailandesa. Mientras llega, repaso el gasto del día. Hoy he empleado diez euros en comer y uno con veinte céntimos en café, lo apunto en un cuaderno.

Me gusta saber el dinero que gasto. Del sueldo mensual saco setecientos euros en metálico, y con ellos me alimento y realizo los gastos del día a día durante un mes. Guardo los billetes en una caja de mi armario. No me permito utilizar más; por eso, lo apunto todo en un cuaderno, para controlar lo que me queda e ir ajustando el presupuesto. Con la tarjeta de crédito efectúo los pagos inesperados y otros como comprar ropa cuando lo necesito. De la cuenta y el resto del sueldo me cobran la hipoteca, la luz, el gas, etcétera. Alguien puede dudar de esta conducta, pero tiene un razonamiento totalmente, *pensamiento intruso*, cuerdo. Con la tarjeta puedes perder la noción de lo que gastas, pero si te anticipas y sacas en metálico, sabes exactamente cuál será tu tope y, mejor aún, cuánto ahorras cada mes. Es una cuestión de control. El dinero que no gasto (de los setecientos euros) lo introduzco en una cuenta bancaria diferente y así sé exactamente lo que ahorro más allá de la cuenta en la que deposito la nómina, claro. Me gusta ver cómo van subiendo los números.

Ceno disfrutando de Uno. Dos. Tres capítulos de la serie *Criminales*. Entre semana no tengo tiempo de ver tantos, me gusta acostarme a las diez y media y poder dormir las horas que yo estimo convenientemente saludables.

Después de cenar, voy andando hasta el *pub* Medio Limón,

ubicado a apenas unas manzanas de casa. Mucha gente sale de fiesta para poder conocer a otra gente, no es tal mi intención, voy en horas tempranas porque está prácticamente vacío.

Siempre pido una. Dos. Tres rondas de ron. No suelo beber mucho alcohol, pero sí me lo permito una vez por semana. En estados de ligera embriaguez aumenta la creatividad. Muchos genios han realizado sus mejores obras medio *pedos* o colocados. Yo con la droga no me atrevo, sería incluso más estúpido que fumar. En el estado alterado de conciencia se produce una intensa actividad psíquica y facilidad asociativa e imaginativa. Por eso a veces repaso la semana entre ron, para tener dos perspectivas diferentes y una información más rica. Incluso me llegan un montón de recuerdos que mantengo escondidos. Porque yo no olvido nada, pero hay cosas que almaceno de manera más profunda, y me gusta recordarlas de vez en cuando. Especialmente si el alcohol amortigua el dolor.

Nunca pierdo el control ni me salto la norma de las una. Dos. Tres copas. El camarero se llama Jose y no habla demasiado, aunque suele quedarse frente a mí limpiando vasos. Tiene el pelo largo y enmarañado, es espigado pero con una espalda bastante ancha, moreno de piel y ojos castaños. Sus facciones son simétricas, los demás dirían que es guapo.

—Buenas noches —me saluda al entrar—, ¿lo de siempre?
—Exacto.

Transcurre el tiempo mientras repaso cosas. De todo un poco. Es lo que tiene el alcohol, las ideas vienen y van. Siempre, en la segunda copa, se me escapa alguna que otra palabra. Jose suele mantenerse en silencio frente a mí y eso me resulta algo extraño, aunque no incómodo. Me gusta que no parlotee, pero no sé, creo que lo suyo es romper el silencio aunque sea mínimamente y esto suele ocurrir, como he dicho, con la segunda copa. Al fin y al cabo, y como me decía mi madre, todos somos ciudadanos del mundo.

—Esta semana he trabajado con una nueva enfermera. María Ángeles se ha jubilado. —Lo comento, simplemente, porque ha sido el único acontecimiento novedoso.

—¿Sí? ¿Y qué tal es? —Jose suele ser escueto, un gran don en mi opinión.

—Bastante resolutiva, pero entusiasta en exceso.

—Vaya, hombre.

—Es un poco petarda.

—¿Qué quieres decir?

—Se entromete en todo.

—Supongo que eso te molestará.

—Pues sí. No debería hacerlo. Yo soy el médico. Aunque suele acertar. —Encojo los hombros en un gesto incómodo, inquieto. Suele acertar…

—Ay… las mujeres —dice bajo un suspiro.

—Sin embargo, su coleta es extraordinariamente recta. —*Pensamiento intruso*—. Una coleta que no sé si está desafiando a la física.

—¡Increíble!

—Sí, bastante increíble. —Esa coleta no es nada aburrida. Me sorprende.

No me apetece hablar más. Se me ha acabado la segunda copa.

—¿Te sirvo la tercera ronda? —dice Jose.

—Sí, gracias. —Mientras llena mi vaso nos interrumpe la vibración de su teléfono.

—Si me disculpas, voy a salir a fumar un cigarrito —dice.

La sociedad está jodida; incluso él, un hombre que parece sensato, escueto para no caer en la tentación de escupir chorradas, fuma.

Me acabo la tercera ronda casi de una vez, dejo un billete con extra de propina y salgo del bar. Por hoy, suficiente.

La noche es algo fría, me levanto el cuello de la camisa y meto las manos en los bolsillos. Entonces, veo a Jose en una esquina, medio escondido y tonteando con una mujer, bajo un porche de ladrillos rojizos. Seguramente esa mujer es quien ha llamado por teléfono momentos antes. La observo bien; ¡pero si es Daniela Prieto! Se trata de una de mis pacientes. Está casada… y no lo está con Jose.

SOSPECHOSO N.º 3

JOSÉ ALMAGRO BAPTISTA

¡Cómo la quiero! ¡No puedo creerlo! Soy tan feliz con ella... Está claro que tengo que hacer algo. Su marido, ese pedazo de cabrón, no se la merece. Hoy, al abrazarla, he vuelto a ver un gesto de dolor en su bonita cara. «¿Te ha pegado otra vez?», le he preguntado. Lo ha negado, pero con lágrimas en los ojos. ¡No lo soporto más!

Tengo que hacer algo, me lo repito continuamente, pero no sé el qué. Ella no deja que me enfrente al subnormal con el que se casó. «Todo a su tiempo», «es algo que tengo que resolver yo misma», dice.

Está embarazada de seis meses y esta noche teníamos un encuentro especial, me sentía más que nervioso, iba a recibir los resultados de la prueba de paternidad... ¡Joder, soy el padre!... ¡Por Dios, tengo que hacer algo! Ni siquiera estando embarazada ha dejado de maltratarla. Ese repugnante malnacido se merece ir al infierno y no puedo dejar que mi hijo corra peligro. Ahora sí es mi responsabilidad. Algo tengo que hacer...

***

Como de costumbre, Manuel me ha dejado propina, aunque se ha marchado antes de lo habitual. Es un buen hombre, pero solitario. Como tantos que vienen aquí. Sé por qué lo hace. ¡Ay, el alcohol! ¡Mi forma de ganarme el jornal! Si no fuese porque mejora el ánimo, calma el dolor y logra que cada uno tenga una mejor imagen de sí mismo, no llegaría a fin de mes. Aunque, bah… Casi todos vienen por la culpa. La gente no se acuerda de los errores cuando está borracha… No sé por qué Manuel viene a beber solo. Es inteligente, un doctor y de buen aspecto. Una persona elegante, sí señor…

Tengo la sensación de que se siente incómodo en este mundo ya que no se relaciona demasiado. La conversación empieza en la segunda copa, procuro esperar frente a él. En realidad, está claro que no lo admitiría, pero viene a que alguien lo escuche. También otros. Sé lo que debe hacer un camarero: no hablar demasiado. Si algo he aprendido en estos años es que lo mejor es contestar con otras preguntas sin dar mi opinión, simplemente hago de frontón, sus palabras rebotan en mí y vuelven a ellos en un solitario juego. Como si cada noche tuviese una función de *monologuistas* que no vocalizan. La mayoría no es consciente. ¡Para que luego digan de los camareros! Utilizamos la psicología más que esos que cobran setenta euros la sesión. Una copa solo cuesta cinco.

Manuel debería venir al bar más tarde, cuando se repleta de gente que sale de fiesta, conocería a una bonita mujer, le vendría bien. Estoy convencido de que todas suspirarían por un hombre con sus facultades. Sería lo suyo. Es guapo, vamos, digo yo.

Puede que sea su único amigo porque nunca me habla de nadie más, ni siquiera de familiares. Los temas de su espectáculo son la cirugía y los avances de la medicina en general. ¡Y no entiendo ni papa! Y ya ni te cuento cuando comienza a reflexionar sobre la vida. Sus hipótesis son tan enrevesadas que su hilo jamás se desanudará, son comentarios retorcidos. Puede que demasiado profundos para mí. Sin embargo, hoy ha sido la primera vez que ha mencionado a alguien: esa enfermera. Y aunque lo más bonito que ha dicho de ella ha sido sobre su coleta, ojalá la chica le interese. Puede que más adelante se líen. Me alegraría.

¿Y qué hago con Daniela? Porque está claro… algo tengo que hacer… No me lo quito de la cabeza y por más que maquino no llego a resolver la cuestión. Si por mí fuese, ya habría puesto la denuncia, pero ella no se atreve. A veces, incluso minimiza lo que ese subnormal le hace. En fin, me tengo que enfrentar a su miedo. ¡Con lo claro que lo veo yo, joder! Hasta ahora he sido paciente, atento a lo que Daniela quería. La adoro. Esperaba a que ella diese el primer paso, porque tonta no es. En absoluto. Es ese capullo, que la tiene como engañada. Hipnotizada. Esclava. Pero un hijo cambia las cosas. Debo actuar sin más rodeos. No puedo esperar a que ella se decida.

Manuel es su médico y un tipo listo, tal vez pueda hablar con él, pedirle información sobre Daniela y sobre mi hijo, y ver si me da algún consejo. Aunque, claro, no sé si se arriesgaría a incumplir el secreto profesional. No, no lo haría. Es un buen médico y una persona estricta.

Debería romperle la nariz a ese malnacido con el que se casó y decirle que no vuelva a acercarse a ella. ¡Eso es lo que debería hacer, sí señor! Aunque… pensándolo mejor, tal vez no sea lo más inteligente; el cabrón podría vengarse algún día. Viviríamos perseguidos, con miedo. ¿Y si me largo de aquí con ella? Cada día que pasa mi hijo vive en peligro.

¡Jose! ¿Qué vas a hacer? Porque algo tienes que hacer…

9

Cada mañana Natalia me gana en puntualidad. Aunque la descripción correcta sería: se adelanta en puntualidad. Eso no debería constar como puntualidad. Llegar a las ocho, como yo lo hago, es puntualidad. Hoy no ha sido una excepción, está sentada leyendo historiales. Pero ¿y su coleta? No me gustan los cambios, y lleva el pelo suelto.

El despacho está entre penumbras, no ha encendido la luz y el amanecer no es capaz de alumbrar lo suficiente. Una escena que produce sueño, un momento de tranquilidad antes de que el sol ilumine la actividad cotidiana.

Me da los buenos días y se retira un mechón castaño que le cae como una plancha sobre la cara. Analizo si la rectitud de su melena puede equipararse con la de su habitual recogido. Puede que sí. Pero la veo diferente. Justo en ese momento, y sin dejar de lado la concentración en la lectura, comienza a ponerse una coleta. Mucho mejor, parece que me lea el pensamiento. Va recogiendo sus mechones y alguno le resbala, corriendo el peligro de no quedar atado. Sus pestañas siguen observando el texto que tiene delante, caen como si tuvieran algún protagonismo en la lectura.

Una vez la coleta está perfectamente altiva, levanta la mirada.

—Buenos días —le contesto entonces.

—¿Qué tal el fin de semana? —me pregunta sonriente, como si realmente le interesase.

—Bien, gracias. —Exactamente como todos, lo que se traduce en una relajante falta de acontecimientos inesperados.

Mi madre siempre insistía en que cuando alguien construye una pregunta que empiece con «¿qué tal...?», la respuesta debe ser, cuanto más corta, mejor, a ser posible seguida con otro «¿qué tal...?» dirigido a nuestro dialogante.

—¿Qué tal el tuyo?

—¡Estupendo! Gracias. —Me gusta que ella también controle la norma de la respuesta escueta.

—Nuestro primer paciente de la mañana es Álvaro, ¿no es así? —Esta vez me adelanto. He mirado la lista de citaciones.

—Veo que no volveré a pillarte. Buscaré otra manera con la que ponerte a prueba, ¡no te preocupes! —«Sí, claro, monina, inténtalo»—. La cita viene con señalamiento preferente. Han llamado esta misma mañana para coger un hueco, debe ser urgente. Camino me ha dicho...

—Espera un momento, ¿quién es Camino? —pregunto. Ella me mira manteniendo un crítico silencio. Sus pestañas se estrujan. Como si me criticaran—. No se me dan bien los nombres —me veo obligado a confesar. ¡Y a justificarme! No lo entiendo... Ella me obliga a... Dejémoslo.

—¿Tienes memoria prodigiosa para todo menos para los nombres de las personas?

—Así es. —Me cuesta admitir las debilidades.

—Es interesante... —reflexiona echando un suspiro que corta como un cuchillo—. Camino lleva trabajando en este centro de salud veinticinco años.

—¿Y? —No entiendo por qué ese dato iba a ayudarme en nada.

—¿Aún no sabes quién es? ¿Necesitas más pistas?

—Yo no necesito nada. No me interesan los nombres de las personas. Así que dímelo de una vez —digo con tono irritable que también corta como un cuchillo.

—Trabaja en recepción, pelito corto y pelirrojo…

—¿Es administrativa? —Natalia asiente, y en ese momento recuerdo quién es Camino.

—Me ha dicho Camino… la administrativa… —prosigue jugando con el ritmo de su voz, con cierta jocosidad. Me habla muy despacio, como si yo fuera corto de entendederas— que tenemos todos los espacios de consulta ocupados, pero que, dada la insistencia de la madre de Álvaro, la ha citado a las ocho y cuarto. Así que hoy haremos una excepción —no me gustan las excepciones—, y empezaremos un poco antes.

—¿Y si van a urgencias y dejan de marearnos?

—Parece ser que Álvaro es compañero de clase del hijo de Camino —¿por qué demonios es eso relevante?—, la mamá insistió mucho en que fueras tú quien lo viera, llevas años atendiendo a su hijo, he creído que no te importaría hacerle este pequeño favor a Camino, ya que has trabajado con ella desde que llegaste a este centro de salud. Seguramente creen que eres el más indicado, el más capaz para tratarlo. —Pestañea. Me está intentando camelar y, aunque soy consciente de ello, siento un pinchazo agudo en mis pulmones. Como si me inyectaran orgullo. Me manipula. Estoy empezando a hartarme de esas pestañas… ¿Y qué se piensa? El corazón no sc ablanda. Es un músculo. No una masilla de repostería que moldear.

—Aun con esas, ¿por qué debería saltarme la norma de citaciones con ella? —señalo. Natalia ríe con estrépito, una carcajada corta pero intensa. Tengo que cerciorarme de que quede bien claro: no es ninguna broma—. Lo digo en serio.

—Eres gracioso, Manuel. —Esto no me había pasado nunca, pasa olímpicamente de mi seriedad, sin que yo pueda remediarlo, y lo hace con tono liviano y elegancia. Me deja impotente—. Madre e hijo ya han llegado. Pero antes de llamarlos, te he traído un tercio de café, dos de leche semidesnatada y media cucharada de azúcar.

Se acerca con la taza azul, lo que nunca había hecho hasta el día de hoy, me la deja en el escritorio y me golpea con tono amigable la espalda. Sus pestañas se ríen de mí. A carcajadas.

Me ha convencido con una simple taza de café. ¡Y lo ha utilizado como maniobra de distracción! Ante mi sorpresa por su nueva actitud, no me ha dejado tiempo para la queja y ahora me quedo como un bobo anonadado mirando su amplia y manipuladora sonrisa. Parezco una de las sucias palomas que utilizaba Skinner en sus experimentos: si accedo a «hacer una excepción», me dan una taza de café. Si el niño se porta bien, le dan un caramelito. Me doblego ante algo tan básico como eso, como el condicionamiento operante. Me sorprende que haya caído en una manipulación de otro ser humano. Estoy descolocado.

Natalia es ligera al hablar. Alegre. Mi presencia no produce en ella la misma reacción que en los demás. No me tiene, *pensamiento intruso,* miedo. Tampoco le parezco un bicho horrible. No cree que sea asqueroso y no la intimido. Es una persona segura de sí misma. Bien. Odio a los dudosos. Se convierten en cautelosos.

—Por cierto, creo que Álvaro —enfatiza el nombre del niño, deteniéndose en cada sílaba y elevando el volumen (vuelve a reírse de mí)— va a ser un caso peliagudo, de los que te gustan —dice con sarcasmo mientras doy el primer y resignado sorbo.

Entonces, caigo. Sé por dónde va. El pobre que viene ahora, efectivamente, se llama Álvaro. Pero lo sumamente grave del chico, más allá de la dolencia que pueda sufrir en estos momentos, es que su apellido es Álvarez Alvarado. Me imagino la escena: «Rellene su nombre y apellidos, por favor: Álvaro Álvarez Alvarado». ¿Qué ocurrirá cuando pasen lista en clase? En fin…

—Sí, es una gran pena. Lo sé, esta familia no desborda inteligencia —digo compadeciéndome por todo lo que está a punto de ocurrir.

—Tampoco sentido del humor. ¿En qué cabeza cabe que pueda ser divertido elegir ese nombre para un hijo? Es una tragedia, si yo fuera el chaval, ¡jamás los perdonaría! —dice Natalia con verdadero enfado.

A las ocho y diecisiete me acabo el café, creo que dada la excepcional situación puedo permitirme dos minutos de retraso y eso me da control sobre el descontrol. Natalia se acerca a la puerta para dar paso a la madre y su hijo, los invito a que me cuenten lo que ocurre y entonces el niño me enseña la mano. Tiene un aspecto horrible, está inflamada.

—Le duele un montón —dice su madre.

¿No le va a doler? Menudo comentario idiota. ¡Tiene la mano rota! ¿Cómo no lo lleva a urgencias?

No puedo soportarlo, me entran unas ganas incontrolables de verter mi ira contra esta madre… No. No debo… no. Mira que llamarlo Álvaro… ¡Álvaro Álvarez Alvarado! No tengo por qué aguantar la imbecilidad acumulada biológicamente en los genes de los antecesores de este pobre crío, que han acabado juntándose para acabar poniendo de nombre «Álvaro» a su hijo teniendo en cuenta sus apellidos. Estoy completamente seguro de que la idiotez se ha ido pasando de generación en generación y ahora me toca a mí aguantar el resultado de una carga genética demasiado concentrada respecto a estupidez. No sé si el niño se habrá salvado. Probablemente no.

—Siéntate en la camilla, ¿puedes mover el quinto metacarpiano? —pregunto.

—¿Qué? —contesta el chico con gesto compungido por el dolor.

—Álvaro, ¿puedes mover el dedo meñique? —interviene Natalia en su labor habitual de traducción al lenguaje de los simios.

Una pena, decididamente este niño ha heredado más que un nombre imbécil. Ya tiene edad para saber que es un metacarpiano, ¿no?

Al mover el dedo contrae la cara de dolor.

—Señora, su hijo tiene la mano rota, debe llevarlo a urgencias inmediatamente. La fractura que sufre es denominada «fractura del boxeador».

Entonces mi gran capacidad memorística y resolutiva invade mis pensamientos, casi sin quererlo (soy listo sin esfuerzo), y me señala la manera en que todo esto encaja. Paciente de dieciséis años con un historial de ingresos en urgencias demasiado frecuente para su edad. Acude al hospital por rotura de codo, dislocación de hombro, moratones, golpes e incluso rotura del primer metatarsiano.

—Dime, Álvaro —este nombre no se me olvida, seguro—, ¿has pegado algún puñetazo hoy?

La madre mira al crío, suplicando.

—Cariño, puedes contárselo al doctor. Creo que él puede ayudarte. Camino dice que es extremadamente inteligente.

Natalia y sus pestañas me mandan una directa mirada. Su coleta se ha sacudido sobre su hombro, como un látigo, recriminando mi anterior actitud negativa ante el favor que me pedían para Camino. «Vale, vale... Gracias, Camino». Aunque no me parece fuera de lo común que me tenga en buena estima. Soy un gran médico.

El niño se echa a llorar.

—Esta mañana me he enfadado. —Respira—. Me he enfadado mucho... y he golpeado la pared de la cocina.

—¿Qué ha ocurrido? —Por desgracia, para hacer este diagnóstico debo meterme en camisa de once varas y preguntar por aspectos emocionales y contextuales de las vidas de estas poco concisas personas. No me fío de sus dotes narrativas, de su capacidad para identificar datos relevantes. De la estupidez acumulada en los genes de Álvaro Álvarez Alvarado.

El niño mira a su madre y ella prosigue:

—Estábamos desayunando cuando se le ha caído el cuenco de la leche al suelo. Entonces, ha lanzado la silla, ha empezado a decir palabrotas y ha golpeado la pared con furia.

—No he podido controlarme —dice el niño con arrepentimiento y agarrando su mano, como si quisiera hacerse daño adrede para calmar otro tipo de dolor—. A veces tengo tanta rabia dentro que no puedo soportarlo.

¿Cómo no va a tener rabia si sus padres le pusieron el nombre de Álvaro Álvarez Alvarado? Puede que este chico sea algo más listo de lo que creía.

—¿Ocurre con frecuencia? —Me muerdo la lengua y sigo con el diagnóstico.

—Alguna que otra vez, sí —dice la madre.

—¿Con cuánta frecuencia exactamente? —Es que hay que explicarlo todo.

—Por lo menos cuatro veces más en el último año. En una de ellas se rompió el dedo del pie de una patada.

—¿Sueles sentirte enrabietado habitualmente? —pregunto al niño.

—No. Es como si a veces explotara. Pero no me siento así todos los días.

—Cuando explotas, como dices tú, ¿el grado de agresividad es proporcional a la causa que ha producido el enfado? —Según mi criterio, con llamarse Álvaro Álvarez Alvarado tiene ya motivos suficientes, pero debo preguntar.

—No. Para nada —dice la madre—. Es desmesurado. Hoy por el tazón de leche, otras veces por obligarle a lavarse los dientes… Recuerdo que lo del pie fue porque no encontraba solución a un problema de matemáticas. —¿Y cómo le va a salir el problema con los genes que tiene el pobre?

—Bien —continúo—, puede que su hijo sufra un trastorno explosivo intermitente. La clínica describe episodios agresivos de ira y violencia. ¿Has tenido problemas para controlar otro tipo de impulsos?

—Mamá… no te enfades. —El niño quiere confesar y pide permiso a su madre agachando la cabeza.

—Tranquilo, hijo. Cuenta lo que sea necesario, así podremos buscar ayuda.

—A veces me gusta coger cosas prestadas… es decir…

—¿Robas? —Aclaro las miedosas sutilezas.

—Solo en tres ocasiones, y cosas poco valiosas. No puedo controlarlo… es…

No tiene por qué sufrir más, ya tiene bastante en esta vida con su nombre, así que corto la confesión:

—Está bien, tengo datos suficientes. —Sin embargo, el niño quiere añadir algo.

—Y a veces… tengo miedo de mí mismo.

—¿Qué quieres decir? —pregunta su madre alarmada.

—Tengo miedo de haceros daño a papá y a ti. —Bueno, algún que otro puñetazo leve ya se merecen, por el tema de Álvaro Álvarez Alvarado…

La madre se echa a llorar.

—Voy a hacer un control del nivel de serotonina y pediré un electroencefalograma. Serás derivado a salud mental para que confirmen el diagnóstico y puedas recibir el tratamiento farmacológico y psicológico que necesitas. Para cuando te atiendan estarán los resultados de las pruebas médicas, por lo que podrán descartar otros trastornos y el diagnóstico será más sencillo de señalar. —Les estoy adelantando trabajo a los psiquiatras, qué majo soy—. Y vayan a urgencias para que le miren esa mano.

La madre no para de llorar. ¡Pero si le estoy dando la solución! ¿Por qué eso no la alivia? No lo entiendo. Pues ya hemos acabado. ¿Por qué siguen aquí?

—¿Podéis pasar a mi despacho? Tengo cosas que concretar con vosotros. —Por fin, Natalia se los lleva. Por el tema ese de acoger, me imagino. La mujer me estaba empezando a irritar las neuronas con su irrazonable llanto. Ya tiene respuestas, sabe qué es lo que le ocurre a su hijo, eso debería calmarla, no angustiarla más.

Al poco rato Natalia vuelve a entrar.

—¡Vaya caso! —dice entusiasmada. No comparte la tristeza de la madre, siente admiración por la enfermedad.

—No es habitual, la verdad.

—¿Podrías explicarme lo que acabas de hacer? ¡Ha sido increíble! No sé cómo se te ha ocurrido atar los cabos de esa manera. Simplemente genial. —Hombre… «genial» deriva de «genio». —Descríbeme en qué consiste el trastorno, debo hablar con ellos, están muy alterados, no pueden irse a casa así.

—¿Por qué el diagnóstico no los ha tranquilizado? —Creo que es la primera vez en mi vida que pregunto a alguien esperando una respuesta que me aclare algo. Si exceptuamos a mi madre.

—Hombre, un diagnóstico, aunque aclare la situación, cerciora que estás enfermo, es como chocar contra la realidad, por no decir que la salud mental asusta.

—No sé por qué debería asustar más que una alergia o cualquier otra enfermedad. —Natalia vuelve a reír y niega con la cabeza, como si yo no tuviera arreglo. No me gusta que lo haga. Mis comentarios no son estúpidos. No sé qué es lo que ella piensa que se me pasa por alto.

—Debo quedarme con ellos, recoger sus dudas. Descríbeme brevemente los aspectos más importantes del trastorno, por favor. Después me informo con más detalle. —Cambia de tema sin contestar a mi pregunta: «¿por qué asusta más una enfermedad mental?». Me quedo con las ganas de saber qué es tan gracioso, qué se supone que se me pasa por alto, qué sabe ella que yo no… Y me pone nervioso que no me dé la oportunidad de rebatir su opinión, se va sin entrar a discutir y creyendo que tiene razón cuando, seguramente, esté errada y yo tenga la razón.

—El criterio para su diagnóstico es básicamente la ocurrencia de episodios, siempre más de uno, pero aislados, de imposibilidad para controlar impulsos agresivos. En estos episodios el grado de agresividad mostrada es desproporcionado a la causa que los motiva.

—¿Con que se llame Álvaro Álvarez Alvarado no es suficiente? —dice jocosa. Esta chica cada vez me cae mejor.

—Si ese fuese el caso no serían episodios aislados, estaría enfadado de continuo. —Me permito reír—. También tienen dificultades para controlar el resto de impulsos: como los sexuales, robar, mentir… —Se deben descartar otros trastornos mentales y por eso lo derivo a salud mental.

—¿Y las pruebas médicas que has mandado hacer?

—Los niveles bajos de serotonina y de ácido 5-hidroxindolacético se relacionan con la agresión impulsiva. Y aunque los electroencefalogramas suelen dar resultados normales, a veces pueden mostrar cambios inespecíficos o descartar otras alteraciones. Es curioso, pero estos pacientes…

—¡No te enrolles, que me están esperando! —dice con humor—. Después me lo explicas al detalle, me produce gran curiosidad. —Me gusta la gente curiosa, no suele ser cautelosa—. Me voy, espero que estén más tranquilos, intentaré explicárselo bien y templarlos… Después tengo control de glucemias y alguna que otra cura. ¿Podrás hacer las demás consultas sin mí? —Es una descarada con aires de grandeza.

—Claro. —No hay ni medio tinte de socarronería en mi respuesta.

Por supuesto que puedo sin ti.

Sin embargo, hay algo que me perturba cuando la veo marchar… No necesito para nada a esta «enfermerucha», pero que su coleta no esté balanceándose cerca me deja algo abatido. Simplemente su rectitud es un factor relajante. Nada más.

10

—El señor González ya está aquí, y ha venido con su mujer. Les digo que pasen, vamos retrasados —me avisa Natalia el jueves.

Menudo trajín de mañana: una *insulsería* detrás de otra, una pedantería detrás de otra… un horror de vida. Más entretenido habría estado si me hubiese hecho cirujano. Aunque debo recordar que el trabajo que realizo es valioso. ¿Quién estaría filtrando en mi lugar las relevancias médicas de las que no lo son? ¿Quién ocuparía el puesto que coordina a los enfermos que pasan a las demás especialidades médicas? ¿Quién tendría la responsabilidad de diagnosticar de manera temprana, en sus primeros síntomas, enfermedades agresivas? Alguno más imbécil que yo seguro.

Natalia no ha estado a mi lado en toda la mañana, tenía otros casos y una atención a domicilio. En el pasado, las enfermeras presenciaban cada consulta, pero se conoce que han ganado en autonomía y en funciones. Me parece estupendo. Hay trabajo que hacer, especialmente el que más odio de todos: el más íntimo. Lo agradezco. Las veces que Natalia comparte consulta conmigo es porque María Ángeles le apuntó el nombre de los pacientes con los cuales debía estar presente, y se conoce que el siguiente es uno de ellos.

El señor González entra por la puerta. Es curiosa la coincidencia, el viernes pasado vi a su mujer coqueteando y besuqueándose con Jose, el camarero del bar, en un rincón escondido. Oculto de lo inmoral de la situación.

El «señor cornudo» tiene un aspecto desmarañado. Lo acompaña una tripa cervecera mayor que la de su esposa, embarazada de seis meses. Tiene la barba despeinada y su mirada se sumerge en un contorno amoratado y profundo. Ojeroso. Huele bastante mal. Sé que agrede a su esposa, Daniela, pero sin denuncia y ante la negación de esta, no puedo hacer nada más que supervisar los ingresos en urgencias de la pobre. Es estupendo que por lo menos Daniela sea lo suficientemente inteligente como para intentarlo con otro tío, alguien como Jose, aunque no entiendo por qué es lo suficientemente estúpida como para no abandonar al cabrón de su marido de una vez. Podría envenenarlo. Si me lo pidiese, le explicaría la forma de hacerlo sin que nadie sospechase, pero nunca he conseguido que me lo cuente. Siempre tiene una buena excusa para los moratones, los ojos morados y las fisuras de sus costillas. Tal vez algún día tenga que dar parte y denunciarlo yo mismo. El tema del maltrato es como una figura de fino cristal: si la presionas con un poco más de fuerza de lo que se considera delicado, se rompe en mil cachitos y ya no puedes hacer nada por recomponerla. Es mejor ir al ritmo de la mujer.

—Buenos días, señor González, dígame —le ofrezco, aunque quiero golpearlo con la silla hasta matarlo. Esa imagen me produce cierto goce.

A veces, pienso que, en otra vida, he podido ser un asesino. Si hago la traducción: un héroe que acaba con la gente para salvar al mundo de gilipolleces. Hay gente que me sobra. Este nauseabundo hombre, por ejemplo. ¿Qué estará haciendo ahora un cirujano? Abrir entrañas y tener la vida de las personas en su mano. Elegir si alguien vive o no. Si yo fuese cirujano, y este hombre estuviese en mi quirófano, cometería un «involuntario» error que acabase con su vida. Algo inteligente y sutil.

***

El señor González comienza a hablar con voz áspera y quebrada. Carraspea para desatascar una densa flema que ocupa sitio en su garganta.

—La tripa me duele a menudo y siento náuseas. No sé… estoy… —parece que va a echar un gargajo, pero se lo traga— cansado, no tengo hambre…

—No es normal en él —añade la mujer con un volumen de voz apenas audible.

—¡Daniela! —el hombre hace una latente pausa—, mejor déjame hablar a mí, cariño.

Lo dice con voz excesivamente dulce, ocultando su asquerosidad, y posa la mano sobre la rodilla de su mujer haciendo presión con fuerza. Ella tensa la postura y lo mira con temor.

—Voy a inspeccionarlo, túmbese en la camilla —digo. Apenas puede moverse.

En el momento en que lo tengo recostado y expuesto ante mí me entran ganas de apuñalarlo. O abrirlo cual cirujano que debiera haber sido. Un largo corte desde su garganta hasta su ombligo, algo que me dejase verlo por dentro.

Antes de empezar con la exploración, Natalia se levanta de la silla y, aprovechando que el hombre está bajo mi control, se acerca a la esposa y le habla bajito.

—Daniela —no sé por qué la llama por su nombre, no suele hacerlo, siempre utiliza los apellidos. Puede que tenga algo que ver con todo ese rollo de hacer sentir bien al paciente y «acoger»—, ¿hace cuánto que no le hacen un control de embarazo?

—¿Control de embarazo? —contesta ella con contenida sorpresa.

—Es una mujer fuerte, mi hijo está bien. Déjenla tranquila —dice el subnormal desde la camilla con voz grave y profunda. Parece que la maldad resuena en las paredes.

—Es importante —Natalia se mantiene firme, contundente y no se doblega ante la desagradable voz del señor González y su reticencia. Sus pestañas no se han movido ni un ápice, no se encorvan, no se someten, y parece que su coleta se haya erizado puntiaguda, como un gato que arquea la espalda—; si le parece, doctor, me llevo a Daniela al botiquín para hacer un control básico mientras usted sigue con la exploración del señor González.

—¡No necesita ninguna prueba! —El marido utiliza un tono autoritario que me produce una ira irrefrenable. El cabrón no quiere que veamos los moratones de su mujer.

—La enfermera ha dicho que es importante. —Hago una pausa sosteniendo su mirada—. Si tiene interés porque su hijo nazca sano, haga el favor de dejarse aconsejar. —Utilizo un tono contundente, me estoy aguantando las ganas de zarandearlo y decirle que se calle de una vez.

—No me importa lo que diga la enfermera. Las mujeres exageran, ¿no le parece, doctor? —Ríe buscando complicidad en mí. La gruesa flema de su garganta sigue para arriba y para abajo.

Este hombre debe tener el cerebro paleomamífero, el más arcaico y animal, hiperdesarrollado, ocupando el sitio del córtex. La evolución no ha pasado por aquí...

—No. Le digo que «esta mujer», la enfermera, está bastante más formada que usted en lo que nos atañe y que no exagera. Daniela, debería ir con Natalia al botiquín.

Ante mi tono autoritario, el hombre se silencia. He ganado la batalla, soy el macho dominante. El que más fuerte golpea su pecho con los puños.

El señor González le manda una significativa mirada a su esposa: «No cuentes nada o después cuando lleguemos a casa y estemos solos...». Natalia saca a la mujer de allí, agarrándola del brazo porque ella es incapaz de mover un solo músculo. Está acojonada.

Me quedo con el repugnante señor González. Comienzo la exploración, examino su abdomen. Ya que tiene amplios antecedentes de alcoholismo me centro especialmente en el hígado. A ver si hay suerte... Sí... Puedo sentirlo más duro de lo habitual. Observo el color de sus ojos: se ven amarillentos. Esto pinta excelente... La piel de color amarillento también, vasos sanguíneos pequeños, rojos, en forma de araña. ¡Buenas noticias! ¡Premio! ¡Se trata de una cirrosis! Ojalá sea grave y el mundo se quite a este hombre de encima. Ojalá muera de una vez por todas dejando en paz esta vida.

He decidido que voy a torturarlo un poco, me deleitaré haciéndole pasar por un incómodo interrogatorio; podría dejar de lado la siguiente pregunta (es parte de la exploración, pero teniendo el diagnóstico tan claro no necesito hacerla); sin embargo, la ocasión lo merece:

—¿Ha notado usted si el tamaño de sus testículos ha menguado? —Me relamo con su cara de humillación.

—¿Cómo? —El hombre se mira y sujeta instintivamente los bajos.

—Que si tiene los testículos más pequeños. —Me lo estoy pasando pipa. Le estoy robando la hombría por momentos.

—No sé, doctor —dice avergonzado.

—No se preocupe, podemos cerciorarlo de otra manera… ¿Está teniendo problemas para hacer el amor?

Se encoge de hombros y mira hacia el suelo. No quiere contestar y no voy a insistir más. Sospecho que el niño que cree tener no es suyo. Me alegro por Jose.

—Señor González, puede que usted padezca una cirrosis. Se trata de una enfermedad del hígado. Voy a indicar unas pruebas de sangre para confirmar la sospecha.

Tengo clarísimo el diagnóstico, pero voy a alargar el proceso lo máximo posible, como si yo fuera un inepto cauteloso de los que tanto odio.

El hombre está muerto de miedo. Continúo:

—Si los resultados son positivos, mandaré hacer pruebas complementarias y hablaremos del tratamiento. Por el momento procure usted realizar los siguientes cambios en sus hábitos de vida: hacer una dieta saludable baja en sal y, por supuesto, prohibido el consumo de alcohol. —Ahora sí que está acojonado, tanto como lo está su

mujer habitualmente. ¡Que se joda!—. Voy a repasar su historial farmacológico y si procede hacer cambios lo llamaré para informarlo.

Sigue sin mediar palabra. Pero para mí no es suficiente. Es un
deleite hacerle sufrir y quiero alargarlo lo máximo posible. Lo que
más me gusta de todo esto es que, al mismo tiempo que me río de
él, estoy haciendo un adecuado trabajo médico. Ni negligencias, ni
errores… solo utilización del momento para ser cruel con él. ¡Ay, el
universo, qué sabio al elegir esta enfermedad para este gilipollas!
Voy a procurar que la autoestima de este hombre sufra aún más.
Ha demostrado despreciar al sexo femenino, así que la siguiente
pauta, acertada en la cirrosis, voy a disfrutarla del todo.

—Voy a prescribirle unos diuréticos. Debemos evitar que se
acumule líquido extra en su cuerpo, especialmente en el abdomen.

—¿Líquido extra? —pregunta. No ha dejado de sujetarse los
huevos ni un segundo.

—Voy a ponerle un ejemplo para que pueda entenderlo: el tipo
de sustancia de la que le hablo es utilizada por algunas mujeres para
eliminar líquidos y moldear la silueta.

—¿Cómo? —Vaya, por fin reacciona.

Sé que este no es el mejor ejemplo para explicar la función de
un diurético, algo que no es para tomarse a broma (tampoco una
cirrosis), pero mi única intención es la de ridiculizarlo, la de hacerle sufrir de la misma manera que hace él con su mujer. Menosprecia
al sexo femenino, pues bien.

—Imagínese que usted tiene una bonita fiesta a la que acudir
pero el vestido que quiere llevar —«ay, gracias, gracias por dejar en
mis manos este momento»—, y que normalmente le sienta genial,
le queda algo ajustado porque está usted hinchado. ¡Puede tomar
un diurético para que le quede perfecto!

—¿Cómo dice? —Está rojo de ira, parece que va a explotar.

—Nada, nada… solo era un ejemplo sin importancia. Como le
he dicho, en su caso, cumple una función diurética. Se aconseja en
el tratamiento de la cirrosis que…

SOSPECHOSA N.º 4

NATALIA CORTÉS SOLER

Pobre Daniela. María Ángeles me advirtió de lo que estaba ocurriendo en esta familia, y en cuanto he visto cómo el marido la mandaba callar no ha habido dudas: la maltrata.

El hombre la ha agarrado por la rodilla, aparentemente de manera cariñosa, y la reacción de ella ha sido un aspaviento, se ha inquietado, incluso se ha bajado las mangas de la camisa, en un intento de esconder moratones, me imagino. Es posible que se trate de un gesto que ha automatizado de tanto repetirlo. Pero lo que realmente ha confirmado mis sospechas ha sido la reacción del marido cuando he dicho que me llevaba a su mujer para hacerle un control de embarazo. El muy capullo no quiere que la inspeccionemos. ¡No me puedo creer que ni siquiera ella, estando embarazada de seis meses, supiera que debía examinarse!

—Daniela —le hablo por su nombre para procurar sensación de cercanía—, ¿te han visto alguna vez en un centro de atención a la mujer? ¿Una matrona?

—¿Para qué? —Se alarma, piensa que estoy sugiriendo que la maltratan. Se muestra a la defensiva.

—Para procurar un seguimiento de tu embarazo —digo con serenidad.

Niega con la cabeza y vuelve a bajar las mangas de su camisa hasta ocultar las manos, tiene el jersey cedido de tanto hacerlo. Es una mujer bonita; tiene una tez de porcelana y el pelo liso y claro, que ata en una coleta hacia un lado. Su mirada es profunda, envuelta en cierta rojez, como si se mezclaran la tristeza y la lucha en un mismo espacio. En realidad... corroída por las lágrimas. Es una herida infectada, envuelta en un pus verduzco, que no llega a cerrarse.

—¿Quieres que te explique por qué es importante que te atiendan en un centro especializado? —Asiente—. Todo embarazo debe ser controlado por lo menos cinco veces antes del parto. Verifican si el crecimiento del bebé y si el aumento de peso de la mujer es el correcto; estiman la fecha de nacimiento; solicitan análisis de sangre y de orina periódicos para prevenir anemias o afecciones urinarias; se valoran los niveles de calcio, presión arterial y pulso. Es importante saber si tu organismo se ha adaptado al nuevo estado. Te darán pautas sobre la alimentación, la ingesta de hierro, el ácido fólico, las vitaminas. ¿Las estás tomando?

—No. Desconocía que... —traga saliva—, mi marido dice que estoy sana...

—Sin un exhaustivo análisis y control nadie puede saberlo. Ni siquiera los médicos. —Procuro no comentar que su marido es un auténtico gilipollas que no tiene ni idea de nada. Tengo que controlar mi ira, de tal manera que siento cómo me duele en la boca del estómago, me palpita, pero quiero que me vea como alguien de confianza y no puedo permitir que se ponga aún más a la defensiva—. Si no tomas la adecuada cantidad de ácido fólico puede que tu bebé no se desarrolle bien. También deben hacerte ecografías; con un buen control, se previenen enfermedades.

—Bueno, mi marido dice —¡joder con «mi marido dice»!— que las mujeres han sabido parir solas desde siempre, que no se necesita tanta atención. Es algo que debemos y sabemos hacer.

Daniela tiene una mirada que esconde una profunda tristeza. Me entran ganas de quitarle de encima toda la oscuridad, como si pudiera hacerlo con solo tocarle el pelo y recogerle un mechón detrás de la oreja, como si mi ternura o buenas intenciones pudieran sacarla del pozo en el que se encuentra. Curarla a base de abrazos.

—Mira —exhalo un profundo suspiro—, si lo prefieres, puedes acudir sola al centro de atención a la mujer, no tienes por qué ir con tu marido ni tiene por qué saberlo. Voy a gestionarte una cita, llamaré por teléfono para evitar que llegue por correo postal y así nadie tiene por qué enterarse. ¿Te parece?

Se encoge de hombros, no contesta. Evita tomar decisiones.

—Voy a hacerlo —digo con contundencia. Es probable que reaccione bien a la autoridad—. Te escribiré en un papel los datos de la cita. No tienes que decidirlo ahora, pero en el centro, en una sola consulta pueden informarte sobre el parto, la lactancia, las vacunas necesarias y todo lo que hemos hablado. Responderán a tus dudas y puedes pedir ayuda para lo que quieras. ¿Entiendes? —Ahora sí estoy sugiriendo que cuente lo del maltrato, pero sigue sin reaccionar—. ¿Conoces el «secreto profesional», verdad?

—Sí.

—Nada de lo que hables con un sanitario saldrá de la consulta. Puedes acudir a una sola cita. Si no quieres volver, solo tienes que decirlo.

—Está bien. Me lo pensaré —dice mirando al suelo.

Me acerco al teléfono y concreto el tema con el centro de atención a la mujer. Cojo el esfigmomanómetro y me aproximo a ella.

—Voy a tomarte la tensión y a hacer algunas exploraciones de base para anticipar que no haya nada grave, pero yo no soy especialista.

Cuando le cojo el brazo ella se echa para atrás, se niega a que le tome la tensión, gesticulando con la cabeza y encogiéndose como un ovillo. Comienza a llorar desconsoladamente. No quiere que le vea los moratones y no reacciona bien cuando intento agarrarla del brazo. Su defensa es muy instintiva, condicionada. Supongo que tiene aprendido que cada vez que alguien la coge del brazo no acontece nada bueno.

—Está bien, no te preocupes, lo dejamos aquí. —Asiente y le cojo las manos intentando consolarla.

—Debo insistir en la necesidad de que pidas ayuda —no me ando con rodeos—, no te mereces nada de esto. Vales mucho, que nadie te diga lo contrario. Cuando estés lista, más tranquila y preparada para salir del botiquín me lo dices y aviso a tu marido. Le diré que no has permitido ninguna exploración y que únicamente hemos hablado sobre dieta saludable, para evitar su enfado. Pero repito, no creo que ni tú ni tu bebé estéis a salvo. Confía en alguien. Haz algo, cuanto antes mejor.

No sé si he hecho bien en hablarle tan claramente. Debería respetar sus deseos, sus tiempos, pero no he podido contenerme.

Le permito llorar en la camilla, dejándole su espacio mientras finjo reorganizar los estantes del botiquín. Cuando la veo más tranquila le ofrezco lavarse la cara, comprueba su reflejo en el espejo una y otra vez.

—¿Se nota que he llorado? —pregunta con miedo. No es preocupación por su imagen, es terror. No quiere que su marido piense que ha cantado.

—Espera un momento, tengo algo que puede servirte.

En el bolso siempre llevo maquillaje, se lo ofrezco y ella asiente aliviada y con una sonrisa podrida por falta de fuerza.

—Estoy lista para salir —dice tras arreglarse un poco.

Ambas entramos en la consulta de Manuel y me toca hacer el paripé. Interrumpo sin ni siquiera pedir permiso, quiero que el asqueroso subnormal del maltratador crea que estoy indignada con su esposa, que llego enfadada. Puede que así haya menos probabilidad de que le dé una paliza en casa.

—Doctor, se ha negado a que la exploren —digo con exagerada irritación—. Tan solo he conseguido que escuche alguna que otra pauta sobre alimentación e ingesta de vitaminas.

Ante mi sorpresa, el señor González apenas reacciona con mi

llegada. Tiene el rostro desencajado y mira hacia el suelo. Ni siquiera es capaz de marcar su autoridad ante su mujer. ¿Qué habrá pasado? Espero que Manuel le haya diagnosticado algo grave.

—Está bien, entonces hemos terminado. Como le he dicho, señor González, estudiaré su caso y con los resultados nos pondremos en contacto con usted para derivarle al especialista oportuno. Vuelvo a insistir en las medidas que debe adoptar: queda prohibida la ingesta de alcohol. —Manuel le está dando los últimos consejos.

¿Será una cirrosis? Nada más que la pareja sale de la habitación, apoyo los codos sobre el escritorio de Manuel, me arrimo un poco y añado:

—Dime que es algo grave, por favor. ¿Una cirrosis gorda?

—Eso creo, y aunque no puedo cerciorar la gravedad, padece ictericia y ascitis.

—Si estás tan seguro, ¿por qué no lo has derivado a hepatología? ¿Para qué hacerle más pruebas?

—Es que, de repente, me he convertido en alguien tediosamente cauto…

Me echo a reír. Manuel suele producirme explosiones de risa. Entiendo lo que está haciendo, actúa como si fuera un médico incapaz de diagnosticar una cirrosis grave sin pruebas de laboratorio que lo avalen. Quiere alargar el proceso diagnóstico y torturar al torturador con el máximo de pruebas médicas posibles. Vaya. Me sorprende que Manuel haya podido hacer algo así, yo no me habría atrevido a tomar esa decisión, pero… Sí, lo admito, deseo que así sea. Deseo que el maltratador sufra.

—¿Desde cuándo sabes que maltrata a su esposa? —pregunto.

—Desde el inicio. Pero ella siempre lo ha negado, tengo las manos atadas.

—Ese hombre merece morir. —No sé si lo pienso de veras, esto no lo hubiera dicho con cualquier otra persona.

—Estoy de acuerdo. —Pero con Manuel sí.

Manuel es alguien fuera de lo común. Tiene de guía la certeza que le ofrece su extrema inteligencia. Deja de lado las dudas, y las dudas me producen un poco de irritación. Son vomitivas.

Hace del trabajo un lugar más divertido, me agrada lo diferente. Él te hace crecer, y a mí me gusta la gente que reconoce las normas impuestas y entre ellas identifica las que son innecesarias, las que son precavidas, las que detienen tu expansión. Él se las salta. La sorpresa que me embiste cada vez, por la manera de actuar de este médico, me está haciendo aprender a pasos agigantados.

No entiendo por qué María Ángeles me advirtió con tanta insistencia sobre la dificultad de trabajar a su lado. Cierto es que en ocasiones es brusco, tanto con los pacientes como conmigo, casi nunca sonríe, es poco atento, poco hablador y algo rígido en sus hábitos; sin embargo, es adorable. Me divierte pensar que su atractiva inteligencia no consigue comprender las situaciones más humanas, el contacto social, soy útil en esos momentos. Muchas veces, debo aguantarme la risa para no dejarlo en evidencia. Lo mismo me pasa cuando la víctima de su incapacidad social soy yo misma, cuando comete una torpeza y se muestra poco hábil en el trato hacia mi persona carcajeo y le contesto cualquier cosa. Pone cara de sorpresa, creo que no está acostumbrado a ese tipo de reacciones en los demás, está acostumbrado a encontrarse malas caras y contestaciones refunfuñadas. Puede que incluso rechazo.

Manuel me acaricia esa cosquilla vibrante que me ha perseguido toda la vida. No muestra interés por nadie y por ello tengo la imperiosa necesidad de que se fije en mí. Intento por todos los medios reaccionar de maneras que lo descoloquen, destacar... en definitiva, azorarlo un poco.

Tiene los ojos entrecerrados y oscuros, eso le da profundidad a su mirada. Parece que siempre estuviese maquinando algo, analizando. Posee unos hombros anchos (se nota que hace deporte) y una mata abundante de pelo moreno. Puedo concretar su manera de andar: suele llevar las manos en los bolsillos y la espalda un poco encorvada. Como si quisiera esconderse o desaparecer. Huidizo. Se podría decir que es atractivo, aunque no creo que lo que yo siento sea un impulso romántico o amoroso. ¡Pero si consigo que me admire, será como conquistar su inteligencia! ¡Estar a su altura!

Puedo entender por qué se aleja de la gente, debemos parecerle unos estúpidos todos. Su gran memoria le posibilita tener muchos datos en la cabeza. Ojalá yo fuera capaz de entender la cantidad de criterios que debe tener en cuenta cuando toma una decisión. ¡Y la velocidad con lo que lo hace! Su forma de pensar tiene que parecerse a una telaraña en construcción. Al resto de los mortales se nos escapan tantos matices, tantas cuestiones relevantes… para él tiene que ser horrible ver más allá y no poder decir nada por miedo a enfrentarse a orgullos heridos y debates en los que sabe que él lleva la razón. Me encanta estar a su lado, porque aprovecho cualquier momento para aprender de él. Y por supuesto, me encanta sacarle de apuros cuando se trata de temas relacionales y humanos, o desencajar sus planes y formas de ver. Concretando: me encanta cuando consigo sacarlo de su perspectiva. Ese momento de titubeo que muestra en sus silencios. Un ejemplo tonto es el día que no le traje el café.

Me he fijado en que siempre almuerza frutos secos, que no soporta escribir con un bolígrafo que haya perdido su tapón, que coloca los papeles de su escritorio en perfecto paralelo con el borde de la mesa y que no tolera los cambios imprevistos, como cuando se nos coló Álvaro Álvarez Alvarado quince minutos antes de lo habitual. Me encanta y lo repetiré…: cuando consigo azorarlo, confundirlo o hacerle cambiar de planes es como si me entrometiese en su inteligencia y pudiese nublarla por un momento.

Apenas se relaciona con el resto del equipo, se trata de un hombre solitario, y eso me atrae en parte. Nadie puede llegar a él, y siempre me he visto cautivada por los retos. No me gusta hacer las cosas sencillas. Me aburren. Cuanto más complicado sea un objetivo, más me obceco con ello. Cuando lo consigo, ni siquiera soy capaz de parar un momento para sentirme satisfecha, porque cada vez hay un escalón más que subir, hay una cima más difícil que coronar.

Lo extraño e infrecuente me atrae con pasión. Sé que todo el mundo esconde un lado oscuro y me encantaría encontrar el mío propio. Yo no tengo miedo, no me alejaría ni evitaría lo desconocido como hacen los demás. Creo que si me acerco al tipo de experiencias de las que la gente huye, podría conocerme mejor. Explorar mi lado oscuro, ese otro lado de mi personalidad. Podría sumergirme en algo profundo. Ni siquiera me atemoriza no poder volver de allí... ¿Qué se oculta más allá de lo que conoces de ti mismo?

11

Estoy borracho. Lo reconozco: lo estoy. No sé cómo ha pasado. Bueno, sí lo sé. Pero no sé cómo ha pasado. A ver… que me aclare… conozco los hechos y me acuerdo. Ni borracho voy a olvidarme de nada. Pero no sé cómo ha pasado. Cómo ha podido pasar.

Iba por mi segunda copa y entonces Jose me ha preguntado… Nunca pregunta nada, no sé… me ha descolocado:

—¿Qué tal tu nueva compañera? ¿La enfermera?

—Bien… Exactamente igual —le he contestado yo.

—¡Ay, Manuel! Las mujeres…

—¿Qué pasa con las mujeres? —he preguntado.

Pero no me ha contestado. Tras una pequeña reflexión, he recordado que hoy Natalia llevaba el pelo suelto. *Pensamiento intruso.* Seguía liso como una plancha, como una tabla, como un lago congelado o un recipiente de líquido en máxima quietud… madre mía, qué borracho estoy…

Su cabello se compone de un millón de rectas. Según la geometría, las rectas se extienden en una misma dirección, existen en una sola dimensión y se componen de infinitos segmentos. La recta es el fragmento de línea más corto entre dos puntos. Y por eso me da la sensación de que no se anda con rodeos. La línea recta es algo extremadamente regular, sin embargo, me gustan las cosas atadas. Y al no llevar coleta tenía miedo de que ese pelo fuera algo más libre. De que se expandiera hacia límites que yo no controlase. ¡Podría rizarse y enredarse! Madre mía, qué borracho estoy. Divago.

En ese momento de angustia (debido al pelo suelto de Natalia) me he bebido la segunda copa de golpe y he pedido la tercera. Me gusta ordenar mi vida en torno al Uno. Dos. Tres. Mi madre decía que contara hasta tres si algún gilipollas me cansaba demasiado. Bueno, no lo decía así, pero en definitiva era lo que quería decir.

Después ha llegado la tercera ronda. Jose ha seguido hablando:

—¿Tienes alguna mujer importante en tu vida? —He negado con la cabeza, me estaba empezando a poner nervioso, no suele ser tan pesado—. ¡Venga, hombre! ¡Todo el mundo tiene una mujer importante en su vida!

Entonces me he dado cuenta de la razón por la que esta noche estaba tan insistente con las malditas mujeres: quería sacar el tema de Daniela, su amor prohibido. Sabe que yo la atiendo y tenía la intención de preguntarme por cuestiones médicas que no pensaba contestar.

—No. No tengo a nadie —le he dicho con aspereza.

—¿Ni siquiera una hermana o una madre?

—No quiero hablar de mi madre —le he dicho con aún más aspereza. ¡Tanta aspereza que le ha debido lijar la cara! Y la tercera copa también ha entrado de golpe.

He sacado la cartera para pagar, pero, entonces, Jose me ha ofrecido la cuarta copa. ¿Una cuarta copa? Si siempre bebo una. Dos. Tres. Me decepciono a mí mismo con el simple hecho de haberme planteado la opción.

Mi madre ha vuelto a invadir mis pensamientos seguidos de una imagen perfecta, inquietante y equilibradamente pendular: la peeeeeeerfectíssssima coleta de Natalia. Madre mía, qué borracho estoy. El azoramiento, la incertidumbre sobre cómo una coleta ha podido alterarme de esta manera me ha hecho aceptar la cuarta copa, que no es múltiplo de Uno. Dos. Tres.

Jose se ha alegrado en exceso, claro, quiere sacarme información. Pero no sabe muy bien cómo empezar a hablar, y mientras tanto me ha dado tiempo a beberme el vaso completo.

—¿Quieres otra? Invita la casa —insiste.

Si me bebo una quinta copa, estoy más cerca del seis, que sí es múltiplo del Uno. Dos. Tres. Dos por uno. Dos. Tres… Seis. He aceptado, pero no me gusta que la gente piense que soy estúpido ni que crean que pueden manipularme, así que he ido al grano.

—Mira, Jose, sé queeee quieres preguntarme por por por Daniela. Voy a ahorrarte el tiempo. No puedo darte datos. —Y me ha interrumpido el hipo. Yo que pensaba que estaba hablando tan sereno—. No pued… ¡hip! …hablarte de lo que ocurre en mi consulta. No soy iiiiimbécil.

—Lo sé, lo sé… Pero estoy desesperado. Llevas viniendo muchos años, he estado a tu lado y nunca te he dado la tabarra —en eso tiene razón—, pero es que… ¡El hijo que espera es mío, Manuel!

Le he dado un buen trago al vaso. Como si me importara la situación de este hombre, como si sintiera empatía. Venga ya. ¿Qué más da la empatía? No me es útil, nunca me ha sido útil. No pienso hablar. El nudo que tengo en el estómago no es porque la situación de Jose me abrume, sino porque llevo cinco copas de ron. Sí, en ese momento estoy. Borracho como una cuba. No sé cómo ha pasado. Bueno, sí lo sé. Pero no sé cómo he podido dejar que el número Uno. Dos. Tres deje de tener importancia en mi vida. Es algo que siempre me ha servido. ¡Eso sí me ha sido útil! Tendré que tomarme la sexta copa, para que el mundo no deje de girar. Uno. Dos. Tres por dos, es seis. Seis entre dos es Uno. Dos. Tres. Madre mía, qué borracho estoy.

—Poooonme otra. —Múltiplo del Uno. Dos. Tres.

—De acuerdo, Manuel, no tienes por qué contarme nada —me dice mientras rellena el vaso—, pero podrías aconsejarme. ¿Qué tendría que hacer un hombre en mi situación? ¿Y si mi hijo corre peligro?

Voy muy borracho. La gente es estúpida, me pregunta qué puede hacer cuando conoce la respuesta. Pero son débiles y quieren oírlo, quieren una confirmación de lo que ya saben: el maltratador tiene que desaparecer.

Siento un odio extremo por estar rodeado de cosas que me aburren tantiiiititísimo. Me entran ganas de romper el vaso. Cosas estúpidas, dudas incesantes de gente titubeante... Interrogantes, interrogantes... ¡interrogantes por todas partes, joder! Rodeado de cosas enclaustradas bajo normas que escribe gente menos inteligente que yo. Eso es... tooda una historia de proceso de evolución y desarrollo de la humanidad. Reyes, revolucionarios, políticos y demás gilipollas... ¡hip!... jum... ¡Tooda una historia para escribir leyes creadas por gente más estúpida que yo! ¡Si yo fuera rey del mundo! –madre mía, qué borracho estoy– tendría todo claro. No tartamudearía como lo hacen todos. ¡Hip! Bueno, la coleta esa que veo cada mañana no tartamudea. Se balancea en equilibrio, casi como un péndulo exacto. Sé que no es posible que la segunda ley de Newton se cumpla con una coleta, pero, cuando la observo bien, parece que el pelo inextensible, sostenido en –¡HIP!– su extremo superior por el coletero, y el volumen que genera, que produce una masa puntual en el extremo inferior, oscilen en un plano vertical fijo. Dios, qué borracho estoy. Tengo que acabarme esta copa. Seis entre dos es Uno. Dos. Tres.

¡Si yo fuera el rey del mundo!... le diría a Jose:

—El señor González tiene que morir.

12

Un líquido caliente y negruzco cae abundantemente sobre las palmas de mis manos. Estoy encerrado en un habitáculo acristalado de unos veinte metros cuadrados. El líquido se me escapa entre los dedos y comienza a inundarlo todo. Lo impregna todo, lo mancha todo. Las huellas de mis manos quedan marcadas sobre la pared de cristal. Fantasmagóricas, como si no fuera yo quien las hubiese hecho.

Me siento entre asustado, excitado y satisfecho. Lo he resuelto: fin.

Me muevo a una velocidad sorprendente, como un vídeo rebobinando. Corro entre carcajadas de un lado a otro, animado por una sensación de poder que me hace sentir libre, con fuerza para golpear los cristales una y otra vez.

Paro un segundo a respirar entre amplias bocanadas de aire y una larga sonrisa. Todo tiene un color negro, pastoso. No veo nada más que ese líquido resbalándose por mi cuerpo. De repente, frente a mí, aparece la silueta de alguien. Es una mujer. Oscura y de ojos chispeantes que parecen derretirse. Sé que es mi madre. Grita y me señala. El color de la escena cambia. Reconozco el tono: color rojo vivo, como el de la sangre que circula por las arterias, que ha pasado por los pulmones, sale del corazón y se ramifica para oxigenar el resto del cuerpo. Cuando seccionas una arteria, esta sangra a chorros, y con cada esfuerzo del corazón el impulso del líquido es mayor, se coordinan. En este momento puedo sentir cómo los latidos retumban por todas partes. Es la razón por la que un fluido caliente y rojizo se lanza contra mi cara y no me deja respirar. No me siento ahogado, me siento reconfortado. Lo he hecho bien.

Me incorporo de golpe sobre la cama, sudoroso. Como acto reflejo, y antes de ser consciente de haber tenido una pesadilla, me miro las palmas de las manos. Por supuesto, están limpias.

Estoy horrorizado. Será cosa del alcohol, apenas puedo acordarme de lo que ocurrió ayer. Mierda, nunca olvido las cosas. ¿Cuáles fueron exactamente las palabras que entablé con Jose? ¿Cómo llegué hasta casa?

Respiro siendo consciente de que lo hago para sobrevivir. Por muy borracho que estuviese, no puedo creer que mi mente haya podido producir nada así. Porque los sueños vienen de una elaboración de tu propia mente, y nunca imaginé que yo mismo pudiese idear algo tan brutal como esta pesadilla. No me identifico. No veo la asociación que haya podido hacer mi inconsciente. Jamás me habría sentido de esa manera, tan orgulloso o completo, ante algo tan sangriento y funesto. Yo no soy así. Puede que a veces piense alguna que otra cosa siniestra, pero nada tan oscuro como esto.

13

Ayer no pude salir a entrenar con el grupo de *running*. Además de la resaca, que apenas dejaba que me moviera sin padecer un dolor insufrible, necesitaba relajarme un poco. No sé, me veía distinto. No me gusta dejar de cumplir con mi bien planificada rutina semanal, pero fue superior a mis fuerzas. En este estado, no podría aguantar a los demás corredores del grupo.

Me sentía extraño. Como si algo oculto me persiguiese. Identificaba una especie de vacío en mi interior que me entristecía. Algo que sabía que podía llenar, pero desconocía cómo. Bah… Serán cosas del estómago, que se ha herido con el alcohol. No debí saltarme la norma del Uno. Dos. Tres. Por mucho que seis sea un múltiplo, no es lo mismo Uno. Dos. Tres copas de ron que seis. Se ha desbarajustado todo.

Para compensar, y aunque en mi plan rutinario el domingo no lo tenga planeado para hacer deporte, hoy he ido a nadar. Me relaja más que correr y cumplo con la pauta de ejercicio semanal. Es como si de esta manera pudiese volver a tener el control de la situación, poder empezar a ser yo mismo. Seguir al menos una norma de mis rutinas: el número de sesiones deportivas semanales.

***

Siempre que nado, procuro hacerlo en la calle Uno. Dos. Tres. Hoy más que nunca lo necesito, y aunque la piscina está prácticamente vacía, alguien ocupa justamente la Uno. Dos. Tres.

Joder, no me veo con fuerzas para ceder. Aunque sé que es absurdo, porque el resto de calles están libres, me lanzo de cabeza en la calle número Uno. Dos. Tres.

Apenas he hecho dos largos cuando veo que la otra nadadora se para en uno de los extremos y hace una señal para que me detenga. Es algo incómodo, estoy demasiado cerca de ella.

—¿Por qué ha ocupado mi calle? —me dice con cierto tono de enfado—. Las demás están libres. —Se siente un cierto matiz de curiosidad en su voz y... ¡No puede ser! Reconozco la voz... ¡Creo que es Natalia! Entre las gafas empañadas y el gorro de piscina no puedo asegurarlo. Además, nunca la había visto por aquí, aunque, claro, tampoco vengo los domingos.

—Lo siento, me gusta nadar en la calle número tres. —Uno. Dos. Tres—. Es una costumbre —digo con cautela, por no saber a quién me enfrento.

—¿Manuel? ¿Eres tú? —Ella me reconoce en cuanto le hablo, efectivamente, es Natalia.

Asiento quitándome las gafas.

Es una sensación extraña, estamos demasiado cerca y casi desnudos. No puedo mirar su coleta, que está escondida bajo el gorro, así que me detengo a observar su boca mientras habla. Es amplia, supongo que porque la utiliza mucho para reír, la genética la ha diseñado para que se vea bien, la biología es astuta: si va a reír mucho, mejor que se vea bien.

—Entonces, ¿siempre utilizas la calle tres? —Como había anticipado, se echa a reír—. Está bien, no voy a preguntar por qué, ya casi he terminado, procuraré no volver a utilizarla la próxima vez, ¡podría encontrarte aquí y ocupar la calle del señorito!

Se sumerge, coge impulso y con extrema agilidad sale del agua.

Me pasa el culo a escasos centímetros de la cara. Un perfecto y redondo culo que me produce una erección al momento. Está mojada, se da media vuelta y se quita el gorro. Gira la cabeza hacia un lado y se escurre el pelo, que cae ondulante sobre el hombro izquierdo hasta rozar su pecho. Aunque en esta ocasión la humedad impide que su melena se muestre con rectitud, las ondulaciones son casi perfectas, casi simétricas. Se inclina un poco hacia mí, enseñándome aún con más descaro su voluptuoso escote, lo que empeora la erección, y dice:

—Si quieres podemos tomarnos un café a la salida.

—Está bien. —Mi polla ha hablado por mí, está claro.

—Me voy un rato a la sauna y a la zona de *jacuzzi*. Tardaré unos cuarenta minutos. ¿Quedamos en la puerta de los vestuarios?

—Está bien —repito. Como un robot. Parece que mi polla me ha quitado la riqueza de vocabulario y la fluidez semántica, además de la capacidad de toma de decisiones.

—¡Hasta luego entonces! —Se marcha balanceando su trasero casi con la misma perfección matemática que oscila su coleta. Es el movimiento de un seductor péndulo y su armonía.

Continúo con la natación, hoy no tendré tiempo para hacer la cantidad de largos habituales porque en cuarenta minutos he quedado fuera. Mierda, otra vez no consigo que las cosas se mantengan en su sitio, y nunca mejor dicho.

Pienso en la escena que acaba de producirse. Nunca había visto a Natalia con una ropa diferente al pijama blanco del centro de salud. Me da la impresión de que a esta chica le gusta alterarme. Bueno, no sé. No lo tengo claro. ¿Ha usado su perfecto cuerpo con maestría para manipularme? ¿Su contoneo al andar? ¿O simplemente he reaccionado al tan instintivo impulso sexual de la especie humana? Seguramente sea lo segundo. No puedo controlarlo todo. Maldita sea. No puede ser que mi polla vaya por su cuenta.

***

A la salida me espera sentada en un banco marrón. La veo de espaldas, lleva la coleta lisa como una tabla otra vez. Eso me da un respiro, un aire de tranquilidad ante tanto sobresalto al que me tengo que enfrentar. Siente mi presencia y se gira sonriente, como es habitual. Repito. Esta chica no puede dejar de sonreír. Al levantarse veo que va con unos vaqueros que aprietan ese… Concéntrate. Lleva una camisa beis y una americana, protegiendo el cuello un fular con tonos crema y ciertos matices rosas que reflejan sus labios. Es mi capacidad analítica y asociativa la que concreta todos estos asuntos, y no la pedantería o ñoñería. Sé qué color combina con cada cual, pero no porque lea revistas de moda –puaj–, sino porque lo sé casi todo.

Me saluda con entusiasmo, parece que incluso se alegra de verme. No suele pasarme con nadie más.

—¿Qué tal la sauna? —pregunto sin verdadero interés. Aunque la imagen de verla desnuda bajo una toalla blanca que sugiere un pecho voluptuoso y su piel húmeda por el sudor me devuelve el interés. Joder con mis instintos primarios.

—Bien, gracias. Es mi momento de relax de la semana. Nunca te había visto por aquí. ¿Vienes a menudo?

—Suelo hacerlo los viernes.

—No habremos coincidido entonces. ¿Tomamos un café? ¿Te parece que vayamos al Rincón de los Sitios? Está cerca.

—Sí, lo conozco. Vivo a apenas tres manzanas de allí.

—¡Yo también vivo cerca! Qué casualidad.

Esto está empezando a parecerse a una novela romántica. Y no me gusta. No sé por qué demonios he aceptado el plan. Si solo quiero follármela. Bueno, tampoco eso. Trabajo con ella. Mi polla opina que quiero follármela, pero a mí no me interesa.

Caminando, a apenas una manzana del bar, se nos cruza la señora Bermejo. Su hijo, Juan (mira, esta vez no me he olvidado del nombre), camina a su lado con una muleta y un pie escayolado. Los tengo de frente, así que estoy en la obligación de comunicarme con ellos:

—¡Buenas tardes, Manuel! —se adelanta ella. Con su rudo entusiasmo. Como si fuese una apisonadora de exaltación.

La señora Bermejo mira a Natalia con curiosidad. Sé lo que está pensando: «Me alegra que por fin exista alguien en este planeta que quiera soportar a este tío». No me apetece dar explicaciones, así que me salgo por la tangente:

—¿Qué te ha pasado, Juan? —le pregunto al tullido chico.

—Me he roto el pie —dice con tristeza y rascándose la cabeza. Como un mono.

—¡Un esguince de tercer grado! —salta su madre, feliz de poder llorarle las penas a alguien—. Tiene los ligamentos rotos. ¡¡¡Todo por culpa de un desgraciado!!!

—¿Qué ha ocurrido?

—Estaba mi Juan jugando al fútbol en el recreo, cuando un balón, que ni siquiera él había lanzado, cayó sobre la cara de un hombre. Un despreciable hombre. Mi niño se acercó a recoger el balón y a pedir disculpas, pero el muy ruin lo empujó con tanta fuerza que cayó sobre un bordillo, rompiéndose un pie. ¿Sabe qué hizo ese bruto después? —no espera mi respuesta y tampoco mi curiosidad—, le pegó a Juan un bofetón en la cara y un puntapié. Tiene moratones en las costillas.

—Lamento lo ocurrido. —Hay gente por el mundo que no merece respirar. Lo pienso de verdad. ¿Golpear a un niño herido? Hay niveles respecto a la gente que me provoca irritación. Pondré un ejemplo. Un tonto que sabe que lo es y actúa en consecuencia no me irrita mucho. Un tonto que se cree listo, sí. Un niño que se rasca la cabeza, puede pasar. Pero un hombre que golpea a un niño merece, *pensamiento intruso*, morir.

—Lo he denunciado. La policía lo ha identificado y voy a decir su nombre por toda la ciudad para que la gente conozca la clase de monstruo que es. Así que escuchadme bien, tú también, preciosa —le dice con cariño a Natalia—. Su nombre es Pablo González Acevedo.

No puede ser. Se trata del señor González. El paciente de la cirrosis, el marido de Daniela, el despreciable maltratador, el cornudo. Demasiada casualidad. Natalia también ha relacionado la información, y como la han incluido en la conversación, añade:

—¡Qué horror! No entiendo que haya gente que pueda hacer ese tipo de cosas. ¿Cuándo ocurrió?

—El jueves por la mañana.

—¿A qué hora? —La señora Bermejo no parece entender el motivo de esa pregunta, pero yo sí; no obstante, contesta.

—Sobre las once y media o doce. Mi Juan le contó a la policía que el hombre estaba borracho como una cuba, ¿verdad?

Pobre Juan, asiente, no tiene opción de hablar. Su madre lo protege hasta de eso.

—Lo siento mucho, chico —le digo intentando copiar el tipo de lenguaje que utiliza Natalia cuando se dirige a un paciente. Aunque no necesito aprender nada de ella. Es solo que me recuerda algunas cosas que ya sé.

—Cariño, vete adelantándote, que ahora voy —le señala su madre, quiere decir algo sin que el niño lo oiga. Espera unos segundos y se dirige a nosotros con rabia, escupiéndola por la boca entre gotas de saliva—. Este tipo de personas debería morir. ¡Ay, Dios mío! El mundo está loco. No sé cómo voy a hacer para que a mi Juan no le pase nada.

Seguro que lo intenta a base de tortillas de patata para cenar.

—Creo que está en buenas manos. —Natalia le guiña un ojo, se hace cómplice, como con casi todos los que alguna vez están a su lado.

—Encantada de conocerla, señorita. ¿Usted es?… Ya que Manuel no me la presenta formalmente me veo obligada a preguntar.

—Qué obligación ni qué leches… Es cotilla por naturaleza.

—Natalia. Enfermera y compañera de trabajo de Manuel.

Se dan la mano y la señora Bermejo se despide con un brillo en los ojos. Como el que llevaría alguien que roba un suculento secreto. Qué equivocada está.

—¿Has oído eso? —Natalia se cerciora de que la señora Bermejo está lo suficientemente lejos—. El señor González salió de la consulta el jueves sobre las diez y media. ¿Qué tal se tomó la noticia de su enfermedad?

—Mal. Procuré que se la tomara mal.

—Ay, Manuel… ¿qué hiciste? —me pregunta cogiéndome de la mano.

—Tan solo incomodarlo un poco, quitarle algo de autoestima, robarle un trocito de hombría.

—Aunque se lo merece del todo por la clase de alimaña que es, no sé si hiciste bien. Hay un factor que no tuviste en cuenta. —¿Un factor que yo no tuve en cuenta, pero ella sí? Imposible—. Si salió ofendido o enfadado de la consulta pudo pagarlo con los de alrededor. Con su esposa o, en este caso, con Juan. Si le quitaste la hombría, seguramente la quiso recuperar insistiendo en la superioridad que cree tener sobre su mujer. Le daría una paliza para revalidar su autoridad. Para aumentar su autoestima. Y le pegó a un niño indefenso para reafirmar su superioridad física.

Me he quedado helado, como si me hubieran dado una bofetada. No… helado tendría más que ver con el hielo. Entonces, como si me hubiesen arrojado esporas de hielo que pudiese inhalar. Creo que tiene razón. No me paré a pensar en las posibles consecuencias. ¿No me paré a pensar? ¿O no quise pararme? Me gustó tanto regodearme… *Pensamiento intruso.* No sé por qué el sueño de la madrugada del sábado me viene a la cabeza. El agujero oscuro. Esa sensación de satisfacción y poder sobre la sangre que borbotea.

—Vamos, nos sentarán bien unas cuantas cervezas —dice ella agarrándome del brazo y sacándome del estupor.

No me está juzgando, me está acompañando. Físicamente, me refiero. Ya he dicho que me agarra del brazo.

Entrando en el bar el Rincón de los Sitios casi me echo a vomitar por la cursilería que tienen montada. Han organizado una fiesta. Una fiesta más ñoña que dar de comer a un poni. Hay globos, serpentinas y carteles por todas partes: *Enhorabuena, Eloísa.* Decidimos escapar de allí.

Tal vez pueda llevar a Natalia al bar de Jose. Aunque, claro, me sentiría algo incómodo con él. No recuerdo cómo acabamos el viernes. Iba muy borracho. ¿Qué fue exactamente lo que le dije? ¿Cómo volví a casa? ¿Debo enseñarle «mi guarida» a Natalia?

—Te llevaré al bar de Jose. —Pocas veces hablo antes de decidir. Natalia me saca de mis habituales casillas una y otra vez. Es un horror.

—¡Perfecto! —dice ella acariciándose con los dedos la coleta. En ese momento me alegro de enseñarle «mi guarida». Su rectitud de peinado me relaja. Se conoce que incluso cuando la deliberación es involuntaria, por llamarla así, también acabo decidiendo correctamente.

14

Son las ocho de la mañana del lunes. Uno de mis momentos preferidos. Tengo la sensación de que todo se reinicia en este instante, la estructuración de mis tareas y de mis rutinas semanales comienza aquí. Por fin podré reanudar el orden que no pude mantener la semana pasada. Todo comenzó a desmoronarse tras saltarme la norma del Uno. Dos. Tres en el bar de Jose, tras las seis copas de ron. Seis no es lo mismo que Uno. Dos. Tres.

Esta semana nada cambiará, esta semana podré seguir mi cuidadosamente planificada rutina. Cada detalle tiene su función, su lógica razonable. Cualquiera podría decir que soy maniático, excesivamente rígido, monótono o aburrido… pero no. La pura verdad es que soy inteligente, y si he decidido esta secuencia de vida es porque es la más efectiva teniendo en cuenta absolutamente todos los criterios relevantes. No cabe otra posibilidad más razonable.

Me preparo mi dosis de café matutino. Para que luego digan que no sé adaptarme a los cambios: me he acostumbrado a que Natalia no me traiga el café al despacho. O por lo menos no habitualmente, porque a veces me sorprende y lo hace sin avisar. Ella es impredecible y eso no me tranquiliza precisamente. Esta chica no permite que anticipe las cosas con total seguridad. Me masajeo un poco la sien… *Pensamiento intruso*. No pasa nada, no saber cuándo te traerán el café no tiene importancia. Aunque puede ocurrir que un día lo traigamos los dos. ¿Entonces qué? Sería un mal uso de todo: del café, de la leche, del azúcar y, lo que más me preocupa: ¡DE MI TIEMPO! Vuelvo a masajearme la sien. «No es tan importante», me repito. Soy consciente de que hay cosas que no puedo controlar. Como el tiempo meteorológico, por ejemplo; aunque puedo adelantarme, mirarlo por Internet y adaptarme a las predicciones. Con Natalia, ni siquiera eso. No puedo anticiparme. Mierda. Todo eso me inquieta. Por mucho que la rectitud de su coleta sea perfecta y relajante, la chica ya ha conseguido que no haga mis largos habituales en la piscina e incluso que, en vez de pasar la tarde del domingo cocinando y programando el plan semanal de menús, me fuera a tomar unas cervezas con ella… Todo se desmorona.

Atento, concéntrate; tengo que volver a lo que sí tiene sentido: mi rutina. Hoy lunes comienza la secuencia. Borrón y cuenta nueva, arreglaré el desastre de la semana pasada. Todo irá… «Toc, toc». Llaman a la puerta.

¿Por qué llaman a la puerta un lunes a las ocho de la mañana? No es habitual, como tampoco lo es que Natalia no esté aquí conmigo para repasar la jornada laboral. ¿Quién está tras la puerta?

La cosa no va bien, demasiados imprevistos como para poder empezar la semana sin sobresaltos. Puede que esté algo sensible a los cambios, tengo que admitirlo, tal vez si hoy fuera un lunes cualquiera no me habría alterado tantísimo que un desconocido toque a la puerta. Pero hoy me molesta especialmente, todo debería empezar a rodar a la perfección el lunes a las ocho de la mañana, y no es así como está ocurriendo.

Me he quedado bloqueado, incapaz de enfrentarme al desconcierto. Me es imposible abrir sin tener cierta idea de quién puede estar detrás. Este fin de semana y esa horrible pesadilla me han quitado algo de seguridad. No creo en la intuición, pero sí en una capacidad inconsciente para atar cabos, y tengo la sensación de que algo está a punto de desmoronarse dentro de mí y tras la puerta. ¿Qué hay después de ella?

Podría encontrarme cualquier cosa y morir de sobresalto. Tengo que razonar y empezar a deducir. Sí, eso no se me ha estropeado: mi capacidad lógica y resolutiva sigue acompañándome. Por supuesto, no se trata de Natalia. Hubiese entrado sin llamar, sin esperar mi respuesta. Debe ser alguien que no trabaja aquí... Una administrativa habría llamado por teléfono. Tampoco creo que se trate de un paciente, habría esperado fuera hasta hacerle pasar, hay un cartel que así lo dice y las consultas no empiezan hasta las ocho y media.

Vuelven a llamar.

—¿Doctor Alarcón? —La voz indica que es alguien de mediana edad, tirando hacia los cuarenta, varón y con autoridad. Tengo suficientes datos como para recuperar mi compostura, sentir algo más de control. Voy a abrir. ¿Dónde está Natalia?

Tras la puerta me encuentro con un hombre alto. Es extraño, porque tiene una notoria barriga, pero se diría que está en forma. Con la corpulencia de alguien que podría jugar al *rugby*. Va pulcramente afeitado y el pelo le escasea con gracia ya que el corte es raso, como si nada pudiese avergonzarlo, ni siquiera la calvicie masculina. Sus ojos son inteligentes, sé de sobra que no tiene correlación con su cociente intelectual, vamos, que puede tener la mirada inteligente y ser más tonto que nadie. Puedo oler su profunda loción para el afeitado. Lo embriaga todo.

—Dígame, ¿qué desea? —pregunto manteniendo la calma.

—¿Doctor Alarcón, verdad? —vuelve a preguntar. Confirma lo que ya sabe, así que lo que yo decía: puede que sea más tonto que Abundio. Tendré que partir de esta premisa para relacionarme con él—. ¿Puedo pasar?

Me hago a un lado sin saber muy bien qué esperar. ¿Por qué este lunes no empieza como todos los lunes? ¿Y dónde está Natalia?

El invitado entra en mi despacho y se coloca frente a mí, me ofrece un apretón de manos y se presenta:

—Mi nombre es Ricardo Santos, oficial de policía. —¡¿¿Policía??! ¿Y mi semana normal?

—Dígame qué se le ofrece. Tome asiento. —No sé por qué la pesadilla del sábado me vuelve a turbar, como si me hablase desde las profundidades, una imagen roja y grotesca que invade mis pensamientos. Hago un involuntario gesto de agitar la cabeza, como queriendo quitarme de encima la imagen. Como un perro que se revuelve para secarse.

—Gracias, es usted muy amable. —El inspector se sienta y aleja la silla de mi escritorio, marcando las distancias y su autoridad. Se recuesta en ella y apoya los codos mientras entrelaza las manos—. Me temo que mi presencia aquí no le será agradable. Traigo malas noticias. —Sin decir cuáles sigue con su discurso—. Tengo entendido que usted es el médico de cabecera del señor González Acevedo, ¿no es así? —Asiento con la cabeza—. ¿Es cierto que tuvo consulta con usted el pasado jueves?

—Perdone, ¿podría decirme qué especialidad es la suya? —Prefiero no contestar a sus preguntas por el momento, debería hacer las mías, partir de más datos antes de lanzarme a hablar.

—Criminalística. Oficial de policía Ricardo Santos.

—¿Criminalística? —digo alarmado. Ahora parezco yo el tonto que repite la pregunta para poder asimilarla. ¿Y mi semana normal? ¡¿Dónde cojones está Natalia?!

—¿Le sorprende? —tantea él.

—Por supuesto. ¿Acaso el señor González ha muerto?

El hombre se rasca la barbilla y emite una especie de chasquido antes de seguir.

—No se adelante, por favor. ¿Podría decirme si tuvo citado al señor González Acevedo el jueves a las diez de la mañana?

—Eso creo. Podría preguntarle a mi enfermera, lleva mayor control sobre las citaciones. —Sé de sobra que, efectivamente, estuvo citado el jueves por la mañana a las diez, pero debo obtener más datos sobre lo que persigue este hombre, a qué y a quién me estoy enfrentando y saber dónde está Natalia.

—La enfermera está con otro agente. —¿Nos están interrogando a los dos al mismo tiempo?

—Pues entonces déjeme mirar en el ordenador —digo para ganar tiempo.

Mientras voy abriendo la agenda electrónica, el inspector se mantiene con pausada tranquilidad. Vuelve a rascarse la barbilla. Como si eso le hiciese mejor observador. ¿Será algo que les enseñen en la academia? Es una tontería. A mí no puede engañarme. No tengo nada que ocultar y su actitud autoritaria no va a hacer que me incomode. No creo que haya un criminal con tal nivel de estupidez que cante porque un agente ha aprendido en la academia que rascarse la barbilla interviene en la confesión. O puede que sí lo haya. Yo qué sé.

—Sí, tuvo cita el jueves a las diez de la mañana —confirmo.

—¿Puede decirme lo que ocurrió en aquella consulta?

—No, no puedo. Debo mantener el secreto profesional. —Ya ha hecho la pregunta trampa, mi oportunidad.

—Soy agente de la ley, puede contármelo. Tengo una orden judicial firmada por un juez.

—¿Por qué un juez? ¿Acaso el señor González no ha dado su consentimiento? —Finjo una inocente pausa. El semblante del agente es crítico, no está conforme con la dirección que lleva la entrevista, ya que concluyo una información que no quería darme de primera—. ¿Está muerto? ¿Se trata de un homicidio?

El policía hace una mueca de descontento, una especie de gruñido gutural. Sabe que le he puesto una trampa al mencionar el secreto profesional, mi objetivo era el de conocer si su visita estaba motivada por la investigación de una muerte. Puede que el agente sea más inteligente de lo que pensaba (o en su caso, menos tonto), ya que se ha percatado de mi manipulación.

—Yo no he dicho que haya sido un asesinato —dice con cierto enfado contenido.

—Sé sumar —le digo con irritación, no me gusta que me traten de imbécil.

—¿Cómo dice?

—Si usted es un agente de criminalística, viene a preguntar sobre mi paciente y dice que está muerto, asumo que lo han matado.

—Jumm —vuelve a gruñir—. No lo sabemos aún. No puedo darle más...

—¿Suicidio? —No le dejo acabar y pone cara de sorpresa, levanta una ceja visiblemente crispado. Me toca explicarme para que no piense que estoy al tanto de detalles que solo el asesino conocería—. Vamos, me figuro. Si ha muerto y no están seguros de si es un homicidio —cómo odio a los dudosos, me rodean por todas partes—, el escenario debe mostrar indicios de suicidio. Aunque supongo que habrá otros datos que indiquen lo contrario. No incluyan la muerte natural en la ecuación. El jueves en la consulta no mostraba signos de que fuera a morir.

—Murió el viern... —Se ha delatado, otra vez, vuelve a caer en mi trampa. Estoy seguro de que tampoco quería darme datos sobre cuándo murió. Sin embargo, no puedo saborear mi éxito, no me gusta la información que me da. Trago saliva. La extrema pesadilla del sábado de madrugada y el desasosiego que me dejó vuelven a invadirme, como una ola que arrasa la arena. Una ola de color sangre arterial. Una ola que llena mi mente de confusa espuma, porque no sé qué hice la noche del viernes.

—¿El viernes? —repito los datos que me acaba de ofrecer en modo de pregunta como un imbécil. Puede que lo de confirmar la información, eso que hacen los demás y que yo critico habitualmente, se trate de motivos emocionales más que intelectuales. Es la negación de lo que estás oyendo. Puede ser que te hayan diagnosticado una enfermedad o, en mi caso, puede ser un profundo miedo al descontrol.

—Deje de jugar —amenaza—, quiero que usted me narre lo que ocurrió en aquella consulta del jueves. —Ya no se repantiga en la silla, cambia su postura para acercarse al escritorio, amenazante.

Comienzo a contar mi historia, los criterios por los cuales advertí que el señor González padecía una cirrosis.

—¿Por qué mandó hacerle más pruebas si sabía que se trataba de una cirrosis? —Vaya. Este ya no entra en la categoría de «menos tonto», ha subido de nivel.

—Nunca puede uno estar seguro. Esperaba recibir los resultados del análisis en breve.

Vuelve a gruñir, se rasca la barbilla, mira ligeramente hacia la pared y prosigue.

—¿Tiene usted constancia de que maltratase a su mujer?

—Lo suponía.

—¿No hizo nada al respecto?

—La mujer nunca admitió malos tratos y yo no podía cerciorar mis sospechas. Pero hicimos todo lo posible.

—¿Qué quiere decir?

—Natalia, la enfermera, se llevó a Daniela al botiquín con el objetivo de que encontrara un espacio más íntimo en el que hablar. Consiguió gestionar una cita con un centro de atención a la mujer. Digamos que la derivamos para que pudiera obtener ayuda.

—¿Cuánto tiempo de vida estima que le quedaba al señor González? —Esta me la sé. Dos años a lo sumo, y como dudo bastante que fuese a dejar el alcohol, uno. Sin embargo, me hago el sueco, porque tengo la intuición (o capacidad excelente de observación) de que debo defenderme del policía, proteger lo que sé.

—No puedo contestar a esa pregunta sin ver los resultados de las pruebas.

El agente inclina la cabeza, muestra sus dientes como un lobo a punto de atacar y dice:

—¿Sabía usted que el mismo jueves, tras salir de aquí, un niño fue agredido por el señor González?

—Sí, lo sabía.

—¿Cómo? —Inclina la cabeza hacia el otro lado. Me va a morder.

—La señora Bermejo, la madre del chaval, es mi vecina. Me lo contó.

—¡Qué coincidencia! —dice socarrón.

Me hace algunas preguntas más, después se levanta del escritorio y vuelve a ofrecerme un estrechón de manos. Esta vez, más rudo. Antes de despedirse, añade:

—Muchas gracias por esta información tan valiosa. Estaremos en contacto, si no le importa.

—Espere —le digo yo—. Si pudiera decirme de qué manera murió, tal vez le sería de mayor utilidad.

—¿Y por qué dice eso?

—Soy médico, puedo serle de ayuda.

—No es necesario, tenemos nuestros propios forenses.

—Pero yo era su médico de cabecera, tal vez disponga de más datos que puedan aclarar la manera en que murió. Fíese usted de mi criterio. —No sé por qué esta imbecilidad de premisa siempre funciona, incluso con una especie cazadora como este sabueso al que me enfrento.

—Lo encontramos ahorcado, colgando del pomo de una puerta. Lo hizo con el cinturón de su pantalón. No había signos de forcejeo.

—¿Algún tóxico?

—Sí, alcohol y medicación ansiolítica.

—Puedo decirle que el señor González no estaba deprimido. Ni siquiera tras el conocimiento de su diagnóstico. No tiene prescripción médica para ansiolíticos, así que tuvo que acceder a ellos por otra vía —o el asesino se los administró—, pero sí que padecía un grave alcoholismo.

—Muchas gracias. Como le digo, estaremos en contacto. —«No se aleje de mi perímetro de visión», le ha faltado decir.

El agente especial Ricardo Santos abre la puerta de mi despacho y se aleja con aire distinguido. Ahora estoy seguro de que debo ocultarle información, ser cauteloso con él... *Pensamiento intruso.* Realmente su inteligente mirada hacía honor a sus conocimientos. Sabe más de lo que ha querido mostrarme, aunque yo también.

***

114

Trago saliva y apoyo los brazos sobre el escritorio agachando la cabeza. Tengo una memoria prodigiosa, así que recuerdo perfectamente una serie de conversaciones que ahora toman extrema relevancia.

La primera escena que acude a mi mente es de cuando Natalia y yo volvíamos de la piscina y nos encontramos con la señora Bermejo. Tras narrarnos el ataque que había sufrido su hijo mandó al chico alejarse y, luego, en referencia a quien lo había agredido, dijo: «Este tipo de personas debería morir. ¡Ay, Dios mío! El mundo está loco. No sé cómo voy a hacer para que a mi Juan no le pase nada».

Trago saliva otra vez. El siguiente recuerdo es de Natalia, pero también me incluye a mí: «¿Desde cuándo sabes que maltrata a su esposa?», me preguntó. «Desde el inicio. Pero ella siempre lo ha negado. Tengo las manos atadas», dije yo. Y entonces ella, con contundencia, articuló un «se merece morir». No sé si lo dijo por decir o hablaba en serio, pero lo malo de esto es que yo estaba de acuerdo con su opinión. Rotundamente, se merecía morir. Y ahora está muerto.

Por supuesto, no puedo olvidarme de quién posee más boletos de implicación en este asunto: Jose. ¿Tal vez Jose y Daniela, que comparten un hijo, son cómplices de asesinato? El viernes estaba muy borracho. Recuerdo cómo Jose empezó la conversación: «Vale, Manuel, no tienes por qué contarme nada, pero podrías aconsejarme. ¿Qué tendría que hacer un hombre en mi situación? ¿Y si mi hijo corre peligro?».

Pero, ¡JODER! No recuerdo ni qué le contesté, ni cómo volví a casa el viernes… ¿El viernes? *Pensamiento intruso.* El viernes fue cuando el señor González murió. Y cuando tuve esa horripilante pesadilla en la que me sentía lleno de sangriento poder.

15

Estoy convencido de que alguien ha matado al señor González. He colocado un corcho en el estudio y, sobre él, unos pósits con los posibles sospechosos del asesinato. He señalado a cualquiera que pueda estar, aunque sea mínimamente, implicado en el asunto.

No es que me guste desempeñar el papel de detective, pero tengo la certeza de que este asunto me incumbe. Debo saber de qué clase de personas me rodeo, tengo que descifrar el puzle y no me fío demasiado de ese tal agente... Ricardo Santos. ¡Mira, he retenido su nombre! Parece concienzudo, pero no suelo confiar en la inteligencia de otros ni en sus capacidades deductivas. No sé qué haré si descubro al asesino. En realidad, una parte de mí me dice que ese despojo humano está mejor muerto.

Miro con cautela el tablón:

Daniela Prieto	José Almagro
- Ha sido una mujer maltratada. - Quedó embarazada de José. - Situación desesperada.	- La víctima pegaba a la madre de su hijo (con quien tenía una aventura). - Palabras textuales incriminatorias: «¿Qué tendría que hacer un hombre en mi situación? ¿Y si mi hijo corre peligro?».

Rosario Bermejo	Natalia Cortés
- La víctima propició una paliza a su hijo. - Palabras textuales incriminatorias: «Este tipo de personas debería morir. ¡Ay, Dios mío! El mundo está loco. No sé cómo voy a hacer para que a mi Juan no le pase nada».	- No hay motivos aparentes. - Empatía con el asesino. - Palabras textuales incriminatorias: «Se merece morir».

A partir de ahora debo estar alerta...

Ya es jueves, la semana ha pasado rápido. La inmersión en mis hipótesis de asesinato ha hecho que el resto de las molestas y habituales gilipolleces cotidianas a las que debo enfrentarme pasaran prácticamente desapercibidas. Digamos que he estado más entretenido, y esto ocurre cuando me meto dentro de mí mismo y dejo en un segundo plano el alrededor y su habitual aletargamiento. El lunes Natalia y yo hablamos con intensidad sobre la muerte del señor González y la presencia de la policía en el centro de salud. Sin embargo, y teniendo en cuenta que también es sospechosa, no le he dado la información de la que dispongo sobre el tema.

He llegado a la consulta puntual como un reloj. ¡La jornada de hoy va a ser clave! Daniela, la viuda del señor González, está citada a segunda hora. Tendré mucho que investigar. Seguro que obtengo alguna que otra pista más.

Natalia repasa la agenda. La observo. A lo largo de la semana no ha dado indicios de ser una homicida, pero, por muy recta que lleve la coleta y por muy sonriente que se muestre, nunca se sabe. Nada más verme lo escupe:

—¿Sabes a quién tenemos a segunda hora? —Asiento con la cabeza y ella pone cara de complicidad: los dos tenemos en mente el nombre de «Daniela». No hace falta decir más. Se muerde el labio rosa etéreo y se queda un rato pensativa. Tras la pausa prosigue con el repaso—. La primera paciente de hoy es Lucía Chocarro.

—Puedes llamarla, estoy convencido de que ya ha llegado.

—¿Por qué dices eso?

—Ahora mismo lo sabrás.

Me gusta inquietar a Natalia, ella siempre intenta hacerlo conmigo y me relaja pensar que no lo consigue y que, incluso, está perdiendo en la batalla que se ha propuesto: la de alterar absolutamente todo lo previsto para cambiarlo por lo inesperado. Tenemos una especie de guerra sobre quién turba más al otro.

Lucía Chocarro es una niña de catorce años a la que no le pasa nada. Bueno, sí, le pasa que su madre tiene un problema con los ansiolíticos. Madre e hija entran en la consulta. La mujer me da los buenos días y yo le contesto con algo de sequedad. Es delgada, de ojos claros y nerviosos y el pelo teñido de rubio. Va con tacones y su mirada es invasiva, parece que tuviese prisa por verlo todo. La niña es esmirriada, de pelo negro y voluminoso que cae sobre una tez blanca. Tiene las cejas pobladas, probablemente las de su padre, y una mirada curiosa. Como si quisiera escapar de lo que ve y manejarse a su antojo. Creo que es más lista que su madre.

—¡No me diga usted que tenemos enfermera nueva! —dice la madre con efusividad.

Natalia se derrite ante la gratitud que muestra por su presencia. Excesiva gratitud, espero que lo note y sea consciente de que es un síntoma más que acompaña a esta mujer. La pista de su problema con los ansiolíticos. Sus ansias por agradar y llegar hasta ellos.

Natalia se presenta y la mujer se levanta de la silla para apretar con fuerza su mano. Con excesiva fuerza. Espero que lo note y apunte.

—Díganme ustedes —me dirijo a ellas. Aunque sé exactamente lo que ocurre.

—Antes de empezar, doctor, mi niña prefiere que saque a su amiguito del bolso.

¡Oh, no! Otra vez no… La madre saca de su bolso un «oso amoroso», un peluche vestido de médico.

—Lucía, cariño, ¿le dices al doctor cómo se llama tu oso? —La niña mira a su madre con una cara difícil de describir. Diría que es impotencia. Se deja manejar como una marioneta y no lo está pasando bien. Si esta cría tiene aunque solo sea un dedo de frente (ya no digo dos, con uno me vale), se tiene que estar muriendo de vergüenza. Coge el oso, lo mira y dice con nada de ilusión:

—Osito doctor Alarcón besucón.

Natalia no puede contener su risa. Le sale a chorros. Hasta que lanzo una mordaz mirada. Ya está bien de tontadas. Espero a que la madre siga.

—Mi hija tiene un poco de miedo a esto de los médicos, espero que no le importe lo del oso, la tranquiliza.

—Prosiga, por favor, ¿qué le ocurre a Lucía? ¿Es la tripa otra vez? —Interrumpo su escena.

—Sí, doctor.

—Ajá… —Hago como que apunto—. ¿Ha empezado a dormir peor?

—Sí, doctor. Tiene pesadillas y se levanta sudando como un demonio. ¡Mírela! ¡Está muerta de miedo! —La niña se cambia el oso de una mano a otra sin inmutarse, sin mostrar absolutamente nada de miedo.

—Ajá… ¿Está faltando a clase?

—Sí, doctor. Está más nerviosa y se niega a ir al colegio… ya sabe…

—Ajá… ¿Le ocurre aproximadamente cada cuánto?

—Cada dos o tres meses.

119

—Sí, eso parece… —prosigo. Como si no supiera cómo va a terminar la cuestión.

Aprieto la cabeza del bolígrafo una. Dos. Tres veces, tres tranquilizadores «clic», «clic», «clic».

—Su hija padece altos niveles de ansiedad. —La mujer asiente encantada. A la niña le falta bostezar—. Por ello tiene dolor de tripa, pesadillas nocturnas, dificultades para acudir al colegio…

—Sí, doctor, eso es. Como siempre.

—¿Ha habido algún factor precipitante de tal ansiedad?

—Recordará que hace apenas dos años me separé de mi marido. Eso ha debido trastocarla… desde entonces…, bueno, tiene estos síntomas.

—Sí. Estoy mirando su historial: ha acudido a la consulta en tres ocasiones más por el mismo motivo. La última vez prescribí un potente ansiolítico. Debía realizar tres tomas al día para cubrir los niveles de ansiedad generados y poder participar adecuadamente en sus actividades cotidianas.

—Sí, doctor. —Parece un loro que repite la misma frase una y otra vez, «sí, doctor; sí, doctor…». Pero claro, está encantada con todo lo que digo, le estoy siguiendo el rollo.

—¿Funcionó la medicación? ¿Fue bien? —Sigo con la representación de teatro.

—Sí, doctor.

—¿No hubo ningún efecto secundario?

—No, doctor.

—¿Dolor de cabeza, de tripa, o mareos? —Quiero que sepa que me preocupo por los posibles efectos secundarios. Debo hacerle creer que el ansiolítico que le prescribo es muy, muy, muy potente. ¡Menuda pantomima! Por lo menos, me siento orgulloso de poder ser un, *pensamiento intruso*, genio manipulador.

—No, doctor. Las últimas veces le fue de maravilla.

—Está bien, le prescribiré el mismo tratamiento. —Saco un frasco del cajón, un bote cerrado con precinto que contiene unas pastillitas blancas. Continúo con los consejos—. Debe hacer dos tomas diarias. En caso de insomnio o un estrés añadido puede hacer una tercera ingesta, o bien en el momento de máxima ansiedad o bien por la noche antes de acostarse. Las pesadillas cesarán. Debo recomendarles que soliciten la atención de salud mental si lo vieran necesario, especialmente si la niña empieza a faltar a clase, porque si la situación se mantiene y existe absentismo escolar daré parte y serán derivadas. En caso de quedarse sin medicación acudan a mí de nuevo. No puedo hacerles receta por la precaución que supone su uso, ya que es un ansiolítico extremadamente potente y difícil de manejar. Por ello debo supervisarlo estrictamente. —Menuda trola le estoy metiendo.

—No se preocupe, doctor. Seré cautelosa. Y muchas gracias. Despídete de él, bonita —le dice la madre a su hija «muda» mientras mueve el osito como si él mismo dijera «adiós» con la zarpa.

Nada más cerrar la puerta, Natalia balancea su coleta y se levanta hacia mí:

—¿Qué ha pasado?

—¿Por qué dices eso? —pregunto jugueteando con su incertidumbre; como he dicho, me gusta confundirla.

Natalia abre mi cajón con cierta brusquedad y se encuentra con un montón de frascos precintados repletos de pastillitas blancas.

—¿Qué es esto? ¿Marihuana? —dice cogiendo uno de los botes para examinarlo.

Me hace reír.

—No sé qué opinión tienes sobre mí… ¿Me ves capaz de darle marihuana a una niña de catorce años?

—Te veo capaz de todo —dice medio en broma. O eso creo.

—No te preocupes. Prueba una pastillita. Solo una dosis —le ofrezco.

—¿Me va a dejar colocada para toda la mañana? —levanta las cejas con expectación.

—No… —digo empujando la palabra con un largo suspiro—. Pruébalo.

Natalia abre el frasco, lo olisquea y coge una pastilla. Son minúsculas. La chupa con la punta de la lengua y, tras comprobar en mí un gesto de aprobación, se la introduce en la boca.

—¿Qué es? —dice desconcertada. Con verdadera curiosidad. Me gusta la gente curiosa. Tiende a ser menos imbécil. Aprenden.

—Virutas.

—¿Virutas? —repite. Pero no me gusta la gente que repite las afirmaciones a modo de pregunta, como si eso fuera necesario para dejarlo más claro. Aunque he comprobado que en ocasiones de tensión incluso yo mismo lo hago.

—Virutas de chocolate blanco —sentencio.

—¿Qué? —Abre la boca.

—Sí, de esas que se espolvorean sobre los postres.

—¿Y por qué las tienes en un bote para…? Un momento… ¡¿Es placebo?!

Me río. No suelo reírme a gusto. Delante de otras personas, me refiero. Pero siento que Natalia no ha intentado juzgarme con esa pregunta. Se ha quedado pensativa, reflexionando, como si por ahora no supiese si sentir admiración o desacuerdo. Me agrada su cara de desconcierto, su indecisión.

—¿Has usado placebo con una niña de catorce años que padece ansiedad de separación tras el divorcio de sus padres? —repite.

—No exactamente.

—A ver, deja los juegos de adivinar y cuéntame lo que está pasando —dice con cierto enfado y cruzándose de brazos. Está graciosa, con ganas de descubrir el misterio.

—Está bien. La madre de Lucía tiene un trastorno de ansiedad y es adicta a las benzodiacepinas. Vino a la consulta con su hija hará como un año. Reafirmaba que la niña tenía dolores de tripa frecuentes, pesadillas nocturnas, negativa a acudir al colegio, dificultades de concentración… Describió un cuadro ansioso con todo tipo de detalles y postuló que la causa era la separación reciente de los padres. Tras explorar a la niña sospeché que algo no cuadraba. No había evidencia de que Lucía padeciera ningún trastorno.

—¿Y no…? —No la dejo terminar. Sé lo que va a preguntar.

—Sí. Mandé hacer pruebas complementarias, incluso la derivé a digestivo y procuré una evaluación psiquiátrica. A lo largo de ese periodo, a la espera de los resultados de las pruebas, me puse en contacto con el médico de cabecera de la madre.

—¿No eres tú quien lleva a la madre?

—Acababan de mudarse y ella pidió un médico diferente al que atiende a su hija. El antiguo médico de la señora Gracia comentó que la paciente había sufrido una depresión tras el divorcio, con cuadros ansiosos importantes respecto a la separación. Fue tratada en salud mental, donde le prescribieron benzodiacepinas de acción larga. Cuando decidieron suspender el tratamiento se encontraron con una gran reticencia por parte de la mujer. Se había enganchado a la medicación, tuvieron que desintoxicarla y consiguieron lidiar con el enganche físico que tenía a las pastillas, pero no con el psicológico. Por eso no sufre síntomas de abstinencia cuando le prescribo el chocolate blanco. Ella necesita creer que está medicada para seguir funcionando, pero su cuerpo ya está desintoxicado, no requiere de las pastillas.

—¿Y qué tiene que ver esto con su hija?

—A partir de entonces, cuando descubrieron la adicción psicológica de la señora Gracia, le negaron el acceso a las benzodiacepinas. Su médico de cabecera dejó de prescribírselas… —Natalia no me deja terminar, quiere concluir, aunque se lo he dado todo masticado.

—Así que ha decidido acceder a la medicación a través de su hija y a través de otro médico que no pueda conocer su historial. Finge que su hija padece ansiedad para tomar el tratamiento que le puedas prescribir a ella.

—Así es.

—¿No te parece peligroso? ¿No has sugerido una atención psicológica de la mujer?

—Su anterior médico de cabecera lo intentó todo y sin conseguir nada. Ella se negaba a participar en cualquier tratamiento psicológico y en busca de más medicación decidió mudarse, escapó.

Me parece que es mucho más efectivo el uso de virutas de chocolate blanco que intentar de nuevo lo que ya se intentó… —Me río. A gusto—. De esta manera siente que su ansiedad está cubierta y que es capaz de cumplir con sus tareas cotidianas y sus responsabilidades.

—¿Y si es una mujer inestable? ¿Y si su hija está sufriendo otras consecuencias a parte de acudir de vez en cuando al médico? ¿Y si es ella quien provoca los síntomas en su propia hija? ¿Y si la envenena? ¿Y si…? —Madre mía, qué atasco de preguntas.

—No te preocupes, he tenido en cuenta todos los factores. No envenena a su hija ni le causa daño alguno para acceder al sistema sanitario, sigo sus análisis, sus ingresos en urgencias y su salud. Que no se te olvide que vienen cada tres meses a por más pastillas… virutas. Tan solo es una mujer adicta a las benzodiacepinas. Por lo que yo sé, es muy buena madre.

—¿Y cómo puedes saber tú eso? No tiendes a ocuparte de esas cuestiones —dice tan preocupada por la niña que no es capaz de pararse a pensar que el contenido de sus palabras y el modo en que se dirige a mí podrían ser inadecuados.

—La niña nunca ha tenido nada más grave que un catarro. ¿La has visto siquiera inmutarse? No olvides que pasó un examen psiquiátrico. La señora Gracia se ha traído un osito para ayudar a su hija… es buena madre —confirmo.

—¡Un osito vestido de médico! Está obsesionada con los médicos, siente fascinación por ellos y es excesivamente complaciente. ¿No te encaja? Se ha separado de su marido y ahora busca en los sanitarios la atención que él le brindaba. Llegará un momento en el que será capaz de hacer daño a su hija para encontrar esa atención.

—Si buscase tanta atención, sus visitas serían más frecuentes, y no lo son. Acude únicamente cuando se le acaba la medicación. Ocurre cada tres —Uno. Dos. Tres— meses o así. Lo tengo registrado. Está psicológicamente enganchada y viene a por su dosis, nada más.

—Ya, pero la separación fue hace dos años, la cosa puede agravarse. ¿Y si llega un momento en que la madre cree que la medicación ya no le hace efecto?

—Cambiaré su medicación por una más potente: virutas de chocolate negro o de canela… No lo sé. ¿Tú qué opinas? ¿Anís?

—¿Y para qué tienes tantos tarros de virutas guardados en el cajón?

—Mmmm… —No sé si esto va a gustarle—. Para somatizaciones, insomnio, alguna vez como sustituto analgésico… esas cosas.

Natalia me mira con escepticismo. Gira la cabeza hacia la derecha y, con ella, su coleta se balancea rozándole la nuca.

—Mira, Manuel, no te voy a engañar. Estoy desconcertada. No sé decirte si tu actuación es extremadamente inteligente y eficaz o extremadamente arriesgada y negligente… —Siempre me pasa lo mismo con la gente. Se quedan atascados en su falta de visión general de las cosas y en su falta de capacidad para determinar los criterios que diferencian una drogadicción del «Munchausen por poderes», del hecho de que una madre vaya a causar una enfermedad a su hija—. Me preocupa un poco esa niña. ¿Y si la psicopatología de la madre empeora y hace daño a Lucía?

—No te preocupes, están supervisadas. Por mi parte cada tres meses, cuando se acaba el frasco; por el médico de cabecera actual de la madre, que ya está sobre aviso; y por los servicios sociales de base. —Calmo a su ineficaz cautela.

—¿Servicios sociales?

—María Ángeles dudaba de la misma manera que lo haces tú, así que derivó el caso a servicios sociales, para que vigilen cuestiones como que la niña no falte al colegio, tenga alimento y un hogar adecuado… ese tipo de cosas. A la madre le dije que era necesario el seguimiento de servicios sociales para poder supervisar el tratamiento de su hija. Por eso la he advertido: si Lucía falta al colegio, será derivada a salud mental. A cambio de su dosis, se encargará de que la niña haga su vida. La puse contra la espada y la pared.

O aceptaba cierta supervisión o la dejaba sin medicación... bueno... sin postre.

—¿Mientes a una paciente sobre su tratamiento y sobre sus opciones?

—Mi paciente es su hija y la estoy protegiendo. Y no creo que la madre esté descontenta, el resultado es positivo para todo el mundo. Además, así es como funciona el placebo.

16

Ha llegado el momento esperado. Daniela, la recién viuda del señor González, entra por la puerta. Natalia la saluda por su nombre; yo, por mucho que sea una mujer víctima de agresión, no puedo. No comprendo por qué los demás la atienden de diferente manera por ello. No se merece ser tratada como si fuera de cristal. Ella sabe dónde se mete y cómo resuelve lo que le incumbe.

—Buenos días, señora Prieto. —La saludo como a todos, por el apellido. Me contesta mirando al suelo y en un susurro. Se frota mucho la barriga, el embarazo es notable.

En esta consulta no solo debo fijarme en ella como posible asesina de su esposo, sino también en las reacciones de Natalia; que no se me olvide, también es sospechosa.

—Dígame usted. ¿Qué le ocurre?

—Me imagino que sabrá lo de mi marido… —La mujer inconscientemente se baja las mangas de su camisa, intentando como de costumbre tapar sus moratones. Ya no tendrá más. Si ha sido ella quien ha matado al nauseabundo responsable, me alegro de su decisión.

—Sí. Tengo conocimiento de su muerte. Lo lamento. —Es mentira.

—Gracias —titubea—. ¿Sabe cómo murió? —Ante la pregunta de Daniela, Natalia se mueve en su silla, algo inquieta.

—No conozco los detalles. —No quiero implicarme, aunque sé cómo murió.

—Ahorcado. —Espera a que conteste algo, pero solo se encuentra con más silencio—. Creen que se suicidó.

La mujer se echa a llorar y Natalia se levanta para sentarse a su lado. Una vez más calmada prosigue.

—Desde entonces, me siento intranquila. No puedo dormir ni dejar de llorar. —«No sé por qué, yo montaría una fiesta»—. Temo que a mi bebé todo esto le pase factura. Algo malo.

Ahora que su marido no está cerca puede empezar a cuidar de los suyos. ¡Qué bien está muerto! Si consigo desvelar al asesino, tal vez descubra a un, *pensamiento intruso,* genio.

—¿Acudió a su cita en el centro de atención a la mujer? —pregunta Natalia.

La mujer niega. Se rasca el brazo.

—Una atención prenatal es sumamente importante —digo. Tengo que espabilar a esta chica. Noto que, últimamente, mi paciencia se desvanece. Todos los imprevistos, mi falta de control… aquel sueño…—. Como evaluación inicial hay que descartar que usted sufra una enfermedad crónica o infecciosa. ¿VIH, malaria, sífilis u otra enfermedad de trasmisión sexual?

Daniela no sabe qué decir. Pero no me sorprendería que ese marido que tenía estuviese envuelto en prostitución, amantes… Cosas poco higiénicas en general.

—¿Nunca se ha hecho una prueba? ¿Está completamente segura de que su marido no padecía una enfermedad de transmisión sexual?

Se encoge de hombros y se echa a llorar, con lágrimas silenciosas. Sigue rascándose el brazo, se va a hacer daño. Tengo que conseguir que reaccione.

—¿Sabe usted si padece anemia, diabetes o malnutrición? ¿Le han aconsejado sobre la dieta adecuada a seguir en un embarazo?

Vuelve a negar. Se mueve algo inquieta en la mesa. Se agarra con fuerza el pliegue del pantalón.

—¿Alguna afección cardíaca? ¿Tuberculosis? ¿Cuántas semanas de embarazo tiene?

—Veintisiete.

—Uf… llegamos a tiempo… —Debo darle un atisbo de esperanza—. La anemia, la hipertensión, la hemorragia vaginal o el crecimiento anormal del feto pueden convertirse en un peligro de muerte si se dejan sin tratar. Estamos a tiempo para supervisarlo. Debe vacunarse contra el tétanos y tomar suplementos de hierro y ácido fólico. ¿Lo está haciendo?

—No… —Se echa las manos a la cara para apartar la cortinilla de lágrimas de su rostro.

—¿Por qué no? —Se suena los mocos y se encoge de hombros. No quiere contarme que su exmarido era un sucio maltratador que ni siquiera le permitía recibir atención médica. El brazo está adquiriendo un color rojizo preocupante, se hará una herida si sigue rascándose. No creo que sea siquiera consciente de ello. El cuerpo es sabio, y creo que sabe que el dolor físico es más soportable que el emocional. Lo sustituye para enmascararlo—. ¿Acudirá al centro de atención a la mujer?

Vuelve a encoger los hombros. Tengo que ser contundente. Debo presionarla para que lo admita todo y pida ayuda, tiene que lanzarse a resolver de una vez. Han decidido tanto por ella que ni siquiera es capaz de hacerlo con algo tan básico como la atención prenatal. No me importa ser abogado del diablo si con ello consigo lo que quiero, *pensamiento intruso,* que reaccione por el bien suyo y el de su bebé.

—¿Acaso no te preocupa la salud de tu hijo? —La tuteo con el objetivo de parecer más cruel, pierdo las distancias. Me levanto de mi silla—. ¿Sabías que las madres que no disfrutan de una atención prenatal tienen una probabilidad cinco veces mayor de que su bebé muera? ¿Acaso eso no te importa? ¿Eres una mala madre?

Natalia me mira con odio. La mujer se queda paralizada un segundo, pálida, y rompe a llorar con gran estruendo. Se la va a oír en todo el edificio. Su brazo tiene un arañazo considerable. Casi no puede coger aire mientras dice entre espesas lágrimas:

—No me dejaba… él no me dejaba que cuidara de nuestro bebé… No soy mala madre… me pegaba… No quería que me viesen los arañazos, las magulladuras o las quemazones… Él me pegaba… no me dejaba cuidar de mi bebé… No soy mala madre —repite constantemente.

La verdad es que algo me hace cosquillas en el estómago. Pero, bueno, lo he hecho bien. Por fin habla y podemos atender a su bebé como se debe.

La mujer empieza a temblar, se balancea. Le cuesta coger aire. Comienza a hiperventilar entre ahogadas bocanadas, se mueve inquieta, intenta arañarse la cara con las manos. Está a punto de una crisis nerviosa y por fin puedo derivarla a psiquiatría. Natalia la abraza y la sujeta para que no se haga daño y para contener su angustia. Daniela intenta levantarse de su silla, pero Natalia se lo impide.

—Está bien, cálmese. Vamos a citarla con el centro de atención a la mujer y ahora mismo llamamos al 112 para que la lleven a urgencias. Podrán manejar la ansiedad que muestra y valorarla. Todavía está a tiempo de recibir una atención prenatal eficaz —digo con tono tranquilo.

—¡¡¡¿¿¿¿Acaso crees que va a oír algo de lo que le dices????!!!! —me grita Natalia mientras abraza a la mujer, que convulsiona compungida y grita con un llanto eterno.

¿Y por qué no? ¿No tiene orejas? ¡Tendría que haber sido cirujano!, como decía mi madre. Pero nunca psiquiatra, eso está claro. Omito la pregunta de Natalia y llamo a emergencias. Después ayudo a Natalia a contener a Daniela para que no se haga daño a sí misma.

—No se preocupe, Daniela, tendrá la atención necesaria para su bebé. No hay nada que indique que su bebé esté en peligro… cálmese… Estamos a tiempo —repite Natalia una y otra vez mientras me echa miradas de odio. Bah… ya estoy acostumbrado.

SOSPECHOSA N.º 5

DANIELA PRIETO

Así es como he acabado.

¿Esta soy yo? Ingresada en la planta de psiquiatría de un hospital. Tengo mucho sueño. No sé qué me han dado, estoy agotada… pierdo el hilo de…

Me pesan… No puedo abrirlos. Me duelen. No recuerdo exactamente cómo ha ocurrido, algo se pega a mi cabeza como la bruma a la montaña.

Voy a descansar… es cómodo.

Me pesan… Creo que no lo he soñado. La enfermera de planta se ha asustado cuando me ha visto entrar por la puerta… en, eeeen, en la camilla gritando y llorando como una loca. Mi nariz no se expande lo suficiente para coger aire. ¿Como una loca? ¿Quién? ¿Yo? Estoy en psiquiatría. Sí… en la mirada de esa enfermera estaba yo misma… el reflejo de mí. Ahí debo estar.

Mi marido ha muerto y así es como he acabado. Pablo ha… Pablo ha muerto. Voy a descansar… Es cómodo.

***

Lo único que me preocupa es mi bebé. Espero que esté sano. Ya no me pesan tanto los ojos. Me recuesto en la cama. Pero me duele el brazo. Tengo una herida. Me la he hecho yo misma. ¿Quién? ¿Yo? Lo sé. He sido yo misma. Me aprieto la herida porque me alivia. Pero no sé explicar por qué. Estoy algo más despierta. Me aprieto con mayor fuerza la herida al recordar al doctor Alarcón gritándome, acusándome de ser una mala madre... ¿Soy una mala madre? Ha sido cruel conmigo y... gracias. Gracias a su empujón estoy aquí. Cuidando a mi bebé. Gracias a su empujón...

Qué raro suena mi cabeza. Al oírme pensar... qué raro. Es extraño. El doctor ha hecho que pueda estar en este hospital. Que por fin mi bebé sea atendido como Dios manda. Me apetece hasta sonreír, pero de manera extraña. Tan extraña como esta sensación. He necesitado otro empujón para que me decidiera... Qué extraño... Qué extraño que repita tanto la palabra «extraño». Soy como una pelota de pimpón con la que juegan dos palas golpeándola una y otra vez. Pero no soy así, en el fondo. ¿Soy así? No soy así. Sé que soy fuerte. Pero... qué raro... no me reconozco.

Si han llamado a Jose, enseguida vendrá.

Ay... un suspiro que viene. Tengo que estar en algún lado... aquí dentro. Recuerdo la manera en la que la enfermera del centro de salud me miraba. Como si fuera una mujer débil que se ha dejado mangonear. Natalia era esa enfermera. Todo el mundo cree eso de mí, puede que incluso Jose. Ay, qué raro... siento un vacío a mis espaldas. Tendré que caer. Recostarme. Es cómodo.

Cierro los ojos y... ay... un suspiro. Me rasco la herida y algo se despierta en mí de golpe. Una chispa de enfado. Sí... aquí debo estar. En esa chispa. Los demás piensan que no he sido capaz de reaccionar. Salvaguardar mis espaldas ante Pablo. Después de lo que he sufrido... ¿Por qué no me ven? Soy yo. ¿Una superviviente

132

capaz de soportarlo? Soportarlo… ¿Soportar la crueldad de un hombre al que he querido proteger de todo mal? No entienden que todo es muy raro. Tan extraño. No es sencillo. Estoy aquí dentro. Aunque no lo vean. Aunque no se vea.

Hay algo en lo que no dudaré: Pablo me pegaba, pero fue mi amor, para lo bueno y para lo malo. Ahora Jose ocupa mi corazón y soy libre. Ay… un suspiro… pero no es suficiente para el aire. Me siento orgullosa de haber estado al lado de mi esposo hasta el final, incluso cuando no era justo conmigo. Creo… sí… creo que se lo debía.

Qué raro… una lágrima. Y otra. Y aquí hay otra… ¿Soy yo la que llora? Dejo la herida y me toco la tripa. No es extraño. Si es que soy yo la que llora, debe serlo… Debe ser que debo admitir que he puesto en riesgo a mi bebé y que por eso… Por eso mi conciencia tambalea. ¿Soy yo? De eso soy culpable. De no cuidar a mi bebé. Pero no culpable por la manera en que ha muerto Pablo, su sufrimiento termina. Paz. Es chocante… estoy segura de que es mucho mejor que sea así. Que esté muerto.

Es extraño… aunque no me reconozca, debo estar en algún lado. Seguramente bajo esta piel que me quiero quitar, pero oye… los recuerdos sí que son los míos… Con claridad. Conocí a Pablo teniendo catorce años. Me dejaba margaritas en el buzón de casa. Era un chico moreno, con ojos vivos y muy serio. Tan solo usaba una pequeña sonrisa para mí. Para los demás, no tenía. Qué afortunada…

Me siento mejor. Más despierta. ¿Igual vengo ya? Su madre era alcohólica y su padre, incapaz de aguantarla, se iba de la casa y le dejaba a un hijo muy pequeño a su cargo, tal vez por eso era así de serio. Pablo.

Con diecinueve años nos casamos. Joder. Me pica el brazo. Muy jóvenes, pero es que huíamos de nuestras vidas. ¡Nos alejamos del pueblucho ese! Y nos mudamos a la ciudad. Pablo no dejó de trabajar. No tenía un puesto estable, pero nunca… ¡nunca!, ha pasado más de dos meses sin traer dinero. Qué afortunada era…

Yo me quedaba en casa. ¿Cómo me lo dijo? Ah... sí. Me lo dijo. Él me dijo que así debía ser. Mis recuerdos son míos. Cada vez más. Él me dijo: «Tú me has sacado de mi horrible mundo, eres mi sol, mi luz y mi ilusión. Te cuidaré como a una reina y este será nuestro castillo. No debes trabajar, te cuidaré como a una reina...», me repitió. Y eso hizo. Cuidarme. Hasta que murió su madre. Cómo me pica este maldito pijama de hospital. Aquí debo estar... aquí dentro... en esta rabia. En este picor. Me rasco la piel desnuda de mi espalda. Me lijo. Tengo que escarbar. Por aquí debo de estar.

Hacía cinco años que no teníamos contacto con nadie del pueblo. Del pueblucho de mierda... Parece mentira cómo pudo influir de esa manera la muerte de su madre, Elvira, que murió de cirrosis. En el funeral su padre, Ramón, estaba hundido. Su madre era Elvira, su padre era Ramón. Sí. Lo recuerdo bien. Ramón se acercó con viejas, profundas y moradas ojeras, parecía que la cara se le estuviese derritiendo de dolor. Joder, cómo me pica la cara. Me enfada de lo que me pica. Y entonces se dirigió a Pablo en un arrebato: «Todo esto es por tu culpa, tenías que haberte quedado aquí para cuidar de tu madre. Eres su verdugo».

Cuánto me alivia el dolor. Rascarme. Hay un hilo de sangre. Es bonito. Vivo. Entonces, Pablo, tras las palabras de su padre, no pudo soportar la culpa y comenzó a beber. Un día soleado le pregunté: «¿Salimos a pasear? Te quiero y me preocupa verte así. Te amo». Se levantó del sofá. Me cogió de la muñeca y escupiéndome en la cara me dijo: «Eres una embaucadora. La muerte de mi madre ha sido culpa tuya. Me separaste de su lado, me confundiste y ahora ella está muerta y mi padre solo». Cada vez me siento más fuerte. Su aliento olía a ron barato. Cuando me soltó me dolían las muñecas, estas mismas muñecas que tengo ahora al lado de la herida que me duele de alivio. Qué frase más rara. Y al día siguiente me salieron dos pequeños moratones en ambos lados. Sí... ellos fueron los primeros dos. Todo fue a peor. Y mi bonito Pablo se convirtió en la propia oscuridad.

Siento rabia. Por cómo me miran los demás. ¿No lo saben? ¡No lo saben! Hubo un determinante momento en el que me planteé escapar de ahí. ¿Hui? No. Me quedé. ¡Y eso no lo saben! Porque mi Pablo estaba sufriendo y alguien debía cuidar de él. Sé que la gente piensa que soy estúpida por eso. Yo me veo valiente. ¿Quién? ¿Yo? ¿Dónde? Aquí debo estar. Bajo mi piel. Debería quitármela. No me siento tan extraña. Sino valiente.

Me pegaba. Pero eso no era lo peor. Sus palabras me hacían más daño que cualquier golpe. Me fue encarcelando. Pero debía estar ahí. ¿Dónde? Ahí estaba. Tal vez sí tuviera culpa de la muerte de su madre. Tal vez le propuse escapar del pueblo demasiado temprano. Soy una embaucadora. Me lo traje conmigo cuando su madre lo necesitaba. Tendría que haberlo ayudado más y de otra manera.

Un día conocí a Jose. No pude evitar enamorarme. Dentro de esta cosquilla que siento en el estómago me reconozco más. Me siento culpable por eso también, pero necesité apoyarme en alguien y él me cuidó como nunca nadie lo había hecho. ¡No puedo sentirme culpable por eso! ¿No? Sus miradas no dejaban de adorarme, sus palabras eran dulces, sin aliento podrido de alcohol, y cada gesto… ¡No! ¡No me sentiré culpable! Era lo opuesto a los escupitajos que me lanzaba Pablo. Cuando yo no estaba Jose entristecía y cuando me veía florecía. Y a mí me ocurre lo mismo. Todo está más claro. Es un gran hombre, aunque Pablo también lo fue antes de enfermar de culpa. Cada vez tengo más fuerza. Estaré llegando.

Pero hay algo que no me gusta. Y en este disgusto también debo encontrarme… Aquí debe haber una pizquita de mí misma. Y es que Jose, aun admirándome, también me ve como a una figurita de porcelana y como a una tonta por no escapar de Pablo. Pero no. Debía cuidar de él. Joder, cómo me pica la herida.

Ahora descansa en paz. Es mejor así. Tengo que aceptarlo. Pablo ya no está y debo cuidar de mi bebé y de Jose.

En serio, debía compensar todo el daño que le hice y todo el daño que le estaba haciendo. Ahora me ha empezado a picar el otro brazo. ¡Yo fui culpable de que su madre no estuviese bien atendida! ¡De que muriese! Claro… debía compensarlo.

Que me mareo… ¿Quién? ¿Yo? ¿Aquí adentro? Pero aquí hay una línea y creo que voy a cruzarla… al otro lado. Igual ahí estoy.

Se me mueven las aletas de la nariz. Joder, se han movido demasiado. Me las voy a sujetar. O debería quitármelas. Están como bloqueadas. ¡Tanto que se mueven y no pasa el aire! Joder, cuánto me pica la herida. ¡Mierda! ¡He sido una buena esposa…! Hasta el final… del todo. ¡Y la puñetera espalda! Hasta su muerte. ¡He aliviado su dolor! Joder, cómo sangra… Bien. Cómo sangra…

De repente siento como si cerca del pecho, en mis entrañas, tuviese una mano que me araña. ¡Me araña desde dentro! Una mano… con uñas alargadas y amarillentas. ¡Me rasga! ¡Me pica! ¡Quitádmela!

¡No! ¡Cuidaré de Jose! La enfermera viene corriendo. ¿Por qué me atas? Aquí, en esta rabia debo de estar. Aquí dentro. ¿Por qué me cogéis de las muñecas? Solo quiero compartir lo que ocurre. ¿Podéis escucharme? ¡He sido buena esposa! ¡Dejadme! Me pica, joder. ¡Por eso estoy sangrando, porque me pica! ¡No me atéis! ¡He sido buena esposa! ¡Y ahora estoy cuidando de mi bebé! ¿Creéis que merezco que me aten a una cama? ¡Es que las putas aletas de la nariz no me dejan coger aire! Si arregláis eso, no necesitaréis atarme los pies. Así que dejadme. Una lágrima y otra… Aquí hay otra. Quitadme de encima esta extrañeza. Me pica. Por favor… Quitádmela… por favor… Quitádme…

¿Qué…? ¿Quién? ¿Yo?

¡¡Yo, por ser buena esposa, he sido culpable de que mi bebé esté en peligro!!

Soy una mala madre.

17

Viernes. Esta semana, a excepción de la visita del agente Santos, he conseguido mantener mis rutinas intactas. Exactas. Sin embargo, me enfrento a un gran dilema. Estoy en plena investigación criminal, y el único cabo suelto, el único detalle que se le escapa a mi más que excelente memoria es la conversación que mantuve con Jose el viernes pasado. Aquel extraño y alcohólico viernes en el que me salté la regla del Uno. Dos. Tres.

Tomé seis copas. «¿Qué tendría que hacer un hombre en mi situación? ¿Y si mi hijo corre peligro?», dijo Jose. ¡¿Qué cojones le contesté?! No puedo recordarlo porque estaba en otro estado de conciencia, o más bien inconsciencia… Y ya se sabe, lo que se memoriza estando borracho como una cuba, se puede recordar estando en ese mismo tipo de embriaguez: borracho como una cuba. Eso dice la evidencia científica. Vamos, que hoy tengo que beberme seis copas en vez de Una. Dos. Tres si quiero evocar datos de aquella noche. Llegar a ese momento alcohólico cumbre.

Pero me arriesgo a mucho; la semana pasada, cuando me salté la norma del Uno. Dos. Tres, todo mi mundo empezó a destartalarse hasta tal punto que un hombre ha muerto. Y tengo miedo. ¿Realmente es tan importante recordar qué le dije? ¿Por qué me obceco tanto con ello? ¿Qué es lo que persigo? ¿Por qué recuerdo la pregunta de Jose pero no la contestación que le di? Eso sí es extraño. ¿Acaso no me dejo recordarlo? Eso no puede ser. No entiendo qué proceso neurológico seleccionaría tan solo cierta información. Tal vez en una persona… más débil. Pero yo, nunca.

Llevo prácticamente toda la mañana viendo a los pacientes solo, pero en la última cita de la jornada Natalia ha encontrado un hueco para acompañarme.

Se está independizando, ya no pasa tanto tiempo en la consulta, conmigo, aunque más de lo que lo hacía María Ángeles. Creo que lo pasa bien con mis diagnósticos y mis jugadas maestras. Pretende aprender de mí, aprovechar la oportunidad de trabajar con un genio. Me gusta que la gente quiera aprender, y más que sepan elegir con quién hacerlo.

Tengo sentado a mi lado a un hombre de treinta y un años, Alberto, que espera a que le pregunte.

—Y bien, ¿qué le trae hoy aquí?

—Nada importante, creo que me ha salido un nuevo lunar. Tal vez lo tuviera ahí antes, pero no lo sé con certeza.

¡Nada importante! No hay nada más serio ni peligroso. Inspecciono la cabellera del hombre y su lunar. Parece que tiene los bordes perfectamente redondos y delimitados, pero aun así… no sé…, es un lunar que tiene cierto aspecto rojizo y un ligero contorno. Natalia está husmeando a mi lado.

—Voy a derivarle al especialista —decido por fin.

—¿Es grave? —dice Alberto con inquietud.

—No tiene mala pinta —interviene Natalia.

Me estoy empezando a cabrear. Soy yo quien decide si el lunar tiene o no mala pinta.

—Con los lunares nunca se sabe —digo dirigiendo mi brusquedad hacia Natalia, que decide mantener el silencio.

Una vez que el paciente se ha ido Natalia se me acerca, se sienta frente a mi escritorio y sin perder su sonrisa ni su regular coleta balanceante me dice:

—¿Qué te pasa con los lunares? El que acabamos de observar no parecía mostrar signos de alarma. ¿Son tu talón de Aquiles?

¿Y qué coño le importa a esta tía lo que haga o deje de hacer con los lunares? Me mira con esa sonrisa bobalicona, como si con eso suavizara su intromisión y su insolencia. No sabe más que yo sobre lunares. Que se calle la boca.

—¡Déjame en paz ya de una vez con el tema de los lunares! ¿Acaso has recibido más formación que yo? ¿Eres experta? ¿Tienes una especialidad? ¿Eres dermatóloga en tu tiempo libre?

—No —dice bajando el tono de voz. Diría que se ha puesto triste. Pero me importa una mierda, qué sabrá ella sobre… una mierda me importa.

—No tienes ni idea, no tienes la experiencia que tengo yo sobre el tema. Así que, a partir de ahora, ya lo sabes, no vuelvas a meterte donde no te llaman. Si decido hacer una derivación, te quedas calladita y rellenas la ficha. —No me importa haber sido cruel. No me importa. No me importa. No me importa. ¡Una. Dos. Tres veces deja de importarme!

Me levanto del escritorio y la dejo allí plantada. Antes de que me vaya, me interrumpe.

—¿Manuel? —dice con miedo en su voz. La observo sin decir nada, cabreado—. Nunca me habías hablado así…

Me parece que se ha echado a llorar. Me largo dando un portazo.

Nada más salir del despacho me encuentro al doctor Costa al otro lado de la puerta. Seguramente ha oído nuestros gritos.

—¿Va todo bien? —me dice con contenida rabia. Como si me

estuviese amenazando con elegancia. «El señor prepotente con complejo de superhéroe viene al auxilio».

—Sí, todo va bien —le digo sin apenas mirarlo a la cara.

Me alejo y lo veo entrar a mi despacho. Ahora se pondrá a consolar a Natalia y a criticar mi conducta. ¿Pero qué sabrán ellos? Qué asco. No me gusta que se queden a solas. Supongo que ahora la pondrá en mi contra. Pero no me importa, qué más dará la estúpida gente y su estrecha visión de las cosas. Qué más dará.

18

El doctor César Costa, vaya personaje. Se cree un genio. No es imbécil, pero tampoco un genio. Siempre tan altivo, con su pelo de tonos pelirrojos y su mirada canela. Siempre tan pálido, como si nunca le hubiera lastimado un rayo de luz. Puaj.

Recuerdo cómo el otro día, una vez terminada la reanimación cardiovascular que le estaba haciendo a aquel paciente que se desplomó en su consulta, se levantó pomposo y se exhibió delante de las enfermeras como un pavo real. Girando su abanico de amplia gama de plumas como demostración. Creo que se fue a casa feliz por haber disfrutado de su propia situación de emergencia. «¡Qué suerte que a un hombre se le parara el corazón en mi despacho!». Eso se fue pensando. Qué asco. Se ve como un héroe.

—Jose, ponme la tercera copa —le digo.

Y esta mañana se ha quedado con Natalia en mi despacho. La habrá consolado con su voz segura y sus ojos vibrantes, y ella lo habrá mirado entre acristaladas lágrimas y un triste y tierno gesto... Qué asco... ¡Me habrán criticado! Comentando lo burro que soy. Me molesta que él esté haciendo la función de reconfortar a Natalia. Sé que mantuvieron una relación antes de encontrarse en el centro de salud, pero desconozco de qué tipo, tal vez fueran novios. Qué asco... Natalia saliendo con un pomposo como César, no la veo capaz de quedar prendada de esa falsa luminosidad que él parece querer demostrar.

A Jose lo veo contento hoy. Normal, su problema se ha ahorcado. Se ha «suicidado». No hemos hablado del tema, mejor así. No sé si Daniela seguirá interna en psiquiatría, pero por la actitud de Jose diría que ya está en casa. Natalia tampoco se tomó muy bien mi intervención con Daniela, pero sigo pensando que actué en beneficio de la mujer, por muy rudo que fuera. Qué sabrá la gente. Qué asco…

Tengo que dejar de pensar en estas chorradas y centrarme en la crítica decisión que me espera. ¿Debo saltarme la norma del Uno. Dos. Tres y beberme una cuarta copa? Me queda menos de la mitad de la tercera… tengo que decidirme. La semana pasada todo se comenzó a desbarajustar justamente en este instante. Pero debo saber qué le contesté a Jose, porque algo de aquella noche me chirría en las entrañas. ¡No recuerdo cómo volví a casa el mismo día que el señor González murió! Nunca jamás me ha ocurrido nada así, nunca he dejado de recordar algo y ahora tengo una absoluta y profunda laguna que lo oscurece todo. Es la máxima pérdida de control: no saber qué has hecho con, *pensamiento intruso*, tu tiempo. La pregunta de Jose se refería directamente a qué hacer con el muerto. Cuando estaba vivo, me refiero. Y ahora aparece muerto. Después de estar vivo en el momento de aquella pregunta. Menudo hilo de pensamiento acabo de construir. ¡Parezco imbécil! Qué resignación… Debo decidirme… ¿Paso el umbral de las una. Dos. Tres copas? ¿Intento volver al mismo estado de embriaguez de aquella noche para recordar lo que dije?
    Alguien me agarra suavemente por detrás sacándome de mis reflexiones:
    —¿Manuel? —¡Joder! Es Natalia. Me bebo la tercera copa de

golpe y levanto la mano para pedirle a Jose una cuarta. Sin titubear. Voy a necesitar más alcohol.

—¿Cómo me has encontrado? —pregunto.

—El otro día me trajiste a este bar. ¿Lo recuerdas? —Claro que lo recuerdo—. Sabía que estarías aquí. Eres hombre de rutinas. —Su sonrisa está tristona.

Jose me acerca la botella de ron.

—Ponme tres —Uno. Dos. Tres— hielos, por favor. —Ya que voy a saltarme la norma, mejor que la mantenga aunque sea en el número de hielos que hay en el vaso. Puede que eso me proteja de la hecatombe que pueda acontecer.

Natalia se sienta a mi lado y se queda en silencio. No me apetece romperlo. Me siento incómodo. Se supone que estoy enfadado con ella. Finalmente Jose interrumpe el momento:

—¿Qué va a tomar, señorita?

—Ginebra con limón, por favor —dice con voz de ángel. ¡Pero qué chorradas digo! Seguro que esto es culpa del primer sorbo de la cuarta copa. El hundimiento de mi control está empezando…

—Ahora mismo —contesta Jose con una amplia sonrisa. A mí nunca me sonríe así.

El silencio vuelve a escena hasta que a Natalia le llega su copa. Pide una pajita y con ella mezcla el combinado. Como si la cinética del movimiento causado la impulsara a hablar, dice:

—Lo siento —me mira con ojos de cordero degollado—, por lo de esta mañana, quiero decir. No debí entrometerme en tus decisiones.

La miro estupefacto. La gente no suele pedirme perdón. Y menos después de haber estado chismorreando sobre mí con el manipulador del doctor Costa. Se conoce que Natalia no se ha dejado mangonear.

—Está bien —digo.

En verdad no ha sido para tanto. Pero es que, los lunares… Prefiero que no me pregunten sobre eso. Voy a intentar ser más amable.

—Creo que deberíamos tener las cosas claras: puedes darme tu opinión en privado y sugerir cuestiones en la consulta, pero mi cerebro es el único filtro por el cual debe pasar la información para la resolución del diagnóstico final y el giro de la consulta. ¿Entiendes? —Ella esboza una sonrisa, pero enseguida queda oculta en un tono más amargo—. ¿Por qué has sonreído?

—Porque lo del filtro... lo crees de verdad, lo dices en serio.

—Pues claro, ¿por qué no iba a decirlo en serio? Aquí el único que debate soy yo y conmigo mismo. No necesito más contertulios.

Natalia está diferente. Para empezar, lleva el pelo suelto. Eso sí, liso como una tabla sobre los hombros. Viste unos pantalones vaqueros claros, una camisa negra de tirantes con un escote cuadrado... ¡Vaya escote! Para. Céntrate. Joder... la cuarta copa no ha sido buena idea. Se ha pintado los ojos de color oscuro y su mirada es más profunda de lo habitual, me devuelve un triste gesto. Dudo que lo de esta mañana la haya afectado tanto. No creo que su tristeza tenga que ver, *pensamiento intruso*, conmigo. Al menos, no toda. Será por otras cuestiones. No he podido influir en esa tristeza con tanta intensidad. No puedo ser su protagonista. Voy a cambiar el tema.

—¿Ves al camarero?

—Sí, Jose, me lo presentaste el otro día —me dice algo más contenta.

—Es el *rollete* de Daniela —le cuento.

Pone cara de sorpresa y bebe de la pajita. Tiene los labios rosados. Algo etéreos... o tal vez sea la cuarta copa, que me hacer ver borroso.

Entonces, me doy cuenta de la jugosa situación que se me acaba de presentar. Estoy involucrado en medio de una investigación criminal: ¿quién mató al señor González? Y en el escenario que acontece en estos instantes tengo a dos de los sospechosos marcados en los pósits que cuelgan de mi corcho. Hoy es la noche propicia para hacer averiguaciones. Debo tantear el asunto, descubrir cuánto sabe Natalia. Tras la confesión de que Jose estaba liado con Daniela, ella misma pregunta:

—¿De quién es el bebé? —Es lista. O menos tonta. Sabe hacer las preguntas oportunas.

—De Jose —confieso. Abre mucho la boca, de tanta sorpresa que tiene. Su cara es graciosa, adornada con unas cuantas pequillas. Pero qué chorradas digo…

—¿Crees que el señor González se ahorcó realmente? —prosigue.

—¿Qué quieres decir? —Sé por dónde van los tiros, pero prefiero observar hacia dónde quiere dirigir ella la conversación. No debe olvidárseme que es una sospechosa. Por muy turgentes que tenga los pechos. Pero qué chorradas digo…

—¿Y si Daniela lo mató? Tal vez no aguantara más la situación, o tal vez Jose tomara las riendas. ¿Qué opinas?

—Es posible.

Nos separa un profundo silencio.

—Cualquiera que lo haya hecho, estoy con él —afirma finalmente Natalia—, el muy cabrón se merecía morir.

Más palabras incriminatorias. Aunque no creo que las pronunciase si realmente fuese la asesina. Comparto lo que acaba de expresar, pero no pienso decirlo en voz alta. Desde que aquel agente vino a mi consulta tengo la sensación de que debo protegerme. Además, no es lo mismo hablar del deseo de muerte de una persona viva que mostrar tu ilusión por la muerte de una persona ya muerta… Pero qué chorradas digo… y aún tengo que pedirme otras dos copas hasta llegar a seis. Múltiplo del Uno. Dos. Tres. Dos por Uno. Dos. Tres… Seis. Sigo sin recordar qué fue lo que le contesté a Jose.

Mi vaso ya está vacío. Natalia, al ver mi gesto para pedir otra ronda, me indica que espere. Se bebe su copa de golpe y, cuando Jose llega, añade:

—Yo también quiero otra.

Mientras Jose nos sirve, Natalia entabla una conversación con él. Creo que intenta averiguar si realmente es un asesino o no, tantea su perfil de personalidad. Se la ve suelta mientras mueve con la pajita el líquido de color limón. En ese movimiento, cuando se produce la aducción del hombro, aprieta su teta derecha contra la otra… ¡Qué digo!… Me bebo casi de golpe la mitad de la quinta copa. Pero qué borracho voy. No sé cómo ha pasado…

El estruendo de la risa de Natalia es cada vez mayor. Transmite una alegría sorprendente, pasmosa, pero natural.

—Y dime, Jose, ¿viene Manuel todos los viernes a hacerte compañía? —pregunta.

En un primer momento esa pregunta me inquieta, puede que esté intentando averiguar si soy un borracho habitual o un alcohólico esporádico. ¿Por qué querrá ella saber más cosas sobre mí? ¿Por qué muestra tanta curiosidad por lo que hago o dejo de hacer? ¿Por qué ha venido a pedirme perdón? Pero tras el siguiente sorbo, resuelvo que no es interés por mí. ¡Qué cándido he sido! Está tanteando la posible coartada de Jose.

—Tooooodos los viernes, señorita. Ya somos viejos amigos. —En sus exageradas palabras se ve que está realmente feliz.

—¿Y se va pronto a casa? ¿O es de los que trasnocha?

—Tres copas —afirma.

—¿Tres copas? —Natalia no llega a comprender del todo su respuesta.

—Sí, eso es lo que suele aguantar. Siempre tres copas. Bueno, en realidad, no siempre…

Lo miro con cara de pocos amigos. No me conviene que cuente que la noche que mataron al señor González me marché con el doble de alcohol en sangre.

—Hoy voy por la quinta. —Corto la conversación.

Natalia esboza una sonrisa. Seguramente piense que mi cambio de rutina se debe a ella. Ni mucho menos. Aunque desde que apareció en mi vida ya nada es como debiera. Ni siquiera mi momento del viernes. Parece ser.

***

Un alboroto nos interrumpe, una cuadrilla de amigos entra en el bar. Claro, es más tarde de lo habitual. Jose sube la música y me advierte:

—En breve apagaré las luces y colocaré los focos. Modo discoteca, ¿me entiendes?

Me conoce bien, sabe que odio rotundamente ese rollo discotequero. ¡Y aún me queda otra copa para hacer múltiplo de Uno. Dos. Tres! Me bebo de golpe la que tengo entre manos y pido la última. Natalia hace lo mismo. ¡Qué capacidad para ingerir alcohol!

—Jose, no esperes más, ya puedes apagar las luces —dice ella—, me apetece bailar.

¿Cómo? No… No… Aunque no me importaría pegarme a ese cuerpo… Joder… Qué borracho voy. No sé cómo ha podido pasar. Bueno… sí sé… pero no sé. Si es que, una cuarta copa es siempre una mala idea… no sé por qué no aprendo. Bueno, sí sé… pero no sé. Yo soy de… ¡Madre mía, qué culo tiene Natalia! Su cintura es perfecta.

—¡Estupendo! ¡A ver si consigues mover a Manuel! —dice Jose entre risitas.

Después carga nuestras copas, apaga las luces y sube la música. Natalia me invita a bailar. Niego con la cabeza. Por muy borracho que… me gusta esta canción… es… por muy borracho que vaya no pienso bailar… ¡en la vida!

—Yo no bailo. —Parece que tengo la lengua cual reacción anafiláctica. Gorda como una anaconda. Apenas se ha oído mi frase con la música tan alta.

Natalia se acerca a mi oreja y el aire caliente de su boca llega a mi conducto auditivo.

—Quiero acercarme a ese grupo de ahí. —Me sorprende tal afirmación. Y me sorprende su escote… que desde esta perspectiva se ve al completo.

—¿Por qué?

—Quiero hacer migas con ellos y preguntarles si estuvieron en el bar la noche que el señor González murió. Así sabremos si Jose anduvo toda la noche por aquí o no.

¡Qué lista es! Digo… menos tonta… He sido un poco brusco esta mañana con ella. Es una buena chica. Menos aburrida que… Me ha levantado del taburete, ¡yo no pienso bailar en la vida!… Voy a coger mi copa, necesitaré más alcohol… Menos aburrida que la gente común. Y con mejor escote, por supuesto. No sé bailar. ¡Ahí va! Si estoy bailando. Bueno… más bien estoy pegado a su cuerpo como una lapa… ay… y solo tengo que seguirla. Por favor… me está rozando todo el… Es buena chica…

Natalia se acerca al grupo con disimulo. Al alejarse para dar una vuelta bajo mi brazo finge chocarse contra un joven. Se para a coquetear con él. Charlan. Yo aprovecho para ir al baño. No sé bailar solo. ¡Ahí va! Si estoy bailando mientras voy al baño… o no… estoy desequilibrado. En el trayecto puedo ver cómo Jose oculta una sonrisa. Qué cabrón. Se lo está pasando pipa viendo cómo una mujer cambia mis reglas. Puaj. Qué más dará la gente y su estrecha visión de las cosas.

De nuevo hago mi aparición en el escenario de baile, Natalia sigue hablando con el tipo. Me acerco a la barra. No voy a pedir otra copa, porque eso sería romper la recién adquirida y destartalada regla del múltiplo del Uno. Dos. Tres… Si pido otra copa debería beber hasta llegar al nueve, múltiplo del Uno. Dos. Tres. ¡Ay, mi madre, qué sabia era! «Cuenta hasta Uno. Dos. Tres, hijo. Si te cansas de la vida, cuenta hasta Uno. Dos. Tres!»:
—¡Jose, ponme tres —Uno. Dos. Tres— chupitos!
Uno para mí, uno para Jose y el tercero para… Natalia se acerca con un gesto complaciente en la cara. Se bebe el tercer chupito y vuelve a sacarme a bailar. Sus gestos son acalorados. Mueve la cintura con grados de flexión que considero médicamente imposibles. Se muerde la boca. Me está poniendo muy bruto…
Se gira y su espalda se desliza por mi pecho, levanta los brazos.

Parece una gata buscando arrumacos. De repente siento una ternura inexplicable. Exaltada, lo sé. Esta mañana he sido un subnormal y ella ha venido hasta aquí para pedirme perdón y para ayudarme en mis investigaciones. Le debo una explicación, debe conocer el motivo de mi desmesurada reacción ante los lunares. Siento una tristeza… exaltada, lo sé.

—¡Natalia! —grito. Ella pone su cara cerca de la mía, mirando al suelo porque, de otra manera, nuestros labios se juntarían—. ¿Has conseguido averiguar algo? —le susurro al oído.

Asiente y sigue bailando.

—¡Tengo que hablar contigo! —Le vuelvo a gritar. Debo disculparme yo también por lo de esta mañana.

Deja de bailar y con aire de niña me indica que salgamos fuera. No deja de sonreír. La noche es agradable. El verano está a punto de llegar. Es como si las noches calurosas se pudiesen oler y escuchar. O puede que sea el alcohol. Me apoyo sobre una pared.

—¿Qué has averiguado? —No sé ni cómo soy capaz de vocalizar.

—Jose estuvo atendiendo el bar hasta las cuatro de la mañana. Si la policía afirmó que el señor González murió el viernes, no creo que esté involucrado. ¿Hasta qué hora estuviste tú aquella noche en el bar?

Joder, no me acuerdo. ¿Pero cómo vocaliza ella tan bien? Ha bebido casi tanto como yo. Y con ese cuerpecito que… Pero habitualmente me largo hacia las doce y media o una y es eso lo que le contesto.

El silencio vuelve a incomodarme, pero ella lo rompe:

—¿Eso es todo?

—¿Cómo dices? —No me atrevo a articular lo que realmente querría decirle y ella intuye que hay algo más.

—¿Tan solo querías hablar conmigo para preguntar sobre mis averiguaciones?

—No —cojo aire y por fin me lanzo—. Tienes que saber… es decir… esta mañana… a ver… tienes que saber por qué me he enfadado tanto esta mañana.

Natalia se pone oportunamente seria. Si no lo suelto de carrerilla no lo diré… Mi alcohólica memoria no sirve para nada más.

—Mi madre murió de un cáncer, un melanoma.

—¡Oh! Lo siento. ¿Un lunar? —Esta chica es lista. Su mirada me está cautivando. No sé describirla. Es… no sé… que no sé describirla… ¿Comprensiva? Entreabre sus labios y suelta un «minisuspiro».

—Un lunar —afirmo—. A los tres —Uno. Dos. Tres— meses de detectarlo murió. En… en… en esos tiempos yo estaba estudiando en la facultad de medicina. Era mi primer año. Cuando mi madre murió decidí ser médico de atención primaria. Podría haber sido, bueno ella siempre… —No arranco y, al hablar, parezco una vaca tomándose tiempo para masticar—. Podía haber sido cirujano como decía ella, pero no. Elegí la atención primaria porque si el inepto del médico de cabecera que la atendió la hubiese derivado antes a dermatología, tal vez aún estaría viva. —Mira, gracias a la rabia, el discurso me sale mejor—. Cuando pedimos su opinión no le pareció que el lunar tuviera mala pinta.

—Y por eso tienes tanto cuidado con los lunares que vienen a consulta —me contesta.

—Nunca se sabe. —Me encojo de hombros.

Natalia me agarra del brazo, acogiéndolo y apoyándose sobre él. Con la mejilla. Me están entrando ganas de vomitar… no… de vomitar no… me duele el pecho. ¿Un infarto?… No… no puedo coger aire… ¡Ahí va! Quiero llorar…

Entonces, bañado en este enjambre de punzantes sentimientos, supongo que por las cantidades de alcohol semejantes y la asociación de emociones parecidas a las que tuve aquella noche, consigo recordar lo que le dije a Jose. La pregunta era la siguiente: «¿Qué tendría que hacer un hombre en mi situación? ¿Y si mi hijo corre peligro?». Y las palabras (referentes al señor González) de mi respuesta retumban claramente: «Tiene que morir».

19

Esta noche me abruma. El alcohol, los recuerdos de mi madre, la acogedora presencia de Natalia y ahora… mis dudas. «Tiene que morir». ¿Fue eso lo que le dije a Jose? No recuerdo qué más hice aquella noche. Pero sí que recuerdo las horripilantes pesadillas. La sensación de tener mis manos manchadas de un líquido viscoso, negruzco y caliente. Sangre. ¿Y si yo maté al señor González? Se me ha pasado la borrachera de golpe.

Me aprieto la sien con los dedos. No puedo más. Necesito pensar en otra cosa o me echaré a llorar. Natalia me observa preocupada. Con cara de ángel. La miro y la acerco a mí, como si yo fuera tan absurdo como un niño que necesita abrazar un peluche para sentirse mejor. Pesa como una pluma. Su cintura se ve obligada a apoyarse sobre la mía y entonces me besa. Me empuja con brusquedad contra la pared. La cojo a horcajadas y cambio nuestras posiciones de tal manera que ahora es ella la que está acorralada. La beso por el cuello.

—¡Vamos! —dice mientras me abraza con fuerza.

Su casa está pulcramente ordenada. Tiene un aire ligero. Como de limón. La vuelvo a coger sobre mi cintura y seguimos en una batalla de poder a lo largo del pasillo, besándonos con agresividad. La empotro contra la pared y tiramos un cuadro. Ella se araña con el gotelé, pero parece que eso le produce aún mayor placer. Caemos sobre la cama. Le quito la camisa de tirantes, levanta los brazos y al acariciarlos puedo sentir la suavidad de su piel. Desabrocho su sujetador. Sus pechos son aún más bonitos al desnudo. Los beso. Tiene la carne de gallina por mis caricias y la piel blanca como el mármol. Le quito el pantalón vaquero, pero entonces ella me detiene.

—Más despacio —dice con cierto tono juguetón.

Para mi sorpresa, se pone una coleta. Esa espléndida coleta que se balancea junto con su descubierta y voluptuosa cadera. Me mira traviesa desde la cama. Ahora estoy de pie a un lado, se levanta sobre sus rodillas quedando a la misma altura que yo y comienza a desabrocharme los botones de la camisa. Con cada botón posa un beso sobre mi pecho. Me estoy acalorando. Su coleta va deslizándose hacia abajo y me hace cosquillas hasta lo más profundo de mi interior.

No puedo aguantar tanta pausa, pero a su vez es delicioso. Comienza a juguetear con mi cinturón. Lo desabrocha al mismo tiempo que lo hace con el botón y me baja los pantalones.

¡No lo aguanto más! La lanzo sobre la cama y le quito las braguitas de un tirón. Mi brusquedad le hace gracia y sus bocanadas de aire cada vez son más intensas. La beso y la empujo sobre el colchón. Ambos jadeamos con escándalo. Tengo que meterme dentro de ella… La quiero para mí.

20

Estoy en una sala de cuatro paredes, sin embargo, no las puedo ver con nitidez. Son tan blancas que se difunden con el fondo. Todo brilla de tal manera que me ciega. Es como si lo posible se expandiese en esta habitación. Siento una libertad que nunca creí que existiera. Estoy bien. Soy yo mismo, sin censuras ni controles.

Sobre las paredes comienzan a proyectarse imágenes. Una fluidez de ideas sin categorizar. Absolutamente todo lo que existe, absolutamente todo lo que se puede sentir y hacer se plasma en esas proyecciones. Pasan a alta velocidad y van llenándome la cabeza de sensaciones. Es agradable tener ese ritmo feroz de pensamientos.

De nuevo, vuelvo a centrarme en esa sensación de libertad. Como si el mundo fuera un sinfín de opciones, como si ninguna iniciativa pudiese quebrarse…, como si fuera el rey de todo.

De repente empiezo a toser. Sangre. Escupo sangre y mancho la claridad de la escena. Alguien me acompaña. Es una mujer que pinta las paredes de rojo con una brocha. Sonríe. «El rojo debería ser tu color, lo sabes», me dice. Después sigue pintando.

Empieza a llover. Las gotas son pesadas y espesas. Casi viscosas. Reconozco enseguida de qué se trata: sangre. Coloco las manos boca arriba y las gotas se estrellan contra ellas.

Plof… plof… van ilustrando las palmas de mis manos con

cada precipitación. Primero con una cadencia lenta, cada vez mayor. Se podría decir que yo controlo la velocidad con la que ocurre todo.

¡Qué bien me siento! Es un sobresalto que me resulta familiar...

Me despierto de golpe y me incorporo en la cama. Estoy sudando y siento un terror absoluto... mi corazón galopa a velocidad extrema. Me miro las palmas de las manos. Siguen limpias.

¿Otra pesadilla? ¿Por qué?

21

—¿Manuel, estás bien? —me pregunta una voz de mujer. ¡¡¿¿Cómo??!! ¿Qué hace Natalia en mi cama?—. Te has levantado gritando.

Tengo un terrible dolor de cabeza. Prácticamente inaguantable. Abro los ojos. No es que Natalia esté en mi cama. ¡Es que no estoy en mi habitación, ni en mi casa, ni por supuesto en mi cama! ¿Pero qué hice anoche?

De sopetón reconozco que ayer me acosté con ella, me viene un vago recuerdo de todo. Me molesta, porque mis recuerdos no suelen ser vagos… son activos y exactos. Eficaces. Esto me pasa por saltarme la regla del Uno. Dos. Tres. Otra vez. Cierto es que me sirvió para recordar y grabar a fuego las palabras que le dediqué a Jose sobre el señor González, pero, lejos de calmarme, la nueva información me abruma todavía más. «Tiene que morir». Después, aparece muerto.

Natalia me mira con cara de preocupación. Lleva el pelo revuelto y parece que tiene los labios un poco hinchados (por el roce de nuestros besos, supongo). Está preciosa y… desnuda… ¡Está desnuda!

155

—Te traeré algo, tienes mala cara —me dice. Se pone un ligero blusón, casi transparente... no... transparente del todo. Y se va.

Me tiro sobre la cama cogiéndome la cabeza con las manos. Me vienen imágenes de la fiesta de ayer. Recuerdo con exactitud cómo empezó todo, pero no cómo acabó. Natalia vino a pedirme disculpas. Suspiro casi con ternura. ¿Pero qué me está pasando? Después me enfrasqué en un intento de volver a recordar qué fue lo que le dije a Jose. Y lo hice.

No me gusta asociar la serie de datos que tengo ante mí: la noche que el señor González murió dije aquellas palabras y no recuerdo absolutamente nada de lo que hice. Ni siquiera cómo conseguí llegar hasta casa. Conozco los efectos del alcohol. Pero no creo que sean capaces de ocultar algo tan brutal como que haya matado a una persona. Espera. Para un momento. ¿Acabas de dudar sobre si has matado a una persona? No puedo creerlo. No. No. No soy capaz... Las pesadillas... Nunca antes había tenido pesadillas. No como estas. Suelen ser síntoma de algo neurológico... o de... ¡oh, no!... Un acontecimiento traumático. La laguna que tengo en mi cabeza puede ser un mecanismo que oculta lo que no puedo soportar. Tal vez algo que hice.

El proceso amnésico por el que paso hoy, tras ingerir tanto alcohol anoche, es diferente al de aquella primera vez. Tengo algunos borrones, pero puedo construir la secuencia de todo lo que pasó. Cómo un cosa me llevó a otra. Sé, tras recomponerme de la sorpresa al despertar, cómo llegué hasta casa de Natalia y dónde estuve todo el tiempo. Esto sí encaja con la dificultad de recordar tras una «sobreingesta» alcohólica. Sin embargo, sobre aquella otra noche en la que murió el señor González, tengo una sombra absoluta, oscuridad total. El tipo de amnesia se diferencia, pero ambas noches sufrí pesadillas prácticamente exactas. De contenido sangriento, aterrador. En el sueño me invadía una mezcla de satisfacción, excitación, sensación de control extremo y atrayente miedo. Algo que me gustaba, un combinado que hace que al despertar no me reconozca en esas pesadillas. Reflexiono. Es como si, en ese escenario tan sangriento, el «Manuel onírico» se sintiese atrapado en un sueño, y yo mismo, al despertar, en una pesadilla que no es real. Mi vida es una pesadilla, y no los sueños que tengo, en los que me siento tan bien. Ninguno de los dos estamos en el escenario que nos corresponde. Dos caras de la misma moneda.

Natalia vuelve con un zumo de naranja en sus manos. Tiene las mejillas sonrosadas. Se sienta a mi lado y me lo ofrece. Su inteligencia está por encima de la media: fructosa para la resaca. Se vuelve a desnudar y se mete bajo las sábanas. Apoya las dos manos sobre la almohada, y sobre estas la cara. Las sábanas son de un blanco polar, lo que hace que la piel desnuda de Natalia, a pesar de ser clara, destaque entre ellas. La habitación también es blanca, salvo una pared que es azul. Los rayos de luz se filtran por la ventana con claridad, presentan la llegada del calor y la escena produce un efecto veraniego y marítimo. Como si se pudiese oír el mar.

Todavía no he dicho ni una palabra. La verdad, no sé de qué manera tengo que dirigirme a ella. ¿Tengo que hablarle embelesado? ¿Tengo que decir cursilerías tras la noche de sexo? ¿Debo acercarme a ella? ¿Acariciarla? Estoy en *shock*. Para mi agrado, es ella quien, otra vez, toma las riendas.

—Bueno, hemos descartado a Jose.

—¿Cómo dices? —conforme hago la pregunta, recuerdo que anoche compartí mis sospechas sobre el asesinato del señor González y que intentamos averiguar si Jose tenía algo que ver.

—He estado pensando. Hay testigos que confirman que Jose cerró el bar a las cuatro de la mañana del sábado. Según dijiste, la policía habla del «viernes» como fecha de la muerte. Son exactos en sus informes. No hay tiempo para que la noche los confunda como a ti y a mí… —Ríe. Se la ve cómoda conmigo.

Inmediatamente me hago la siguiente pregunta: ¿a qué hora volví yo aquella fatídica noche? No lo recuerdo… ¿Puede exculparme la misma coartada que a Jose? Lo único que sé es que siempre procuro ir al bar a horas tempranas, antes de que llegue la gente, y que pocas veces llego a casa más tarde de las once y media. Pero aquella noche bebí más, eso alargaría el tiempo que estuve en el bar, ¿no? Entonces, ¿llegué a casa el sábado? En cualquier caso, cerca de medianoche. Media hora más, media hora menos es la diferencia entre viernes y sábado... Esta coartada no me excusa... Oh... por favor... ¡Estoy buscándome una coartada! ¡Sigo dudando sobre mi implicación en un asesinato! Tengo que dejar de pensar imbecilidades o me convertiré en otro imbécil más.

—Puede que haya sido Daniela —continúa Natalia—. Si así fuese, no pienso delatarla.

Vuelve a insistir en la empatía que siente con el asesino.

Una cosa es cierta: esta mujer, tras una noche de sexo, no está hablando de ñoñerías como pajaritos revoloteando las cabezas, unicornios de color rosa o mariposas cosquilleando la tripa de amor y lanzando polvos de hada. Habla de asesinato. Me gusta y me descubre que no espera que yo sea romanticón en estos momentos.

—¿Quieres desayunar? ¡A ver si espabilas un poco! —Vuelve a reír.

—Está bien. —La verdad es que tengo el estómago revuelto, pero para la resaca lo mejor es desayunar algo copioso, y a poder ser prefiero salado.

—Me gusta desayunar salado cuando he salido de fiesta. Si te parece, voy a preparar algo de beicon. ¿Quieres tortilla? —dice entonces ella.

Como si no fuera suficientemente sorprendente que haya hecho ese comentario tan atinado, se pone una perfecta coleta, el blusón transparente y se levanta. Con la coleta al son de sus caderas.

Me incorporo y hago un esfuerzo para salir de la cama. Estoy desnudo... ¡Estoy desnudo! Me visto corriendo.

Me acerco a la cocina y pregunto si necesita ayuda con el desayuno.

—Si quieres puedes ir haciendo café —contesta.

Nos mantenemos en silencio hasta que ella repleta los platos y me indica que vayamos al salón. Nos sentamos en una agradable mesita de cristal. Tiene unas flores en un jarrón. Están hechas de goma EVA o un material por el estilo. Son originales, bonitas, funcionales y lo más importante: inteligentes. Porque Natalia no perderá el tiempo en regarlas, cambiarlas o mantenerlas. Cumplen su función decorativa.

—Esto está muy bueno —digo. Y digo la verdad.

Asiente y, tras revolver un poco el plato con el tenedor, me dice:

—Lo de ayer fue un poco extraño. —Habla del sexo. A pesar de algunos momentos de la noche que recuerdo más nebulosos, la «parte sexo» la recuerdo perfectamente y con detalle—. No quiero decir que fuera algo negativo, porque estuvo… francamente bien —dice con una sensual mirada—. Pero somos compañeros de trabajo.

—Lo sé. —Veo por dónde van los tiros. Y estoy de acuerdo.

La conversación va a tratarse de un cliché. Como una insustancial telenovela. Pero así tiene que ser. Hay que resolver todas estas cuestiones.

—Preferiría que esto no entorpeciera la relación que teníamos antes. Me gustaba estar a tu lado de esa manera. ¿Crees que podemos seguir como esos compañeros que éramos? —Natalia sigue llevando la dirección de la conversación.

—Claro —digo, aunque no muy convencido, porque no sé muy bien qué significa «de esa manera». ¿Es que teníamos algo especial? ¿Diferente?

Cierto es que siempre me he encontrado cómodo a su lado, también admito que ella es diferente al resto, ya que tiende a sacarme de mis habituales rutinas… vaya… tal vez esté hablando de eso. Entonces, tal vez teníamos algo diferente… diferente de lo que tengo con el resto del mundo, me refiero. Tal vez… ella sea así… diferente… Me estoy volviendo idiota. El discurso anterior me está pareciendo francamente repetitivo y dubitativo. Odio a los dubitativos. Ni tanto «tal vez» ni tanto «diferente» pueden ser síntomas de unas neuronas en forma.

Me fijo en Natalia con detenimiento. ¿Por qué ella es diferente? (Otra vez repitiendo vocabulario). Puedo usar otras palabras: especial, única, inigualable, alternativa… De verdad que poseo más variedad de vocabulario, pero ante ella y debido a la resaca, supongo, tengo el cerebro algo atascado. Mierda, me estoy convirtiendo en un imbécil.

Su pelo sigue atado en su graciosa y perfecta coleta. Tiene unos ojos castaños con unas pestañas enormes y una boca rosada abrumadora. Más abajo, su escote de piel de cerámica perfecta está empezando a hacer estragos de nuevo en mi miembro más viril.

—Tengo que preguntarte… —me dice—, ¿qué es lo que opinas tú sobre lo que ocurrió ayer? ¿Te arrepientes? —No esperaba su pregunta y respondo de manera impulsiva y con un entusiasmo que no debiera mostrar.

—¡No! —contesta mi hipotálamo rebosado ante su tarea de organizar los impulsos sexuales. «Creo que no», pienso.

Natalia esboza una sonrisa, se pone colorada y dice:

—Yo tampoco, pero me gustaría ir con cuidado. Está claro que los dos sentimos algo el uno por el otro…

—Yo no sé lo que siento. —Otra vez dudando. Y esta vez, en público. Le voy a parecer un idiota. La he interrumpido sin pararme antes a decidir lo que iba a decir, sin controlar en verdad lo que quiero decir. ODIO no controlar.

Su gesto se ha entristecido. No le ha gustado mi anterior frase, puede que no haya tenido mucho tacto. Entonces, lo escupo, una verdad que ni siquiera me he parado a filtrar.

—No saber lo que se siente no es lo mismo que no sentir nada. —Acaba de sonreír.

22

Tengo que quitar a Jose de la lista de sospechosos. Se puede decir que hemos confirmado su coartada.

Sin embargo… me veo obligado a añadir un nuevo pósit. Una aterradora opción:

Rosario Bermejo	Daniela Prieto
- La víctima propició una paliza a su hijo. - Palabras textuales incriminatorias: «Este tipo de personas debería morir. ¡Ay, Dios mío! El mundo está loco. No sé cómo voy a hacer para que a mí Juan no le pase nada».	- Ha sido una mujer maltratada. - Quedó embarazada de José. - Situación desesperada.

Natalia Cortés	Manuel Alarcón
- No motivos aparentes. - Empatía con el asesino. - Palabras textuales incriminatorias: «Se merece morir».	- Episodio amnésico la noche de autos. - No repercusión emocional ante la muerte del señor González. Empatía con el asesino. - Pesadillas nocturnas de contenido sangriento. - Conocedor del domicilio del muerto. - Palabras textuales incriminatorias: «Tiene que morir».

¿Cómo puedo dudar de mí mismo? *Pensamiento intruso*. Está claro, porque soy inteligente. Los datos ofrecen un camino que seguir y me incluyen como sospechoso, no sería un tipo listo si dejase que lo emocional me arrebatara la objetividad. No recuerdo qué hice aquella noche, mi estado de conciencia era de embriaguez grave y tengo pesadillas desde entonces. Pesadillas en las que me siento muy cómodo con la sensación de tener sangre en mis manos. Y seamos sinceros, yo conmigo mismo, a solas, sin que nadie me oiga: me alegro de que el señor González esté muerto. Es lo mejor, racionalmente, que le ha podido pasar a Daniela y a este mundo.

Una persona inteligente no desconoce que lo es. No puede ser que el «autoconcepto», algo que en mi caso se construye en un marco de neuronas superdotadas, pueda interferir en la resolución de un caso de asesinato: si los datos dicen que puedo haber matado al señor González, pues es probable. Me fío más de mis funciones cerebrales y de mi capacidad resolutiva analítica que de mi persona, de quién soy y de mi «yo». No voy a anteponer la imagen que tengo de mí mismo, lo que creo que soy, a los datos objetivos. Nunca discuto con nadie, porque siempre tengo razón. En este caso, tampoco lo haré con mi ego: puedo ser un asesino, así lo señalan las pruebas. Debí ser cirujano. Sentir en mis manos el control sobre la vida de una persona. ¿Puede ese anhelo, esa frustración convertirme en asesino?

A pesar de los acontecimientos que me señalan como presunto homicida, existe otro que me descarta: el señor González iba a morir de cirrosis en breve, y yo lo sabía. Nunca hubiese elegido este caso para iniciar mis andanzas como asesino justiciero. Moriría de todos modos. ¿Aunque tal vez lo hiciera para proteger a Daniela y a su bebé el resto del tiempo de vida que le quedaba? ¿Aproveché esa situación crítica para elegir a mi primera víctima y justificar su asesinato? ¡No puedo seguir haciendo cábalas sobre mi implicación! Debería centrarme en los demás sospechosos.

No es que tenga miedo, pero desde luego algo está cambiando

en mí. Las rutinas no se están manteniendo. Debo completar el puzle cuanto antes, porque tengo la sensación de que absolutamente todo se está desbarajustando, todo está perdiendo su lugar más lógico. Es insoportable. ¿Y qué pasa con Natalia? Es una de las máximas responsables de que todo esté así de revuelto. ¿Por qué no puedo alejarme de ella? ¿Por qué cada vez me veo más enfrascado? Sé lo que diría cualquier iluso que pudiera estar ahora escuchándome: «estás enamorado, joder». ¿Pero cómo me voy a enamorar yo? No. El amor no es algo tangible ni creo que haya evidencia de ello. Debe haber una razón más biológica para que no pueda desprenderme de su, cada vez, mayor presencia en mi vida. Algo como la necesidad de apareamiento o así. No sé, esto también me turba un poco, incluso me da dolor de tripa. Espero no estar padeciendo una úlcera, tomo precauciones en mi alimentación para que eso no ocurra; a ver si va a venir ahora una mujer a contrastar los efectos de las almendras que ingiero para mantener el jugo gástrico en su sitio.

Tal vez debería ver a un psicólogo. No iré a un psiquiatra, porque para medicar me valgo por mí mismo. A ver… no creo en los psicólogos. Son como los gatos. Se mantienen «hiperalertas», con aire de superioridad, y cuando es necesario ronronean para calmarte. Pero nada más. Un simple ronroneo. Tienen una manera aparentemente brillante de sacar a la superficie información no novedosa.

Si voy a una consulta no será para tratarme, no. Nunca dejaría que me hicieran un test de personalidad, la verdad. Me etiquetarían dependiendo de unos ítems absurdos. Uno o dos ítems serían suficientes. O… tal vez Uno. Dos. Tres ítems. Pero digo yo, algo tienen que haber estudiado. La teoría se la sabrán. No dejan de soltarla por sus bocazas.

Y sí, necesito a alguien que me ilustre sobre algunos aspectos que pueden estar ocurriendo en este momento. Aspectos a los que no estoy acostumbrado a prestar atención, debido a su naturaleza poco relevante. No soy muy hábil entendiendo las motivaciones de los demás. Pero porque no he querido. Sería como intentar entender a un rebaño de ovejas, ni siquiera las diferenciaría. Por eso, tal vez un psicólogo pueda rebajarse y hacerme ver la luz sobre algunas cuestiones relacionadas con qué podría motivar a los sospechosos a matar.

Tiene que quedar claro. En ningún caso tengo intención de que un psicólogo empiece a cavar con pico y pala en mi persona. Por mucho que me haya añadido como sospechoso, es por puro trámite. No estaría haciendo honor a mi objetividad si no me añadiese como presunto homicida. No me hace falta estudiar mi personalidad. Ni tratarme.

Debo investigar las credenciales del psicólogo que elija para acompañarme. No puede ser un cualquiera. Lo que yo le pueda transmitir sobre el caso rebotará en él con un matiz de nuevas sutilezas de esas de psicólogo, como la de entender a los demás, al rebaño, para abrirme un nuevo camino. Como si hiciese de traductor del idioma de las ovejas, cualquiera que sea.

Por eso debe ser, de entre su especie, el más sabio.

23

Señor Lacasa: varón de cuarenta y cinco años con un episodio de síndrome coronario agudo el veinte de octubre, obesidad e hipertensión. Vino a la consulta hace tres semanas quejándose de que su caca era negra. Así de nauseabunda es mi vida. Tan solo se trataba de un aumento de ingesta de hierro; pues bien, hoy lo tengo de nuevo aquí. «Querido amigo, estoy hasta los mismísimos… de que venga a la consulta para hacer referencia a su mierda».

—Doctor, no hago más que ir al baño. Además cago casi líquido… —Suficiente. Ya le he dejado hablar.

—Señor Lacasa, parece que está usted cumpliendo exhaustivamente con su dieta —digo con dificultades para mantener la paciencia, pero es que Natalia me ha enseñado la utilidad de hacer la pelota a la gente. Deja de ser tan pesada y se van de mi consulta antes. Si les hago la pelota, no debo lidiar contra orgullos heridos.

—Así es —me dice con cierto aire de suficiencia. Lo tengo en el bote.

—¿Ha aumentado la ingesta de edulcorantes? Quiero decir —no me acordaba de su limitada capacidad comprensiva—, ¿bebe muchos refrescos sin azúcar?

—Ay, doctor —se lamenta—, no me diga usted que tampoco puedo tomar bebidas *light*.

—El edulcorante en exceso produce diarreas. Pero no tiene por qué dejarlas, únicamente disminuir la frecuencia con que las toma.

—¿Ahora tampoco me conviene la comida dietética? Esto es una pesadilla —dice, seguramente por la nostalgia. Nostalgia de unas costillas de cerdo y beicon a la brasa.

—Todas estas cosas debería tratarlas con el especialista —interviene Natalia—. Señor Lacasa, el nutricionista es el experto en cuestiones como las que nos comenta.

¡Cómo que «el experto»! Yo sé mucho sobre el aparato digestivo y dietética. ¡Estoy seguro de que puedo manejar el caso del señor Lacasa sin problemas! Con mi capacidad deductiva y memorística no necesito cinco años de especialidad. Tal vez para una especialidad más difícil, como la de cirujano, pero para nutrición no creo que sea necesario.

—Me parece que estaría mejor atendido, señor —continúa Natalia—. Por cualquier cuestión digestiva acuda a él. Le voy a solicitar una nueva cita, aunque supongo que le estarán viendo regularmente, ¿no es así?

El señor Lacasa asiente.

Vaya... En realidad Natalia no está poniendo en evidencia mis conocimientos sobre temas digestivos, sino que me está librando de las heces del señor Lacasa. Acabo de darme cuenta de su estrategia. Parece ser que el ego me ha nublado el raciocinio. La inteligencia. Aunque solo por un momento. Por eso no puedo luchar contra la idea de que, tal vez, sea un asesino, porque debo fiarme más de mi inteligencia y de mi capacidad de unir los hechos que rodean a la muerte del señor González que de la imagen que tengo de mí mismo. Mi «autoconcepto» podría decirme que no soy un asesino, cuando la realidad es que no recuerdo qué hice aquella noche y que tengo el mayor número de boletos de entre los sospechosos para ser el culpable. El asesino.

—¿Debo ir al nutricionista incluso con temas de cagar? —El homínido interrumpe mis reflexiones.

—Especialmente con eso. —No sé cómo Natalia puede sonreír así de estupenda tratando temas de mierda… Literalmente.

—Muy bien, gracias a los dos.

El señor Lacasa deja la consulta. La verdad sea dicha, está mucho más delgado. La fe que María Ángeles puso en él al derivarlo a dietética y nutrición está dando sus frutos. Me quito el sombrero. Pocas veces lo hago.

—Eres una gran estratega. A partir de ahora nos dejará en paz. —Me dirijo a Natalia.

—¡Pero cómo dices eso! No lo he hecho para deshacernos de él, en verdad creo que estará mejor atendido con su especialista. Deberíamos hacer un volante preferente. Es algo sensible a su nueva dieta, igual se nos escapa algo.

¿Se nos escapa? ¿A mí? Natalia vuelve a actuar a pesar de mi juicio. Esta vez no voy a entrar a discutir (lo dicho, yo nunca discuto porque siempre tengo razón), lo que importa es que me ha librado de un tedioso trabajo. Pero… ¿desde cuándo se ha convertido en una cautelosa?

Al marcharse el señor Lacasa me quedo a solas con ella. Últimamente estos momentos son incómodos. No hemos hablado de lo que ocurrió. No hemos hablado de que conozco su cuerpo al desnudo. Su terso y suave cuerpo. Sus curvas. Sus…

—Entonces, ¿has descartado a Jose como sospechoso? —interrumpe la tensión.

—Sí. —Me sorprende que haya introducido el tema del asesinato del señor González de esa manera tan brusca. Aunque seguro que la incomodidad la ha empujado.

—¿Y ahora qué nos queda? ¿Daniela? —insiste.

—Podría ser. —No voy a contarle que también sospecho de ella misma y menos aún que sospecho de mí mismo. Creerá que estoy loco. *Pensamiento intruso.*

167

—¿Sabes algo nuevo sobre su estado? —pregunta.

—Mandaron un informe de psiquiatría cuando ingresó.

—¿Puedes leérmelo?

Introduzco los datos de Daniela en la pantalla del ordenador. Natalia se coloca tras de mí. Muy cerca. Diría que al moverse su coleta ha rozado ligeramente mi hombro. Huelo su colonia y me llegan recuerdos bastante calientes de aquella noche... Pero no es nada extraño. El olfato es el sentido que más recuerdos evoca. Todo tiene su explicación biológica. Nada estúpidamente romántico.

El historial médico aparece frente a mí y Natalia se abalanza contra el ordenador.

—¡Manuel! —grita. Me ha sobresaltado. Tiene los ojos desorbitados—. ¡Acabo de descartar a Daniela como sospechosa!

¿Cómo? Me centro en la pantalla y ahí está. Un episodio de urgencias registrado en la fecha en la que el señor González murió. Abro la ficha. Daniela estuvo en urgencias por múltiples contusiones la noche del asesinato (a estas alturas estoy seguro de que nada de esto tiene que ver con un suicidio, cada vez lo tengo más claro. No sé si la policía, el agente Santos, ya habrá descartado esa opción).

Natalia comienza a llorar. De sus enormes ojos caen unas silenciosas lágrimas. Cristalinas.

—¿Qué ocurre? —pregunto. Se enjuga, se serena y continúa.

—Entró en urgencias el jueves por la tarde...

—El señor González salió de nuestra consulta el jueves al mediodía. Tras diagnosticarle cirrosis, se cogió una borrachera, pegó al hijo de la señora Bermejo y después llegó a casa para propiciarle una paliza a su mujer. —Trago saliva. Natalia asiente y nuevas lágrimas recorren sus mofletes.

—Daniela no pudo matar a su marido, estuvo dos noches en el hospital. Aquí pone que ingresó por múltiples contusiones tras caer por las escaleras... el muy cabrón... —dice con rabia contenida—. La tuvieron en observación para vigilar de cerca al bebé.

Puedo ver la furia en los ojos de Natalia, mezclada con pura tristeza. En cierta manera su gesto es atrayente, el de alguien con una personalidad fuerte. Se disculpa ante mí y sale del despacho. No suele dárseme bien esto de identificar emociones en los demás, pero, no sé por qué, con Natalia me resulta más sencillo. Puede que con ella ponga mayor interés, puede que esté más atento… la verdad, los demás me aburren como para estar mirándolos a la cara. Pero ella no me aburre tanto, debo admitirlo.

Es casi la hora del almuerzo. Suelo compartir este momento del día con Natalia. Acaba de llegar. Se ha recompuesto, su habitual sonrisa la acompaña. Los almuerzos también se están convirtiendo en un momento de tensión porque estamos completamente solos. Ella intenta calmar el asunto introduciendo temas variados.

—¿Siempre almuerzas frutos secos? —dice mientras su coleta se balancea enérgica.

—Sí, son buenos para…

—El cerebro… —Ríe. Como si fuera absurdo—. Eres un poco cuadriculado.

—No. Soy práctico. He decidido cómo organizar mi vida de la manera más coherente teniendo en cuenta diversas variables como la salud, la productividad o utilidad del tiempo, el progreso de mis conocimientos… y las propiedades nutricionales de los frutos secos —digo con cierta irritación.

—¿Y el disfrute? —No sé por qué la noche de sexo me viene a la cabeza como a empujones.

—Disfruto.

—¿Hay algo que no planees? —La verdad es que, desde que Natalia está en mi vida, me ocurren demasiadas cosas no planeadas. Es horrible.

—No, si puedo evitarlo —digo con la tranquilidad de alguien que sabe que está en lo cierto.

—¿Nunca te dejas llevar?

Un incómodo silencio entra en escena. Obviamente los dos

recordamos el gran momento en que sí me dejé llevar… Me parece que se ha ruborizado. Dirige la mirada hacia el suelo, puedo ver mejor sus eternas pestañas desde aquí. Espero no mostrar yo los mismos síntomas, algo como que mis mejillas estuviesen sonrosadas sería muy vergonzoso.

—Te propongo algo —interrumpe. Ha dejado de lado el rubor para dejar paso a la picardía. Lo puedo ver por su tono de voz. Se está aguantando una carcajada—. ¿Te crees capaz de ir a la cafetería, pedirte un bocadillo de chorizo y comértelo para almorzar?

—No entiendo la necesidad que hay para ello —digo totalmente desconcertado y, en parte, espeluznado.

—Lo que decía: eres cuadriculado. Rígido como una tabla.

—No lo soy.

—Lo eres. —El bucle es desesperante—. La capacidad para flexibilizar, en este caso la capacidad para poder cambiar las almendras por un bocadillo de chorizo, es una habilidad mental superior. ¿Lo sabías? —dice doña sabionda.

—¿Qué? Claro que lo sé. Pero soy flexible. Cuando es útil. No lo es en este caso. No tengo por qué adaptarme a una nueva situación, tan estúpida como cambiar los frutos secos por el embutido.

—Pss… —dice con aire distraído—, yo no te veo flexibilizando, la verdad. Eres incapaz de saltarte tus planes.

¡Nunca! ¿Yo incapaz?

No me lo puedo creer… Voy camino de la cafetería a por un bocadillo de chorizo…

24

Hoy es el quinto almuerzo que comparto con Natalia desde la noche de sexo. Seguimos sin hablar del tema, pero la tensión ha menguado. Como si hubiésemos pasado página.

Cuando me fui de su casa le dije algo que todavía no entiendo muy bien: «No saber qué se siente no es lo mismo que no sentir nada». No puedo comprender por qué le diría tal cosa. Puede que al verla algo triste reaccionara de esa manera. Como cuando un bebé pone pucheros y la madre cae rendida ante ellos. Pero cometí un error, porque no sé muy bien en qué situación nos he colocado. ¿Espera ella que yo dé otro paso? ¿Que le explique qué es lo que siento? ¡Ay…! ¡¡Por qué demonios le diría eso!? Mierda.

No muestra signos de enfado, irritabilidad ni bajo ánimo… no la veo esperando a que yo diga o haga algo, la veo avanzando. Está alegre y cómoda conmigo. Lo único que tengo claro es que, no sé por qué, me gusta que esté a mi lado, cuando normalmente prefiero estar solo.

Cada almuerzo me mira divertida porque, por supuesto, he vuelto a mis almendras y mis avellanas. No caeré de nuevo en los conservantes, grasas saturadas y el colesterol del chorizo. Ya lo consiguió una vez, parece brujería, y ahora tengo que comerme los frutos secos como un roedor que se esconde para que no lo vean. Sintiendo cierta vergüenza.

Un orgulloso, narcisista y estridente silbido se acerca por la puerta. Es el doctor Costa. ¡Se cree taaaan estupendo! Aunque trabajamos puerta con puerta, procuro no coincidir mucho con él. Sé que es un tipo brillante. Inteligente. Pero no tanto como yo ni de la misma manera: consigue llevarse bien con la gente. Todos lo adoran, pero a mí me irrita, porque, a pesar de no ser tonto, es feliz. Demasiado feliz, se siente orgulloso de sí mismo haciendo lo que hace. ¿Cómo puede ser eso? ¿Cómo puede ser inteligente y soportar la mierda de trabajo que tenemos al mismo tiempo? Debí ser cirujano como decía mi madre. El doctor Costa va mostrando su alegría y vitalidad por allí donde pasa y los demás quedan cegados por su energía. No saben que en realidad él los desprecia. Los mira desde la altanería. Hipócrita.

—Buenos días —dice con voz grave. «Pss… yo quiero ser como él de mayor…», pienso con ironía.

—¡César! —Natalia siempre lo saluda con efusividad y por su nombre. Trabajaron juntos hace un tiempo, recién salidos de la facultad, y parece que también ha caído en su trampa. La creía más lista, menos tonta.

Saludo con una inclinación de cabeza y el doctor Costa nos pregunta qué tal está yendo la mañana. Saca su taza del armario y se sirve café. Natalia se acerca a él y ambos comienzan a charlar. Me quedo donde estoy.

El muy pedante tiene un gran don para la comunicación. Aunque no dispone de nada interesante que soltar por esa bocaza, se hincha como un pavo real ante Natalia y ella ríe constantemente. No me gusta que esté con él y estoy empezando a dudar de si levantarme de la silla y acercarme a ellos. Me levanto ligeramente, pero vuelvo a sentarme *ipso facto*. Qué ridículo. Bebo un poco de mi zumo. Natalia sigue riendo con estrépito. «Venga, hombre, no seas tonta», me digo a mí mismo. Lo que le faltaba al tipo este: que una mujer voluptuosa y de coleta perfecta le dore la píldora.

Empiezo a enfadarme. Me sudan las manos y me las restriego contra el muslo del pantalón. «Cierra los ojos y cuenta hasta… Uno. Dos. Tres». Ya me siento mejor. Al volver a abrirlos veo a Natalia, que se apoya sobre el hombro del crecidito este. Me entra un sofoco, no lo soporto más. De nuevo hago un amago de levantarme. Esta vez más largo. Pero me vuelvo a sentar. Como un idiota. Espero que nadie lo haya visto. Cualquier otro que leyera mi pensamiento creería que son celos. Pero no. Es solo que no aguanto que Natalia, una mujer que considero algo más inteligente que el resto, se muestre tan vulnerable ante este ser que se hincha gordinflón de aire orgulloso. Bebo Uno. Dos. Tres sorbos de mi vaso. Y en ese momento Natalia hace un comentario jocoso y toquetea su pendular y perfecta coleta durante unos largos segundos. Eternos.

¡Una cosa es que ría con la conversación y otra muy diferente que se toque la coleta para él! Que se toque el pelo de esa manera es lo que me hace reaccionar, ya no puedo más. Me levanto.

Finjo que voy a dejar los frutos secos en el estante del armario. No quiero que piensen que me acerco a ellos sin más, con motivaciones sociales.

—Tal vez te interese, Manuel: César da una conferencia este fin de semana —dice Natalia al acercarme.

—¿Sobre qué? —Estoy seguro de que tratará temas como los arco iris, los pajaritos, las nubes y ñoñerías de felicidad y satisfacción.

—Sobre el dolor —contesta él dejándome patitieso. ¿Qué sabrá él sobre el dolor?—. Estás invitado.

—¿Tú vas a ir? —pregunto alarmado a Natalia.

—¡Por supuesto! —dice con entusiasmo mientras mira al doctor Costa. Diría que incluso con *asqueante* admiración.

—Nos vemos allí. —El gigante sale de escena guiñando un ojo. ¡Dios, qué irresistible se cree que es!

Natalia lo sigue con la mirada mientras se aleja, embelesada, ¿cómo puede ser? ¿Qué hago?

—¿Quieres cenar conmigo este viernes? —escupo.

—¿Cómo? —Está sorprendida. Normal, yo también lo estoy. No sé ni por qué he dicho tal barbarie.

—Bueno, hemos descartado a Daniela como sospechosa. Pero tengo más datos y más sospechosos. Deberíamos debatir el tema. —Procuro poner una excusa. No. Una excusa no. La verdad. Es importante que debatamos el caso. Y debo investigarla, no puedo olvidar que Natalia también está en el punto de mira, es sospechosa. Querer pasar más tiempo con ella es totalmente lógico, debo obtener más información, observarla.

—Sí —sonríe y vuelve a tocarse la coleta, pero esta vez para mí—, podríamos hablar sobre el tema.

Se larga de la sala del café. Balanceando su pelo y su culo como ella tan bien hace. Con perfecta física.

La última risita que me ha dedicado era algo burlona: cree que lo del viernes es una cita romántica. No lo es. Únicamente quiero contarle que tengo más sospechosos, como la señora Bermejo. Deberíamos investigarla. Aunque… ¿por qué le cuento que tengo más sospechosos si ella también lo es? ¿Por qué confío en ella si es alguien que no soy yo?

De repente me entra una duda. ¿Puede que Natalia haya coqueteado con el doctor Costa descaradamente y estratégicamente para causar en mí una reacción? ¿Puede que haya alegado a mi parte más biológica? ¿Instintiva? ¿La que es digna de un gorila macho que pelea por su hembra? No lo sé. Me tiene desconcertado. Tengo algo de miedo, ya consiguió que me comiera un bocadillo de chorizo para almorzar una vez.

25

—Enrique Montejo está aquí —dice Natalia el miércoles presentando la última citación de la mañana. Solo faltan dos días para nuestro encuentro, la cena—. Y viene con Camino.

—¿Quién es Camino? —pregunto.

—¡Manuel! ¡¡¿¿Se te ha vuelto a olvidar??!! —Contiene la risa, apenas puede creérselo, pero a mí no se me olvidan las cosas relevantes, así que esto no puede ser para tanto—. Camino es la administrativa con la que llevas trabajando desde que estás en este centro de salud. ¡Por Dios, no puedes olvidar su nombre constantemente! No es la primera vez que acompaña a un paciente.

—Tengo buena memoria —me defiendo. Caigo en quién es. Intercedió en el caso de aquel chico con trastorno explosivo intermitente.

—Pero no para los nombres —sentencia.

—Bueno, diles que pasen de una vez. —No me gusta que la gente me menosprecie. Y mucho menos ella.

Enrique Montejo es un hombre de cuarenta y cinco años diagnosticado de ELA: esclerosis lateral amiotrófica. Sus motoneuronas han dejado de funcionar y poco a poco se van muriendo, igual que él. Su movilidad irá desapareciendo, pero su inteligencia y sensibilidad se mantienen, lo que es aún más cruel. Te encarcelan en tu propio cuerpo dejándote una ventana por la que mirar.

Entra con su silla de ruedas motorizada. Apenas puede sujetar el mando que la dirige. Se pega un golpe contra el marco de la puerta. Rebota dos veces y consigue entrar. Camino va detrás.

—Buenos días, doctor Alarcón. Tiene usted aquí a Enrique. —Lo señala. Odio que la gente haga hincapié en cosas obvias—. Tan solo quería acompañarlo, es mi vecino y somos buenos amigos.

Camino se piensa que informándome sobre la relación que tiene con mi paciente este será mejor atendido. Es un insulto.

Si reflexiono sobre mi vida es como si me la pasara soportando los inútiles intentos de una mosca por salir a través de una ventana cerrada. Se pega cabezazos una y otra vez y te irrita con ese seseo que puede llegar a volverte loco. Normalmente me entran ganas de matarlas. Así son la mayoría de momentos de mi vida. Irritantes.

Camino se despide y Natalia aparta las sillas para dejar hueco a Enrique. Lo invito a hablar.

—Doctor, lo de siempre. Apenas puedo respirar... —Oigo una especie de silbido cuando Enrique expira. Le falta el aliento.

Hace tiempo que este hombre debería vivir en una residencia. Quiere mantener la vida que tenía antes de la enfermedad, quiere vivir solo. Pero no puede.

Cuando le diagnosticamos la enfermedad estaba en pleno proceso de divorcio y ahora su mujer lo ha abandonado del todo. No podía hacerse cargo de sus cuidados y se enfadó ante la negativa de él por ingresar en un centro especializado. No la culpo. Ya se estaban separando antes de la enfermedad, no debería cambiar su trato tras ella. No sería justo para la dignidad.

Seguramente, debido a la parálisis de los músculos de deglución, se ha atragantado con algún alimento y los restos no le dejan respirar. O simplemente sean las flemas que se le acumulan por no tener fuerza para la expectoración.

Natalia le mide la saturación de oxígeno. ¡Está en setenta!

—Debo ingresarlo —le digo—. La saturación de oxígeno ha bajado considerablemente. Es peligroso.

—No, doctor, no quiero que me ingresen, por favor. Estoy cansado.

—Los niveles bajos de oxígeno en sangre producen fatiga —interviene Natalia.

—No. Estoy cansado de todo. Por favor, doctor. No quiero acabar muriendo ahogado en mis propias flemas. Hasta ahora he luchado. He practicado y aprendido mil y una maneras para seguir haciendo las cosas que antes hacía. —Su discurso es agónico, se ahoga una y otra vez por la dificultad para coger aire, produce una angustia casi insoportable—. Un terapeuta ocupacional me ha engrosado los cubiertos para que me sea más fácil sujetarlos, tengo un alargador para poder ponerme los calcetines por la mañana, he cambiado el baño para poder ducharme solo, tengo un sujetacartas de cartón para jugar al mus con mis amigos en el bar de abajo… Pero es una lucha inútil. Sé lo que ocurrirá. Todos lo saben cuando me miran. No quiero ingresar cada dos por tres porque tenga una saturación baja de oxígeno. Quiero morir ya, ¡ahora que voy ganando en esta lucha y la enfermedad no me ha quitado la dignidad para poder hacer muchas de las cosas que deseo hacer! Deme medicación para dormir. Nada más. Y acabaré durmiendo poco a poco, para siempre.

Tiene razón. Ha luchado. Se merece una recompensa por su valentía. Ya que la enfermedad no le está arrebatando la inteligencia, deberíamos respetar su derecho de autonomía: debería ser él quien decida cómo quiere terminar su vida. En la batalla contra la enfermedad, en estos momentos, Enrique va ganando, sigue haciendo las cosas que antes hacía y se mantiene firme, luchando. Pero poco a poco la ELA lo va debilitando, avanzando terreno, y el final está predicho: morirá. Si lo hace ahora, morirá con el marca-

dor a su favor, fin del partido; ganará la batalla contra la enfermedad de una vez.

—Comprendo lo que me dice. Lo respeto. Pero no puedo hacer nada, Enrique. Debo ingresarlo. Lo siento, me gustaría ser alguien con más arrojo —confieso con tristeza.

Lo digo en serio. Me está punzando el alma pensar que no me
atrevo a hacer lo que debo, lo que este hombre me pide, porque la
sociedad y las leyes me han impuesto una estricta regla que no
tiene suficiente capacidad comprensiva. No me dejan facilitarle a
este individuo la dignidad que merece ante la muerte. Es una regla que
no tiene en cuenta todos los criterios que yo sí soy capaz de valorar
al mismo tiempo. Me gustaría poder darle a Enrique la medicación para dormir. Inconscientemente y aunque no me lo plantee
en serio, miro a Natalia: no puedo saltarme las normas y facilitarle la muerte a este hombre porque tengo una testigo. Aunque ella
no estuviese, no lo haría, pero sin querer, no sé… me ha salido
pensarlo.

—Señor, debería no fiarse de los sanitarios para el propósito
que nos sugiere —dice ella entonces—. Una vez que ingrese en el
hospital, dígales que tiene problemas para dormir y niegue cualquier deseo de acabar con su vida. No necesitan más datos para
darle la medicación que nos pide.

¡¡No me lo puedo creer!! Le está insinuando que mienta estratégicamente para tener acceso a la medicación… ¡Y no le importa
que esté yo como testigo!

—Voy a llamar a urgencias y les diré que manden una ambulancia —digo.

Natalia sale tras de mí, puedo ver las lágrimas en sus ojos. Se
esconde en el botiquín mientras susurra un «lo siento». Ha sido
fuerte, muy dura. Ha hecho algo que yo no me he atrevido a hacer.
Pero tal vez haya sido impulsiva, y lo que hoy ha ocurrido en el
despacho le pasará factura. Lo recordará toda la vida, y puede que,
si Enrique decide finalmente seguir sus consejos, ella se sienta culpable. No debería; esta chica también se merece un reconocimiento

a la valentía. No como yo, que me he comportado como un cobarde y un burro que sigue ciego las normas. Unas normas más imbéciles que las mías. Claramente, esto me hace un imbécil.

Me acerco a administración para gestionar la llamada a urgencias y seguir el protocolo. Deberán traer una ambulancia de traslados, y hasta que puedan mandar una, nos haremos cargo de Enrique. Camino no está. Menos mal. No me gustaría tener que informarla. No tiene derecho únicamente por ser vecina y me perseguiría neurótica haciendo preguntas indiscretas.

Vuelvo hacia el despacho. Estoy angustiado. Es una situación que incomoda mis valores como persona. Me siento un cobarde y un imbécil, y eso no suele ocurrirme a menudo. Paso por el botiquín de enfermería, está cerrado. Respiro una. Dos. Tres veces antes de entrar en la consulta. Abro la puerta y…

Es imposible… ¡Enrique no está!

SOSPECHOSA N.º 6

CAMINO ANGLADA ARNAU

Me gusta mi trabajo. Me gustan los clips, los bolígrafos y las agendas. Me gusta poner mi mejor cara detrás del mostrador, caminar con los tacones haciendo ruido, llevando archivadores de aquí para allá, rellenar huecos en las hojas de protocolo y citación. Me encanta esforzarme para que mi letra quede redonda y clara. Rellenar casillas.

Además, tengo la opción de ayudar a la gente. No solo los médicos pueden atender a los pacientes, todos aportamos nuestro granito de arena para que la enfermedad sea más llevadera. Es cuestión de empatía.

Enrique, mi vecino, ha llegado hace un rato. Lo he acompañado hasta la consulta, es que estando solo y muy enfermo… ¿No? Qué menos. Ahora va en silla de ruedas motorizada. ¡Y sigue bajando al bar de abajo! Como si nada hubiese cambiado. Es muy listo. Lo veo como un militar en la batalla. ¿Cómo se llaman? Sí, un estratega militar: se ha colocado, por iniciativa propia, una especie de cajetilla a un lado de su silla y ahí guarda el tabaco para tenerlo más accesible. De verdad… No debería fumar, aunque pensándolo mejor, qué más da…

***

Su esposa era una mujer buena, pero no se aguantaban. Antes de la enfermedad discutían como posesos. Los oía gritar detrás de las paredes. Y no me gusta hablar de estas cosas, pero pobres hijos: Ana y Juan. Vienen a ver a su padre de vez en cuando, pero el resto del tiempo nadie acompaña a Enrique. Está solo, así lo decidió, y eso es lo que ha apartado a su familia de él. No entienden por qué no ingresa en una residencia, por qué no les ayuda a que lo cuiden.

A veces le llevo algo de cenar. No me gusta cocinar. Pero por él lo hago, siempre lo tengo en cuenta. Cada vez se encuentra peor. El otro día hablaba con mi amiga, Rosario, la Bermejo, sobre él. Sobre todo esto. No me gusta hablar, pero con ella hay confianza. Rosario viene a tomar café a menudo, y a veces invitamos a Enrique.

Él, al inicio de la enfermedad, luchaba. Utilizando una expresión que usaba mi abuela: «como un gato enseñando sus uñas». Pero en estos momentos le cuesta hasta respirar. De verdad… No es justo. Es un buen hombre. Amable, bondadoso. Es padre. Luego nos quejamos de nuestras cosas.

Cuando Enrique viene a merendar y entra en mi salón… lo admito: una luz ilumina el momento. Siempre ha sido un hombre muy digno. Con porte y saber estar. Como los caballeros de nuestros tiempos. Tiene una abundante mata de pelo negro y una mirada penetrante. La enfermedad le ha quitado la movilidad, esa postura recta, su sutileza en los gestos y el andar. Pero para mí no le ha quitado ni una pizca de hermosura. Todavía estoy enamorada. Una nunca elige estas cosas. Él tenía a su mujer, y no iba a meterme en medio, pero he estado a la espera: año tras año. Un hombre como Enrique lo merece. Siempre me ha acompañado una especie de suspiro profundo, un anhelo por verlo. La máxima admiración. Algo que me inundaba de tal manera que me derretía. Me he mantenido como amiga fiel, y ahora que ha acabado con su mujer, la enfermedad también me lo está arrebatando. Porque se aleja sin que yo lo quiera, porque se ha vuelto menos accesible, más triste. Qué bonitas me salen las palabras al pensar en él. Será de los libros que he leído recreando mi propia historia de amor con Enrique.

Es que el mundo está lleno de injusticias. La mayor de ellas, la enfermedad. Es que... es que te quita la oportunidad de ser tú mismo e incluso la posibilidad de cambiar. Porque no avanzas. Lo hace de manera sutil. Como si no estuviese. Oculta. Y me vuelvo a acordar de las tonterías por las que nos agobiamos los sanos. De verdad...

Aquellas tardes en las que nos juntábamos, Enrique y Rosario discutían a menudo sobre este tema. Sin tapujos, sin pudor, acaloradamente. Sobre la muerte, sobre la gran decisión de abandonar este mundo. Yo escuchaba mientras procuraba que el café, la leche y las pastas estuviesen a su gusto. Sonreía para él, quería que se sintiese acogido y amado. No necesitaba discutir. No me cabía la menor duda. Mi madre se sorprendería, pero pienso que en el momento en que se deja de luchar no debes dejarte arrastrar por la enfermedad hasta donde ella quiere que llegues. Es más digno morir, si es lo que deseas.

Mi amiga Rosario es otra gran luchadora. Tiene a su hijo y haría lo que fuera por él. A mí también me hubiese gustado tener un hijo. Pero no he tenido oportunidad. Mi historia de amor imposible con Enrique valía ese sacrificio y mucho más. El hijo de Rosario fue agredido por uno de los pacientes del doctor Manuel: el señor González. Es que me parece un hombre horrible. Siempre he procurado darle cita en los peores horarios posibles, me gustaba hacerle madrugar. Ha muerto. Me alegro. A Enrique le están quitando la vida indebidamente, pero, al señor González, justamente.

26

Viernes. Estoy haciendo tiempo en la puerta del restaurante en el que he quedado para cenar con Natalia. La noche es tranquila, veraniega. Las luces tintinean y brillan. Vengo demasiado pronto, será porque me siento algo inquieto. Debería estar en el Medio Limón, con Jose, tomando las tres copas de ron reglamentarias. Debería estar haciendo lo que suelo hacer los viernes, pero, como me repito, ella desbarajusta todos mis planes. Es el momento de demostrar que soy un hombre flexible, sí. En esta ocasión es necesario que me adapte a las nuevas circunstancias y cambie mi rutina por la opción de obtener más información sobre el caso que me ocupa. A diferencia del bocadillo de chorizo, esto sí es necesario. Lo es.

Natalia se ha cogido dos días de asuntos propios y no la veo desde el miércoles, desde la consulta con Enrique. Me parece a mí que le pasó factura. Espero que estos días de fiesta le hayan servido para relajarse. No debería sentirse mal. Hizo lo que yo no me atreví a hacer.

—Siento la tardanza —me dice al llegar. Su voz es apenas un suspiro. La veo triste.

El restaurante es elegante. Lo elegí porque tiene cierto aire glamuroso. No romántico (no quiero que esto parezca una cita), sino más como un lugar de negocios.

Natalia viene con el pelo suelto. Una pena. Le cae sobre la cara, la oculta. Lleva un vestido azul. No excesivamente refinado. Adecuado para el sitio, lugar y momento. Le marca las curvas, eso sí. Yo llevo el modelo asociado a la percha número siete. Modelo de cenar. El ocho es el modelo de gala. Un poco más selecto.

Ojeamos la carta y pedimos.

—Póngame un martini seco como aperitivo —le dice Natalia al camarero—. ¿Tú quieres algo, Manuel? —No creo que deba beber. Tengo que controlar la situación. Además, si empiezo con una copa, tendré que beber hasta Uno. Dos. Tres, para no sentirme inseguro. Todo podría derrumbarse otra vez.

—No, gracias.

—Venga… sabes que no he tenido una buena semana, no quiero beber sola.

Soy consciente de que ha puesto cara de niña buena, cara de *penita,* y soy consciente de que está embaucándome.

—Está bien. Un ron. Corto. —¡Mierda! ¿Cómo he contestado que sí? Lo he hecho antes de decidir siquiera si debía o no beber. Otra vez manipulado, incluso siendo consciente de la estrategia que ha utilizado: los pucheros. No sé qué hace esta chica conmigo, magia. Brujería. No pasa nada, ahora lo que importa es que no puedo saltarme la norma del Uno. Dos. Tres.

A lo largo de la cena charlamos un buen rato, banalidades. La pongo al día sobre los pacientes que no ha podido ver y tratamos temas de trabajo. Todo coge tintes profesionales, precisamente lo que yo quería: nada de romanticismo. Tras el postre, nos acercamos a una de las barras del restaurante para tomar lo que espero sea la última copa de la noche. Bueno, a mí me quedan dos.

—¿Y qué tal has pasado estos días? —pregunto procurando saber si los días de vacaciones le han servido para sentirse mejor.

—Mal —dice, escueta. Da un largo sorbo.

—¿Te agobiaste tras la consulta con Enrique, verdad? —Mierda, ahora soy yo quien dice cosas obvias. Parezco uno más.

—Sí. —Lo suyo es que me conteste con monosílabos. En mis torpes intentos para conversar no estoy siendo digno de nada más.

—Fuiste valiente —me atrevo a decir por fin.

Natalia deja de beber y me mira detenidamente. Tiene los ojos brillantes, achispados, pero su mirada sigue siendo contundente. Se quita el pelo de la cara.

—¿Eso crees? —susurra. Está a punto de romperse.

—Sí. Enrique tiene derecho a morir como él quiere. Y el sistema sanitario no lo va a facilitar.

—¿Y si he empujado a un hombre al suicidio?

—No es así. Has respetado su determinación y no le has obligado a nada. Solo le has informado. Has hecho honor a su derecho de elegir. Le has dado dignidad y le has hablado en un lenguaje compartido. Sin utilizar relaciones paternalistas ni verticales, no has sido autoritaria ni has marcado el camino que debía seguir. Lo que te digo, solo le has dado información…

La veo emocionarse. Y tras un silencio, intenta contener sus lágrimas cambiando ligeramente de tema.

—¿Adónde crees que fue? ¿Cómo pudo desaparecer de tu despacho si apenas manejaba la silla de ruedas?

—No lo sé.

Tras la desaparición de Enrique pusimos en marcha el protocolo de fuga. La policía no dio con él, tampoco en su casa. Lleva en paradero desconocido todo este tiempo.

—Tuvo que ayudarlo alguien más —dice—. ¿Crees que seguirá vivo?

—No lo sé. —Esta noche hay demasiadas cosas que, o no sé, o no quiero saber. Muchas cosas que no controlo. Me siento incómodo.

***

185

Natalia va por su segunda copa y pide un par de chupitos.

—Bebamos por Enrique —dice. Y se introduce el licor por la garganta como si fuera el remedio para la culpa. Yo tiro el contenido del vaso disimuladamente. Quiero seguir sobrio y con mi norma del Uno. Dos. Tres intacta. Si bebo un chupito, tendré que beberme otros dos.

Nos quedamos en silencio. Hasta que ella, por fin, lo rompe. Siempre es ella.

—Comentaste que querías hablar de la muerte del señor González. Tras descartar a Daniela y Jose, ¿sigues pensando que fue asesinado?

—Probablemente. Aunque la policía no ha vuelto a preguntarnos.

—¿Y tienes más sospechosos?

—La señora Bermejo.

—¿Quién? —Natalia va bastante borracha, pero lo lleva con dignidad.

—Mi vecina. La conociste el día que nos encontramos en la piscina.

—Cierto… el señor González le dio una paliza a su hijo. ¿La ves capaz? —Abre sus curiosos ojos.

—Por defender a su hijo, cualquier cosa.

Volvemos a quedar en silencio. Pensaba que esta conversación iba a dar para más. Ahora mi pretexto para la cena parece ridículo. Podría correr el peligro de que esto pareciese una cita. No tengo más datos sobre el caso. Nada suculento que mostrar. Se nos acaba la conversación. Pido la tercera y, prometido, última copa y me disculpo con Natalia para ir al baño.

Tengo que pararme a respirar. Una. Dos. Tres veces. Siento el estómago encogido. No entiendo por qué. Tengo un nivel de inquietud anormal. Me lavo la cara y vuelvo junto a ella. Me espera con una bonita sonrisa y se ha recogido el pelo. Dios… cuánto me gusta su perfecta coleta. Me siento invadido por algo que nunca antes había sentido. Y mi lenguaje interno, las frases de mi pensamiento… No los reconozco.

El silencio se mantiene. Natalia se queda mirando su cóctel. Con las largas pestañas al descubierto. Seguramente se han humedecido estos días, por las lágrimas, y han crecido, como las flores regadas por la lluvia.

—¿Sabes, Manuel?… Creo que somos bastante parecidos.

—¿Cómo? ¿Yo parecido a alguien? Nunca me he sentido unido a nadie que no sea mi madre. Trago saliva. No estoy controlando el momento. He vivido suficientes experiencias sociales en mi vida como para saber que no puedo fiarme de otra persona. De inteligencias mediocres. Aunque ella no es mediocre. Hemos quedado en que: menos tonta. Cercana a la inteligencia. No a la mía, por supuesto. A la media-alta. No a la media «superalta». Joder… ¿qué me pasa? Tengo que preguntar.

—¿Por qué dices eso?

—No todo el mundo me hubiese apoyado con lo de Enrique. —Se le humedecen los ojos y el brillo es espectacular. Entreabre sus labios. Me siento angustiado y al mismo tiempo admirado por Natalia. Incapaz de transmitirle cuánto valoro la valentía que demostró en aquella consulta. Incapaz de convencerla para que deje de lado la culpa. A veces es bastante inteligente. Y tiene esa manera de reír y balancear la coleta. Esa manera de equilibrar con su péndulo perfecto los momentos. Es una diosa. No encuentro palabras para decírselo. No las hay.

—Me gusta la cara que me estás poniendo —dice. Puede que yo no tenga palabras, pero ella me lee el pensamiento. O la cara.

—¿Qué cara?

—Esa. —Sonríe entre silenciosas y quebradizas lágrimas—. Diría que me miras con amor.

—¿Qué? —En el descuido de la duda, Natalia me besa.

27

Estoy en un quirófano. La mesa de operación se muestra vacía, desnuda y de un blanco puro. Huele a alcohol de desinfectar. Soy cirujano. Llevo el gorrito y la mascarilla. Me ajusto los guantes de látex y muevo un poco el cuello de derecha a izquierda, calentando para la operación.

De menos a más, las notas de una canción clásica me llenan de júbilo. Un éxtasis que me hace bailar con alegría. Moverme a saltos por la sala, demasiado rápido para ser posible. El volumen de la canción va en aumento, y mis carcajadas con él.

El cuerpo ya está preparado en la camilla. Un fiambre frío y pálido que tendré que cortar con el escalpelo. No tiene rostro, pero es voluminoso. Un hombre.

Antes de coger el bisturí, emito un chillido acorde con la canción. Algo rocambolesco.

—¿Estás de acuerdo? —pregunto a la nada.

—Lo estoy —me contesta y asiento.

Comienza la operación. Rasgo la piel del hombre y la sangre, negra y espesa, comienza a brotar. Se desliza con suma belleza. Cae hasta el suelo.

Chapoteo con la sangre al son de la canción, sin dejar de concentrarme en mi tarea, pero moviendo los pies con fuertes pisadas; lo salpican todo. Qué alegría.

Dejo el bisturí y apoyo las manos sobre el cadáver. Sorprendentemente está caliente. Sus entrañas se mueven y eso me tranquiliza. Siento vibrar la vida.

Observo mis palmas, están manchadas de sangre.

Me despierto de golpe y me incorporo en la cama, otra vez sin poder dejar de mirarme las manos, comprobando que no están tintadas de rojo. Respiro una. Dos. Tres veces. Estoy sudando y el terror me corre por cada centímetro de la piel. No recuerdo qué hice anoche. Estaba con Natalia, después… ¿cómo llegue hasta casa? No iba tan borracho como para olvidar lo que ocurrió, no me salté la norma del Uno. Dos. Tres. ¿Qué me está pasando? ¿Por qué pierdo la memoria? Compruebo que estoy en mi casa, pero…

—¿Estás bien? —Natalia me abraza desde atrás, me besa el cuello y me revuelve el pelo. Está en mi cama. ¡Está desnuda!—. Has tenido una pesadilla, tranquilo…

¡Estoy desnudo!

28

—¿Es que tienes pesadillas a menudo? —pregunta Natalia algo alarmada. Procuro evitar el tema, tranquilizarme y aparentar normalidad. Le ofrezco desayunar. Asiente. «Me muero de hambre», dice mordiendo de manera juguetona y sutil el borde de la sábana. Es lo más sensual que he visto nunca.

Me visto rápidamente y comienzo a cocinar. Sé que a Natalia le gusta desayunar salado, así que preparo unas tostadas de jamón con aceite y sal.

La cocina no consigue distraerme de la angustia que tengo por dentro. Me está carcomiendo el estómago, devorándolo feroz. Como si me pudriese. ¿Qué me ocurre? ¿Por qué tengo esas pesadillas tan tenebrosas? ¿Por qué no recuerdo cómo volví a casa ayer? Creo que esta última pregunta debería tantearla con Natalia, ella debe conocer la respuesta.

Acaba de entrar por la puerta, vestida con una camiseta y en bragas. Tiene las piernas más que atractivas. Son voluptuosas, pero fibrosas. Redondas. Sin picos como las de las enfermizas modelos de hoy en día. En forma, como una atleta. Como una diosa. Joder. Ya estoy otra vez con estas tonterías.

Picotea un poco de jamón y se sienta. Está muy callada, y esta vez no es ella quien rompe el hielo. Algo le pasa. Algo que la ha asustado. *Pensamiento intruso. Algo le hice ayer. Debo saberlo.*

—¿Qué te ocurre? —Queda pensativa un rato, deja la tostada de manera ruda sobre el plato y dice:

—Acabo de ver los pósits de sospechosos. —Mierda. Están en el tablón del estudio, un descuido por mi parte—. Hay dos cosas que no entiendo —dice con enfado—. La primera, ¿cómo eres tan ruin de creer que yo pude matar al señor González?

No puedo contestar a esa pregunta, así que ella continúa.

—Y la segunda cuestión: ¿cómo de loco tienes que estar para pensar que tú también pudiste hacerlo?

Me avergüenzo. No sé cómo explicarme.

—¿No tienes miedo? —Es lo primero que me sale decir. Si cree que estoy loco, ¿por qué no huye despavorida?

—¿Miedo de qué?

—De mí. —Siento cierto extraño regodeo al decirlo y recuerdo la pesadilla. Aunque sigo avergonzado por haber dejado que viera mi lista de sospechosos.

Queda en silencio, reflexionando con un gesto totalmente atractivo. Por las mañanas siempre tiene las mejillas sonrosadas. Ya estoy otra vez.

—No, no siento miedo. Tengo mi propia teoría. —Se cruza de brazos y continúa. Estoy deseando saber qué la ata a mí en este momento, por qué sigue compartiendo las tostadas conmigo—. Creo que eres tan sumamente cuadriculado y tan sumamente racional que has punzado con una chincheta a cualquiera que esté de alguna manera relacionado con el señor González. Cualquiera que estuviese al tanto de su situación —lo dice con ira.

—Así es —asiento algo turbado. Si sabe por qué la tengo como sospechosa, ¿cómo no se tranquiliza?—. ¿Sigues enfadada?

—Por supuesto.

—No lo entiendo.

—No puedes dejar que lo racional, los hechos objetivables, te invadan de esta manera. El mundo tiene muchos otros datos válidos. Lo que tú sientes, por ejemplo. ¿Y qué me dices de lo que tú recuerdas…? ¿Crees que se te ha podido olvidar que mataste al señor González? —Se siente completamente perdida.

No quiero informarla acerca de mis momentos de ausencia, mis lagunas de memoria, tampoco la de esta noche. Así que me encojo de hombros. Ella lo toma como un «de acuerdo, tu hipótesis es válida».

—¿Y realmente crees que yo lo he podido matar? —En realidad no. Pero no puedo ir en contra de los datos. Tampoco quiero mentirle—. Si no eres capaz de creer que no soy una asesina, debería irme inmediatamente, deberíamos dejarlo.

Se me encoge el corazón. Es un decir, claro, no literal. En realidad es el riego sanguíneo, que aumenta en situaciones de angustia. Pero no puedo decirle que la quitaré del tablón de sospechosos, porque no quiero hacerlo: objetivamente, es una sospechosa.

Podría ofrecerle mis hipótesis sobre el asunto, haciendo hincapié en que únicamente son eso…, hipótesis. Así tampoco falto a la racionalidad.

—Creo que no eres una asesina. —Es lo que pienso, pero eso no me obliga a quitarla del tablón. Esperaré a obtener datos que vayan más allá de valoraciones subjetivas.

—Está bien, gracias. —Natalia sigue algo apagada; a pesar de sus palabras, no se ha quedado contenta.

Contra todo pronóstico, me levanto y me dirijo hacia el estudio y cojo el pósit con su nombre. Lo rompo delante de ella. Dibuja una amplia sonrisa. Sale de la cocina hacia el estudio, vuelve con el pósit con mi nombre y también lo rompe.

—Tú tampoco eres un asesino. —Me besa y se sienta en mi regazo. Noto mi erección—. Ahora, deberías ser capaz de, una vez que yo me marche, no volver a colocar pósits con nuestros nombres. Sé que estás pensando en hacerlo. —Es una chica lista—. Por una vez, Manuel, deberías dejar de pensarlo todo tanto y fiarte de tus instintos.

¡Es que mis instintos me dicen que yo soy el asesino! Desecho la idea inmediatamente. Sin embargo, luego colocaré el pósit con mi nombre. Y tal vez haga otro con el nombre de Natalia, pero lo esconderé bien. No puedo, nunca, dejar de ser inteligente por culpa de las emociones a las que ella da tanta importancia. Para esto estoy solo en la vida.

Sigo siendo sospechoso y he vuelto a tener una pesadilla, he vuelto a olvidar cómo llegue a casa. Sin embargo, esta vez cuento con una testigo que puede darme pistas.

—¿A qué hora llegamos ayer? —pregunto.

—Pronto. Sobre las dos de la madrugada. ¿No te acuerdas? —Sonrío estratégicamente.

—Supongo que bebí demasiado...

—No. Tan solo tres copas. Llegamos a tu casa y... —¿hicimos el amor?— me dejaste exhausta. —Guiña el ojo y se burla un poco de mí sacando la lengua, sensual—. Me quedé dormida enseguida. Tú también lo hiciste. Eso sí, hacia las cuatro y media de la mañana me desperté y no estabas en la cama. Oí ruidos en el estudio y supuse que estabas allí. —Hay una cosa que no me gusta de esa contestación, existe un momento de la noche en el que no tengo testigos—. Así que no, no bebiste demasiado. Aunque...

—¿Aunque qué? —digo apurado. Neurótico incluso.

—Estabas algo raro. No sé, no parecías tú mismo.

—¿Pero qué estás diciendo?

—A ver cómo te lo explico. —Mordisquea su dedo índice mientras piensa, sensual. ¡¿Es que no puedo dejar de decir eso?!—. Parecías un hombre libre. Un hombre que no colocaría pósits de sospechosos en un corcho incluyéndose a sí mismo. —Ríe—. Me cogiste en brazos, me trajiste a tu casa... fuiste un poco bruto. ¡Incluso —niega con la cabeza como quien está ante alguien sin remedio— dijiste que mi coleta te ponía cachondo!

Todo esto no es propio de mí. Espero haberle explicado que me gusta su coleta porque mantiene una física del péndulo casi imposible, no por chorradas románticas. Natalia continúa.

—Y nunca me habían hecho el amor en el suelo del pasillo... ni tampoco... —Sonríe un instante y se le colorean los mofletes.

—¿Ni tampoco qué?

—¿No recuerdas lo de la lavadora? —Sé que no tengo que contestar a esa pregunta con un «no».

—Claro, pero me gustaría que me lo describieras con tus propias palabras. Es más gratificante volverlo a recordar de esa manera —digo, sonrojándome incluso. No me pega ser tan «recursi». Pero me veo obligado.

—¿Ves, Manuel? Así estabas ayer. Así de sensible, tierno… así de libre de tapujos. Como si fueras otro. —Vuelve a reír con una corta pero sonora carcajada y continúa—. Después de hacer el amor en el pasillo, nos tumbamos un rato, desnudos. Allí mismo. Estuvimos hablando sobre la cordura y la locura. Ayer, tú estabas un poco loco —dice jocosa, pero el comentario me hace tragar saliva—. Te dije lo turbulento y vibrante que era el verte tan cambiado y entonces…

—Ocurrió lo de la lavadora —interrumpo su discurso para aparentar saber de qué va el tema, pero no tengo ni pajolera idea de cómo entraría en juego un electrodoméstico en ese contexto—. Continúa, por favor, quiero oírtelo decir.

—Me levantaste del suelo de una manera un tanto brusca, cosa que me encantó… Colocaste mi culo desnudo sobre la lavadora y me quisiste demostrar lo «vibrante» que es la locura… —¿En una lavadora? ¿Pero qué…? ¡¡¡¿Pero qué se puede hacer con una lavadora?!!! ¿Qué demonios quiere decir? ¿Por qué no especifica? A pesar de mi angustia (no me reconozco en su relato), mi polla va por su cuenta, se alza independiente—. Así que nunca había hecho el amor en el suelo del pasillo, ni tampoco encima de una lavadora centrifugando… Sí, me demostraste que la locura es sumamente vibrante. —Se tapa la boca con la mano con rubor y risa contenida.

¡¡¡¿Qué?!!! ¿¿¿Qué diablos hice??? ¿Cómo se me ocurrió…? ¡Por Dios, en una lavadora centrifugando!

Lo peor de todo es que tengo una vaga sensación de reconocer lo que me está contando. Debería dejar el alcohol del todo.

29

Hoy es domingo: día de ordenar la semana. Aprovecharé para ordenar las ideas también. Voy a disfrutar de toda una jornada de lavar, planchar, colocar los modelos semanales de ropa en perchas secuenciadas, cocinar y rellenar los táperes con los menús diarios.

Respecto a ordenar mis ideas, categorizaré las preocupaciones:
1. ¿Por qué tengo episodios amnésicos?
2. ¿Qué causa mis pesadillas? ¿Por qué sus contenidos son tan sanguinolentos?
3. ¿He matado al señor González? ¿Se relacionan 1 y 2 con el punto 3?
4. ¿Por qué me acuesto con Natalia? ¿Por qué prefiero que esté cerca de mí a estar solo? ¿Por qué no me incomoda su presencia como la de cualquier otra persona?

Voy a organizar algunas respuestas para cada punto:

1. ¿Por qué tengo episodios amnésicos?
Prácticamente, he descartado el alcohol como causa (según el

testimonio de Natalia, el viernes no bebí mucho y, aun así, no recordaba nada). También comentó que aquella noche «parecía otro hombre» y «estaba un poco loco». Tal vez deba informarme sobre cuestiones de salud mental. Puede que una tensión mantenida me haya hecho explotar en algún momento. No creo que mi tendencia a racionalizar y controlarlo todo sea dañina; en oposición, creo que es perfecta para facilitarme la vida. No entiendo por qué mi «psique» desearía escapar hacia «un hombre libre», como decía Natalia. Ya soy libre. Libre de estupideces. Pero debería profundizar en el tema. Es una carta que está sobre la mesa. No la descartaré por mucho que Natalia me invitara a «llevarme por mi intuición»: puede que esté loco.

¡Joder! Los comentarios de Natalia invaden mi discurso continuamente. No es propio. Tal vez sea su intromisión en mi vida lo que me haya hecho perder la cordura. Eso tiene sentido...

2. ¿Qué causa mis pesadillas? ¿Por qué sus contenidos son tan sanguinolentos?

Las pesadillas, obviamente, las causa una información inconsciente que mi mente no está sabiendo interpretar. Tal vez porque no quiere. Algo pretenden, algo quieren decirme... Nunca le he dado mucho valor a los sueños. Me basto con lo consciente para seguir siendo resolutivo. Pero esta vez son demasiados los datos que no tengo: las pesadillas esconden una pieza, ese dato oculto, que puede resolver 1 y 3. En todas ellas hay un elemento común: mis manos aparecen manchadas de sangre. El sentido que pueda tener para mí la pesadilla, lo simbólico, es infinito... Son tantas las explicaciones y asociaciones que pueden hacerse a unas manos tintadas de rojo que debería esperar a obtener criterios objetivos. Incluso podría ser que solo quisiese pintar las paredes del dormitorio de rojo. Sí, eso puede ser. No tiene por qué estar relacionado con la muerte de nadie. Eso es. No hay nada que lo correlacione.

Debo profundizar: ¿para qué sirven las pesadillas? ¿Qué las causa? He estado leyendo sobre el tema.

Las pesadillas pueden tener distintas causas:

a) Ingesta de nuevos fármacos, especialmente los somníferos, narcóticos y drogas: no es mi caso.

b) Tomar demasiado alcohol: ya lo he descartado tras el testimonio de Natalia. Siempre he bebido tres copas de ron y hasta ahora nunca había tenido pesadillas.

c) Fiebre: tampoco.

d) Cenar justo antes de ir a la cama porque acelera el metabolismo: nada.

e) Apnea del sueño o trastorno de la respiración durante el sueño: lo dudo bastante, aunque no lo puedo descartar. Podría preguntarle a Natalia, ya que he dormido con ella. ¡Mierda!, otra vez con ella y su protagonismo en mi devenir…

f) Trastorno por estrés postraumático: tendría que haber experimentado un acontecimiento traumático, y no creo que hacer el amor encima de una lavadora centrifugando sea suficiente. Aunque haber matado al señor González podría ser un gran acontecimiento traumático. Debo deshacerme de esta idea por ahora, me hace mucho daño. Aunque… tiene su lógica si lo acompaño de los periodos de amnesia. Uff… voy a pasar a otras opciones. Por el momento.

g) Trastornos de ansiedad o depresión graves: ansiedad… puede que Natalia me esté inquietando últimamente, pero tanto como para ser grave… Depresión desde luego que no. ¿Por qué iba a estar deprimido con lo listo que soy? Aunque las imbecilidades que me rodean podrían ser suficientes algún día.

h) Hay estudios que sugieren que las pesadillas recurrentes podrían preceder a enfermedades graves como las cardíacas, accidentes cardiovasculares, párkinson, un tumor, neurodegenerativas… Debería hacerme un chequeo médico por si acaso.

i) Y me veo obligado a pararme en las imbecilidades psicológicas que dicen que las pesadillas pueden enmascarar una situación o contenido emocional que no hemos aceptado o hemos rechazado. Nuestro inconsciente quiere llamar la atención sobre una cuestión que se nos pasa por alto. Resolver las pesadillas y comprender su significado puede hacernos solucionar un conflicto interno o dificultad personal. ¿Pero qué demonio de dificultad iba a tener yo? Me siento muy cómodo conmigo mismo.

3. ¿He matado al señor González? ¿Se relacionan 1 y 2 con el punto 3?

Para profundizar en este apartado, para saber si soy un asesino, debo resolver 1 y 2 primero u obtener más datos, descartar al resto de sospechosos (Natalia y la señora Bermejo). Por ahora no hay nada concluyente. Podría o no ser un asesino.

4. ¿Por qué me acuesto con Natalia? ¿Por qué prefiero que esté cerca de mí a estar solo? ¿Por qué no me incomoda su presencia como la de cualquier otra persona?

Este es el más sencillo. Cierto es que Natalia me produce azoramiento, confusión, arritmia, hiperventilación, sudoración, deterioro cognitivo o estupidez (por lo del bocadillo de chorizo…). Pero todo tiene una buena explicación biológica: me atrae. Es una hembra sana, con una inteligencia media-alta, un cuerpo de caderas que promete una adecuada fertilidad, una coleta perfecta; unos labios gruesos y rosados, casi etéreos; unas pestañas tupidas y alargadas que se mueven al ritmo de un aleteo; unos ideales valientes, y le gusta desayunar salado, como a mí… digo… Bueno… Eso es, todo biológico. No estoy siendo presa de nada raro como el «amor», el «enamoramiento» y otras sandeces pasajeras. Debo estar tranquilo. Aunque aún no hemos etiquetado ni concretado en qué consiste nuestra relación, el tiempo dirá si es adecuada para perpetuar la especie y mis genes o únicamente tiene el cometido de saciar mis necesidades sexuales. Debo distanciarme un poco de ella. Seguir con mi rutina.

Llaman al teléfono. Qué oportuno: es Natalia. Una buena ocasión para mostrarme un poco distante, tener el control, marcarle mi espacio, mi territorio… hasta verlas venir.

—¿Me acompañas a tomar un café y charlar un rato? —propone después de saludar con efusividad. Seguro que quiere hablar de ñoñadas románticas.

—Ahora mismo me pillas ocupado. Imposible —digo con tono autoritario y frío.

—Natalia, he encontrado sitio —oigo una voz masculina al otro lado del teléfono.

—¿Quién es? —pregunto.

—César.

—¡¿El doctor Costa?! —Otra vez diciendo obviedades, como un tonto.

—Sí. Acabamos de salir de su ponencia sobre el dolor crónico. Esta mañana ha sido la última. Íbamos a parlotear sobre lo que ha expuesto y a tomarnos unas cervezas. ¡Ha sido muy interesante! —No recordaba que este fin de semana era el congreso sobre el dolor, el que impartía César, y estaba equivocado: Natalia no quería hablar de ñoñerías románticas, quería charlar sobre medicina, debatir sobre el dolor crónico—. Pensaba que te gustaría acompañarnos en la tertulia, pero si estás ocupado…

No puedo soportar que Natalia quede con ese gandul pavito. No puedo soportar que estén a solas y que lo mire embelesada como si él fuera más inteligente que yo.

—Seguro que saco tiempo. Ahora mismo voy —resuelvo.

Joder… otra vez con deterioro cognitivo, como un imbécil, fallando a mis facultades intelectuales. Lo mismo me da por almorzar un bocadillo de chorizo que por seguir a una hembra que va tras otro gorila. Estoy retrocediendo evolutivamente. Y todo por SU culpa.

—Sí, este tipo de síndromes son complejos… —Le escucho decir a César de manera pedante nada más entrar en el bar. Está sentado en una mesa frente a Natalia, que lo mira (espero que no sea un «lo admira»), con los ojos bien abiertos… Seguro que es interés clínico y no otro tipo de interés… como el interés… yo qué sé qué nombre puede tener ese tipo de otro interés. Los dos están con una cerveza, lo que me hace pensar que su encuentro es ocioso, y aunque siempre he sabido que mantenían una amistad, sigue sin gustarme una pizca—. El síndrome del miembro fantasma… Los pacientes siguen sintiendo las sensaciones de los miembros amputados: picores, gestualidad y lo peor… un dolor intenso. Y ahora hay estudios que refieren que los pacientes mejoran si realizan exposiciones frente al espejo…

—Se llama terapia de caja de espejo —interrumpo. Me parece que… sí. También de manera pedante. Joder, qué asco. Pero no puedo soportar que este supuesto sabelotodo acapare la atención de Natalia como si fuera tan digno como yo de acapararla.

—¡Bienvenido! ¡Siéntate con nosotros, Manuel! —dice César con una voz demasiado dulce. La que uso yo cuando estoy intentando controlar la irritación—. Como decía, se desconoce la causa exacta del síndrome del miembro fantasma, pero parece ser que las sensaciones se deben al intento del cerebro por reorganizar… —Y comienza la batalla de gallos de corral.

—La información sensorial que sigue a la amputación.

—El cerebro debe ajustarse a los cambios del cuerpo. No entiende que le falte un miembro si…

—Los nervios siguen mandando información de…

—Un miembro que ya no existe.

—El cerebro sigue teniendo un área cerebral funcional para el miembro fantasma y por eso mantiene sus sensaciones, interpretando los estímulos como él considera lógicos. Y como esta área disfuncional…

—Puede verse invadida por las áreas de alrededor, que sí están activas…

—Utiliza la información circundante, la de otras partes del cuerpo para rellenar la falta de información.

—Por eso esta nueva y reveladora técnica del cajón espejo…

—No tan reveladora… ya era conocida en los noventa. —Por fin puedo rebatirle.

—Consiste —evade mi comentario, aunque su mirada no lo consigue del todo. Está rabioso y más que concentrado en la batalla— en colocar un espejo pegado al lateral de una caja. El miembro amputado está dentro de ella, oculto. De esta manera lo que en realidad ve el paciente es el reflejo de su miembro sano…

—El contralateral. Se crea una ilusión de que el brazo amputado se mueve con naturalidad y es esta información visual la que detecta el cerebro, recibiendo datos de que los nervios motores…

—Todo funciona correctamente y no hay necesidad de sentir dolor. —César y yo nos miramos en silencio intentando calibrar hasta cuándo durará esto.

—Me voy a por otra cerveza. O dos. O tres… —dice Natalia levantándose de la mesa, claramente asqueada con nuestra patética lucha de poder. Sí, lo admito, patético. Patético del todo. Y todo por ella. Por SU culpa.

30

—Bueno, bueno, bueno… Doctor Alarcón, nos volvemos a ver. —El agente de criminalística Ricardo Santos se sienta ante mí. Al igual que en nuestro primer encuentro, es lunes a primera hora—. Debo preguntarle acerca de otro paciente suyo: Enrique Montejo. Dígame, ¿cómo fue su última consulta con él? —No me gusta que este tipejo esté aquí haciéndome las mismas preguntas que la última vez. Intuyo que algo va mal, muy mal. Carraspeo y comienzo a hablar con profesionalidad, con voz grave y segura.

—El señor Enrique Montejo es un hombre de cuarenta y cinco años diagnosticado de esclerosis lateral amiotrófica. Ha ido perdiendo movilidad de manera bastante drástica. Vino el miércoles a la consulta con insuficiencia respiratoria y una saturación de 70. La última analítica reflejaba…

—Sabe usted mucho sobre sus pacientes, doctor. Y sin necesidad de mirar en la historia clínica. —No me ha gustado cómo ha dicho eso.

—Es mi trabajo.

—Lo felicito. —El policía cruza las piernas, se repantiga en la silla, respira hondo y sigue hablando, con aire de superioridad; quiere intimidarme—. ¿Conoce usted con la misma exactitud los datos de todos los pacientes que lleva o el señor Montejo era especial?

—Tengo buena memoria. —Vuelvo a defenderme.

—Lo felicito por ello también —repite con cierto retintín. Esta situación me está poniendo negro—. Puede usted seguir, por favor.

—Como decía, Enrique vino por una insuficiencia respiratoria. Sus niveles de oxígeno eran alarmantes y tuve que llamar a urgencias para que se lo llevaran, debía ingresar en el hospital. Salí del despacho, con el propósito de informar a las administrativas sobre la necesidad y el motivo de hacer dicha llamada.

—¿Por qué no hizo usted mismo la llamada a emergencias?

—Quería que las administrativas hiciesen la llamada para poder volver lo antes posible al despacho y supervisar de cerca al señor Montejo, debía cerciorarme de que no se mareaba o perdía la consciencia. Hay un protocolo al llamar a urgencias y es costoso. Son muchas las veces que las administrativas lo ponen en marcha, ya que los datos que piden sobre edad, sexo, diagnóstico, dirección, etcétera son accesibles desde la base de datos informática. Tan solo necesitan una breve explicación del motivo de la llamada y el nivel de urgencia. Una vez que llega la ambulancia, el médico referente informa *in situ*.

—Si Enrique se encontraba tan grave, ¿cómo lo dejó solo?

Natalia debía haberse quedado con él, pero se escondió en el botiquín para llorar tras sugerir a un hombre cómo debía actuar si quería acabar con su vida. No pienso decirle esto a la policía, no puedo incriminar a Natalia. ¿Pero por qué no? También es mi sospechosa y alejaría las dudas sobre mí…

No lo haré.

—Fue un fallo por mi parte —cuánto me cuesta admitir un error que no cometí. Natalia está consiguiendo que haga cosas que nunca haría—, pero tan solo fueron unos minutos y dejé la puerta abierta para que, si algo ocurría, alguien pudiese verlo.

—Vaya, pensaba que usted no cometía errores, no sé… parece el médico perfecto. —Me está provocando. Intuye que me estoy guardando algo, pero no pienso contestar a eso; esta vez no dejaré que mi orgullo se interponga. El agente Santos continúa, visiblemente irritado ante mi silencio—. ¿Tenía usted pacientes esperando fuera? ¿Alguien pudo ver cómo escapó?

—No. Enrique era la última cita de la mañana.

—Qué oportuno —dice con ironía. Pero la verdad es que tiene razón. No sé si Camino tendrá algo que ver—. Si no debía dejar solo a su paciente, pero quería que las administrativas hiciesen la llamada a emergencias, ¿por qué no las llamó desde su propio despacho en vez de salir hasta la administración? —¡Ostia! Cierto es... ¿por qué no lo hice?

Santos intenta saber si soy cómplice en la desaparición de Enrique, y le estoy dando más que un motivo. Si reflexiono, fui más cobarde de lo que creía. Hui. Natalia soltó aquellas palabras tan valientes y a mí lo único que se me ocurrió fue escapar del despacho y dejarla sola con él. En realidad me sentía tan cobarde allí dentro que no podía quedarme ni un segundo más, y me escudé en la necesidad de hacer la llamada a urgencias para abandonar la escena. Natalia escapaba porque se arrepentía de su valentía, y yo porque había sido un cobarde. ¿Cómo voy a contarle esto al agente Santos?

—Fue una consulta complicada. Necesitaba coger aire —confieso a medias.

—¿Por qué fue complicada?

Quiero saber dónde está Natalia. ¿La estarán interrogando en otro despacho? ¿Se habrá sincerado acerca de sus palabras? ¿Sobre sus sugerencias de cómo acceder a la medicación que ayudaría a acabar con una vida? Espero que no. Yo no pienso decir ni media.

—¿Podría decirme, por favor, por qué está usted interrogándome? —digo algo arisco. He decidido dejar de defenderme para atacar.

—Enrique ha muerto. —Esta vez no ha dudado ni un segundo en darme la información. No sé cómo pretende hacerlo, pero intenta cazarme. Me mantengo en silencio, esperando a que él dé el siguiente paso. Debo ser cauteloso en esta guerra—. Dos pacientes suyos han muerto en apenas dos semanas, comprenderá usted que nos presentemos hoy aquí. ¿Podría decirme dónde estuvo el sábado de madrugada, sobre las cuatro de la mañana?

¡¡Joder, joder, joder… no recuerdo qué hice el sábado de madrugada!! Y la temporalidad coincide justamente con el instante en el que no tengo coartada. Porque estuve con Natalia toda la noche, pero ella añadió: «Eso sí, hacia las cuatro y media de la mañana me desperté y no estabas en la cama». Tengo que relajarme. No puedo dejarme llevar ahora por miedos precipitados. Necesito a la racionalidad. Estudiar los datos. ¡Joder! ¡Han muerto dos de mis pacientes y no recuerdo qué hice cada una de las noches de autos! Piensa… Tengo que resolver esto del interrogatorio ahora, después me encargaré del resto.

La mayor parte del sábado tuve una testigo. Puedo escudarme en eso, no tiene por qué enterarse de que hay un espacio vacío.

—El viernes por la noche salí a cenar con una amiga y dormimos juntos en mi casa.

—¿Puede usted decirme el nombre de su acompañante? —Quiere corroborar la información.

—Natalia.

—¿Su apellido? —Apunta todo en una libretita. Si necesita escribirlo es que tiene una mierda de memoria. Yo podría haber sido un gran investigador. *Pensamiento intruso.* Aunque igual soy asesino. ¡Joder! Dicen que los perfiles de los policías y de los delincuentes se asemejan, unos eligen el bien y otros el mal. Unos tienen licencia para matar y los otros matan en la oscuridad, pero ambos tienen los mismos deseos ocultos: cazar.

—Natalia Cortés.

—¿La enfermera? —Me mira con escepticismo. Levanta una ceja y, un poco más abajo, la arruga de la boca. Me siento un cliché absurdo, cuando en realidad soy un gran médico. ¿Cómo he acabado en esta situación? Debí ser cirujano. Nadie critica a un cirujano.

—¿La están interrogando? Podrían preguntarle —digo en un intento de saber dónde está ella.

—No, no la estamos interrogando.

—¿No? —La sorpresa se me escapa sin disimulo. Incluso para este imbécil no va a pasar desapercibida.

—¿Deberíamos?

—De ninguna manera; tan solo creí que, tal como hicieron la última vez con el señor González, esta también la interrogarían.

El policía vuelve a coger aire, esta vez de manera contenida y asintiendo con la cabeza, como si estuviese satisfecho consigo mismo y tuviera algo importante que decir.

—Por diferentes motivos, creemos que la muerte del señor González y del señor Montejo están relacionadas. —Para mi desgracia, su conclusión me parece acertada—. Investigamos a Natalia y tiene coartada para el primer crimen, unas cámaras la grabaron en la puerta de un *parking*. Por eso no la estamos interrogando. Pero no puedo darle más datos. Por favor, volvamos a lo nuestro, puede continuar con su exposición de los hechos. Dígame, ¿por qué no llamó desde su despacho a las administrativas? ¿Por qué dejar solo al señor Montejo?

Es un sabueso. Tengo que sincerarme.

—Como estaba contando, la consulta fue complicada. Enrique mostró sus deseos por abandonar este mundo, estaba cansado de luchar y de sufrir. Creo… —¡Cuánto me va a costar admitir esto! Pero no voy a meter a Natalia en medio—. Creo que no pude soportar la situación… Escapé un segundo para coger fuerzas y volver con mayor serenidad.

Ricardo Santos apunta algo en su libreta. Lo subraya una. Dos. Tres veces.

—Está bien, tengo dos últimas preguntas: ¿tuvo usted algo que ver con la desaparición de Enrique?

—No. Fui yo quien puso en marcha, inmediatamente, el protocolo de caso de fuga. —Este dato es alentador, y me da algo de paz recordar los acontecimientos de aquel día: yo no ayudé a que escapara.

—Está bien, ¿quién cree que pudo hacerlo?

¿Quién creo? Natalia se escondió en su botiquín, pero nada

impide que saliese y lo ayudase. Y… Un momento… ¿Camino? ¿La administrativa? Recuerdo que no estaba en el momento que activé el protocolo. Sin embargo, no puedo darle a este policía más datos. Puede que Camino sea sospechosa de sacar a un hombre en silla de ruedas del centro, pero yo lo soy de matar a dos. No le daré piezas a este señor para que complete el puzle antes que yo. Si soy listo, que lo soy, debería guardarme mis conclusiones y la información.

—No tengo ni idea.

El agente Ricardo Santos se despide. Me da la mano y me recuerda que es posible que nos volvamos a ver. Todo parece una serie policiaca, justamente de las que veo para relajarme. Siempre me ha gustado meterme en las mentes de los asesinos. ¿Y si la mía fuera una? Pero la muerte me atrae por razones médicas, siempre quise ser cirujano… El fino hilo que separa la muerte y la vida me cautiva… Espera… y si… ¿y si la frustración de no ejercer como cirujano ha derivado en una necesidad de jugar a mis anchas con la vida y la muerte? Espera…, ¿quién ha pensado eso por mí? No puedo creer que este sea mi pensamiento, no puedo identificarlo como una pregunta que yo formularía. Espera…, es como si alguien me hubiese invadido por un instante, un personaje oscuro que se parece a mí. Joder…

Uno. Dos. Tres.

En ambas víctimas había una buena razón para matar, incluso desde una perspectiva ética y médica: una mujer embarazada estaba en riesgo y un hombre a las puertas de la muerte deseaba acabar con su agonía.

Debo pararme a pensar. Ya no sé ni lo que razono. No tengo prácticamente duda alguna de que ambos asesinatos están relacionados. Y ahora debo quitar a Natalia como sospechosa, la policía tiene su coartada. Tan solo quedamos dos: la señora Bermejo y yo. Aunque… ¿Y Camino? Claramente está relacionada con Enrique, intuyo que tuvo algo que ver con la desaparición. ¿Cómo relacionarla con el señor González? Lo conocía por ser paciente mío, pero ¿y si hay algo más?

Siento una cosquilla de alivio al pensar que Natalia no está implicada. Pero no he sido capaz de desecharla como sospechosa hasta que no he tenido una prueba. Rompí el pósit con su nombre delante de ella, para calmarla, pero lo volví a colgar en cuanto se fue de mi casa aquel día. No confié. He tenido que esperar a una coartada certera. Me viene un pensamiento estúpido: «le he fallado». Dicen que ojos que no ven, corazón que no siente. Natalia no sabía que había vuelto a colocar el pósit con su nombre, pero, igualmente, me siento un defraudador por no haber confiado en ella desde el principio. ¿Pero qué digo? Es una chorrada monumental. Los datos son lo que importa. Nada de emociones. Pero ahora me encuentro esperando a la racionalidad para que me calme, cuando en realidad es ella quien más puede acusarme: debería ser el sospechoso número uno.

No sé cuánto tiempo llevo reflexionando. Llego tarde a todas las citas de la mañana. Natalia entra en mi despacho y cierra la puerta con cautela tras de sí. Está apurada, preocupada por la presencia de la policía. Se acerca mucho, como si la tensión sexual que existe entre nosotros no existiera. Me besa cogiéndome con las manos la cabeza. Eso lo hacía mi madre cuando era niño.

—¿Qué ha ocurrido? —Su preocupación me produce ternura. Aunque seguro que la ternura también tiene su explicación biológica: quiero proteger a mi posible hembra.

—Enrique ha muerto.

Natalia se queda estupefacta. Blanca. Pálida. Se aparta de mí y se echa a llorar desconsoladamente.

—Ha sido por mi culpa… no debí decir aquellas palabras… por Dios… —Se está desgarrando.

—Natalia, tranquila, mírame. Natalia… por favor… —Tengo que cogerle la barbilla para que me mire—. Enrique no se ha suicidado: lo han matado.

De golpe queda en silencio. Un buen rato. Me da tiempo para contar hasta Uno. Dos. Tres dos veces. Por fin dice:

—¿Y quién creen que lo ha hecho? —Se enjuga las lágrimas— ¿Les has contado algo de lo que pasó en la consulta?

—Si te refieres a tus palabras, no les he contado nada. —No parece que esto la tranquilice.

—¿Por qué te interrogan? ¿Creen que has sido tú?

—Sí, intuyo que soy sospechoso.

—¡Pero tienes coartada! Estuviste conmigo toda la noche.

Niego con la cabeza:

—Tú misma dijiste que te despertaste, en un momento de la noche, y que no estaba junto a ti.

—No eres un asesino. —Al decirme estas palabras, de manera tan contundente, siento como si algo en mi interior fuera creciendo y empujara desde dentro. Aprieta tanto que esparcirá mi cuerpo en trocitos. Como si mi piel fuera de chicle y se estirase hacia fuera. Creo que quiero llorar. Hay muchas cosas que me están ocurriendo hoy que no reconozco. Me da miedo perder el control, estallar… no sé, tal vez sea eso lo que me ocurre cuando pierdo la memoria. Las palabras de Natalia, aun sin pruebas, me han tranquilizado, y eso es algo totalmente ilógico, estúpido y no digno de mí.

La veo cerca, ¡tan convencida de que no soy un asesino! Me estoy desmoronando y ella me mantiene sereno ahora mismo. Simplemente la incredulidad que siento al verla tan convencida sobre mí interrumpe todo mi malestar. ¿Por qué está tan segura? ¿Por qué tiene fe en mí? ¿Por qué no le doy miedo?

—Tengo que confesarte una cosa —le digo—. No te quité del tablón de sospechosos.

Creo que no entiende muy bien por qué le digo eso ahora.

—Aún puedes quitarme —me contesta—. ¿O es que la policía te ha dicho que sospecha de mí?

—No. Te han descartado.

—Si la policía me ha descartado, porque dispone de pruebas, ya tienes los datos que necesitabas, puedes quitarme como sospechosa. Ya es tarde para que aprendas a confiar ciegamente en mí, para que te fíes de lo que sientes —su tono de voz es difícil de descifrar, como si en parte estuviese dolida y en parte se entristeciera por mí—, pero no es tarde para que tengas fe en ti mismo. Vamos a tu casa, romperemos tu nombre del tablón de sospechosos.

CONSULTA N.º 1

Doctor Antonio Tenor. Psicólogo clínico de cincuenta y tres años. Se sacó el doctorado con credenciales. Dedicado a la investigación, combina sus tareas con una consulta privada. Ha realizado ni más ni menos que cinco tesis:

1. Variación electroencefalográfica de los hemisferios cerebrales en el procesamiento analítico de la información en función de niveles de estrés.

Me da seguridad que este tipo busque la explicación neuronal a todo este rollo psicológico. Si he tenido episodios amnésicos, es probable que se dieran bajo un estado de estrés agudo. ¿Cómo si no iba a perder mi privilegiada memoria? ¿Cómo si no iba a poner sobre una lavadora centrifugando a una mujer?

2. Compromiso ante el trabajo y conductas autodestructivas en el estudiante universitario.

Por supuesto, la frustración que siento al desempeñar una labor tan poco gratificante como ser médico de atención primaria no interfiere en mi compromiso ante el trabajo. El trabajo diario es tedioso, pero el fin muy digno. Sé que alguien debe hacer un buen primer diagnóstico: un buen médico de atención primaria. No como el infeliz que atendió a mi madre y a su lunar. Tal vez debí ser cirujano, pero puedo controlar el desengaño.

Sobre lo de «conductas autodestructivas...», últimamente me estoy alejando de mis estudiadas rutinas, me he saltado la norma del Uno. Dos. Tres, he tomado un bocadillo de chorizo para almorzar y he abandonado algunas de mis actividades deportivas. Creo que eso puede considerarse una conducta autodestructiva, ¿no? Todo ello por culpa de un solo factor: Natalia. Debería ser capaz de alejarme de ella y dejar de autodestruirme a mí, a mi inteligencia y a mi estudiado plan de vida. Todo se desmorona, ¡han muerto dos hombres desde que me salté mis normas!

3. Estimulación olfativa y evocación de experiencias.

Bien sabido es que el olfato es el sentido que más facilita la evocación, el recuerdo. Tal vez, el doctor Tenor conozca alguna técnica que pueda hacerme recordar.

4. Inteligencia emocional y satisfacción de la relación en pareja.

Vamos a obviar lo de relación en pareja. *Pensamiento intruso.* Si me centro en la parte de inteligencia emocional, no me vendría mal que un experto pudiera explicarme los motivos que mueven a las personas que me rodean a ser tan imbéciles (cosa que, admito, supera mi comprensión) y el motivo del asesino para matar, por supuesto. Es decir, los posibles motivos de mis sospechosos para matar.

5. Influencia de los estereotipos sobre una mujer menstruando, en su fase premenstrual y ante la menopausia.

Si un hombre ha elegido la menstruación como tema para su tesis, ¡debe tener una capacidad empática de la ostia! Lo dicho, espero que empatice con los motivos del asesino.

Una de las pegas que tiene el haber elegido a Antonio como el psicólogo que apoyará mi investigación es que reside a una hora de mi casa, en otra ciudad. Bueno, merece la pena hacer un esfuerzo con tal de obtener información de calidad.

Su despacho está ubicado en un edificio de altura. Tiene una pequeña salita de recepción donde ahora mismo estoy esperando. He llegado quince minutos antes para estudiar bien el campo de batalla. Una pequeña palmera, una mesita de cristal y un póster sobre lóbulos cerebrales y sus funciones decoran la estancia. Me alegra que no tenga estupideces como fotos de playas paradisíacas, carteles con mensajes de ánimo o del tipo «cree en ti mismo», o el colmo, objetos budistas como cajas de arena o fuentes de las que caen pequeñas cascadas de agua reciclada que vete a saber cuántos gérmenes contienen.

No tiene recepcionista. Es una elección inteligente, un hombre dotado con sus capacidades evitará el contacto en el trabajo con más gente (aparte de sus clientes); evitará arrastrar esa carga. Lo entiendo. Se vale solo.

Veo abrirse la puerta de la consulta. Un tipo con sombrero y gabardina sale de ella. Como si fuera una escena de la serie *Colombo.* No parece un loco, sino alguien serio y profesional. Me saluda con una inclinación de cabeza y se aleja. Oigo una voz grave que me invita a entrar.

—Buenas tardes, Manuel. Siéntese, ahora mismo estoy con usted.

Antonio es un hombre con barba ya canosa, una pequeña calva y unas gafas. No me gusta su aspecto. Me recuerda a Freud, al psicoanálisis, y eso nunca puede ser bueno.

Me siento en un cómodo sillón de cuero, por lo menos no tiene un diván… eso… también me recordaría a Freud. Puede ser que estas asociaciones estén marcadas por un aumento de mi nerviosismo. Debo calmarme y volver a lo analítico: he estudiado a este hombre a conciencia, también en las redes sociales y en Internet. Que ahora sensaciones nada objetivas hagan que él me recuerde a Freud no debe alterar mi seguridad.

Antonio está escribiendo en su ordenador a un ritmo prodigioso. Es mayor, pero las tecnologías no lo han superado. Seguramente esté registrando su anterior consulta, será un hombre metódico.

Por fin se levanta y se acerca a mí. Me estrecha la mano mientras se presenta y hace alguna pregunta sobre mi persona. No lleva un cuaderno ni un bolígrafo para apuntar nada. Estoy convencido de que tiene una memoria buena, aunque dudo que prodigiosa, como la mía. No lo pienso por vanidad, sino por estadística.

—Está bien, dígame, ¿cuál es el motivo de su consulta? —dice.

—Vengo a informarme.

—¿A informarse sobre qué?

—Sobre cuestiones en general. Sé que es usted un estudioso, tengo algunas dudas que me gustaría resolver. Dudas teóricas.

—Quiero que quede bien claro desde el principio: no vengo para que me ande explorando. Necesito información para resolver un asesinato. Eso es todo.

—¿No quiere tratarse?

—NO —digo con contundencia.

—Deje que me aclare. Usted ha venido a mi consulta, pero en realidad no necesita ayuda.

—Exacto, no la necesito.

—¿Los motivos por los que usted acude a mí son únicamente teóricos?

—Eso es, veo que lo ha entendido perfectamente. —Me gratifica su ligereza de comprensión.

Se produce un silencio. Antonio reflexiona y observa con incómodo esmero y vigilancia. Tengo que admitir que me está intimidando. Espero que no esté psicoanalizándome. Pero qué digo. Manuel, recuerda, lo has investigado, este hombre no tiene nada que ver con Freud.

—Debo disculparme, no puedo atenderlo —dice por fin—. Tengo pacientes que desean y necesitan ser tratados y debo darles prioridad. Aunque, gustosamente, le dejaré todas mis tesis doctorales y bibliografía para que pueda responder a sus preguntas teóricas —resuelve.

Me está cabreando. ¿Cómo se atreve a echarme? No me gusta que sean amables mientras me rechazan.

Uno. Dos. Tres.

—Bueno, tal vez mis motivos no sean tan teóricos. Verá, soy médico de atención primaria y, a veces, tengo dificultades para comprender a mis pacientes. —Creo que esta dificultad es bastante digna. ¿Cómo voy a entender a gente más inútil que yo? No se trata de nada bochornoso que él pueda juzgar, pero por si acaso—. No es que sea un imbécil. Tengo un coeficiente intelectual muy superior a la media y soy capaz de diagnosticar en tres minutos la mayoría de mis casos. Soy resolutivo y eficaz. Capaz de memorizar datos que facilitan la rapidez de mis decisiones teniendo en cuenta una percepción holística, pero sin olvidarme de lo analítico, por supuesto.

—Entiendo… —dice sin añadir nada más y esperando a que prosiga. Todavía no ha aceptado ayudarme, por lo que de nuevo me está obligando a contarle más. No me gusta ser manipulado, y menos cuando soy plenamente consciente de ello.

Intento mantener el silencio un poco más, unos dos minutos. Como si fuera una batalla de manipuladores. Pero él parece cómodo y no tiene intención de romperlo. Total, le pago un pastón por cuarenta y cinco minutos de consulta, no tiene prisa.

—Tal vez se pueda decir que de alguna manera necesite ayuda —digo. Vaya frase, no puede ser más evasiva—, pero solo porque no llego a comprender del todo los motivos que impulsan a la gente a decidir como lo hacen. Es decir, según mis enfermeras, soy un poco bruto. Yo prefiero ir al grano, no andarme con rodeos. Dejarme de chorradas inútiles que interfieren en el diagnóstico y en el tratamiento.

—¿A qué chorradas se refiere?

—A todas las que no tienen que ver con la enfermedad en sí… No sé si me explico.

—Sí, supongo que usted busca que yo le aporte los tonos psicológicos a sus deducciones biologistas. Las habilidades sociales necesarias en el trato con el paciente.

—Eso es. —¿Cómo? ¿Acabo de admitir que necesito la psicología en mi consulta? Joder, qué listo es el condenado… Aunque, claro, por algo lo he seleccionado.

Bueno, no retiraré mis palabras, parece que ese argumento lo ha convencido. Pero este «psicologucho» va a conseguir que me coma un bocadillo de chorizo. Antonio continúa:

—Procuraré enseñarle a comprender a los demás hasta que no necesite que alguien como yo se lo explique. —Yo no necesito a nadie, me está apuñalando el orgullo. Creo que lo ha hecho adrede—. Podremos trabajar sobre aspectos o dificultades de su persona que interrumpen su capacidad para visualizar los motivos que mueven a la gente.

¿Aspectos o dificultades de mi persona? ¿Qué está pasando? ¡A ver si ahora la culpa de que los demás sean tan imbéciles va a ser mía! ¿Enseñarme? ¿A mí? No necesito añadir a mis capacidades intelectuales algo tan molesto como la sensibilidad de comprender a los demás. Únicamente necesito una visión complementaria para la resolución de estos dos asesinatos y algún dato sobre los episodios de amnesia. Ya sé qué motivos mueven a los demás: una ciega estupidez, y no tengo intención de contagiarme de ello…

Tengo que mostrarme más frío. Dejaré que este imbécil piense que me está enseñando y aprovecharé para usar sus conocimientos, por llamarlos así, como yo quiera.

—Los actos humanos se basan en necesidades. Si somos capaces de descubrirlas, podemos casi anticipar los motivos y las decisiones de los demás. Y si somos capaces de descubrir en los demás sus necesidades, también descubrimos las nuestras propias: quiénes somos —dice mientras se incorpora.

Esta reflexión me deja pensativo. No… no veo la lógica… ¿Entender las necesidades de los demás va a conseguir que comprenda las mías propias? ¿Incluso cuando me rodeo de tontos? Eso es imposible. ¿Pero llegaría a comprender los momentos en que me sorprendo a mí mismo actuando en contra de mi racionalidad? Es decir, últimamente me estoy convirtiendo en alguien que puede aparentar cierta imbecilidad: cuando me salto la norma del Uno. Dos. Tres, cuando invito a Natalia a cenar de manera impulsiva, cuando la subo sobre una lavadora... ¿Cuando pierdo el recuerdo de noches enteras? Ahí parezco bastante tonto, parezco... no lo soy. ¡Espero, por favor, no estar acercándome al resto de las ovejas del rebaño! Comprender las necesidades de los demás tal vez pueda alejarme de estas conductas tan imbéciles, propias de otras personas y no de mí. Las identificaré para poder deshacerme de ellas.

Antonio no espera a que le conteste.

—Bueno, por hoy doy finalizada la consulta.

—Tan solo han pasado veinte minutos. —La sesión dura cuarenta y cinco.

—Lo sé. Pero tiene usted muchas cuestiones que procesar antes de que demos el siguiente paso.

—No soy lento procesando. —Últimamente me siento atacado por todos lados y con la necesidad de defenderme.

—No se preocupe, no le cobraré de más. —Antonio me estrecha la mano en señal de despedida. —¿Nos vemos dentro de una semana a la misma hora?

Asiento, me levanto y me dirijo a la puerta. Observo una foto de familia en el escritorio. Está con su mujer y sus dos hijas. No sé por qué, me sorprende que un hombre así tenga familia. Parecen felices.

Antes de que me marche me interrumpe:

—Manuel, ¿conoce el significado de la palabra «empatía»?

—Por supuesto —digo con cierto mosqueo. No quiero ser juzgado de tonto por acudir a una consulta psicológica.

—Perfecto. No se preocupe, no me olvido en ningún momento de que usted es un hombre inteligente.

De camino a casa me siento rabioso. La cosa no ha ido como yo esperaba. Me ha dejado en el cuerpo dos sentimientos totalmente opuestos. Por un lado, me he sentido manipulado, ha hecho lo que ha querido conmigo: se ha negado a mi primera petición, me ha sacado información que no debía haber mostrado tan prematuramente, ha controlado el tiempo de consulta (aunque soy yo quien le paga) y me ha ganado la batalla del silencio. Por otro lado, me siento comprendido y con la certeza de que este hombre puede hacerme aportaciones muy valiosas: no ha sido condescendiente, ha hablado con un lenguaje común (casi técnico, «entre profesionales»), ha afirmado que soy un hombre inteligente y me ha hecho reflexionar sobre la posibilidad de encontrar los motivos por los que, a veces, lo insensato de la locura gana a mi coherente inteligencia. Es un tipo inteligente, y entre listos podemos llegar a comprendernos. Aunque él sea psicólogo.

31

He estado investigando sobre eso de las necesidades humanas. Son carencias percibidas, la discrepancia entre lo que tienes y lo que deseas.

Yo pensaba que las necesidades eran infinitas, imposibles de clasificar y por lo tanto incomprensibles. Cada paciente que ha acudido a mi consulta tenía una queja diferente, exigía una respuesta diferente. Me parecía algo insostenible de categorizar y por ello no relevante.

Pero se conoce que las necesidades humanas son finitas; lo que es incontable es la manera de satisfacerlas.

Hasta ahora, únicamente me había dedicado a obviar estas chorradas, pero resulta que he descubierto su utilidad, su potencialidad. Es decir, si identificas la necesidad de una persona, recibes el recurso de manipularla a tu antojo. *Pensamiento intruso.* Dudo que el señor psicólogo esté de acuerdo con esta reflexión, aunque sé con certeza que lo ha utilizado conmigo y en mi contra para manejarme.

Que haya un psicólogo, Maslow, que las haya clasificado, me sugiere que incluso pueden ser algo con un matiz más objetivo del que suponía… más clínico. Repito, tan solo un matiz. La clasificación es la siguiente:

1. Necesidades fisiológicas: alimento, aire, agua, reposo…

Me parece correcto que este sea el primer nivel. El más importante. Es inteligente que esté en la base de la pirámide porque yo ya lo sabía.

2. Necesidades de seguridad: protección contra los peligros, contra los miedos; preocuparse por tener recursos económicos y un empleo estable; un hogar…

Lógico.

3. Necesidades sociales: pertenecer a un grupo social, tener amigos, amor…

Me pregunto si cuanto más inteligencia tiene una persona, menos niveles de necesidad persigue.

4. Necesidad de autoestima: reconocimiento, popularidad, éxito, fama, respeto a ti mismo…

Sí, admito que me gusta que reconozcan mi trabajo y que no me gusta que la gente huya cuando demuestro mis notorias capacidades intelectuales.

5. Necesidad de autorrealización: desarrollo del potencial y de los talentos.

Por supuesto, para mí es vital seguir estudiando, aprendiendo, investigando. Y siempre me ha quedado un puñal en el corazón: debí ser cirujano. No sé si podré desarrollar el talento para ello. Puede que esta teoría acierte, yo tengo pendiente de satisfacer la necesidad número cinco.

Dentro de este apartado se incluyen la autoestima, el proyecto de vida, el autoconocimiento, la moralidad y la búsqueda de justicia y verdad.

La búsqueda de justicia y verdad… El asesino del señor González y del señor Montejo podría ser alguien con su propia visión sobre la justicia, sobre el bien y el mal. Cree que ha obrado correctamente al acabar con la vida de estos dos sujetos, tiene su propio código de valores a pesar de ir en contra de las leyes. Teniendo en cuenta que creo que ambas víctimas están mejor muertas, sigo sin poder descartarme como sospechoso. Empatizo con el asesino… qué suerte.

***

¿Podría interesarme, ya no de manera teórica, sino empírica, experimentar esto de la empatía y el conocimiento de las necesidades de los demás? ¿Ponerlo en práctica?

¿Dónde clasifico a la señora Bermejo? Considero que su motivo es claramente el de supervivencia. No quiere dejar vivo a quien agredió a su hijo, a la amenaza de su progenie. Tengo que relacionarla con Enrique, o si no, quitarla de la lista. Si así fuese, tan solo quedaría yo en la lista de sospechosos. Uno. Dos. Tres.

Natalia entra en el despacho e interrumpe mis reflexiones. Tiene un tono triste:

—Ha venido María Ángeles de visita, pero trae malas noticias: su marido ha muerto.

—¿María Ángeles mi exenfermera?

—Claro, imbécil —lo dice con cariño—. Deberías ir a darle el pésame.

No quiero darle el pésame. Claramente NO tengo necesidades sociales (la necesidad número tres. Uno. Dos. Tres).

—¿De qué ha muerto? —pregunto.

—De cáncer.

¿Qué necesidad no satisfecha, según la pirámide de Maslow, empuja a María Ángeles a venir a visitarnos? La social: el arropamiento. Ante la pérdida de su esposo busca consuelo en su círculo social… ¡Joder! Ya hablo como un psicólogo. Pero no me comeré un bocadillo de chorizo.

32

Desde el segundo encuentro «íntimo» con Natalia, nuestra relación se ha estrechado sin poder remediarlo. Yo no estoy reaccionando. Ni para rechazarlo ni para aceptarlo. Ni para decir que sí ni para decir que no. Ni para acercarme ni para alejarme. Me muevo con ella a su son y no tengo que tomar decisiones, nadie me pide que lo haga.

Si no me alejo de Natalia ni rechazo la relación que me ofrece es porque tal vez sea algo relacionado con la supervivencia y puede que crea que debería estar cerca de ella por la posibilidad de tener hijos sanos y fuertes. Ella es un buen espécimen. O también es probable que sea una reacción basada en la necesidad número uno: fisiológica, sexual.

Aunque, ¿cuál es la necesidad que la empuja a ella? ¿Por qué está a mi lado? ¿En qué la satisfago?

Acabamos de salir del trabajo. Algunas veces, como esta, me acompaña a comer a El Cairo. Ha empezado a respetar el resto de mis rutinas semanales, ya no las alborota tanto, así que no me importa que me acompañe en esta. Se está adaptando bien a mis planes.

—Entonces, le digo a mi madre: «Mamá, ya he dejado de ser tu niña pequeña, puedo decidir por mí misma y tengo mis propios valores. Si tengo que arriesgarme, lo haré» —dice mientras me cuenta una de sus discusiones familiares.

La verdad, no me interesa. Prefiero que la gente no saque el tema de sus madres, generalmente buscan que después les cuentes algo sobre la tuya, y a mí no me apetece. Pero cuando Natalia termina su anécdota no me pregunta nada. Se queda en silencio y se mete una lechuga en la boca. De repente, siento una imperiosa necesidad de que las cosas sean como deberían ser, es decir, lo suyo es que ahora yo le comente algo sobre mi madre, aunque no me lo haya pedido. Aunque me hubiese molestado que lo hubiera hecho.

—Mi madre era alegre. Generalmente me daba autonomía para todo, me dejaba resolver las cosas a mi manera. Sin embargo, yo nunca pude responderle con la misma alegría. Era más bien un niño serio.

—¿Y tu padre? —Natalia nunca persiste cuando nos acercamos a temas de lunares o de muertes prematuras, me alivia que no meta el dedo en la llaga; aun disponiendo de la información que tiene sobre cómo murió mi madre y por qué me hice médico de atención primaria, no insiste en ello.

—Era un tipo corriente. De los que ve el fútbol y se sienta con una cerveza en el sofá. Me invitaba a ver los partidos con él, pero a mí no me interesaba el fútbol. También me ofrecía ayuda con los deberes, pero no la necesitaba. Mi padre era bastante torpe con las *mates,* las ciencias y lo académico en sí. Se podría decir que él necesitaba de mi ayuda… —Natalia se ríe ante este comentario.

—Entonces, ¿siempre has sido tan listo?

—Sí, por supuesto. —Claro.

—Lo dices con cierta tristeza. ¿Crees que tu inteligencia te alejó de tu padre?

—No lo creo, lo sé. Él lo intentaba, pero no teníamos nada en común, era tedioso verlo resolver las cosas, verlo errar una y otra vez en cada tarea, en cada decisión. Exasperante… Por eso procuraba no estar mucho con él. Me irritaba su estupidez, pero tampoco nos llevábamos mal; simplemente, no éramos muy íntimos, aunque mi padre lo deseaba. Murió hace dos años, un ataque al corazón.

—Lo siento. —Me coge de la mano.

—Mi madre era lista —cambio el tema y, para mi sorpresa, de nuevo elijo a mi madre—, pero de maneras que yo no comprendía.

—¿A qué te refieres?

—No sé explicártelo. No era ingeniera, tampoco matemática o médica. ¡Incluso creía en Dios! Pero era lista.

—¿Te entendía?

—Sí, se podría decir que sí.

—Entonces, ¿tu madre era con quien menos solo te sentías?

Nunca lo había pensado así. Y ya empiezo con mi habitual incomodidad. Pocas veces llego a niveles tan profundos de intimidad con Natalia (el sexo no lo es tanto).

Ella, al ver mi silencio, no insiste. Comienza a contarme cosas de su familia, me da un respiro. Su padre era un hombre vital, alegre, cariñoso y con ganas de vivir la vida. Supongo que de ahí sacó ella su manera de mover la coleta balanceante y enérgica. Su madre pintaba y tocaba el piano. Era creativa, pero algo hipocondríaca y más asustadiza. Puede que eso, de alguna manera, empujase a Natalia a estudiar enfermería. Tuvo que pelearse con tres hermanas más, por lo que ha salido luchadora; por eso no me impuse en el primer momento, por eso no se la puede intimidar y por eso no me trae el café por las mañanas.

—Pasábamos los veranos en una chabola, en medio del monte y cerca de un lago. —Yo nunca fui de vacaciones. No teníamos mucho dinero, aunque mi madre se encargaba de llevarnos a los tres de aquí para allá. Hacíamos pequeñas excursiones, procuraba mantenerme entretenido ofreciéndome nuevos sitios que explorar y oportunidades de crecer. La verdad, sí que me entendía—. Creo que deberíamos ir.

Natalia me está invitando a su casa del lago. No sé qué contestar. Ella mantiene su sonrisa y prosigue:

—Podemos pasar allí este fin de semana, ¿qué te parece? —No lo sé. Es una decisión importante, porque sería dar un paso de manera deliberada por mi parte. Es decir, ya no estaría en una actitud pasiva, debo aceptar o rechazar. Decidir si me acerco o me alejo de ella—. Tendríamos tiempo para descansar y pararnos a reflexionar más profundamente sobre los dos asesinatos. — Me lo está poniendo fácil quitándole carga íntima y romántica al evento.

—Me lo pensaré —contesto. Ella sonríe y sigue comiéndose el yogur.

Llego a casa dándole vueltas a todo esto del fin de semana en el lago. Me tiene preocupado. Mañana tengo consulta con Antonio, lo que también me inquieta.

Estoy metiendo la llave en la cerradura cuando la puerta de la señora Bermejo se abre. ¡No me lo puedo creer! Camino, la administrativa, de quien dudé sobre su implicación en la fuga de Enrique, sale de casa de la señora Bermejo. ¡Ahí está la unión de ambas! Camino está unida a Enrique, era su vecino, y también está unida a la señora Bermejo, que a su vez se conecta con el señor González a raíz de la paliza que le dio a su hijo.

—¡Hombre, Manuel! —saluda Camino.

—Buenas tardes. No sabía que ustedes dos se conocían. —Muestro más interés de lo habitual, ya que esta vez, y gracias a Antonio, estoy preparado para cazar qué necesidades tienen estas dos marujas y cuál de ellas puede tener motivos para satisfacer dichas necesidades mediante homicidio.

—¡De hace mucho tiempo! —contesta la señora Bermejo—. Nos juntamos una o dos veces a la semana para hacer una tertulia-merienda-cena. —Guiña un ojo.

—Pues qué raro, nunca habíamos coincidido —observo.

—Antes estas reuniones las hacíamos en casa de Camino, nos acompañaba un contertulio más.

—¿Enrique? —pregunto. He atado los cabos muy rápido.

—¿Cómo sabe eso? —Camino se ha quedado con la boca abierta.

La señora Bermejo interviene:

—Sí, Enrique no estaba para venirse hasta aquí, así que nos juntábamos en su mismo edificio, en casa de Camino. Ahora que ya no está, prefiero invitarla a mi casa y hacerle la merienda. Es lo propio, después de tantos años disfrutando de su hospitalidad. Ahora me toca a mí.

—Siento la pérdida —digo, con el objetivo de sacar más información intentando empatizar, creo que se hace así—. ¿Sabe cómo murió? —Me dirijo a Camino, la vecina de Enrique.

—Pues la verdad es que no. —Su rostro parece entristecerse de manera brutal. Suspira—. Se lo llevaron en una ambulancia bajo una sábana y no nos dijeron nada. Fue algo frío y duro. ¿Acaso tiene más datos? Nos quedaríamos más tranquilas.

—No se preocupe, murió sin sufrir y sin dolor, en calma. No puedo decirle más.

Enrique murió de asfixia y con grandes cantidades de somníferos en sangre, lo he mirado en su historial. La duda que queda es si fue él mismo quien lo hizo o si estuvo acompañado... pss... dadas sus dificultades de movilidad y su saturación de oxígeno, deduzco que alguien lo ayudó. A estas alturas no tengo ni media duda de que los dos casos son asesinatos.

—Gracias, doctor. —Puedo ver cómo a Camino se le humedecen los ojos.

—Buenas tardes —me despido.

Al volver la puerta, oigo a la señora Bermejo cuchichear:

—¡Nunca antes lo había visto tan amable y comunicativo! Es un pobre solitario... huidizo, pero buen hombre. Luego le pasaré las sobras de la merienda para que cene.

¡Claro que estoy más comunicativo! ¡Debo averiguar si sois o no unas asesinas! ¡Y joder, no necesito que me alimenten con grasas *trans*!

***

Tengo que añadir un sospechoso más a mi tablón (actualizar mi tablón es lo primero que hago al entrar a casa): Camino. Además de su relación con Enrique y con el señor González (a través de su amiga), conoce los domicilios de las dos víctimas, ya que tiene acceso a sus datos administrativos. Ajusto la chincheta de la señora Bermejo, su posible implicación está cogiendo peso. Veo el pósit con mi nombre. Está en la basura. Natalia lo rompió por segunda vez tras la visita del agente Santos. Vuelvo a escribir otro pósit con mi nombre. Aparte de los datos más que significativos, como que no recuerde qué hice cada una de las noches de autos, mis necesidades humanas también me señalan como sospechoso. Mi intención de haber sido cirujano no se ha cumplido. Puede que debido a la frustración, a esa necesidad no cubierta, me haya dado por satisfacerla jugando con la vida y la muerte. Todo encaja. Cada vez… tengo más posibilidades de ser un asesino.

Si quito a Daniela y Natalia, la cosa queda así:

Rosario Bermejo

- La víctima propició una paliza a su hijo.
- Palabras textuales incriminatorias: «Este tipo de personas debería morir. ¡Ay, Dios mío! El mundo está loco. No sé cómo voy a hacer para que a mi Juan no le pase nada».
- Relación con Camino - Enrique.
- Necesidades humanas acordes con el primer asesinato (supervivencia de su hijo).

Camino Anglada

- Relación con Enrique Montejo (vecinos y amigos) y más que probablemente implicada en su fuga. Estuvo ausente en su puesto de trabajo mientras se produjo la misma.
- Relación con Rosario Bermejo.
- Conocimiento de los domicilios de las víctimas.

Manuel Alarcón

- Episodio amnésico en la noche de autos.
- Empatía con el asesino.
- Pesadillas nocturnas de contenido sangriento.
- Conocedor del domicilio de los muertos.
- Palabras textuales incriminatorias: «Tiene que morir».
- Necesidades humanas (autorrealización) acordes a los posibles motivos de los asesinatos.

227

CONSULTA N.º 2

—Manos a la obra —dice Antonio—. ¿Cómo quiere empezar a trabajar?

—¿No va a preguntarme si he reflexionado sobre la información que me ofreció en la anterior consulta? —Como si fuera un chavalillo ante su profesor, me muero de ganas por contarle todo lo que he investigado, he leído y aprendido sobre la teoría de Maslow y las necesidades humanas.

—No es necesario. A no ser que tenga usted ahora mismo una necesidad de nivel cuatro. —Qué cabrón.

—¿Necesidad de reconocimiento? —No voy a admitirlo—. Desde luego que no.

—Está bien, prosigamos entonces. Usted me dijo que tenía problemas para comprender a las personas, especialmente quería poder entender mejor a sus pacientes. Si le parece, podría ponerme un ejemplo concreto sobre una situación que se escape a su comprensión.

Tengo el convencimiento de que puedo utilizar a este hombre en mi propio beneficio sin que él se dé cuenta. El tema del fin de semana con Natalia me chirría. Es como si mis neuronas necesitasen aceite para ejecutar nuevos movimientos que nunca hicieron. Pero él no tiene por qué saber que permito que una mujer me alborote la vida.

—Me gustaría comenzar con cierta incertidumbre que inquieta a un amigo mío. En este caso, dada la amistad y complicidad que tengo con él, dispongo de más información, más datos, que podrían ayudarnos, por lo que creo que será lo mejor para empezar.

—Me parece inteligente. Cuanto más conozca a la persona, más fácil se nos hará comprenderla.

—Mi amigo ha conocido a una chica.

—Uy… mal de amores… —Se cruza de piernas y se recuesta en su sillón.

—No exactamente.

—¿Cómo se llama su amigo? —¿Acaso es relevante?

—Juan —contesto rápidamente. Demasiado incluso. Mierda.

—Creo que es necesario que cambiemos ligeramente el plan. —Levanta la ceja, escéptico.

—¿A qué se refiere? —Me ha pillado. Sabe que no hablaba de un amigo, sino de mí mismo. No tolera que lo engañe, tan solo me permite decir verdades. Qué cabrón.

—Ahora sí me gustaría preguntarle sobre la reflexión que obtuvo tras nuestra última sesión —dice con tranquilidad.

—¿Ahora sí? ¿Y por qué no antes? —digo sin nada de tranquilidad. Estoy perdiendo el control para dárselo a él. No me gusta.

—Bueno, los motivos son varios. Su propuesta para hablar sobre el caso de su «amigo» —me ha cazado— me dice que puede que deba cerciorarme acerca de su capacidad de procesamiento. Acerca de su capacidad para asimilar las cosas de las que le hablé en la anterior consulta.

Acto seguido, y para que no dude sobre mis aptitudes para la investigación y el estudio, le expongo detalladamente todo lo que he leído sobre el tema y mis conclusiones.

—Veo que ha hecho un buen trabajo. —Me acaban de poner una cara sonriente como premio. Lo hacían en primaria—. Pero, dígame, ¿cree usted que el modelo de Maslow se le puede aplicar a usted?

—¿Por qué pregunta por mí? Yo quiero entender a los demás, no tengo problemas para comprenderme a mí mismo.

—Ya le dije en su momento que si somos capaces de comprender las necesidades de los demás conseguiremos comprendernos a nosotros mismos. Creía que habría deducido que también el proceso se produce a la inversa. ¿No lo entiende así? ¿Quiere que se lo explique con detenimiento? —¿Que yo no entiendo? ¿Que yo necesito que me lo expliquen «con detenimiento»?

—Lo entiendo. —Me resigno—. Y no, no creo que la pirámide de Maslow, la teoría sobre las necesidades humanas, pueda aplicarse en mi caso. Aunque he visto que sí puedo hacerlo con la gente de alrededor.

—¿Qué diferencia hay entre usted y los demás? ¿Qué nivel no persigue usted?

—El número tres —Uno. Dos. Tres—, el social. No necesito sentir apego, vincularme a nadie ni pertenecer a ningún grupo. Prefiero estar solo.

Antonio se queda en silencio y después interrumpe el hilo de nuestra conversación:

—¿Conoce la teoría de las múltiples inteligencias de Gardner? —Antes de oír mi contestación a esta nueva pregunta, vuelve a hablar—. Está bien, hemos terminado por hoy.

Miro el reloj, llevamos veinticinco minutos de consulta. De nuevo, acabamos antes de tiempo. Me da la mano y repite que no me cobrará de más. Quedamos para la semana que viene.

Sé lo que está haciendo. Me da la información sin detallar para que busque respuesta a mis preguntas en las fuentes que yo considere fiables. Sabe que me fío más de mí mismo que de él. Prefiero buscar por mi propia cuenta a escuchar la cháchara de un psicólogo. Lo peor de todo es que su manipulación funciona aun siendo yo plenamente consciente de ello. ¡Qué listo es el condenado!

Antonio me ha ofrecido un nuevo campo que investigar: ¿tengo necesidades sociales? Postulo que no. Rotundamente no. No preciso de relaciones sociales para que mi vida sea perfecta. Y para demostrarlo voy a aceptar la oferta de Natalia y la acompañaré a su chabola: allí aclararé que no necesito nada de eso y que las relaciones me son más molestas que útiles. ¡No hay mejor prueba para demostrar que no tengo necesidades sociales que la de pasar cuarenta y ocho horas seguidas con la misma persona! Seguro que lo paso fatal. Acabaré deduciendo que, en definitiva, soy un lobo solitario.

Me sale una pequeña mueca de preocupación porque: ¿ha provocado Antonio que acepte el plan del fin de semana? ¿Ha apelado a mi vena científica-experimental? ¿Cómo lo iba a hacer sin ni siquiera saber con seguridad que hablaba de mí mismo? No, no puede haber tenido nada que ver en mi decisión… No sabía que «mi amigo» tenía un plan para ir al lago el fin de semana… seguro que no ha tenido nada que ver… Lo dudo, no creo que sea tan listo. ¿No?

33

Antonio me está presentando un montón de información, pero de origen arcaico, es decir, de la psicología clásica. Aunque nunca antes había encontrado utilidad a estas teorías, en realidad son perfectas para categorizar la información, que es lo que yo necesito, archivarlas en cajones. Cuando algo se puede archivar por categorías significa que es bastante tangible. Nada de ilusionismo o adivinación, sino palpable y evidente. Solo si se puede meter en un cajón.

En la última consulta me habló de la teoría de Gardner. Dice que no existe una sola inteligencia. Existen nada más y nada menos que ocho:

1. Inteligencia lingüístico-verbal: esta capacidad en concreto implica comprender, escribir, hablar y escuchar. Creo que se me da bastante bien la inteligencia número uno. Soy buen comunicador. Nunca me ha temblado la voz. Respecto a escribir, siempre he sido perfecto en ortografía y gramática. Si el tema me interesa, tengo algo que aprender y no se trata de soportar a imbéciles soltando tonterías, soy perfectamente capaz de escuchar.

2. Inteligencia lógico-matemática: la gente que tiene habilidad para esta categoría resuelve extraordinariamente rápido los proble-

mas. Manejan múltiples variables y crean diversas hipótesis que se evalúan sucesivamente para rechazarlas o aceptarlas. De esto voy sobrado. La inteligencia número dos también se me da bien. Dos de dos… Este Gardner empieza a gustarme.

Junto con la inteligencia lingüística es la base del cálculo del cociente intelectual (CI). La inteligencia en bruto. Ya me hicieron un test de cociente intelectual y mi puntuación fue más que alta.

Para hacerse cargo de una situación concreta, los demás necesitan escuchar durante veinte minutos aquello que mi cabeza crea en menos de un segundo. Me fastidia dar explicaciones. Deberían simplemente fiarse de mí. Saben que soy cuantitativamente más listo (lo dice el número de un test), por lo tanto, si es que son capaces de contar, deberían tener fe en mí.

Esto me recuerda, y no me gusta, que el asesino que ando buscando cree que tiene incluso más razón que la ley para decidir quién vive y quién no. Yo también opino que no tengo por qué dar explicaciones ante nadie y creo que la gente que ha elaborado las leyes es menos lista de lo que lo soy yo, así que debería poder actuar a mis anchas. Más datos «autoincriminatorios»… A mi favor diré que, en la realidad, no fui capaz de portarme con la valentía apropiada con Enrique. Fui un cobarde y agaché las orejas ante las obsoletas normas que rigen mi profesión. No como Natalia, que se portó con coraje.

De nuevo, un pensamiento que no reconozco como mío propio me invade, como si alguien estuviese dentro susurrándome: ¿y si la frustración al verte como un cobarde te hizo explotar? Por fin decidiste hacer lo que tú considerabas correcto.

Entonces, maté a Enrique por esta razón.

No.

3. Inteligencia espacial: relacionada con el hemisferio derecho. Sin problemas en esta categoría. Siempre se me han dado bien los mapas, la observación visual, la orientación y juegos como el ajedrez.

4. Inteligencia musical: sí, creo que sé elegir una buena can-

ción. Mi madre, ya de pequeño, me mostró lo delicioso que era Mozart. Nunca se me ha dado bien cantar, pero sí tocar el piano; tuve que dejarlo, no íbamos muy boyantes de dinero. Ahora que leo a Gardner pienso que tal vez podría reanudarlo. Para fortalecer la inteligencia número cuatro.

Siempre escucho música clásica e incluso *jazz,* estoy seguro de que las melodías crean en mi cerebro conexiones sinápticas nuevas. De la misma manera, estoy convencido de que la música pop y otras tontadas que escucha la gente de ahora mata las neuronas. Una masacre.

Bueno, voy por cuatro de cuatro inteligencias… Gardner es un genio.

5. Inteligencia corporal-cenestésica: habla de poder utilizar el cuerpo para expresar emociones (chorrada monumental), competir (deportes) o crear (artes plásticas). Bueno, a mí lo de expresar emociones bailando y esas ñoñadas no me parece significativo. Creo que el objetivo principal de esta inteligencia deber ser el de poder usar el cuerpo como herramienta para lo que te propones, y en eso soy diestro, además de lo mucho que practico deporte.

Tengo que decir que, para ser cirujano y utilizar el escalpelo con precisión, es necesario manejar esta inteligencia a las mil maravillas, y yo… debí ser cirujano…

Siempre se me ha dado bien construir maquetas, por ejemplo. Tenía buen pulso. Recuerdo que de pequeño tenía un tren eléctrico. Edifiqué toda una ciudad llenándola de detalles para que el tren tuviese su recorrido; pasaba por diferentes niveles de dificultad. Era mi mayor pasatiempo. Oír el ruido relajante de la maquinaria, observar el uniforme del conductor y su visera, anticipar el recorrido de las vías y elaborar trayectos más complejos… En ocasiones, mi padre se acercaba a ver qué estaba haciendo, pero siempre acababa molestándome. Para él no era más que otro juego, y no llegaba a comprender la delicadeza de la tarea: la sensación de confort que me producía que el tren girara y girara con movimientos pendulares y repetitivos, que frenara cuando debía y que el engranaje resultara gracias a mi intelecto. Él menospreciaba el juego; bueno, en realidad, no lo comprendía, una razón más para separarnos.

Excepto la memez de expresar emociones a través del cuerpo (no creo que Gardner hablara en serio de esto), todo lo demás se me da estupendamente. ¡Cinco de cinco!

6. Inteligencia naturalista: capacidades como la observación de la naturaleza y su conservación… Soy consciente de todo el tema del calentamiento global e incluso me preocupa. Pero no reciclo. Creo que es una pérdida de tiempo. No porque la situación no esté lo suficientemente grave ya, sino porque no me fío ni de mis vecinos ni del Gobierno para hacer la adecuada clasificación de la basura. Si fuera algo que pudiese controlar yo mismo, lo haría. Y hombre… yo creo que sé diferenciar un pájaro de un rinoceronte y una margarita de un ser humano apestoso… vaya chorrada de inteligencia. Seis de seis…

7. Inteligencia intrapersonal: acceso e identificación de todas esas gilipolleces emocionales, sentimentales e internas de una persona. Vamos, saber identificar las emociones en uno mismo. Si algo se me da bien es no dejar que todo ese barullo interior nuble mi racionalidad… Tengo las emociones bien guardaditas. ¿Se refiere a eso? Así que supongo que también domino el número siete.

La inteligencia intrapersonal, al hacer que te comprendas mejor, facilita que puedas trabajar contigo mismo. Confirmado. Se me da bien. Lo que yo odio es trabajar con el resto de zoquetes. Por todo esto, también soy el rey de la inteligencia intrapersonal. ¡Gardner! ¡Siete de siete!

8. Inteligencia interpersonal: vaya. Esta es la capacidad para poder comprender los estados de ánimo, las motivaciones e intenciones de los demás. ¡Pero qué gilipollez! ¿Cómo va a ser un tipo de inteligencia que un ser superior intelectualmente pueda rebajarse a

comprender a gente más estúpida que él? ¿Qué clase de inteligencia sería? ¿Qué clase de lógica tiene? No es cuestión de capacidad intelectual, es cuestión de interés. ¡ME ABURRO! No es que no sepa relacionarme con los demás... ¡Es que no me da la gana perder el tiempo! Si quisiera, podría relacionarme a las mil maravillas, ¡PERO NO QUIERO!

Repito... si quisiera... podría. Y de hecho... ¡¡¡lo voy a demostrar!!! ¡Esto va a ser un ocho de ocho, Gadner! Aceptaré la invitación de Natalia para pasar el fin de semana con ella. Cuarenta y ocho horas en contacto con un individuo agrupado dentro de la categoría «los demás». Obtendré éxito y demostraré que, si quiero, puedo relacionarme satisfactoriamente.

Ya tengo otra «excusa» para aceptar el fin de semana en el lago.

1. Demostraré que soy capaz de compartir mi tiempo con otra persona para confirmar que dispongo de la inteligencia número ocho.

2. Aclararé que, a pesar de poder hacerlo, no necesito nada de eso: me gusta estar solo. No dispongo de la necesidad (según Maslow) de tipo social y por ello su pirámide no puede aplicárseme a mí mismo, como le dije a Antonio. Siempre tengo razón.

Me rasco la cabeza, después la tripa... porque... cada vez tengo mayor sensación de que Antonio se ha entrometido. ¿Me ha impulsado a decidir que sí al fin de semana en el lago? No, que no puede ser tan listo.

FIN DE SEMANA EN EL LAGO: VIERNES

Vamos por la autopista camino de la «cabañita feliz» de Natalia. Nada más terminar de comer nos hemos puesto en marcha, hay tres horas hasta la dichosa «choza veraniega del arco iris». Se siente algo de tensión en el coche: ambos sabemos que es un momento importante.

No dejo de pensar en las enseñanzas del señor psicólogo. Antonio me pidió que expusiera un ejemplo práctico de una situación en la cual no entendiese a alguien. En cuanto formulé las palabras «mi amigo ha conocido a una chica», cambió el hilo de la conversación.

Observo a Natalia, que baja un poco la ventanilla del coche. Quiere refrescarse. El sol le da en la cara y el viento le despeina un mechón de pelo. No me gusta que se desordene.

Me despisto del hilo de mis pensamientos. Céntrate. Vuelvo a mirar a la carretera. Creo que Antonio intuyó que «ese amigo» era yo mismo. Se piensa que tengo un lío de amores… por Dios… los líos de amores no son líos, al menos no líos importantes. Pero vamos, que esto no es un lío… como digo… todo lo que pueda sentir hacia Natalia tiene su explicación biológica. Incluso Maslow debió darse cuenta de que el nivel de necesidades sociales en realidad se explica mediante el nivel de supervivencia (reproducirse). En este caso, el lío de amores… (que no es un lío) responde a la necesidad

237

de perpetuar la especie con un espécimen sano y fuerte que procure que mis descendientes tengan más oportunidades para sobrevivir. Me relaciono con Natalia para tener mejores genes con los que mezclar los míos.

Las tortugas ponen miles de huevos en la arena y cuando las crías nacen deben recorrer una larga y peligrosa distancia hasta el mar. Durante ese trayecto las gaviotas están alerta y se comen a la mayoría de las tortuguitas. Digo yo que si una tortuga veloz hace el amor con otra tortuga rápida, las crías de estas tendrán más posibilidades de sobrevivir. Eso es lo que ocurre con Natalia: está físicamente en forma, es bonita, más inteligente de lo que acostumbro a ver y alegre. Mi instinto de supervivencia de la especie hace que quiera arrejuntarme con ella. El amor es una pantomima y una ilusión causada por las telenovelas y los globos rosas.

Antonio volvió a cambiar el tema hacia las inteligencias de Gardner, zigzagueaba con la conversación. Trabajaba con la hipótesis de que yo tenía dificultades en el amor (qué triste hubiera sido acudir a una consulta psicológica empujado por eso) y cree que no dispongo de la inteligencia número ocho, que no sé relacionarme. Verá, este fin de semana en el «lago de los unicornios» lo corroborará: tengo ocho de ocho inteligencias, Antonio.

Si ahora mismo me fijo en cómo el viento mueve el pelo de Natalia, si sus labios me parecen tenues y rosados, su escote acogedor, su sonrisa alentadora y su conversación interesante es porque me quiero aparear con ella. No dejaré que mis hormonas obnubilen mis pensamientos. Si me quedase sin Natalia… Cuando Natalia descubra cómo soy, en este fin de semana en el que vamos a tener que compartir prácticamente la totalidad del tiempo, tal vez decida marcharse. Si ahora ella quisiera coquetear con otro primate… o si le dejara de interesar el despliegue de mis plumas reales… No pasaría nada. Encontraría a otra hembra. O no, qué más da. No me dolería. Al menos no a mí, tal vez a mis instintos de procreación. No va a dejar mi corazón de latir cuando su coleta se aleje.

—¿En qué estás pensando? Estás muy callado —me dice.

—¿Por qué quieres ir conmigo al lago? —suelto.

—¿Es tu manera de preguntarme por qué me gustas? —Basándome en Gardner (aunque aún no he decidido si su teoría es adecuada), desconozco si Natalia tiene el resto de inteligencias, pero la interpersonal sí.

No contesto a eso, me siento demasiado incómodo, es como si pudiese leerme el pensamiento. Ella continúa mientras se toquetea el pelo.

—No pongas esa cara de susto. Me gustas —sentencia—. Entonces, te explicaré algo: cuando sientes eso por una persona, tienes ganas de estar con ella y acompañarla, por eso voy contigo al lago. Y debo avisarte —ríe disimuladamente—, yo sé que también te gusto, por lo que igualmente tienes ganas de estar conmigo y has aceptado acompañarme este fin de semana. Tranquilo, no te pediré que confirmes nada de lo que acabo de decir. A pesar de tus dudas, de tus dificultades para aceptarlo, estoy segura de lo que sientes por mí. Creo que tu «suprema» inteligencia —dice jugando con la palabra para divertirse— es capaz de seguir la lógica del discurso. Quedando esto claro, puedes olvidarte de responsabilidades afectivas respecto a mí, no soy de las que necesitan confirmación amorosa continua. Pásalo bien y actúa tal y como eres. Me gusta cómo eres.

Me he quedado petrificado. Por una parte me alivia lo que dice, no espera que la engatuse con muestras de amor o que haga tontadas ñoñas, por otra, me molesta que dé por hecho que me gusta. No existe otro motivo por el que pretenda estar con Natalia todo un fin de semana más que para darle en las narices a Antonio.

Salimos de la autopista y, tras media hora de paraje rupestre, Natalia me sugiere que deberíamos comprar alimentos para subsistir estos días.

En el pueblo, yendo hacia el supermercado más cercano, los vecinos la saludan. «¡Pero cómo has crecido!», le dicen. Se conoce que hace mucho que no viene por aquí, pero todo el mundo le guarda cariño. El pueblo tiene un aspecto árido y seco, como si fuera de otro tiempo y hubiese acumulado polvo, con un matiz nostálgico; incluso la población está cubierta de numerosas y viejas arrugas.

El supermercado no encaja con el alrededor. Tiene un estilo más moderno y un hilo musical actual.

—¿Y bien? ¿Qué te gusta comer? —pregunta.

—Lunes, miércoles y viernes como hidratos y pescado. El resto de días, verdura y carne: alterno el pavo y el pollo con el cerdo y la ternera. Pero supongo que lo que te interesa es conocer lo que como los fines de semana; los sábados verdura y pollo y los domingos soy algo más flexible, incluso me gusta probar comida de diferentes culturas: india, china, árabe... No repito al siguiente fin de semana, y el pasado pedí china, así que este no me toca. Ingiero nueces, almendras, arándanos, fresas y tomate a menudo. Son buenas para...

—¿¡¿Para el cerebro?!? ¿De verdad? ¿Me estás hablando en serio? —No entiendo por qué Natalia pone cara de incredulidad. Parece que acaba de ver un cerdo volando sobre una bicicleta y tocando una trompeta.

—¿Qué ocurre? Ah, no te alarmes, no me olvido de las tres piezas de fruta diarias.

—Vale, Manuel. Me ha quedado claro. ¿Y hay algún alimento en especial que te guste? ¿Con el cual disfrutes? No por sus propiedades nutricionales, sino por su sabor.

—No en especial. —Natalia suspira.

—Está bien, la compra la elijo yo —dice.

No sé por qué se ha escaldado tanto con mi lista de alimentación, aunque está ocurriendo algo que esperaba: ahora que me conoce mejor suspira profundamente, y no de amor.

—No sé... no sé si me siento muy cómodo si haces tú la compra... —Natalia coge una cesta. Tendrá o tendré que cargar con ella todo el trayecto. Es estúpido teniendo la opción de coger un carro con ruedas. Higiene postural y de carga… La espalda hay que cuidarla.

—Mira, déjate llevar. Permite que elija el menú que tomaremos este fin de semana. ¿Te parece un paso muy arriesgado? ¿Sigues negando que eres rígido, obsesivo y que no puedes ceder el control?

Reflexiono. No puede pasarme nada por comer mal un fin de semana. Aunque, si tuviese una enfermedad cardíaca incipiente, el colesterol extra de un solo fin de semana podría ser el detonante para que mi corazón dejara de funcionar. Vale, para ya. Estás poniendo en práctica tu capacidad de inteligencia interpersonal (la número ocho), debes demostrar que sí puedes relacionarte de manera exitosa con ella, así que para eso es necesario que te rebajes y flexibilices hacia una forma de decidir más tonta. Natalia únicamente se va a parar a pensar en «el gusto y el disfrute».

—Está bien —acepto. Aunque mi vida corra peligro.

Me dirijo hacia el pasillo que está situado más a la derecha. Natalia me indica que vaya por el del medio:

—Ven, las *pizzas* están por aquí.

¡Está loca! ¿*Pizza*? ¿Empezar la compra sin orden de pasillos?

—¿No crees que es mejor que vayamos en orden? —digo histérico. Pero no se me nota.

—¿Qué quiere decir eso de «orden»? Hoy vamos a cenar *pizza*. Vamos primero a por eso.

—Si comenzamos por el pasillo situado más a la derecha, y después los recorremos en orden hacia la izquierda, entonces haremos un proceso de rastreo pudiendo ver todo lo que el supermercado oferta. ¡No se nos olvidará nada de lo que necesitemos! Los productos frescos están situados a la izquierda, el frío durará más si los dejamos para el final.

—Está bien, haremos esto a tu manera —dice entre divertida y rendida.

Pizza, espagueti, salsa de quesos, bolsas de patatas y chucherías, hamburguesas, cereales de chocolate, natillas, helado de chocolate, alcohol… me estoy poniendo blanco.

—Veo que te está costando más de la cuenta esto de dejarme hacer a mí la compra —dice Natalia—. Voy a darte tregua y a proponerte algo: hoy cenaremos *pizza*. —No sé de qué manera podría contener esa frase ninguna propuesta saludable—. Compraremos la masa y cada uno hará la suya con los ingredientes que quiera. Después los dos probaremos ambas *pizzas* y decidiremos cuál está más rica.

—¿Tengo que darte de la mía?

—Sí.

—¿Y tú me darás de la tuya?

—Sí. —Se tapa la boca para reír.

—No lo entiendo. Si cada uno la va a hacer a su gusto, ¿para qué compartir? —Ahora carcajea, pero yo estoy hablando muy en serio.

—Es un juego, Manuel. ¡Un concurso! —Se le escapa la risa del todo.

Vale, entiendo. Esto no es alimentación, es ocio. Sigo sin comprender su lógica. ¿Por qué jugar con la comida? Ya que tengo que socializarme, voy a dar gracias a que por lo menos mi *pizza* contenga anchoas con su omega tres y sus beneficios sobre el colesterol para contrarrestar el beicon de la suya.

Nos separamos para que cada cual compre sus ingredientes. Voy a ponerle absolutamente todo lo que se me ocurra que pueda ser más o menos saludable: atún, berenjena, anchoas, dos o tres aceitunillas tampoco están mal, cebolla y tomate. ¿Qué hago con el queso? Normalmente es un alimento beneficioso, pero con gran cantidad de grasa; si tengo en cuenta que Natalia le echará puñados a su *pizza* y que yo me tengo que comer la mitad… Mejor no poner queso en mi receta. Así, de alguna manera, equilibro. Me cruzo con Natalia cuando voy a por la cebolla, hace como que esconde sus alimentos, como si yo fuera un espía que quisiera robarle información confidencial. Es una estupidez, pero su cara me hace gracia y sonrío. Cerca está la fruta, así que aprovecho.

—¿Vamos a comprar fruta?

—No pensaba. Para dos noches que vamos a estar…

¡¡¡¿¿¿Un fin de semana sin comer fruta???!!! Lo ha dicho con cierta socarronería, creo que me está poniendo a prueba. Tendré que ponerle piña a la *pizza*. De repente, al ver un cartel de oferta, se me ocurre algo. La oferta descuenta un euro si compras medio kilo de fresas con su bote de nata.

Como bien he deducido antes, estamos practicando ocio, no alimentación.

—¿Y si compramos unas fresas y un bote de nata? —procuro decirlo de manera seductora. ¡Qué digo! Parezco ñoño del todo, un cliché, pero ¡quiero comer fruta, joder!

Natalia se ha ruborizado, asiente con la cabeza mirando al suelo con una picaruela sonrisa y se aleja. Le he ganado esta batalla, y no me parece mala idea cubrir su cuerpo de nata y lamerlo. Aunque la mejor idea de todas es que tendré la vitamina C de las fresas recorriendo mis venas.

Ya he conseguido coger fruta, voy a intentar quitar azúcares y añadir fibra a nuestra dieta. En un momento en el que veo el carro a solas, cojo la caja de cereales de chocolate y la cambio por los que habitualmente como: integrales. No creo que se dé cuenta hasta mañana por la mañana, y ya será tarde.

Una vez que hemos terminado, en el cajero procuro distraerla en el momento justo en el que van a cobrar los cereales, pero no lo consigo:

—¡Me has cambiado los cereales! ¿No habíamos quedado en que yo haría la compra? Ya veo que no eres capaz ni de delegar ni de flexibilizar, supongo que esa área cerebral la tienes atrofiada, muerta del todo. No pasa nada, lo compensas con el resto del cerebro…

—Me da palmaditas en la espalda como si consolase a un tonto.

Me ha pillado. Esto es como lo del bocadillo de chorizo. «No lo hagas, Manuel, no la dejes, no puedes dejar que te manipule», pienso mientras voy a coger de nuevo los cereales de chocolate... ¡Mierda, otra vez! Ya lo ha conseguido, voy como un idiota hacia una fuente de azúcares y grasas con la voluntad totalmente anulada por una insensata mujer. ¡Es que me da tanta rabia que piense que no sé flexibilizar! ¡Que no soy capaz de usar una de las funciones cerebrales superiores y adaptarme a los cambios!

Subimos al coche y volvemos a ponernos en marcha. Nos sumergimos en un bosque de pinos a lo largo de un camino de tierra. Conducimos durante unos veinte minutos más y descubrimos la cabaña de madera. Es coqueta por fuera, pero suficientemente grande por dentro. Tiene un viejo porche al que solo le falta una silla-hamaca para completar un puzle rupestre perfecto.

Natalia pone en marcha el gas, el agua y la luz. Recogemos la compra, abrimos una botella de vino blanco y empezamos a preparar la cena. De fondo suena un disco de *jazz*.

Cada uno está absorto en su masa de *pizza*. Mientras cocino puedo ver cómo Natalia mueve el culo al son de la canción. La cadera se balancea y el resto del cuerpo la sigue mientras un saxofón aligera la escena. Me gusta el *jazz*. Necesito la albahaca fresca que he comprado y me doy media vuelta para abrir el frigorífico. En ese momento, Natalia necesita la cebolla, que también está en la nevera.

—¿Qué tal va tu *pizza*? —me dice. Su boca está muy cerca de la mía y sonríe. Con esos labios etéreos.

—Bien.

—¿Está «sana» tu *pizza*? —Se carcajea. Pero me enfado—. Venga ya, no te enfurruñes. —Sigue balanceando su cuerpo. Levanta sus brazos y se pone una coleta. Ha llegado antes que yo al frigorífico y no me deja abrirlo.

—Iba a... —me quejo.

—No te voy a poner las cosas fáciles. Eres mi contrincante, ¿recuerdas?

—Está bien, aparta. Voy a coger la albahaca —digo algo arisco. No me gusta perder ni a las tabas.

Natalia dice que no con la cabeza mientras se coloca entre el frigorífico y yo. Sonríe y me bloquea el paso. No entiendo cómo esta mujer puede sonreír siempre, por muy arisco que yo me ponga. Canturrea la canción que suena y empieza a bailar cada vez más cerca. Se coloca de espaldas a mí y apoya sus manos sobre el frigorífico, empujando hacia él, como si lo cerrara con mayor fuerza. Si quisiera coger mi albahaca tendría que empujar mi… contra su culo, que se mueve en círculos que fuerzan el límite articular. Vaya, solo de pensarlo mi polla ya va por su cuenta. Natalia sigue bailando con gracia. Apoyo mis manos sobre su cadera, fingiendo que quiero retirarla cuando en realidad quiero empujarla contra la puerta del frigorífico.

—¿Me has manchado? —pregunta y recrimina.

La verdad, tenía las manos llenas de harina y ahora he dejado la huella sobre su cuerpo.

—Sí, lo siento, pero es que no te quitas del medio. ¡Quiero coger la albahaca!

—No me importa. De hecho, prefiero que me manches.
—¿Cómo?

Natalia se quita la camiseta, coge un poco de harina con sus propias manos y se la extiende por la piel. Me acerco, ya no pienso en otra cosa que en acostarme con ella, pero me paro en seco ante su horripilante propuesta:

—Tendrás que mancharte tú también si quieres…

¡Basta de juegos! La cojo con brusquedad, me dan igual sus normas. Ella suelta un pequeño gritito del susto. Le quito el sujetador, los pantalones y las bragas y la subo sobre la encimera… Se suponía que debía amasar la *pizza,* pero nos rodeamos de harina y el polvo queda en mis manos mientras las deslizo por su culo, por su tripa, por su pecho… Así que, en realidad, estoy amasando su culo. Ahora grita, pero no de susto. Me quita el cinturón. Se me caen los pantalones y me abraza con fuerza mientras me abalanzo sobre ella.

—Manuel, tu *pizza* es una mierda —dice Natalia mientras intenta quitarse el sabor con una copa de vino. Ahora está vestida. O casi—. El objetivo era hacerla más rica que tu oponente, y tú has mezclado la piña y la berenjena con las anchoas.

—Tienes razón, está asquerosa.

FIN DE SEMANA EN EL LAGO: SÁBADO

Nos hemos levantado con tranquilidad, sin despertador. De manera natural, con la luz que se filtra por la ventana. Los cereales de chocolate están ricos, claro, pero no puedo evitar imaginarme cómo el azúcar martillea mis dientes y mi salud.

Tenemos pensado hacer una caminata por el bosque, rodear el lago y comer en un pequeño merendero. Preparamos unos bocadillos, para eso eran las hamburguesas. Por lo menos, haré algo de deporte.

Andamos durante aproximadamente una hora y media. La conversación fluye sin problemas. A veces sobre temas filosóficos, otras sobre series de televisión.

A eso de la una y media paramos en el merendero. Miro las mesas de madera con escepticismo. Vete a saber cuántos bichos han cagado encima. Coloco la servilleta como si fuera un escudo.

Mientras devoramos el bocadillo, Natalia me pregunta:

—¿Y qué vamos a hacer para resolver los asesinatos? —Tiene un bolo de comida en la boca y habla con dificultad, no puede esperar a tragárselo—. ¿Has llegado a alguna conclusión? ¿Hay algo nuevo?

—Bueno, tal vez tenga una nueva sospechosa: Camino.

—Si te digo la verdad, no me sorprende demasiado —dice con

el bolo de comida ya ingerido—. Pensé que podía tener algo que ver con la fuga de Enrique. Era su vecina, lo acompañó hasta la consulta… debía estar al tanto de su situación. ¿Pero de qué manera está relacionada con el señor González?

—Camino y la señora Bermejo son muy amigas y quedaban habitualmente para merendar con Enrique. Su relación con el señor González es vaga, a través de la señora Bermejo, pero suficiente para mí.

—¿Y qué podría motivarla para matar al señor González? ¿Qué podría motivar al asesino para matar a ambas personas? —pregunta Natalia con agudeza.

—Tienes razón, deberíamos intentar reflexionar sobre lo que empuja al asesino a actuar como lo hace… ¿Qué cosas coinciden en ambos asesinatos?

—Las dos muertes pretenden simular un suicidio.

—Exacto. Y está claro que el asesino cree que ambas víctimas merecían morir, se rige por sus propios motivos morales. Entiende que está haciendo el bien. Es decir, el señor González maltrataba a su mujer estando embarazada. La vida de dos personas corría peligro. También vapuleó a un niño a patadas. No era una buena persona. ¿Merecía morir? En el caso de Enrique, estaba sufriendo y deseaba acabar con su vida… ¿Merecía morir?

Se hace el silencio. Un buen rato. Hasta que Natalia, con cierto tono asustadizo, lo rompe:

—Tengo que confesarte algo. —Coge aire—. Yo misma considero que ambas víctimas están mejor muertas.

Dudo de si debo contestar a eso, no puedo aceptar que comparto su opinión porque no puedo ofrecer más pistas que me señalen como sospechoso. Si algún día alguien le ofrece datos a Natalia que me acusen, no quiero que añada esta conversación al puzle.

—El asesino debe opinar de la misma manera que lo haces tú. Considera que es un justiciero, que está obrando bien —señalo.

—¿Me estás comparando con él? —Natalia se defiende, enfadada. No me queda más que sincerarme.

—De ninguna manera. De pensar a actuar hay un gran paso. No olvides que yo también me he señalado como posible asesino, así que tu opinión sobre estas muertes no me parece descabellada. Puede que el mundo esté más equilibrado desde que ambos murieron.

—Y he confesado.

—Ya estás de nuevo. No puedo creerme que sigas pensando que tú pudiste tener algo que ver. Lo recordarías. ¿Acaso no zanjamos el tema cuando rompí el pósit con tu nombre?

—Bueno, las pruebas...

—¡Ni pruebas ni mierdas! Manuel, algo te pasa. Tú sabrás si lo hiciste o no. Algo escondes. La mayor prueba que existe es tu propio testimonio. ¿Qué ocurre? —Me ha acorralado.

Le cuento lo de los dos episodios amnésicos. No sé ni por qué. Ella se paraliza un instante, su cara queda pálida, pero reacciona a tiempo para consolarme.

—Tranquilo. —Me acoge con el brazo—. Una de las noches ibas borracho, esas cosas ocurren. En la otra, estabas conmigo.

—Te recuerdo que hubo un momento de la noche en el que desaparecí.

—Bueno, no creo que fuera durante mucho tiempo, me habría dado cuenta. De verdad, Manuel, eres un buen hombre. Jamás matarías. —Algo me impide contarle lo de las sangrientas pesadillas, se asustaría... Se alejaría de mí. Aunque me ha visto padecerlas, no conoce su contenido. Un contenido que también me asusta a mí mismo.

Hace calor y sus mejillas se han quemado ligeramente, está bonita. Su coleta se mueve debido al viento, chocando contra su hombro una y otra vez. Mira hacia el horizonte y sigue hablando:

—Centrémonos en el resto de sospechosos. ¿Qué movería a la señora Bermejo a matar? Personalmente, la veo como primera sospechosa. Es decir, tiene su lógica. Una madre mataría por su hijo, incluso ella misma así lo transmitió. Puedo entenderlo. Y eso tal vez fuera impulsivo, no meditado. Después puede haber perdido la cordura, eso de matar debe afectar. Cree que debe hacer el bien, piensa que se ha convertido en una especie de justiciera y le está dando significado al primer asesinato con el segundo, siguiendo con su trabajo de heroína (esta vez por compasión), adoptando un nuevo papel en su vida que dé continuidad y sentido a ese primer homicidio. Sin embargo, no tiene tanto sentido que Camino empiece a matar de primeras a quien agredió al hijo de su amiga (no tenía tantos motivos para ello) y después a su vecino (una situación que le tocaba de cerca, algo visiblemente más íntimo). ¿Alguna de las dos estaba enamorada de Enrique? Debemos tener en cuenta el factor amor, siempre está metido de por medio.

—No tengo tan claro eso del amor…, pero me parece interesante la lógica que planteas, que el primer asesinato moviese al segundo. Tiene sentido. —Natalia cada vez me sorprende más—. Pero puede ser que se nos escape algo. Tal vez haya más asesinatos que aún no hemos relacionado. ¿Recuerdas alguna otra muerte que haya acontecido hace poco?

Los dos volvemos a quedar en silencio. El sol pega con fuerza y, la verdad, es una sensación agradable. Sin embargo, escondo mi cara, no quiero arriesgarme a un cáncer de piel. Los pájaros pían y vuelan sobre nosotros. Seguramente, cuando nos planean, excretan gérmenes o mierda. La naturaleza es inspiradora, pero a mí me está distrayendo.

—¡¡¡Sí que ha habido otra muerte recientemente!!! —Tras pronunciar estas palabras, Natalia se queda sin respiración, como si estuviese dando un repaso a lo que piensa. Por fin se centra y, agarrándome fuerte el brazo (tanto que me hace daño), resuelve—: ¡El marido de María Ángeles!

—No entiendo de qué manera podría estar relacionada esta muerte.

—Piénsalo un momento, su marido tenía cáncer y estaba terminal. Por eso María Ángeles pidió la jubilación anticipada, para acompañarlo hasta el final de su vida. Según me dijeron murió de un día para otro. Una noche, acompañado por ella. ¿Y si lo mató por compasión? ¿Y si ejerció su propia justicia? Conocía el maltrato que sufría Daniela y la situación personal de Enrique, y conoce a Camino. Podrían haberse mantenido en contacto, Camino habría podido tenerla informada sobre las novedades.

—¿Consideras que María Ángeles pudo pedir la jubilación anticipada para despedirse de su marido, acabar con su vida y que el proceso la trastocó de tal manera que acabó haciendo de superheroína oscura con el resto de casos también? Pero la cronología no encaja, su marido fue el último en morir.

—Sé que parece rebuscado, pero no lo descartaría. Debemos tener en cuenta que las tres muertes comparten el factor «compasión», esa complejidad moral. María Ángeles había planificado la muerte de su marido, y aunque todavía no había llegado el momento, la simple carga de tener que hacerlo pudo trastocarla. Tal vez se estrenara con estos dos casos. Es más fácil matar a alguien prácticamente desconocido que a tu propio esposo. Tal vez ella también adoptó ese papel de justiciera del que hablamos, para darle sentido a todo. O tal vez no le cueste matar…

—Tienes razón, no es del todo descabellado. La muerte de su marido encaja en el perfil.

—Sin embargo, me cuesta ver a cualquiera de las tres mujeres matando a un ser humano. Alguna de ellas debe ser una buena actriz, y muy hábil. —Natalia se atreve a sonreír ante el comentario.

—Con Enrique y el marido de María Ángeles el acto de asesinar habría sido sencillo. Ambos estaban enfermos y deseaban morir. Sin embargo, para matar al señor González habría hecho falta fuerza, debieron enfrentarse.

—Se me ocurren dos explicaciones posibles a ese dilema. —Vuelve a serenar su semblante, se concentra en lo que va a decir y sus eternas pestañas también—. Quien matara al señor González pudo drogarlo y ahogarlo en alcohol, así sería un blanco fácil. Debería tener conocimientos médicos, lo que nos señala a María Ángeles. La segunda opción es que las tres mujeres estuvieran implicadas. ¿Acaso podemos descartar eso? Unidas tendrían más fuerza y cada una su propio motivo personal.

Madre mía, Natalia tiene una gran capacidad asociativa. Sus deducciones son poco analíticas, pero desde luego muy holísticas. De repente se me ocurre besarla en la mejilla. No le sorprende el gesto, solo sonríe con mayor amplitud, pero es la primera vez que lo hago.

A lo largo de la conversación no solo hemos añadido un nuevo sospechoso a la lista, también una nueva víctima y un posible plan compuesto por tres homicidas.

—Tenemos que buscar coartadas. Hablaré con María Ángeles, a ver si puedo sacarle algo, nos conocemos desde hace tiempo.

Terminamos de comer y volvemos hacia la cabaña totalmente implicados en la conversación sobre los asesinatos, haciendo hipótesis sobre las posibilidades, sobre las formas de matar... Me gusta la conversación, me produce un cosquilleo excitante, ya que la muerte me atrae de alguna manera. A su vez me relaja que Natalia descarte cada vez más mi implicación. Este fin de semana me ha venido bien.

Llegamos a la cabaña sobre las cuatro del mediodía. Nos duchamos y nos ponemos el pijama para tumbarnos en el sofá a descansar las piernas. Natalia pone una película. No es nada romanticona, trata sobre la autodestrucción del mundo en una época futurista. En el sofá no nos colocamos ni muy cerca ni muy lejos. Nuestra intimidad física habitualmente se basa en pequeños gestos puntuales y cuando nos acostamos. Ella come patatas de bolsa y helado de chocolate. No sé cómo puede tener ese cuerpazo con la cantidad de tonterías no nutricionales que ingiere.

Al atardecer, bastante temprano, comenzamos a cocinar. Según ella, espaguetis a los cuatro quesos. Otra vez grasa e hidratos por la noche. Menos mal que mañana ceno en mi casa.

Al terminar salimos a pasear bajo la oscuridad de la noche.

Cerca de la cabaña está el lago, y desde la orilla sale una tarima que acaba en un pequeño resguardo, una caseta en medio del agua. En su interior se balancea una pequeña hamaca de madera, nos sentamos en ella. La luna se refleja en el lago. Parece otro cliché, pero, al verlo, resulta realmente hermoso, y me deja una gran sensación de paz. Como si fuera posible que yo dejara de pensar por un instante.

—¿Natalia, tú siempre estás pensando? —pregunto.

—¿Qué quieres decir?

—¿Hay algún momento en el que tengas la mente en blanco? ¿Eres capaz de apagar tus pensamientos? ¿Oyes silencio?

—Creo que nunca. Pero me gustaría hacerlo. ¿A ti?

—No lo sé. No creo —reflexiono.

—¿Crees que serías más tonto si apagaras tu racionalidad por un momento? ¿Si te desenchufaras? —Puede. Pero no voy a admitirlo—. Yo creo que la capacidad de dejar la mente en blanco sería una virtud más.

Lanzo una piedra al lago. Yo nunca he querido silenciar mi racionalidad. ¿Quién sería si lo hiciese? ¿Quién sería sin mi inteligencia? ¿Quién, *pensamiento intruso*, sería sin el control?

—¿Siempre estás planificando? —ahora pregunta ella.

—No me cuesta esfuerzo.

—¿Una persona tan curiosa como tú desconoce qué es la espontaneidad? ¿La libertad de acción? ¿No te gustaría experimentarlo? ¿Comprenderlo? ¿Ampliar tu conocimiento?

—Eso es estúpido; no te ofendas, pero todo acto está premeditado. —De repente me vienen a la cabeza las veces en las que he perdido la memoria. Esos extraños episodios amnésicos no parecen premeditados. Ni planificados.

—Podríamos hacer un ensayo: pierde el control —me sugiere.

—¿Cómo dices?

—Ahora. En este momento: pierde el control. Hazte un poco «el loco». No sé… No pienses, haz. —Ríe, y yo también. Hasta que recuerdo lo que me contó sobre aquella noche que la puse sobre la lavadora. «No parecías tú. Estabas un poco loco», me dijo.

—Contigo ya he perdido el control muchas veces, me he dejado llevar... —comento.

—No es cierto, no lo olvides, en esos momentos era yo quien te controlaba, quien te manipulaba. —Guiña un ojo.

Tiene razón la muy pécora. Sonrío y lanzo otra piedra al lago mientras digo:

—Cada acto tiene su deliberación previa. Es imposible no planificar cualquier cosa, por muy escueta que sea, siempre acabas decidiendo tú mismo. Menos en los reflejos, claro. —Natalia queda pensativa. Está guapa de noche.

—Entonces, haz algo absurdo. Algo extraño. —No sé ni en qué idioma habla esta mujer.

—Ponme un ejemplo.

—Si lo hago, te estaré guiando, y no serás tú quien esté planteándose una locura, sino yo... ¿No querrás que vuelva a controlarte, verdad? ¿No tienes ganas de sentir, por una vez, una máxima libertad? ¿De improvisar? ¿De olvidarte de lo coherente para experimentar y descubrir?

No sé por qué... Tal vez una inteligencia muy arcaica en mí, una parte antigua, reconoce las palabras de Natalia. Me recuerda a la emoción vivida en las pesadillas. Es eso, el descontrol, lo puedo identificar: una sensación de vacío al que saltar y explotar. Ganas de correr, ganas de volar. Dejar de ser, de existir en el mundo de los pensamientos y dejarse ser. Respirar y decir «aquí estoy yo, y así soy». Me gustaría sentir algo nuevo, una pérdida de control, un despliegue de color y notas musicales. Romper la noche con algo que nadie pueda ver, que yo no pueda reconocer en mí. Siento como si me desgarrase.

De repente cojo a Natalia en brazos y empiezo a correr. Ella ríe con un estruendo que salpica libertad. Cojo carrerilla y decido volar, saltar... me lanzo al agua. El agua me libera un segundo. Como cuando en un vaso de agua templada cae un hielo que se rompe. Una grieta.

Nado hacia Natalia y le quito la ropa. Ella intenta mantenerse a flote y no ahogarse por las carcajadas, que no le dejan coordinar ambas cosas. Yo también me quito la ropa y nos abrazamos bajo el agua. El frío pone la piel de Natalia de gallina y puedo sentir sus pezones al rozarla. Lleva la coleta, pero muy mal colocada. Hacia un lado y a punto de soltarse. Varios mechones le caen sobre la cara. No es exacto, pero no me importa. Puedo reírme de su pelo y de la estupidez que acabo de hacer. Como en las pesadillas.

FIN DE SEMANA EN EL LAGO: DOMINGO

La escasa luz nocturna alumbra la cara de Natalia. Es como si se concentrara para iluminarla a ella. Me cuesta dormir. Tengo una sensación pesada en el pecho, se acaba el fin de semana y tal vez pueda admitir que lo he disfrutado y que no puedo soportar la idea de que Natalia desaparezca. Sigo manteniendo que todo lo que me pasa tiene su explicación biológica, sexual o de supervivencia de la especie, sin embargo, quiero con todas mis ganas que Natalia sea la elegida. Mi hembra, sí... mi compañera.

Me asomo a la ventana. La noche es algo fría, pero sosegada a su vez. Mañana se acaba todo, recogeremos las maletas, nos montaremos en el coche y cada uno se irá a su casa.

Tengo que conceder una verdad: me da miedo que Natalia se aleje de mí. Y existen múltiples motivos que pueden hacerlo posible. Tal vez al conocerme mejor le deje de gustar, tal vez conozca a otro hombre que la atraiga más, tal vez en algún momento tenga que mudarse por alguna razón o cambiar de trabajo... Lo peor de todo esto es que yo no tengo voz ni voto en todos estos factores. Me siento impotente si se trata de poder mantenerla a mi lado, no puedo controlar que se quede conmigo. Y ODIO no controlar.

256

CONSULTA N.º 3

Antonio me ha hecho pasar a su despacho. Después se ha excusado diciendo que debía salir un momento y me ha dejado solo. Sobre la pared hay un reloj, torcido. El número once está donde se supone debería estar el número doce. No soy tonto. Sé por qué me ha dejado solo: quiere saber si voy a recolocar el reloj, si lo voy a poner recto y en su sitio. Quiere comprobar si soy obsesivo o rígido, si tolero la imperfección.

Llevo ya cinco minutos observando el estúpido reloj. Me molesta. No entiendo por qué tiene que estar torcido. Si decidiese recolocarlo no sería debido a que padezco un trastorno, sino porque no tiene sentido lógico que esté así. Para empezar, es más dificultoso saber qué hora es. Un reloj torcido no es tan útil como otro que no lo está, no es tan claro. Empleas más tiempo del debido en concretar la hora. Pierdes tiempo de vida en algo innecesario y vacío de productividad. Aunque solo sean unos segundos, sigue siendo más tiempo del debido.

Puedo ponerlo recto y darle en las narices a Antonio. Demostrarle que, aunque haya decidido colocarlo en su sitio, no tengo un trastorno obsesivo-compulsivo, sino que soy inteligente y facilito el uso más económico y funcional del reloj. Qué chorrada más grande intentar demostrar que estoy, *pensamiento intruso*, loco con un simple reloj.

257

Me levanto y corrijo su posición. Lo recoloco. Me vuelvo a sentar y Antonio entra a los pocos segundos. Seguro que me estaba espiando por un agujerito.

—Siento la tardanza, he tenido que atender una urgencia telefónica. —Sí, claro.

—No se preocupe —digo como si no pasara nada. A ver por dónde va el tío.

—¿Cómo le gustaría que empezásemos a trabajar? ¿Volvemos al ejemplo práctico que propuso el otro día? ¿El amigo que había conocido a una chica? —dice fingiendo de nuevo que no pasa nada.

—No. Casi mejor explíqueme por qué ha decidido ponerme una trampa, por qué ha dejado el reloj torcido. ¿Qué es exactamente lo que quería averiguar? —Antonio se gira, se detiene unos segundo en mirar el reloj que está a sus espaldas, después me observa detalladamente y cambia su postura, se inclina hacia atrás en su butaca. Yo creo que se siente incómodo, porque lo he pillado.

—Es interesante… —Se rasca la barbilla. Joder, cada vez me recuerda más a Freud.

—No tiene nada de interesante. Usted ha colocado el reloj así porque quería comprobar si yo padezco algún trastorno del tipo obsesivo-compulsivo. Y lo he recolocado para demostrarle que su prueba es estúpida, no es posible probar nada con semejante tontada. No tiene sentido que un reloj esté torcido simplemente porque es más difícil leerlo, se vuelve menos útil y eso no es inteligente, por eso lo he cambiado.

—Doctor Alarcón, ¿por qué cree usted que yo querría comprobar si usted padece un trastorno obsesivo-compulsivo?

Mierda. Tal vez Antonio ni supiese que el reloj estaba mal colocado.

—Por el reloj —digo sin mucho convencimiento. Me ha atrapado. Creo. Me ha acorralado, estoy seguro.

—¿Opina que yo podría sospechar que padece un trastorno del tipo obsesivo-compulsivo? ¿Acaso hay signos que lo sugieran? ¿Cree que podría padecer esta enfermedad? —dice don sabiondo manipulador—. ¿Contempla la posibilidad de que haya proyectado en el reloj una duda que usted arrastra?

No me apetece contestar a eso.

—Bueno, no es relevante. Le he contratado para hablar sobre mis dificultades para comprender los motivos que impulsan a los demás a decidir. Dejemos de hablar sobre mí.

—¿Acaso no quedamos en que era lo mismo? ¿En que conocer las necesidades de los demás impulsan a reconocer las propias? ¿En que el proceso también funciona a la inversa? ¿Lo ha olvidado?

—¡¿Puede dejar ya de bombardearme con sus preguntas, por favor?!—. El relacionarnos con los demás de manera asertiva nos hace comprendernos mejor a nosotros mismos. Utilizando a Gardner y sus ocho inteligencias, la inteligencia interpersonal influye en la intrapersonal. ¿Acaso no lo ha deducido? —Yo no olvido nada y no dejo nada sin deducir—. Permítame hacerle algunas preguntas más, comprobaremos su teoría, comprobaremos si usted ha decidido mover el reloj porque cree que es más inteligente hacerlo o porque tiene otra clase de impulsos.

—Está bien. —Aquí no me va a pillar.

—¿Puede describirme lo que hace en una semana normal, sus rutinas?

—Debería especificar. ¿Rutinas de alimentación, de limpieza, de ocio, de estudio, trabajo o qué?

—Empecemos por donde usted quiera.

Supongo que tiene su lógica comenzar por los hábitos alimentarios. Es lo más esencial: la supervivencia, el comer.

Hablo durante largo tiempo. Él me escucha con plena atención, no me interrumpe. Por fin acabo explicando con exhaustividad mis bien planificadas rutinas. Seguro que Antonio, tras la exposición, descubre que soy un tipo inteligente y que por eso he recolocado el reloj. Que todo tiene su razón de ser.

Se hace un largo silencio.

—¿Existe algo capaz de alterar sus rutinas? —pregunta al fin.

No me cuesta encontrar la respuesta a esa pregunta. Natalia ha alterado mis rutinas desde que apareció. Todas. Me ha hecho beber más alcohol de la cuenta, me ha hecho comer un bocadillo de chorizo y *pizza* de anchoas con piña. Me ha hecho faltar a mi rutina deportiva e incluso ha modificado en cierta medida mi forma de trabajar... Me ha hecho saltar a un lago. Ella es la culpable.

—Sí. Hace poco llegó una nueva enfermera al centro de salud con la que debo trabajar a diario. Se puede decir que ha habido muchos cambios desde entonces.

—Ya veo... —No me gustan sus pausas. Me ponen nervioso. Espero que no me pregunte si estoy enamorado. ¡¿Enamorado?! No sé ni si alguna vez había utilizado ese término—. Cuando estudiamos la pirámide de Maslow usted negaba tener necesidades sociales, ¿no es así? Sin embargo, el único factor capaz de interrumpir sus estudiadas rutinas ha sido una mujer, otra persona, un factor social. Puede que esté negándolo, pero ella le importa, no sé de qué manera ni le voy a preguntar. Por eso decide dejar que altere sus rutinas. Piénselo.

Yo siempre pienso. Me cruzo de brazos. Puede que incluso me haya enrojecido de ira. Puede que incluso parezca un niño de cinco años.

Antonio me vuelve a dar la mano y se despide. Hoy hemos ocupado la totalidad del tiempo de consulta. Cuarenta y cinco minutos. Este hecho me hace sentir tranquilo. Significa que no me está echando, sino que se ha acabado el tiempo.

Como siempre, antes de que me marche, Antonio suelta su perlita:

—¿Tiene usted supersticiones? ¿Un número preferido? ¿Rituales? No estoy valorando que usted tenga manías, todo el mundo tiene un número de la suerte.

—Puede... —Uno. Dos. Tres.

—Recuerde, después del uno va el dos —menuda chorrada de deducción acaba de soltar por su bocaza—, a las personas nos gusta contar porque saber que después del dos va el tres da cierta sensación de control. Tal vez usted elija sus rutinas meticulosamente, teniendo en cuenta diversas variables que hacen que sus decisiones tengan su lógica. Tal vez el cómo ha decidido plantearlas sea inteligente, pero nunca podrá controlar todos los factores. ¿Dónde está el factor disfrute? ¿El factor de improvisar en su vida? Con la alimentación y el deporte se preocupa de su salud física. ¿Cuándo se preocupa por los beneficios que obtendría su salud mental si fuese algo más libre, sin estructurar cada tarea? —*Pensamiento intruso.*

Mierda, mierda, mierda. ¿Me he dejado la salud mental como criterio para planificar mis rutinas? ¿Por eso ocurren mis episodios amnésicos? ¿Por eso me he vuelto loco? Pero es que la salud mental es algo tan poco visible… Un tumor se ve… ¿pero dónde está la salud mental? ¡¿Dónde está, joder?!

Además, siempre pensé que tener la vida tan estructurada facilitaba mi tranquilidad. ¿Pero, y si me he equivocado? ¿Y si debiera cuidar mi salud mental de otra manera? Cierto es que las rutinas me dan sensación de control y que eso me relaja, pero también ando rodeado de gilipolleces y cumpliendo ocho horas diarias en un trabajo que odio. ¡Debí ser cirujano, joder!

Antonio continúa con lo que será la última frase de la consulta:

—Después del dos va el tres, pero se nos olvida que en medio hay infinitas posibilidades: 2,001; 2,002… Es imposible contarlas todas… La libertad está allí por donde vas. No puedes controlarlo todo.

34

Rosario Bermejo

- La víctima propició una paliza a su hijo.
- Palabras textuales incriminatorias: «Este tipo de personas debería morir. ¡Ay, Dios mío! El mundo está loco. No sé cómo voy a hacer para que a mi Juan no le pase nada».
- Relación con Camino - Enrique.
- Necesidades humanas acordes con el primer asesinato (supervivencia de su hijo).

Camino Anglada

- Relación con Enrique Montejo (vecinos y amigos) y más que probablemente implicada en su fuga. Estuvo ausente en su puesto de trabajo mientras se produjo la misma.
- Amistad estrecha con Rosario Bermejo.
- Conocimiento de los domicilios de las víctimas.

Manuel Alarcón

- Episodio amnésico en la noche de autos.
- Empatía con el asesino.
- Pesadillas nocturnas de contenido sangriento.
- Conocedor del domicilio de los muertos.
- Palabras textuales incriminatorias: «Tiene que morir».
- Necesidades humanas (autorrealización) acordes a los posibles motivos de los asesinatos.

María Ángeles Hernández

- ¿Reciente muerte de su esposo en situaciones «morales» y «éticas» similares a los otros dos asesinatos?
- Conocía a los tres pacientes, sus situaciones y sus domicilios.
- Relación con Camino. ¿Relación con la señora Bermejo?

Me gusta que haya más sospechosos además de mi persona y me parece interesante lo que sugirió Natalia. ¿Y si las tres mujercitas están implicadas en los asesinatos? Se podrían haber apoyado la una en la otra, cada una movida por sus propias motivaciones, pero acogidas por la fuerza y el arropamiento del grupo.

Salgo de casa y cierro con llave. Hace mucho que no veo a la señora Bermejo, ahora que quiero hacerlo, es como si se escondiese. Tal vez oculte algo. O eso quiero creer. Debería buscarme una excusa para poder hurgar en ella algo más.

Al llegar al trabajo veo que Natalia está hablando con Camino, más dicharachera e implicada de lo normal. Bien, está sacando información. Voy hacia el despacho y entonces ella se despide y me sigue.

Es extraño, sigo sin saber cómo me tengo que relacionar con Natalia después de nuestro fin de semana. ¿Qué espera de mí?

La última consulta con Antonio me ha dejado algo inquieto, me ha hecho pensar que tal vez haya dos fallos importantes en la manera en que he decidido organizar mi vida. La primera de ellas es la dificultad para valorar qué es bueno para mi salud mental. Es decir, yo pensaba que todo estaba bien, en su sitio, sin problemas, pero tal vez no. Tal vez por eso tenga los episodios de amnesia. ¿Y si algo se ha despertado en mí para alertarme y cambiar mi vida? No lo entiendo del todo bien. Yo creía que lo que hacía lo hacía porque me gustaba. Controlaba cada situación y creía que eso me relajaba… ¿pero y si no? ¿Y si soy como el resto de los mortales, que necesitan poner cierto grado de caos en sus vidas? ¿Cierto grado de tiempo no utilizado para fines productivos? ¿Y si mi mente necesita cosas inútiles para estar sana? ¡OH, DIOS! ¡ME ESTOY CONVIRTIENDO EN UN IDIOTA! El simple hecho de tener que dejar de pensar si he alternado carne y pescado con hidratos y verdura me angustia. ¿Cómo voy a dejarme llevar por el libre albedrío?

La segunda, pero no menos importante, cuestión que me inquieta es la siguiente: el número Uno. Dos. Tres. Siempre he racionalizado esa «manía» (que no es manía). Mi madre me decía que contara hasta Uno. Dos. Tres cuando perdiera la paciencia. Sin embargo, me he agarrado a eso como a un clavo ardiendo. Una variable infinita en todos sus decimales no cuantificables y no racional que ha influido en mis muchas decisiones aparentemente ordenadas, racionales y finitas. Por ejemplo, lo uso para beber. La norma del Uno. Dos. Tres. Todo esto me dirige hacia una penosa deducción: tal vez no tenga un trastorno obsesivo-compulsivo, es mucho peor, soy imbécil por dejar que un número tuviera algo que decir en mi vida.

Estoy triste… Como si necesitase consuelo, como si perdiera lo único que tenía con seguridad: mi inteligencia. Siento como si fuese agua y me desvaneciese con la misma facilidad que esta cae por una grieta. Voy a tener que dejar de jugar con Antonio. Lo del reloj fue una cacería en toda regla. Tal vez debiera hablar con él de igual a igual, me está sorprendiendo, está acertando, y lo peor, me está manipulando a su antojo, así que debo evitar que vuelva a hacerlo. ¿Cómo? Sincerándome, diciendo la verdad por voluntad propia sin que él me la saque a rastras.

—¡Traigo buenas noticias! —dice Natalia al entrar en el despacho—. He hablado con Camino, para ir explorando el terreno. Resulta que ella y María Ángeles eran bastante buenas compañeras de trabajo, aunque fuera no tenían relación. He quedado con María Ángeles para tomar un café, con la excusa de saber qué tal se encuentra y todo eso. A ver si consigo sonsacarle algo. ¿Qué te parece?

—¿De qué conoces tú a María Ángeles?

—Me ha tocado trabajar con ella muchas veces, especialmente en cuestiones del colegio de enfermería, y la he sustituido en varias ocasiones. No es que seamos íntimas, pero digamos que no chirría que le proponga tomar un café. ¿Qué hacemos con la señora Bermejo? ¿Cómo la investigamos? Tal vez podrías quedar con ella para tomar tú también un café…

¡Ni de coña!

—No creo que pueda proponerle tal cosa. Le sorprendería bastante, nuestra relación no es lo que se dice estrecha —Natalia sonríe curvando levemente sus delicados labios—, pero la vigilaré de cerca un tiempo.

—¿Vas a hacer de espía? —Por fin rompe la sonrisa para echarse a reír del todo.

—Algo así… —Debería seguirla uno o dos días para ver lo que hace—. También tendríamos que indagar en la muerte del marido de María Ángeles. Podríamos pasarnos por el hospital a ver si averiguamos algo. Tiene que haber un archivo, carpeta o informe en papel. No me atrevo a mirar en su historia clínica, seguramente la policía me sigue los pasos, así que no debo dejar rastro informático.

—Me parece interesante. ¡Hagámoslo! —dice Natalia con su habitual entusiasmo.

Normalmente, cuando la gente muestra excesivo interés por algo, yo lo pierdo en ese instante. Y cuando la conocí, ese mismo entusiasmo me cansaba; no se puede estar tan satisfecho con la vida, el mundo no es tan bonito y a los que no pueden verlo así los considero menos inteligentes que yo. Sin embargo, tras conocerla mejor, su frenesí generalmente me da energía. Pero hoy no, no consigo contagiarme de su alegría. Sigo triste. No sé si recuerdo haber estado así recientemente, como digiriendo una pesada comida. Me siento desvanecido, necesito que mis incertidumbres se resuelvan de una vez, y lo que menos esperaba: necesito el consuelo y apoyo de alguien. El jodido Antonio me ha hecho ver que sí tengo la necesidad número Uno. Dos. Tres: la social.

Nos hemos quedado en silencio. Natalia me observa. Tendré un semblante triste y serio y ella está esperando a que ocurra algo importante, a que diga algo. Es muy intuitiva y ve que estoy reconociendo la necesidad de tenerla a mi lado.

—Me gustas. —Es que la necesito cerca.

Natalia reacciona exactamente acorde a mis necesidades. No se regodea con un «lo sabía», no se exalta en exceso, no hace teatro ni drama… me mira. Balancea su coleta y sonríe.

35

Estamos en un callejón sin luz. Es de noche. Me siento algo nervioso, muy intrigado. Nunca me había saltado las normas de esta manera, aunque siempre me ha apetecido revelarme contra ellas. Me alegro de que Natalia me haya empujado a esto. Sí, esta vez, me alegro de que haya cambiado mi rutina. De que me haya alterado la vida.

Natalia lleva su coleta bien puesta, correcta y altiva, como si estuviese dispuesta para la batalla. Lleva unas apretadas mallas que se ciñen a su culo... digo... que parecen cómodas en caso de que necesitemos echar a correr. Introduce las manos dentro de los bolsillos y se encoje de hombros, mordiendo con su perfecta boca la cremallera de la sudadera. También está nerviosa, pero me echa una mirada pícara: también está excitada. También... también como yo... como yo...

Un hombre se acerca por detrás. Oscuro. La luz de la farola que está fuera del callejón, por donde la gente camina de día cumpliendo con la ley y viviendo su vida, hace contraluz y no se le ve bien la cara. Carraspea. Es fumador. Seguramente, adicto a las drogas. Lleva una gabardina y un sombrero. Cree que si se tapa cumpliendo un cliché (solo falta la bruma en el ambiente) estará más seguro.

—Aquí tienen lo que me pidieron. —Saca un sobre amarillo—.

Ahora, la pasta. —También se expresa con clichés. Vuelve a carraspear. Es creíble. Sus pulmones se quejan de lo estúpido que es fumar.

Alargo la mano para entregarle un sobre con cinco mil jodidos euros. Es un momento importante en mi vida.

El hombre se va y mi sensación es la de haber protagonizado la escena de una de mis series policíacas. Esta vez, soy el malo. Toda la escena parece un cliché. Sin embargo, puede que sea por haber vivido algo tan surrealista como imposible, algo que me cuesta procesar; preferiría que se tratara de una película de gánsteres. Como si la viese desde fuera. Como si pudiese criticarla.

36

Entramos en el hospital. Vamos preparados. Muy preparados. Llevamos días planificándolo. Tenemos que buscar a una enfermera o una administrativa que conozca dónde están los historiales en papel. También deberíamos bajar a la morgue, ver el informe del forense sobre la muerte del marido de María Ángeles.

En los hospitales todo es bullicio y caos. Aunque un caos que me apetece, será el único. El ambiente pide una persona capaz reaccionando a tiempo, capaz de ordenar. En realidad, el protocolo es claro: hazlo perfecto, en el menor tiempo posible y con los menores recursos posibles. Me atrae.

Llegamos a la planta de oncología. Es el momento clave, me acerco a la mesa de recepción. La mujer que la ocupa es de una envergadura considerable, tiene una barbilla rechoncha y una papada… considerable también. Lleva el pelo negro, pero con cierto tono rojizo, recogido con una pinza para quitarse los calores. Sin embargo, los ojos son profundos y seguros. Derrocha efectividad y saber estar.

—Buenos días, soy el doctor Fuentes —miento y utilizo el apellido del muerto, el marido de María Ángeles—, esta mañana he llamado para avisar… —no concreto nada, dejaré abiertas las posibilidades con las que manipular a la administrativa—, no sé si usted está al tanto del asunto.

—¿Qué asunto? —dice con cierto asombro.

—¡Esto es intolerable! —Me atrevo a gritar un poco, Natalia no sabe ni qué hacer, se muere de vergüenza ante mi exagerado ensayo—. ¿Con quién tengo que hablar para que solucione el problema de comunicación que existe en esta planta? ¿Acaso el turno de la mañana no le ha dado los datos? ¡Esto es una pérdida absoluta de tiempo! ¡Los informes ya deberían estar listos! ¡Por Dios!

—Doctor, diríjase a mí con educación. No sé de qué me habla y en esta planta no existen problemas de coordinación entre turnos. Si quiere usted poner una queja, le ofrezco los formularios estipulados —dice con tono autoritario.

No lo estoy consiguiendo, pero es parte del plan, del teatro que tenemos preparado. Natalia me coge del brazo y con actitud tranquilizadora me aparta de la mesa. Alargo un profundo suspiro.

—Señora, debe perdonarlo —dice en un susurro—. El doctor Fuentes quiere mirar el informe de un fallecido. En realidad resulta que es el de su hermano. No pudo estar aquí cuando… bueno… cuando murió. Venimos de lejos, señora, para poder ver el informe del fallecimiento.

—Hoy no ha muerto nadie en esta planta. ¿Cómo es que no ha venido antes? —La administrativa es en realidad más lista de lo que pensaba… ¡Qué asco, joder! Los listos tienen que estar para arruinarme y los tontos para rodear mi vida cotidiana y llenarla de aburrimiento.

Natalia pide que me retire mediante una notada excusa para quedarse a solas con la administrativa. Me alejo hacia la máquina de agua. Puedo oír decir a Natalia:

—Mire usted, el doctor no se llevaba bien con el difunto, tampoco con su familia y menos aún con la cuñada: María Ángeles Hernández. —Ha andado lista añadiendo un dato concreto—. El pobre acaba de enterarse de la muerte, a toro pasado. Un viejo conocido le ha dado el pésame, ¡imagínese su sorpresa! Se siente algo culpable por no haber estado en los últimos suspiros de su hermano, ¿entiende? Ahora lo único que puede hacer es ver el informe, saber cómo murió, saber que se fue en paz.

—¿Han rellenado la solicitud para acceder a la información?

—Mire, llevamos toda la mañana intentando localizar el cadáver. Resulta que su esposa lo ha incinerado y el funeral se celebró hace tiempo. No podemos esperar más trámites administrativos, sea comprensiva, déjele verlo, un vistazo y nos vamos. No nos perderá de vista ni a mí ni al doctor.

La mujer duda. Es el momento crucial. Me echa un vistazo. Procuro mostrar mi pena. En realidad, estoy algo compungido, por lo que no me cuesta demasiado. Por fin se levanta, pregunta el nombre del difunto y se acerca a una puerta cerrada con llave. Se introduce en la habitación y sale con una carpeta.

—Antes de dejaros ver la información, debo cerciorarme de que sois familiares.

No hay problema, vamos documentados, Natalia se ha encargado. La mujer nos hace preguntas que sabemos contestar: mi supuesto nombre, el de nuestros padres, la dirección del fallecido y el nombre de su esposa. Como habíamos anticipado, nos pide el DNI. Es una burda imitación que me ha costado cinco mil jodidos euros en un callejón sin luz.

Vuelve a mirarme, en un intento de dar aprobación a su moral para dejarme ver el informe.

—Cinco minutos —nos dice.

Voy corriendo a por los papeles, ojeo los informes. Por suerte, también se encuentra el del forense. ¡No me lo puedo creer! Cierro la carpeta, apenas he utilizado dos minutos. Le agradezco sinceramente a la administrativa su comprensión, incluso pestañeo rápidamente para forzar el brillo en mis ojos y me alejo de la planta. Natalia me sigue arropándome con el brazo. Cogemos el ascensor, estamos solos.

—¿¿¿¿Y bien???? ¿Qué has visto? ¿Por qué estás tan alarmado? —dice.

—El señor Fuentes murió de paro respiratorio tras una sobredosis de morfina. Fue de madrugada. El informe señala que sus dolores eran insoportables y que, tras la petición de este y de su mujer, el médico procuró aliviar su dolor con una dosis mayor de morfina hasta que la sedación dio paso a la muerte.

—¿Buscaba matarlo?

—No de manera explícita, por supuesto, pero así lo creo. Indica que con el tratamiento procuraba calmar el dolor, pero la dosis fue intolerable para el paciente, por lo que murió plácidamente mientras dormía y acompañado de su mujer. Sin embargo, el médico no estaba presente cuando esto ocurrió.

—¿Eso es lo que te sorprende? ¿Que el médico no estuviese presente? ¿Crees que María Ángeles le inyectó el resto de morfina? ¿La cantidad mortal? ¿Tal vez le abriera la vía intravenosa y el *modus operandi* ha pasado desapercibido?

—No. No es eso lo que me ha sorprendido. Lo que me asusta es que el médico que ha hecho el informe se llama doctor Merino, pero quien autorizó el tratamiento con morfina es otro, porque he reconocido el garabato de la firma, la he visto antes.

—¿Dónde?

—Es la firma del doctor Costa… César.

37

Hoy he quedado para cenar con Natalia. Es la primera cita como tal para mí. La primera desde que admití que me gustaba. Seguimos sin concretar en qué se basa nuestra relación, aunque creo que deberíamos hacerlo.

Antes de marchar repaso el tablón de sospechosos. Me alegra haber añadido a uno más. Estoy deseando que Natalia me informe sobre su encuentro con María Ángeles.

Rosario Bermejo	Camino Anglada
- La víctima propinó una paliza a su hijo. - Palabras textuales incriminatorias: «Este tipo de personas debería morir. ¡Ay, Dios mío! El mundo está loco. No sé cómo voy a hacer para que a mi Juan no le pase nada». - Relación con Camino - Enrique. - Necesidades humanas acordes con el primer asesinato (supervivencia de su hijo).	- Relación con Enrique Montejo (vecinos y amigos) y más que probablemente implicada en su fuga. Estuvo ausente en su puesto de trabajo mientras se produjo la misma. - Amistad estrecha con Rosario Bermejo. - Conocimiento de los domicilios de las víctimas.

Manuel Alarcón

- Episodio amnésico en la noche de autos.
- Empatía con el asesino.
- Pesadillas nocturnas de contenido sangriento.
- Conocedor del domicilio de los muertos.
- Palabras textuales incriminatorias: «Tiene que morir».
- Necesidades humanas (autorrealización) acordes a los posibles motivos de los asesinatos.

María Ángeles Hernández

- ¿Reciente muerte de su esposo en situaciones «morales» y «éticas» similares a los otros dos asesinatos?
- Conocía a los tres pacientes, sus situaciones y sus domicilios.
- Relación con Camino. ¿Relación con la señora Bermejo?

Doctor Costa

- Aparece su firma en una autorización de tratamiento con morfina que resultó letal en la muerte del señor Fuentes, esposo de María Ángeles.

Natalia está muy elegante, como siempre, a tono con la situación y el momento. Desde la última consulta con Antonio, desde que empiezo a dudar de si soy o no tan listo como pensaba, sigo algo triste, y me estoy dando cuenta de que en este estado anímico veo las ñoñerías con más claridad, como por ejemplo lo radiante que está ella.

Pedimos los platos y enseguida sale el tema a tratar: los asesinatos y la conversación que ha mantenido Natalia con María Ángeles:

—La cosa se está complicando… —Natalia espera a que se marche la camarera para conversar, con cierto halo de misterio—. No sé qué pensar sobre todo esto. Tengo dos confesiones de asesinato distintas.

—¡¡¿Cómo?!! —Me alarmo.

—No te exaltes. Te contaré cómo ha sido. —Estoy deseándolo, debo empezar a quitar pósits de mi tablón, y si quiero mantener la cordura debo quitarme a mí mismo también—. María Ángeles parecía muy triste. Angustiada. Ni tan siquiera ha querido salir, me ha insistido en que tomásemos el café en su casa, que estaba descuidada, desordenada, caótica y sucia… como ella, nunca la había visto así. Le he preguntado qué tal llevaba la muerte de su esposo y se ha desmoronado. Lloraba sin apenas poder coger aire, lo hacía a bocanadas, se atragantaba con su culpa. Su cara tenía unas moradas y marcadas ojeras y las lágrimas habían corroído su mejilla, como si hubiesen labrado un profundo y habitual camino de tanto pasar por él, hundiéndole la piel. —Sí que sabe esta chica identificar las emociones en los demás—. He procurado que se sintiese liberada para hablar, comprendida. He creado el clima perfecto para la confesión y así ha sido: ha admitido haber matado a su marido, pero a nadie más.

—¿Le has preguntado directamente si tenía algo que ver con la muerte del señor González y Enrique?

—Claro que no. No lo puedo afirmar, pero dudo que tenga algo que ver. Cronológicamente hablando, primero murió el señor González, después Enrique y finalmente el marido de María Ángeles. Visto el estado en el que estaba ella y su reacción, no la veo capaz de matar a sangre fría a las dos primeras víctimas. Se sentía confusa, debatiéndose entre la culpa y la certeza de haber obrado bien. Ha admitido que cogió la jubilación anticipada para estar con su marido en sus últimos momentos —entonces la causa de su jubilación anticipada no fue que no me aguantase más en la consulta—, y que ambos habían pactado que, cuando el sufrimiento no tuviese opción de menguar, María Ángeles acabaría con él. Era algo premeditado, aun así la afectación sigue siendo importante para ella. Está perdida. Me he solidarizado y he intentado convencerla de que había hecho bien.

—¿Cómo ocurrió exactamente?

—Todo fue sencillo y como esperaban. Cuando su marido apenas podía soportar el dolor, llamó a una enfermera. Esta pidió al médico un tratamiento. Le pusieron morfina mediante una vía.

—¿No la inyectaron?

—No. Eso facilitó que María Ángeles abriera la vía del todo y su marido muriera sedado. Volvió a cerrar la vía y nadie hizo preguntas. Para qué, no las hacen en estos casos. Ya sabes, cuanto menos sepas, mejor. Es entendible.

—¿Sabe ella de qué manera está implicado el doctor Costa? —añado.

—No tiene ni idea. De hecho, cuando se lo he mencionado, se ha quedado un poco aturdida y tampoco he querido insistir. Sin embargo, he ido a hablar con César. —Me asusto muchísimo. No me gusta que esté con él a solas y un miedo atroz a perderla me da un puñetazo en el estómago.

—¿Cómo has hecho tal cosa? ¿Te has encarado a él? ¡Natalia! ¿Y si es un asesino? ¡Ahora podrías estar muerta! —Me coge de la mano, de manera tranquilizadora y cariñosa. Está caliente, y me produce creo que… ternura.

—No te preocupes, César y yo nos conocemos desde hace tiempo —lo dice como si eso tuviese relevancia.

—Lo mismo me da, deberías haberme consultado, habríamos ido juntos si acaso.

—¿Quieres protegerme? —Me cuesta sostener su mirada. Tras un instante ella suspira y prosigue—. César ha admitido estar involucrado en la muerte del señor Fuentes. No de manera directa, por supuesto, pero sí ratifica que fue él quien aprobó el tratamiento y quien decidió hacerlo por vía intravenosa, de manera gradual, para que María Ángeles pudiese elegir qué hacer, para que tuviera la oportunidad.

—¿Y cómo puede ser? No trabaja en el hospital.

—César estaba al tanto del mal estado del señor Fuentes y sabía que María Ángeles cogió la jubilación para estar a su lado. —María Ángeles se desahoga con el doctor Costa, pero no conmigo, que soy su compañero más cercano de trabajo. La gente huye de mí. Bah… eso tampoco me importa, lo que me molesta realmente es que se acerquen al orgulloso César—. Se preocupó de estar informado mediante algunos contactos que tiene en la planta de oncología y apareció en el momento justo. Parecía apesadumbrado, creo que no se siente responsable del todo, pero admite haber facilitado las oportunidades para el asesinato. Sí pude percibir algo de culpa. ¿Qué opinas?

Realmente no lo sé, me debato. El doctor Costa ha hecho bien. Desde luego. En parte me cuesta admitirlo, me da cierta envidia que haya sido capaz de hacer lo que hizo. De la misma manera, me siento un gallina, como cuando Natalia le sugirió a Enrique cómo debía actuar para acabar con su vida, o por lo menos cuando le dijo en quién no debía confiar para hacerlo: los sanitarios. En estos momentos no solo me siento más tonto, sino también más cobarde de lo que creía. Lo que me faltaba para la autoestima…

—Si María Ángeles estaba tan consternada como dices, no tiene sentido que hubiese matado antes. No buscaba acabar con la vida de nadie, se vio obligada por amor. —Ahora aparece la palabra «amor» en mi vocabulario. Es la prueba definitiva, ya no hay vuelta atrás: me estoy volviendo un idiota cualquiera—. Y su angustia es una reacción normal, no me parece la de alguien gravemente trastornado que anduviese matando a sangre fría como entrenamiento previo a acabar con su esposo.

—Desde luego, no creo que se considere una heroína, ni que se sienta cómoda con el papel de homicida justiciera.

—Además, fue el doctor Costa quien propició la oportunidad, fue un asesinato sencillo, cómodo y parece ser que cómplice.

El sonido del móvil de Natalia me interrumpe. Mantiene una corta conversación, afirma varias veces, da las gracias y cuelga el teléfono.

—Tengo algo más: esperaba una llamada del hospital —dice con luz en su mirada—. Yo también dispongo de contactos. —Guiña un ojo—. María Ángeles tiene coartada para el asesinato de Enrique. Estuvo en el hospital, su marido ingresaba en oncología para entonces y lo acompañó todo el tiempo.

—Ya tenemos su coartada: la descartamos. Sin embargo, creo

que no podemos hacer lo mismo con César. De hecho, el haber demostrado esa actitud tan compasiva, el haberse involucrado casi en exceso con María Ángeles, lo implica aún más. ¿No te parece?

—Puede ser. Aunque no creo que hubiese admitido esta muerte si estuviera involucrado en las otras. ¡Ay, Manuel, no lo sé! ¿Y si hay cuatro implicados en tres muertes? ¿Y si Camino mató a Enrique, la señora Bermejo al señor González y César y María Ángeles al señor Fuentes?

—Si fuera así, no podríamos tener en cuenta la concordancia y los acontecimientos tan estrechos que comparten las tres muertes. ¿Es posible que sea una casualidad y que no se trate de causalidad? ¿Que nada esté relacionado? —Sería tan absurdo...

—Las coincidencias ocurren —dice Natalia—. No puedes controlar que todas las variables estén relacionadas, aunque lo parezca. —Otra que piensa como Antonio. Va a resultar que ahora los dos son más listos que yo.

El restaurante está prácticamente vacío. No es fin de semana y la gente, incluido yo mismo, tiene que trabajar mañana. Sin embargo, no me apetece volver a casa. Tampoco me apetece mantener la norma del tres. Ya voy por la tercera copa y me voy a pedir una cuarta sin verme obligado a llegar a la sexta, múltiplo del uno... tres.

Siento cierto alivio al saber que no estoy relacionado con la muerte del señor Fuentes. Si realmente está relacionada con las otras muertes, tal vez no sea un asesino.

Hay un triste silencio. Me da la sensación de que tan solo el hielo que tintina en mi copa lo rompe. El sábado, este restaurante tiene una banda de *jazz*, y al fondo puede verse una pista preparada para la actuación medio oculta tras unas largas cortinas de terciopelo granate. Se observa un atril desnudo y un piano de cola, pero hoy el escenario está vacío. Es una pena, pensaba que esta noche también tendrían concierto.

—¿Sabes? De pequeño tocaba el piano —le confieso a Natalia.

—¿Y por qué no me haces una exhibición?

Pensamiento intruso. ¿Y por qué no? ¿¿Y por qué no perder el control de manera controlada?? Si mi mente necesita despendolarse un poco, mejor probar con el piano que con episodios amnésicos.

Pido permiso al único camarero que está presente, esperando de pie y con las manos agarradas tras su espalda con elegancia, dispuesto para servirnos. Me da su alegre consentimiento y me levanto con la copa en la mano, acompañándome. Como si no pudiese ir solo.

¡Hacía tanto tiempo...! Rozo una tecla con extremo cuidado, la acaricio antes de empujarla. No recordaba su tacto ni su sonido. Hago un tímido intento. La sensación que me produce tentar un instrumento tan grandioso como un piano es muy placentera. Me coloco con más firmeza en el taburete y comienzo a tocar *Claro de luna*. La sonata de Beethoven. Todo el mundo debería escucharla, por lo menos, una vez en la vida. Sería la sugerencia que me atrevería a hacer a la humanidad. Siento que la melodía me calma, y recuerdo a mi madre. Al acabar Natalia se acerca a mí, empiezo con una canción muy diferente, infantil, la que aprendí por primera vez. Es como si retrocediese y me viera de pequeño. Se me escapan unas lágrimas, pero me recompongo enseguida al ver que Natalia me observa.

—Deberías reanudar las clases —me dice.

—Eso haré —asiento—. Deberías salir conmigo, ser mi novia... —le digo.

—Eso haré. —Me besa. Su alegría estalla de sus ojos y mi tristeza se reprime un segundo.

SOSPECHOSO N.º 7

DOCTOR CÉSAR COSTA RADA

Coincidí con Natalia en mi primer trabajo, ella recién salida de la facultad, y sigue tan linda como siempre. Con esa vitalidad y esa energía.

Hace como cinco años que no la veía, pero en aquella época conectamos tan profundamente que ahora parece que nos hubiésemos visto ayer. No era una conexión del tipo amorosa, diría que fue algo más. Nos entendíamos de una manera sorprendente, casi absoluta. Me alegra que trabaje aquí aunque la pobre tenga que soportar a Manuel; me da lástima, pero estoy convencido de que sabrá arreglárselas. Natalia se adapta absolutamente a todo.

Manuel odia estar aquí, en la vida en general, estoy convencido. Es un tipo listo, debo reconocerlo, pero nunca he querido acercarme mucho a él, no quiero que me contagie su desgana. No sé por qué trabaja en atención primaria, ni tiene interés ni es habilidoso con los pacientes, no tiene tacto, es torpe y bruto. Aunque claro, su capacidad diagnóstica… sí, eso lo valoro. Todo el mundo lo sabe. A veces paso envidia, es como si por ser tan basto con los pacientes la gente valorara más su inteligencia. «No necesita comprenderlos ni escucharlos para poder tratarlos», seguro que hacen ese tipo de comentarios sobre él.

Ojalá a Natalia le hubiese tocado trabajar conmigo. YO también tengo una gran capacidad resolutiva y, además, YO soy capaz de entender a mis pacientes. La gente debería recordarlo. Esos pobres ciegos que buscan y encuentran una luz en mí. Creo que Natalia aprendería más conmigo. ¡Adoro mi trabajo, y por eso soy bueno en ello, muy bueno! Creo que la vocación es lo vital en una profesión. YO me preocupo por la gente, me intereso por sus problemas reales y sé hacer una valoración global de una persona. Cada uno, de forma individual, tiene sus propias circunstancias y modos de afrontar la enfermedad, eso es trascendental para un buen tratamiento.

Soy feliz desempeñando este papel que me ha dado la vida: el de médico de atención primaria. Quien más cercano está de la gente, quien hace de primer filtro para que el sistema sanitario funcione. Año tras año en la facultad, año tras año en la especialidad, siempre condecorado con las mejores notas y valoraciones. Pero no me gusta alardear, soy un simple trabajador que hace lo que puede. Ahora estoy metido en temas de investigación; la ciencia debe avanzar y eso conlleva un esfuerzo, un empeño por parte de gente dispuesta a emplear su tiempo en ello.

Nunca me ha importado sacrificarme por los demás, creo que es nuestra función en este mundo; cada uno debe aportar su granito de arena, y YO ya llevo montañas. Mi padre era un alto ejecutivo y mi madre estaba enferma. ¿Quién se encargó de cuidar de ella? YO. ¿Quién se encargó de la casa? YO. ¿Quién encontró trabajo para mantener a su familia cuando la empresa de papá quebró? YO. YO tomaba todas las decisiones por entonces, y tuve que hacerlo al mismo tiempo que estudiaba.

Me alegro. Todo eso me ha formado para ser ahora quien soy.

YO soy una persona capaz y valorada por los demás. YO soy alguien dispuesto a ayudar y muy satisfecho con su vida y su persona: feliz.

38

Toco el piano. Derramando locura. Mi cara se ve desencajada. Roja, congestionada y extasiada. Casi morada. Cierro los ojos o los abro. Abro la boca o la cierro. Se me ven los dientes. Desmesuradamente grandes, desproporcionados. Mi cara baila con el ritmo, se descompone y vibra, se deforma y desfigura con cada tono musical.

Mis manos golpean las teclas. Cayendo desde la altura, haciendo mucha fuerza. Así, acabaré rompiendo el instrumento. No. La música que se filtra entre mis dedos lo va a romper, el piano se resquebrajará. Pego saltos, en cuclillas y sobre el taburete. Parezco un primate excitado.

Me libero absolutamente del todo, me expando… Es algo orgásmico. Y entonces… silencio.

Mi cara acoge su habitual proporcionalidad. Estoy guapo. Intenso.

Bajo la mirada y descanso mis manos sobre el regazo. Respiro con ternura, con controlada pausa; mantengo la excitación controlada, rozando las teclas del piano y moviéndolas delicadamente. Empujo una tecla y, al hacerlo, un líquido brillante y rojo se filtra entre las grietas de las teclas y va deslizándose hacia el suelo. Cada vez cae con más contundencia. Continúo tocando, melódico, relajado. Huele a sangre y esta sigue filtrándose, derramándose… con hermosura.

Acabo la canción y me levanto, me dirijo hacia un espejo. La imagen me devuelve a un hombre ensangrentado. Me encaro a él, estoy muy cerca. Mi boca se junta con la suya, como si fuéramos a darnos un beso. Somos idénticos. Invertimos un largo tiempo en observarnos, desde esa perspectiva tan curiosa, tan cerca. Entonces, él se aparta de golpe, con brusquedad. Yo sigo pegado al cristal. Como cuando la lengua se queda pegada a una superficie congelada. Él no está pegado, está corriendo en círculos al otro lado del espejo mientras ríe, grita, realiza saltos imposibles, se tira del pelo, eufórico, soltando locura... es feliz. Yo sigo pegado al cristal. No puedo despegar mis labios. Me gustaría ser como mi reflejo: libre.

Me incorporo de golpe en la cama. Joder, otra pesadilla. Oigo a mi corazón retumbar en mis oídos. Compruebo mis manos, siguen sin estar manchadas de sangre. Esta vez me alegra y me tranquiliza tener a Natalia al lado, mi novia. Se ha despertado y me ha besado.

Menos mal, recuerdo con exactitud todo lo que hice anoche, pero por si acaso restriego las manos sobre el colchón para limpiármelas y poder seguir durmiendo.

CONSULTA N.º 4

Antonio me hace esperar de nuevo, dejándome a solas en la habitación. El reloj está en su sitio y casi me entran ganas de torcerlo, de ser más flexible. No sé… por liar el asunto; me gustaría saber a qué conclusión llegaría Antonio con eso. Pero lo he decidido: tengo que dejar de travesear con él. Gracias a mi insistente intención de que no entre en mis asuntos me está manipulando como quiere. Debo cambiar de estrategia, porque ocultarme está siendo mi talón de Aquiles. Enseñaré lo que yo quiera en las dosis que yo quiera para que el psicólogo no me saque lo que él quiera… Creo que ha quedado claro.

Antonio por fin se digna a aparecer. Me saluda, como siempre, con un estrechón de manos y una ligera arruguilla en el ojo.

—¿Cómo quiere que empecemos hoy? —No tengo ni idea de por qué me lo pregunta en cada puñetera sesión si luego hacemos lo que a él le da la gana. Supongo que lo hace para alardear, para que quede más explícito que puede manejarme a su antojo. Hoy lo voy a sorprender.

—Me gustaría hablar sobre algo que me ha ocurrido y para lo que no encuentro una explicación. —Se hace un silencio. Me molesta que no le asombre mi cambio de estrategia. ¿Tal vez también lo había anticipado? ¿Lo había planeado? ¿Me ha dirigido hasta aquí?—. Creo que he sufrido una especie de episodios… episodios amnésicos. Me he despertado sin recordar nada de lo que había hecho la noche anterior.

—¿Y qué explicación les da a esos episodios?

—¿No debería ser usted quien me sugiera una explicación válida? ¿Quien pueda esclarecer los hechos? ¿Para qué si no estoy aquí?

—¿Para qué si no te pago?

—Puedo darle diversas explicaciones teóricas que quizá nos orienten, si bien no creo que nos ayuden a aclarar lo que le ha sucedido exactamente.

—Pruebe.

—Está bien, si insiste… Primero, dígame, ¿lo que usted no recuerda son sucesos pasados?

—Así es. No tengo problemas con la memoria reciente. No es que haya olvidado dónde están mis llaves o qué he comido este mediodía. Descarte usted que haya empezado a sufrir demencia —digo con cierto escepticismo. Por favor, que no vuelva a faltar ni a mi inteligencia ni a mi capacidad memorística. Algo externo les está afectando. No es que mi cerebro esté dejando de funcionar.

—Cuénteme algo más sobre los episodios que usted ha sufrido.

—Le narro cómo ocurrieron y omito las pesadillas—. Todo esto me sugiere que en el momento de los acontecimientos era capaz de recordarlo todo, pero ahora es incapaz de evocarlo. Lo que usted me plantea puede responder a una amnesia disociativa.

Recuerdo, cómo no, todos estos conceptos desde la facultad, sin embargo, no sé por qué, tengo la necesidad de que me confirmen lo que ya sé. Es como si cuando te diagnostican una enfermedad esperaras escuchar algo nuevo, algo que no sepas y que te dé esperanzas. Puede que me esté infectando de la misma estupidez que han demostrado mis pacientes en la consulta. Esa misma estupidez que no comprendía, pero que ahora sí. Antonio me ha dado un segundo para reflexionar.

—¿En algún momento he perdido mi identidad, el control sobre mí mismo?

—No necesariamente. Un trastorno disociativo se caracteriza por un fallo o pérdida de memoria, conciencia, identidad o percepción. Puede tratarse de un trastorno de despersonalización, de identidad disociativa, una fuga disociativa, una amnesia disociativa…

—Vale. Vayamos uno a uno, por favor. —Me están empezando a subir los calores. Me estiro el cuello de la camisa—. ¿Qué pasa con el trastorno de despersonalización?

—Oh… no creo que sea su caso en absoluto. Este tipo de episodios supone el distanciamiento de uno mismo. Es como si vieras tu vida desde una pantalla, siendo un espectador, sin sentir nada. Después eres capaz de recordarlo todo e incluso de describirlo al detalle. De ahí que no sea su caso. —Sé cada jodida palabra que está diciéndome, pero no puedo dejar de prestar atención.

—Estoy de acuerdo, creo que podemos descartarlo. ¿Y el trastorno de identidad disociativo?

—También llamado trastorno de personalidad múltiple. La persona alterna dos o más personalidades, cada una con su propio patrón de conducta, su propia forma de interactuar con el ambiente y con los demás. Al menos dos de estas personalidades deben tomar el control del comportamiento del individuo de forma rutinaria. Suelen acoger nombres diferentes: a veces eres el encantador Javier y otras el gruñón Felipe, por ponerle un ejemplo. —Hace una pausa. Carraspea—. Generalmente las personalidades no son capaces de recordar mucha de la información de los sucesos acontecidos durante el poderío de la otra. Pueden sufrirlas personas preocupadas por el autocontrol.

—¿Está sugiriendo que por tener mis rutinas estrictamente planificadas, que por querer buscar la información en fuentes que yo considero fiables, que por colocar un reloj en su sitio y contar hasta tres —Uno. Dos. Tres (hacía mucho que no tenía necesidad de contar hasta Uno. Dos. Tres… ¡pero Antonio me está alterando y vuelvo a mi estúpida manía numérica!)— encajo en esa descripción? —No sé por qué me pongo a la defensiva.

—¡No, por Dios!, en absoluto. Si bien usted puede identificarse con el tema del control, no es suficiente criterio para un diagnóstico.

De repente las palabras de Natalia me vienen con fuerza: «Era como si fueras otra persona, Manuel». Se refería al día en que la subí sobre una lavadora centrifugando.

—Si padeciese el trastorno —pregunto, ya que, admito, no puedo descartarlo del todo—, ¿los demás lo notarían, no? Aunque no fuese capaz de recordarlo, los demás me lo habrían dicho, ¿no?
—Estoy venga a pedir confirmación, una y otra vez...

—Así es. La pérdida de memoria en estos casos va más allá de lo que usted describe, se repite con mayor frecuencia, y la aparición de las distintas personalidades, como digo, es rutinaria y habitual. Usted solo ha sido afectado un par de noches.

—¿Es posible que la otra personalidad únicamente aparezca en momentos muy específicos? ¿En contextos en los que se den algunos factores determinantes, y que no tenga la necesidad de salir por rutina y que por eso nadie se haya percatado de ella? Como si esperase la escena perfecta para salir a actuar. —Si tengo otra personalidad, también tiene que, obligatoriamente, ser inteligente. Supongo que sabrá esconderse como es debido.

Antonio me mira seriamente. Está pensando lo que va a decir.
—No puedo descartarlo del todo. Existen otros síntomas vinculados que tal vez lo dejen más tranquilo. Los juegos que mantienen las personalidades con la conciencia del paciente hacen caótica su vida. Manuel, no estaría capacitado para trabajar ni para seguir la estricta rutina que sigue. En muchas ocasiones la persona oye dentro de su cabeza las voces de esas personalidades conversando y discutiendo. ¿Usted no ha tenido alucinaciones auditivas, verdad?
—No—. Aunque, entonces, podríamos detenernos a valorar la psicosis. —Se para a pensar. Demasiado tiempo. Eterno—. Volviendo a la personalidad múltiple, tal vez, si usted padeciese algo así, ha-

bría encontrado objetos, escritos… cosas que no reconocería. Cosas que su otra personalidad hubiese cambiado de sitio, por ejemplo.

—Si alguien hubiese cambiado de sitio algo en mi casa, lo notaría. Estoy más que seguro. Aunque ese «otro» también sería «otro yo»… Dejémoslo—. Típicamente, estos pacientes, tienen registrados más de un diagnóstico psiquiátrico previo. No es su caso.

—¿Y si tuviese una vulnerabilidad genética a padecer ese trastorno? ¿Y si fuera el candidato perfecto y ahora algo estuviese despertando en mí esa otra personalidad? Usted dice que tengo tendencia a controlarlo todo y que esa rigidez podría ser dañina para mi salud mental. ¿Y si mi mente ha querido escapar con otra personalidad distinta? ¿Alguien más libre? ¿Más espontáneo? —Me estoy abriendo a él con desesperación—. ¿Y si fuera un proceso incipiente? ¿Algo que está empezando a brotar?

Ni siquiera Antonio es capaz de contestar.

No puedo pensar más sobre esto. Me duele ver alguna coincidencia.

Miro el reloj. Casi llevamos media hora hablando. Solo me quedan quince minutos para aclarar lo que me ocurre.

—Hábleme sobre la fuga disociativa, por favor —solicito. Aunque, sí, la teoría me la sé.

—Son «escapadas», se trata de adoptar una nueva identidad. Se crea un nuevo «yo», se empieza de cero. A diferencia del trastorno de personalidad múltiple, la nueva identidad no recuerda la vida pasada, no se comparten experiencias de la infancia, ni tan siquiera sabe quién es uno mismo.

—¿Esto encajaría más con mis episodios? —pregunto acelerado, como un neurótico. *Pensamiento intruso.*

—Cierto es que suele ser temporal, puede durar desde horas a meses, sin embargo, no creo que encaje con su situación. Las causas que motivan estas disociaciones suelen ser el incumplimiento de anhelos, proyectos vitales no satisfactorios, estrés, sentimientos de rechazo… Es una forma de escapar de tu vida y crear una nueva, al menos por un tiempo. Suele ocurrir que la persona abandona a su familia, amigos e incluso su ciudad para volver a empezar. —No sé por qué dice que no encaja, si odio mi trabajo, a la gente que me rodea y me paso la vida queriendo ser más. Cirujano por ejemplo. Ah… claro, no se lo he dicho nunca—. Muchas veces se trata de un mecanismo de defensa, una forma de afrontar situaciones traumáticas o salvar a la persona del suicidio. No me parece que usted esté intentando, desesperadamente, huir de una situación dolorosa o intolerable.

Trago saliva por el terrible miedo que siento, encajo en más de un diagnóstico, pero una idea acude con claridad para consolarme: no tiene sentido que el episodio de amnesia se hubiese agravado ante la presencia de Natalia. Ella no me quita las ganas de vivir. Me las da.

Debido a mi repentino silencio, Antonio decide interrumpir con un pequeño «jum» para aclarar su garganta, dando paso a una voz grave y segura.

—No voy a decantarme, pero seguramente los episodios aislados que usted ha padecido pueden deberse a una amnesia disociativa. —No tengo fuerzas ni para preguntar más. Hay una cosa clara: estoy loco. *Pensamiento intruso*. ¿Me querrá Natalia así? Ahora entiendo al chaval que diagnostiqué de trastorno explosivo intermitente. Ahora entiendo lo compungidos que estaban madre e hijo… ahora entiendo la «chorrada» del estigma social de la enfermedad mental y el miedo a perder la cordura—. Este tipo de amnesia se experimenta ante un fuerte trauma emocional o estrés psicológico, es específica de una situación. Puede ser que usted haya sido testigo de algún acontecimiento impactante, tal vez haya visto o hecho algo que no ha podido soportar, que quiere olvidar…

No sé por qué me da la sensación de que Antonio me observa de manera acusadora. ¿Acaso es un interrogatorio? Mantenemos la mirada. ¿Qué ha querido decir con ese último comentario? ¿Me está acusando de asesinato? Mierda… ¿O ahora padezco una esquizofrenia paranoide? Joder… ¡qué me pasa!

Tras el incómodo momento inculpador, Antonio aligera el gesto y continúa.

—Por supuesto, deberíamos descartar el abuso de drogas o el daño cerebral de esta ecuación.

—Yo no tomo drogas.

—Lo sé. Tal vez debería hacerse alguna prueba médica.

—¿Usted tiene una tesis sobre evocación a través del olfato, no es así? ¿Podría usarlo para tratarme y así recordar?

—Ya hablaremos del tratamiento y otras cuestiones más adelante. Primero debemos situarnos. ¿Hay algo más que recuerde tras sus episodios de amnesia?

Ya puestos, me tiro a la piscina:

—Tengo pesadillas.

—Es un dato importante. Si le parece, como lo veo algo cansado, podemos reanudarlo en la próxima sesión. —No sé si me apetece compartir el contenido de mis sueños tenebrosos—. Mientras tanto, debería ir al médico y hacerse un chequeo. Cuéntele lo que le ocurre y que le mande hacer pruebas neurológicas.

Me levanto. Sé que antes de salir me soltará una última perlita. Así es.

—¿Manuel? —Me vuelvo, tal y como ha mencionado mi nombre tiene que ser algo gordo—. Lo sé todo.

—¿Qué es lo que sabes? —El terror me inunda y le tuteo.

—Sé que está siendo investigado como sospechoso de dos casos de asesinato. —¡¡¡¡¿¿¿Cómo???!!!!

Me falta el aire.

—¿Ha hablado con la policía? —le pregunto. Bastante enfadado. Algo agresivo, la verdad. Me acerco hasta la mesa de su despacho y me encaro a él. Antonio no se inmuta. Cruza las manos, apoya sus codos sobre el escritorio y se acerca más a mí. Nos encaramos.

—No. La policía no ha venido a hablar conmigo. Dudo mucho que sepan que está en tratamiento psicológico. Pero lo he investigado, lo hago con todos los pacientes. ¿Acaso no lo ha hecho usted conmigo? —Es de mi misma especie—. No se preocupe, puede relajarse. Debe estar muerto de miedo con todo lo que le está ocurriendo y quiero ayudarlo. Le voy a prometer algo sensato para que confíe en mí, tanto que su lógica no podrá reprochar: no diré nada hasta que aclaremos qué ha ocurrido. Si finalmente descubrimos que es un asesino, llamaré a la policía. Lo acompaño en el camino… ¿Trato hecho?

En esta ocasión, el apretón de manos de despedida tiene otro significado.

39

Son las once y cuarto de la mañana y estoy frente a una nauseabunda gripe rojiza, mocosa y sudorosa. Nada que un cirujano se pararía a ver. ¿Y si realmente no soporto más mi inmundo trabajo y quiero escapar de todo saliendo de mí mismo mediante una fuga disociativa? No, no puede ser. Me siento orgulloso de estar en primera fila de la atención médica, supervisar que la gente recibe los cuidados necesarios, algo de calidad para que no vuelva a ocurrir nada como lo que le pasó a mi madre. Y, además, ahora está Natalia. A veces, no me puedo creer que tenga a alguien en mi vida acompañándome. No entiendo cómo prefiero estar con Natalia a estar solo. No entiendo cómo he podido soportar a otro ser humano y no me creo que me quieran soportar.

Llaman a la puerta e interrumpen la consulta. Es ella. Con su coleta oscilante por detrás. Parece tener prisa.

—Doctor Alarcón, tengo algo que comentarle sobre lo que usted ya sabe… —¡Los asesinatos!

—Señor Murillo, tómese esto, esto y esto. —Le escribo las recetas rápidamente, sin contemplaciones. Una gripe no es como un lunar—. Se pondrá bien. Solo es una gripe. Le doy la baja para tres días, y si ve que sigue mal, vuelva a pedir cita. Entregue este papel en admisión.

Me voy corriendo, Natalia sonríe al señor Murillo con cierto apuro, pero ni siquiera se atreve a recriminarme la rápida atención «poco acogedora» que le he ofrecido. Tiene que ser algo gordo.

—¿Qué ocurre? —pregunto nada más salir. Mi curiosidad procura aliviarse con una intensa inspiración, si no me explotará del pecho. Mantengo el aire dentro.

—María Ángeles ha venido. ¡Ha dicho en administración que quería hablar con el doctor Costa! Me he escondido en el despacho seis, contiguo al de César. Al poco rato María Ángeles ha llegado y he oído la conversación. Primero, César ha mostrado interés por su estado tras la muerte del marido y tal... Por la forma en la que hablaban parecían tener una relación muy estrecha. Entonces, María Ángeles le ha preguntado directamente si tenía algo que ver con la prescripción de morfina que le dieron a su marido antes de morir. César lo ha admitido y María Ángeles se ha echado a llorar. No lo ha recriminado, parecía aliviada, como si pudiese compartir la culpa con alguien. César se le ha acercado y la ha cogido de la mano. Entonces la doctora García ha entrado en su despacho, en el que me escondía, y he tenido que salir. No he podido oírlo, pero han estado por lo menos media hora más hablando. A César se le han acumulado las citas de esta mañana en la puerta, así que la conversación debía ser importante.

—¿Hace cuánto que han hablado? —pregunto, con una clara intención.

—Acaban de salir.

—¡Síguela! —le digo con contundencia.

—¿Cómo? Pero... ¡Si estoy trabajando!

—¡Sigue a María Ángeles! ¡Vete! Les diré a las administrativas que te encontrabas mal. ¡Corre!

Natalia duda un segundo antes de ponerse en marcha. Su última mirada es como de miedo, incertidumbre. «Esto se nos está yendo de las manos». Eso es lo que cree. Y claro que se está yendo de las manos... de mis posiblemente ensangrentadas manos.

Yo me quedo para controlar al otro sospechoso: César. Si María Ángeles ha venido a preguntarle sobre su implicación en la muerte de su marido es porque no tenía ni idea de ella.

Tenemos un gran embrollo entre manos, la psique humana está llena de incoherencias, la mayor prueba de ello es que incluso yo podría estar perdiendo la cabeza.

Cada consulta que paso salgo del despacho para comprobar que el doctor Costa sigue ahí, estaré pendiente de él todo el día. Al terminar la jornada, cinco minutos antes (César va con retraso), cojo el coche y me coloco frente a la puerta del centro.

Espero media hora larga hasta que por fin sale, ha aparcado cerca de la puerta. Se mete en el coche y pasa otros diez minutos, aproximadamente, mandando mensajes por el móvil hasta que decide arrancar.

Lo sigo hasta su casa, portal número doce, y me paro enfrente. No sé muy bien qué esperar ni de este juego de espías ni de él, pero lo necesito. Necesito controlar todo lo que hacen mis sospechosos. Me estoy desesperando, algo tiene que ocurrir, algo que aclare las cosas. Algo que me descarte como asesino. Que vuelva a hacerme sentir inteligente, valiente y seguro.

Pasan una y dos horas. Natalia me ha escrito un mensaje. Está en la misma situación que yo. Sin cambios, a la espera de que María Ángeles haga algún movimiento, aunque seguramente esté comiendo y echándose la siesta. Pasan tres horas. No me cuesta esperar. ¡Deseo tanto saber qué ocurre…!

Antonio dijo que si descubre que soy un asesino, me delatará. Me parece bien. No puedo trabajar de médico de cabecera con el propósito de salvar a la gente del cáncer de piel y tener una fuga disociativa u otra personalidad que ande matando por ahí. Por muy justificadas que parezcan las muertes, no tiene lógica. Son objetivos incompatibles. Salvar y matar. También dijo que he podido olvidar algo que hice o vi y que no puedo procesar, tolerar. Eso me asusta muchísimo. Me aterroriza.

Suena el móvil, es Natalia.

—No te lo vas a creer, pero Camino acaba de llegar ¡y ha subido a casa de María Ángeles!

—Voy para allí.

Debo estar donde más movimiento haya. Ya son las seis y media y el doctor Costa no ha hecho nada sospechoso.

Un adolescente patina en solitario, haciendo malabares por las aceras y bancos de la plaza donde está el portal de César. Se me ocurre que tal vez pueda ayudarme.

—Hola, chaval —le digo—, necesito que me hagas un favor. ¿Tienes móvil?

El chico asiente con cautela.

—Me gustaría asegurarme de que un amigo mío no sale de casa. Estamos preparando su despedida de soltero y no queremos que se nos escape antes de que lleguemos todos. Te doy veinte euros si vigilas por mí.

—¿Eres detective privado? —pregunta. No se ha creído la mentira.

—Te doy treinta euros si no preguntas nada.

—¿Y cómo sabré si es él, tu amigo?

—Haz una foto a cualquiera que salga de ese portal. Mujer u hombre. —No vaya a ser que aparezca la señora Bermejo de repente. Esto cada vez es más extraño—. Para asegurarme de que cumples con tu papel, añadiré dos euros más por cada persona que fotografíes y te daré quince más si consigues fotografiar a mi amigo en concreto.

—Está bien —acepta el crío—. Pero tengo que estar a las ocho y media en casa.

—Volveré para esa hora como muy tarde.

Antes de que me vaya me vuelve a interrumpir.

—¡Señor! ¿No será usted un acosador o un pirado, verdad?

—No sabría qué decirte… ¿tal vez un asesino?—. No quiero verme involucrado en nada malo.

—Entonces, es mejor que no preguntes. Pero no, no tengo intención de hacer daño a nadie.

El chico se queda algo más tranquilo, deja de hacer preguntas y tontea con el patinete.

Me dirijo hacia casa de María Ángeles, Natalia me hace señales con las luces del coche. Aparco y me introduzco en el coche con ella.

—¿Alguna novedad? —pregunto.

—Ninguna. Llevan media hora ahí arriba.

Se hace el silencio. Estoy muy nervioso. Es como si los acontecimientos hubiesen acelerado mi necesidad de descubrir qué está pasando. No me aguanto más precisamente porque todo se está precipitando. Los sospechosos están interconectados y la clave que más encaja, el engranaje, soy yo mismo.

—Estás inquieto —sugiere Natalia. Le contesto con una mirada latente—. Tal vez deberíamos relajarnos un poco.

—Relajarse no es una opción, al menos no para mí —digo con una brutalidad que no pretendía.

—¡No puede ser! ¿Sigues dudando? ¿Sobre tu implicación? Cuántas veces tengo que decírtelo: no eres un asesino, eres un buen hombre. Nunca matarías a nadie. —Ella sale a socorrerme de entre la oscuridad más profunda.

—Soy complicado, solo que tú me miras con buenos ojos. Tengo mi propia visión del mundo y, a veces, soy algo estricto con ello. No soporto a la gente que se separa de esa visión, es que todos me parecen imbéciles. No podemos descartar que pudiera estar buscando mi propia justicia, que me revelara ante las sandeces que veo diariamente y ante la ley. Y ya lo hemos hablado: tengo episodios amnésicos y no me entristezco por ninguna de las dos muertes.

—Tres. No estás de ninguna manera implicado en la muerte del señor Fuentes. Eso ya lo hemos descartado. Tenlo presente.

—Pero puede que no esté relacionada con el caso… ¡Joder, mis episodios de amnesia coinciden con los asesinatos! —Al decirlo en voz, alta ese agujero negro que llevo por dentro toma más forma. Como si viera más claro que mi involucramiento es irrefutable.

—Investigaremos qué te ocurrió, pero ahora mismo estamos viendo cómo María Ángeles está hablando con Camino y cómo por la mañana ha estado con César. ¿No te parece eso aún más significativo?

Una pequeña mota de paz se cuela en mi corazón. Natalia me rebate con mis instrumentos, la lógica, y eso funciona.

—¡Manuel! —Natalia echa un pequeño gritito llamando mi atención sobre el portal de María Ángeles.

¡Es increíble! La señora Bermejo acaba de llegar. No llama al timbre, espera en el portal sin dejar de mirar el reloj, se mueve de un lado a otro. A los cinco minutos Camino y María Ángeles bajan a su encuentro. Las tres mujeres van vestidas como si tuviesen una cita formal. María Ángeles y la señora Bermejo se dan dos besos, parece que es la primera vez que se ven y se están presentando.

—Cada vez hay más pruebas que incriminan a los demás sospechosos, ¿no te parece? —dice Natalia.

—¡Tenemos que seguirlas! —propongo a Natalia. Se ha quedado bloqueada. Es como si ahora todo sobre lo que hemos estado fantaseando, sobre lo que hemos estado haciendo hipótesis, cogiera contundencia y se hiciera de verdad, real. Ya no es un juego.

Me bajo de su coche y voy a por el mío. Tengo que hacerlo, ya que se acercan las ocho y media y el chico al que he dejado a cargo de vigilar al doctor Costa tiene que irse a casa. Pero apuraré hasta el último momento, antes, vigilaré a estas tres marujas… ¿Asesinas?

Nos ponemos en marcha. No es fácil seguirlas, van andando y

se meten por callejuelas asfaltadas. Natalia y yo hemos puesto el «manos libres» para coordinar el espionaje porque nos hemos tenido que separar. Por fin Natalia me señala que se han metido en un restaurante y que está aparcada enfrente. Me sorprende una cosa, y es que no habría podido hacer esto sin ella. Nunca hubiese cubierto dos flancos en solitario... No estoy solo.

Aparco en segunda fila, pongo los intermitentes y me meto dentro del coche con Natalia.

—El Venecia es un restaurante muy pijo, por eso van tan elegantes. O están festejando algo o están dándose un gran capricho para paliar algún que otro mal... —Natalia levanta una ceja.

—Quédate. Tengo que ir a por el chico y las fotos de César.

—Manuel, esto se está complicando —dice cansada.

—Creo que estamos muy cerca de averiguar algo —le digo con tono suplicante, para que aguante un poco más.

—Puede que las tres mujeres simplemente estén cenando. Tal vez se hayan hecho amigas y están animando a María Ángeles. Y aquí estamos los dos: pasando la tarde metidos en coches esperando a que ocurra algo.

—La señora Bermejo, María Ángeles y Camino son sospechosas y están juntas el mismo día que una de ellas visita a César. ¿No te parece demasiada coincidencia?

—Está bien, esperaré a que vuelvas.

Saco dinero y voy a todo meter por la carretera. Tan solo quedan cinco minutos para las ocho y media. Me alivia ver que el chico sigue en la plaza, está algo nervioso, mirando el reloj. Su madre le va a echar una bronca, pero se va a llevar un dineral.

—¡Señor, mi madre me matará como no llegue a tiempo! —me grita.

—Enséñame las fotos. —El chico ha hecho un buen trabajo.

Han salido diez personas del portal. Entre ellas, César. A eso de las ocho, hace tan solo media hora. Me quedo con la foto de César y me cercioro de que nadie más, nadie que pudiese ser sospechoso, haya entrado en su portal.

—¿Sabes hacia dónde ha ido? —Le muestro la foto de César. El chaval se ha ganado sus cincuenta y cinco euros. Se los doy.

—No puedo saberlo, porque no tenía ni idea de a quién buscabas. —Vuelvo a parecer imbécil. Es como si la inteligencia se me estuviese gangrenando conforme pasa el tiempo—. Me tengo que ir. ¿Seguro que no eres un chiflado, verdad? —se atreve a decir mirando el dinero, como si pudiese estar sucio.

—Seguro. —*Pensamiento intruso*.

Vuelvo a coger el coche y me dirijo al encuentro de Natalia. Tiene el rostro más lánguido que he visto en mi vida.

—¿Algún movimiento? —pregunto.

—Nada. Vamos a cenar, por favor. No he comido y me muero de hambre y de aburrimiento… No lo soporto más. —Me mira con cara de gatito lastimado. Yo ni me había acordado del hambre—. Ahí hay un bar, comamos algo, se puede ver el restaurante desde la ventana.

—Está bien —acepto.

Pedimos algo de picar y un bocadillo. Natalia cerveza, yo agua. Puede que la noche detectivesca se alargue. No quiero beber alcohol.

—César ha salido a eso de las ocho de casa. No hay manera de saber adónde ha ido, aunque llevaba una bolsa de deporte encima.

—Habrá ido al gimnasio. ¿Quieres que me pase por su casa con cualquier excusa para comprobar si ha vuelto? —¿Qué? ¡Ni por asomo! ¿Natalia entrando en casa de César? Tengo ganas de descartar que soy un pirado asesino, pero me aterra perderla por un babuino como César.

—No, no es necesario —digo ocultando mis celos. Aunque, por la cara que pone Natalia, creo que no lo he conseguido.

Nos sacan las patatas bravas de entrante, las devoramos. Se conoce que yo también estaba hambriento. En el preciso momento en el que empiezò con el bocadillo, las tres mujeres salen del restaurante.

—¡Se van! —grito. La respuesta de Natalia es un gesto suplicante. Quiere parar por hoy. Pero claro, ella no está sospechando de sí misma como homicida—. Quédate. Yo las sigo.

—No es que no quiera continuar con esto. Te apoyo, Manuel. Pero no creo que vaya a pasar nada ya. Las hemos vigilado toda la tarde y tan solo han ido de fiesta. Míralas, incluso María Ángeles se está riendo. No necesitas esto para descartar que eres un asesino.

Natalia se ha cansado. Me ha dado su apoyo desde que todo empezó y hoy llevamos ya varias horas metidos en el coche. Debería perdonar su flaqueza, aunque me sorprende, pensaba que su entusiasmo y energía no tenían fin. Yo también la estoy conociendo mejor. Curiosamente esto no hace que me guste menos.

Las tres mujeres están borrachas, se ríen y se apoyan unas en otras como si compartieran confidencias. Chismes de marujas. Sin embargo, algo me dice que hoy es el día de averiguar algo más.

—Me llevo el bocadillo —digo. Natalia se levanta y me besa en la mejilla. Cierro los ojos. No estoy solo. A diferencia de toda mi vida, ahora estoy con ella, y me gusta.

—¡Buena suerte! —añade antes de que salga por la puerta—. Llama si me necesitas.

Sigo a las tres mosqueteras, esta vez es más fácil, la embriaguez hace que se paren cada dos por tres. Acaban subiendo a casa de María Ángeles. Se echarán la última copa.

Aparco frente al piso mientras me termino el bocadillo. No sé cuánto voy a esperar. Hasta dónde llegaré.

40

Estoy aterrado. Me acuchillo a mí mismo. Una y otra vez, con ganas. Siento el dolor punzante y la sangre. Ya he perdido más de cinco litros, pero no importa. Sigue saliendo. A chorros, se derrama. Lo inunda todo. Puedo ver mis entrañas y me apetece inspeccionarlas. ¿Qué tengo dentro? ¿Cómo soy? ¿Quién soy? Me desgarro para poder verme, poder conocerme. Todo tiene un color negro, coagulado.

Por fin acabo con la exploración de mi interior. Me cierro a mí mismo con una aguja y el hilo quirúrgico. Y entonces, de nuevo, aparece ante mí el espejo. Mi reflejo muestra una cara diferente. Irreconocible. Alguien con mis facciones, pero liberado de lo coherente, está al otro lado. Se le mueve una ceja y después otra. Para arriba, para abajo, de derecha a izquierda. Ese hombre se ríe de mí. De mi «yo» asustado. «Acércate», me indica. No puedo más que obedecerlo. Al hacerlo, me agarra del brazo, me empuja a través del cristal y acabo cayendo al otro lado. El «desconocido yo» me abraza. «Ahora me toca a mí», dice. Y cruza el espejo para volver a la realidad. Intento seguirlo, pero no puedo. Me quedo encerrado, pegando puñetazos al vidrio sin poder escapar.

El «maligno yo» se vuelve a encarar conmigo y se presenta:

—Mi nombre es Salvador. Encantado. Salvador justiciero de almas en pena. En realidad, doctor Salvador. Cirujano.

Me ofrece la mano. Se la doy. Aunque mi mano sobresale del espejo, yo sigo sin poder escapar.

—Ahora me toca a mí —vuelve a repetir, y entonces comienzan a aparecer camillas. Muchas camillas sobre las que descansan personas llorando. Salvador comienza a rasgarlas con el bisturí. Juguetea canturreando, las deja morir y aspira sus últimos alientos para guardarlos en un cofre dorado. «Aquí estarán bien».

41

Me despierto de golpe. Sudando. Otra puta pesadilla de mierda. Pero ha sido diferente. En las anteriores, dentro del mundo onírico yo disfrutaba, con esa expansión de emociones, la libertad y un orgullo desconocido para mí hasta entonces. Me sentía satisfecho. En esta me he sentido desconcertado, y lo que es mucho peor, apoderado por otra persona que controlaba mi vida, atrapado. Tengo miedo. Incluso creo que tengo fiebre. ¿Quién es Salvador?

Me he golpeado contra el volante. Sigo frente a la casa de María Ángeles, se ha hecho de día. ¿En qué momento me quedé dormido? ¿En qué momento perdí la consciencia?

Me froto la cara. Estoy temblando. Respiro hondo y apoyo las manos sobre el volante. «Está bien, relájate», me digo una y otra vez. «Sigues en el mismo sitio en el que empezaste la noche». Me pongo el cinturón y al hacerlo me quedo petrificado: mi móvil está en el asiento del copiloto. Yo no lo dejaría ahí. ¡YO NO LO DEJARÍA AHÍ! Al cogerlo y examinarlo con detenimiento veo que alguien ha cambiado el fondo de pantalla, en esta aparece una foto de mi cara en primer plano, una cara de estúpido, una cara que no debería ser la mía y detrás, el portal de María Ángeles. La foto está hecha de cerca, a apenas un metro del portal. Antonio, refiriéndose a la personalidad múltiple, dijo: «Si usted padeciese algo así, habría encontrado objetos, escritos… cosas que no reconocería. Cosas que su otra personalidad hubiese cambiado de sitio, por ejemplo». Aquí viene: yo no hice esta foto anoche.

Estoy sudando a chorros. Me duele el estómago. Abro la puerta del coche y vomito fuera. ¿Qué me está pasando? Me echo a llorar. Desgarrado, como un loco, como nunca me había permitido llorar. ¿Qué he hecho? Convulsiono y tirito de frío. No comprendo, no controlo nada de lo que ocurre y lo único que me ha dado seguridad toda mi vida, la razón, me dice que soy un asesino. Sufro amnesia: no recuerdo cuándo me quedé dormido, ni recuerdo haber tenido sueño o haber pegado cabezadas ni tampoco haberme acercado tanto al portal de María Ángeles para hacerme una foto.

Me pongo en marcha hacia casa. Tengo varias llamadas de Natalia, pero ahora no puedo responder. No me identifico, no me reconozco, ni siquiera sé quién soy en realidad… En el sueño abría mis entrañas para encontrarme. Tal vez debería pensármelo.

Son las diez de la mañana. Me tomo algo para tranquilizarme, el triple de la dosis que habría utilizado en cualquier otro momento. Me tumbo en el sofá aunque no me duermo, me quedo en un estado somnoliento, anestesiado por la medicación.

Llaman a mi puerta. La agudeza del sonido me sobresalta, incluso me caigo del sofá. Parece que mis sentidos están más que alerta. Como si estuvieran preparados para morir en cualquier instante. Seguro que es Natalia. No puede verme así. Desencajado, lloroso, temblando y manchado de vómito. Miro a través de la mirilla.

—Abra la puerta, doctor Alarcón. Sabemos que está en casa.

El agente Santos está al otro lado. Solo puede significar una cosa: alguien ha muerto.

42

Me han traído a la comisaría. Llevo un tiempo esperando, así van los interrogatorios, procuran ponerme nervioso. Seguramente me estarán espiando por detrás del cristal oscuro. No tengo buen aspecto. Siento como si cualquier atisbo de mí mismo estuviese lejos y solo quedara mi cara; observo mi reflejo en el espejo, agarrándome a algo conocido. Es lo único que me hace ser quien soy, quien he sido.

Tengo que encontrar el temple, tengo que encontrar mi inteligencia, lo que me saque de esta situación sin derrumbarme. Aún no sé quién ha muerto, ¿pero por qué si no iba a traerme aquí el inspector? ¿Y por qué ocurre el mismo día que despierto aterrado y con otro episodio de amnesia?

Ya no sé ni cuánto tiempo ha pasado. Llevo horas sentado enfrente de una fría mesa de metal, envuelto en grises paredes y con una luz intermitente de neón sobre mí. Me están confundiendo todavía más.

Debería aclarar mis ideas. Debería pensar con calma, unir acontecimientos. No solo he despertado en mi coche de manera extraña, sino que también ha sido frente al piso de tres sospechosas. Estoy convencido de que hay alguna pieza que puede explicar lo mío.

—Buenos días, doctor. Tiene usted mala cara. —El agente Santos por fin ha decidido entrar. Lanza sobre la mesa una carpeta archivadora llena de papeles. Joder, esto parece una de mis series de criminales. No puedo estar representándola.

—Paso por un proceso catarral, así que espero que esto no se demore demasiado. No me encuentro nada bien.

—¿Ha descansado usted lo suficiente? —No voy a contestar a eso. No vaya a ser que me hayan seguido y me hayan visto frente al piso de María Ángeles toda la noche—. Tranquilo, el tiempo que usted esté aquí dependerá de su colaboración, tan solo unas preguntas, no mucho más.

—¿Estoy detenido? —Sé que están obligados a contestar a esa pregunta.

—No. —Entonces no tienen nada claro contra mí. Eso me da algo de valor.

—¿Qué ha ocurrido? ¿Para qué me tienen aquí entonces?

—¿Por qué está tan seguro de que ha ocurrido algo nuevo? —dice el agente sentándose encima de la mesa y encarándose a mí—. Le dijimos que estuviese localizable por si necesitábamos hacerle más preguntas.

—Mire, inspector, por favor se lo pido, me encuentro muy mal. No me trate de tonto y seamos transparentes. Me ha interrogado ya en dos ocasiones sobre dos presuntos suicidios y en ambos interrogatorios ha esperado al lunes para venir a hacerme sus preguntas, incluso siendo las muertes entre la noche del viernes y la madrugada del sábado. Ayer era viernes, y hoy sábado han venido a mi casa y me han traído a la comisaría. Tenían más prisa de lo normal. ¿Qué demonios ocurre?

El inspector se acomoda en su silla y se toma su tiempo.

—¿Conoce a esta mujer? Saca una foto de su carpeta. Es María Ángeles.

—Sí. Se trata de mi antigua enfermera. Se jubiló hace poco,

jubilación anticipada. —No voy a decir más hasta que la cuestión se aclare.

—Ha muerto.

¡¡¡Mierda!!! Tengo la boca seca. Comienzo a hiperventilar. Pero debo tranquilizarme, no puedo explotar aquí. Oigo el «bum-bum» retumbante de mi corazón en lo más profundo de mi conducto auditivo, casi llegando al cerebro. Debo controlarme. Voy a contar hasta Uno. Dos. Tres. Ya sé que Antonio dijo que era una mamarrachada, pero es que me ha mantenido cuerdo todo este tiempo. Uno. Dos. Tres. Uno. Dos. Tres. María Ángeles ha muerto.

—¿No dice nada? —Insiste.

—Perdone usted, me siento consternado. He compartido muchos años con esa mujer. ¿Cómo ha sido? ¿Otro suicidio?

—Sí, aparentemente, un nuevo acto autolítico.

—¿El sábado de madrugada?

—El sábado de madrugada —afirma el inspector. Se levanta de la silla y comienza a contarme el cuento—. Le daré los datos que tenemos hasta ahora. Como bien sabe, han ocurrido una serie de asesinatos. Todos ellos, por la forma y el modo en el que fueron encontrados los cuerpos, pretendían representar un suicidio. Sin embargo, intuimos que hay algo más, dada la conexión que existe entre los cadáveres y el contexto en el que murieron.

—¿No tienen pruebas forenses que confirmen que no se trataba de suicidio?

—No pienso compartir ese tipo de información con...

—Un sospechoso —acabo la frase por él. No me sigue la corriente, se reafirma en su anterior monólogo.

—Lo que sí puedo contarle es que nos ha llevado tiempo poder darle forma a este caso. El asesino es sumamente inteligente. —Recalca la palabra «inteligente» y me mira como una madre que regaña a su hijo—. Además, como usted bien ha dicho, los tres crímenes han ocurrido entre la noche del viernes y la madrugada del sábado. Creemos que eso también debe tener su explicación, debe ser parte del patrón de conducta del asesino. Puede que tenga algún tipo de ritual o simplemente sea un hombre controlador, que repita el contexto de asesinato, metódico.

Trago saliva. Parece que hubiesen hablado con Antonio.

—¿Podría traerme un vaso de agua y una aspirina, por favor? —pregunto.

—Claro.

El inspector Santos no es tan imbécil como yo creía, tal vez deba cambiar mi estrategia también. Voy a darle algo de picar. Algo con lo que entretenerse.

El hombre vuelve con el vaso y la aspirina. Se lo agradezco y le invito a que continúe y haga sus preguntas.

—Bien. Entonces, las tres muertes no solo…

—Cuatro —confieso. El inspector se queda blanco. Mira sin comprender del todo.

—¿Cuatro?

—Debe perdonar mi intromisión, agente, pero desde que vino a interrogarme la primera vez he estado investigando por mi cuenta. Por supuesto, de haber encontrado algo contundente habría acudido a la policía. Ahora que me cuenta que María Ángeles ha muerto, puede que el nuevo dato tenga sentido. Cuando ocurrieron las primeras dos muertes, enseguida relacioné el carácter de estas. Es decir, está claro que quien hubiese matado a los dos hombres sentía su propia justicia poética.

—Ese dato tan solo lo tenía usted —me acusa.

—No exactamente. Mucha gente sabía que el señor González maltrataba a su esposa y que esta estaba embarazada. La fuga de Enrique del centro de salud fue algo muy comentado por todos los trabajadores. Así que la información de la situación de las víctimas era conocida por bastante más gente. Déjeme terminar. —Intenta ladrarme—. Parece que el asesino tiene la falsa idea de ser un justiciero. —O un «salvador». Trago saliva al pensar en el «yo» del sueño. ¡De nombre Salvador!—. Partiendo de esta hipótesis intuí que podía haber otra muerte relacionada: el marido de María Ángeles.

—Estamos informados. Murió de cáncer en el hospital.

—No he llegado al punto de examinar con cautela cómo fue su muerte —miento y omito la información que obtuve sobre el doctor Costa—, desconozco quién administró el tratamiento o quién estaba al cargo, sin embargo, sé que fue una muerte causada por una sobredosis de morfina. Algo sospechoso, aunque piadoso, dada la situación terminal de la víctima y los dolores que sufría, lo que encaja con el perfil de las víctimas —digo dirigiéndolos hacia César—. El asesino pudo pensar que estaba obrando con compasión, como en el resto de las muertes. Ustedes, que disponen de los medios adecuados, deberían investigarlo a fondo. Claro está que mecer dulcemente a un moribundo de cáncer terminal con insufribles dolores es un asesinato misericordioso… encaja.

El inspector Santos me mira con suspicacia. Su intuición no quiere dejarme escapar, pero su razón le dice que debe hacerlo. Lo estoy convenciendo. Ese algo de picar que le he dado funciona.

—Está bien. Lo investigaremos. Dígame, ¿dónde estuvo usted entre las doce del viernes y las cuatro de esta madrugada?

Pregunta clave. No puedo mentirles, si lo hago y saben que estuve frente a la casa de María Ángeles añadiré una sospecha fatal. Tal vez tenga que confesar a medias. Creen que me han pillado, ¿cómo si no han venido a buscarme el mismo sábado a mi casa? ¿Por qué no han esperado al lunes? Hoy han cambiado su rutina. ¿Qué factor ha influido en ello? ¿Qué es lo que se sale de la norma? ¿Qué es lo que saben? Cada vez lo tengo más claro: me han visto.

—Debo confesar algo más. —El inspector queda satisfecho y me invita a hablar, casi con ternura—. Anoche cené con Natalia, la enfermera que trabaja conmigo, y después… No sé cómo decirlo. Sé que este dato puede incriminarme, pero estuve vigilando el piso de María Ángeles: me senté en el coche frente a su portal.

—El inspector no parece sorprendido. Lo sabían, acabo de ganar terreno.

—¿Está confesando?

—No. Conoce mis dudas acerca de la muerte del esposo de María Ángeles, quería comprobar si ella era una asesina. Por eso vigilaba. Seguía en mis pericias como investigador.

—Si estuvo toda la noche allí, seguro que pudo ver al asesino.

—Me quedé dormido. De verdad, no recuerdo haber visto absolutamente nada. Aunque puedo contarle todo lo que ocurrió antes de que me quedase dormido.

Le ofrezco los datos sobre el encuentro de María Ángeles con Camino y con la señora Bermejo. Me hace algunas preguntas más. Sigue sin querer dejarme escapar. Hasta que por fin:

—Bueno, deje ya de ejercer sus dotes detectivescas e infórmenos de cualquier cosa que vea oportuna —dice mientras apoya ambas manos sobre la mesa y se me encara con cierta brusquedad—. No tenemos pruebas contra usted, por lo que puede irse. Sin embargo, tengo algo muy muy claro —su expresión y pausa me hacen tragar saliva—: la pieza que conecta absolutamente a todas estas personas es usted, así que no se vaya lejos. Estaremos en contacto.

CONSULTA N.º 5

Es lunes. Me he plantado en la consulta de Antonio sin cita previa. Hasta este momento me he mantenido en un estado de *shock* y no sé ni cómo consigo respirar. No pensaba presentarme a trabajar hoy, fingiría tener una diarrea o cualquier otra cosa, pero faltar al trabajo podía levantar sospechas. He intentado esconderme y pasar desapercibido... Natalia se ha preocupado por mí, pero la he alejado. En parte para que no me viera así de acojonado, pero por otra parte para protegerla. Tal vez de Salvador. ¿Era un sueño sin importancia o realmente tengo otra personalidad?

Antonio ha visto mi cara. Seguramente encorvado, balanceándome, esperando como un loco en la salita. Con ojeras, los lagrimales rojizos y la cara espectral mientras me frotaba la sien repetidamente. Ha prometido que me atenderá cuando acaben las demás citas. Son más de las nueve y media, pero por fin lo tengo delante. Le he contado los nuevos acontecimientos, he confesado sobre la existencia de Salvador. Es como si algo hablara mediante ecos desde mi interior. Como si empujara igual que una potente arcada antes de vomitar.

Es extraño, porque estoy delegando absolutamente todo el

control de mi estado mental en Antonio. De él depende cada atisbo de esperanza. Y yo ODIO no controlar.

—¿Y si soy un psicópata? —le pregunto.

—Los psicópatas son personas que no pueden empatizar. Interactúan con otros con el fin de lograr sus propios objetivos, cubrir sus necesidades. Los demás son para ellos útiles con los que lograr lo que persiguen.

—Pero yo, aunque no me detenga en comprender a los demás, dispongo de empatía, ¿no? ¿Antonio, crees que no tengo empatía? Nunca tengo problemas graves con nadie, ni entro en conflictos. Además, comprendí perfectamente lo que me planteaste sobre las necesidades humanas, sobre la pirámide de Maslow. Supe aplicarlo. ¿Puedo sentir empatía, no? —repito con desesperación.

—Bueno, los psicópatas disponen conocimientos del uso de las normas sociales y pueden pasar desapercibidos, se adaptan. Manifiestan una sobrevaloración de sus capacidades y por lo tanto también de sus posibilidades para poder conseguir las cosas que quieren. Disponen de lo que denominaríamos «empatía utilitaria», es decir, son hábiles en identificar las necesidades de los demás, en ver sus debilidades, pero lo usan siempre para un fin: su propio beneficio. Diría que son verdaderos genios manipulando.

«Genio»…

«Son genios»…

Recuerdo cómo engañé a la señora Bermejo para que me dejara en paz: «Puede ser un cáncer de pulmón», le dije acerca del catarro de su hijo. Y también me acuerdo del frasco de virutas de chocolate blanco que tengo en el despacho y que prescribo como placebo… Soy un manipulador. Pero… ¿lo es también Salvador?

—Puedo contarte mucho más. —Antonio aprovecha mi silencio—. Los psicópatas solo se sienten mal o culpables al infringir sus propios códigos, sus propias normas. —El bocadillo de chorizo me viene a la cabeza y también el fin de semana en el lago, cuando hicimos la compra. Mi código de alimentación fue alterado y no me sentí nada cómodo. Ante la culpa por haberme saltado mis reglas, tuve que compensarlo con un extra de práctica deportiva el lunes. Por no hablar de mi empatía de cara a los valores que empujan al asesino a matar. Sí, eso se me olvidaba o se me quería olvidar—. Tienen un claro y marcado criterio, persiguen sus objetivos a toda costa, sin tolerar cambios imprevistos en el camino hacia sus metas. Están seguros de estar en lo cierto y se puede decir que se tienen en gran estima. Tienen su propia visión de las cosas y sus intereses específicos, lo que implica cierta «ritualización» en su vida.

—¡Joder, Antonio! —Hace tiempo que he dejado de hablarle «de usted»—. Prácticamente me estás describiendo con cada puñetera frase. ¿Qué pretendes?

—Son controladores tanto con lo que hacen como con lo que dicen —añade como si lo que yo dijera no fuera con él. Me irrita…—. En definitiva: quieren controlar lo que ofrecen a los demás. No dan ni más, ni menos. Lo justo y controlable.

Antonio me está cabreando. Cada vez me siento peor. Me vuelven las ganas de vomitar y estoy sudando. Siento frío, puede que tenga fiebre. Es una mierda de psicólogo, porque no está consiguiendo que me tranquilice, el contenido de sus palabras no es un bálsamo precisamente. Me equivoqué con él, ¿pero yo nunca me equivoco, no? Soy un genio. Mierda, así habla un psicópata.

—Creo que la pregunta que nos tendríamos que hacer ahora es: ¿un psicópata, por definición, tiene mayores posibilidades de hacer daño a alguien? —sugiero, intentando ser diplomático y controlar toda esta rabia que vertería en él, a chorros.

—Hombre, no tiene por qué. Lo que pasa es que, al ver a los demás como útiles para sus propósitos, tienden a cosificar a las personas con las que se relacionan, despojándolas de todo atributo de humanidad. No dudan en obrar en beneficio propio aun teniendo que pasar por encima de otros: mentir, engañar, dañar… Tampoco creo que duden mucho en cometer delitos si les conviene. De hecho, el psicoanálisis les da la connotación de «perversos». ¿Conoces los términos básicos del psicoanálisis?

—¡Venga ya! No me hables ahora de psicoanálisis. —Lo que me faltaba para los nervios—. Nada que me digas basado en esa teoría puede influir en lo que piense, no va a removerme, y lo más importante: no va a tranquilizarme, sino todo lo contrario. El psicoanálisis está más obsoleto que intentar volar moviendo los brazos de arriba abajo.

El estómago se me encoge en una dolorosa contracción, tanto que me sujeto la tripa con la mano.

—Escúchame, por favor. Ten paciencia… Según el psicoanálisis —¡¿qué paciencia?!—, especialmente según Freud, la psique se compone de tres apartados básicos: el Superyó, el Yo y el Ello. La mayoría pertenece a lo inconsciente, pero todos ellos trabajan juntos y anatómicamente no están separados en el cerebro.

—Como si Freud hubiese pensado en la neurología y la localización anatómica. ¡Deja ya el psicoanálisis! Es una cortina de humo. —Me agarro con fuerza el pliegue del pantalón, con la mano en puño. Incluso me araño el muslo, lo hago repetidamente. Quiero hacerme daño para no tener que sentir el sufrimiento que me produce oír sandeces y gilipolleces tan grandes en un momento tan crítico de mi vida. Pero él continúa con el dichoso psicoanálisis.

—El Superyó es la moral y las normas que hemos ido adquiriendo desde la infancia. Su opuesto sería el Ello, que responde a los deseos más primitivos y a los anhelos. Lo más impulsivo. Para mediar entre ambos polos está el Yo. Intenta conciliar lo punitivo, las normas del Superyó con la posibilidad de satisfacer los deseos del Ello. Basándonos en esto, un psicópata no tendría Superyó, nadie que haga oposición u obstaculice y reproche al Ello. Los impulsos más inmediatos y primitivos tendrían vía libre. Eso es lo que les pasa a los psicópatas… tienen vía libre. No tienen moral que les reproche.

—Antonio, por favor, esto es un cuento para dormir. Llevamos casi media hora hablando y no lo soporto más, quiero resolver esto de una vez por todas. ¿Qué mierdas me ocurre? Me siento muy angustiado, así que me gustaría que cambiaras de perspectiva para abordar lo que nos ocupa. —¡Deja ya el puto psicoanálisis! Contengo mi ira, apretando con mayor fuerza el pliegue del pantalón. He cogido piel.

—Está bien, pero si no estuvieses tan seguro de tus convicciones podrías abrir tu mente hacia otras perspectivas. Cuando tengas algo de tiempo y estés más tranquilo, reflexiona sobre lo que hemos hablado. —Antonio está sugiriendo que no soy capaz de salir de lo que considero razonable, que no soy capaz de abrirme a otras visiones.

—¿Estás sugiriendo que soy un psicópata? ¿Que no puedo faltar a mis códigos? ¿Al código que dice que el psicoanálisis es una pérdida de tiempo?

—En absoluto. Cambiaré de tornas —acepta. Pero no acepta. Es decir, ese «en absoluto» no significaba un «en absoluto», ¡era un «por supuesto» como la copa de un pino!

—¿Qué área cerebral está implicada en todo este embrollo? —Le facilito la dirección a seguir. Algo tangible como la neurología, por favor.

—La prefrontal. Quien controla, manipula y frena, si es necesario, nuestras intenciones antes de realizarlas. También se baraja que los psicópatas muestran menos actividad en áreas relacionadas con las emociones. Les falta el estímulo que provoca la empatía.

—¿Entonces existe una prueba médica que diagnostique la psicopatía? ¿Se trata de una enfermedad detectable? ¿Podría utilizarse como atenuante ante un juicio?

—Me temo que no es tan fácil. Un escáner o una tomografía por emisiones de positrones tan solo podrían sugerir las alteraciones cerebrales que hemos descrito. Pero todo esto está bajo estudio, no hay evidencias.

—A ver, Antonio. ¿Hay o no hay pruebas médicas? —Este tío no se aclara y se está volviendo torpe. Torpe hasta irritar.

—A efectos penales, no se determina como una enfermedad mental, ya que el psicópata es consciente de lo que hace, es responsable y tiene culpa. Son imputables a todos los efectos, las víctimas tienen derecho a defenderse. La psicopatía nunca será un atenuante en un juicio, porque la persona puede decidir sus actos plenamente.

Me caigo en un pozo. Es como si me resquebrajara. No encuentro un salvador en Antonio. Está alterándome. Tengo ganas de zarandearlo y golpearlo, pero el malestar me lo impide. Una confusión extrema, una angustia tremendamente profunda. Todo está turbio, hasta que ante mí aparece una imagen: Natalia. Creo… ¡Sí! ¡Creo que estoy enamorado!

—¿Los psicópatas pueden llegar a enamorarse? —Ella será mi flotador.

—Por supuesto, aunque no entendiéndolo de la manera habitual. Siempre que encuentren a una persona que los satisfaga, que cubra sus necesidades, querrán mantenerla a su lado. Pero solo hasta que dejen de serles útiles.

Al inicio, cuando conocí a Natalia, pensé que ella tan solo cubría dos de mis necesidades: la sexual y la de procreación o supervivencia de la especie. Pero ahora creo que es algo más. Me gusta estar a su lado, me llena.

—¡Pero yo quiero cuidar de Natalia! ¡Me preocupo por ella! Desde que temo la presencia de Salvador, me he alejado, quiero protegerla de él.

—Habría que profundizar en tus motivaciones para ello. Tal vez, y simplemente, quieras conservar la seguridad de Natalia porque te es útil, y hasta que deje de serlo es de tu pertenencia. —César y mis celos me vienen a la cabeza. ¡Cómo se tocaba la coleta para él…! Natalia es mía—. Los psicópatas, en las relaciones de pareja, cuando disfrutan de momentos a solas, suelen quedarse callados, pensativos: rumiando algo. No dan excesivas muestras de cariño. —Como yo, pero seguro que ya lo sabe.

—¡NO LO SOPORTO MÁS! ¿Por qué no dejas ya de sugerir de esa forma tan sutil y me acusas abiertamente de una vez? ¡Dilo ya! ¡Crees que soy un psicópata y un asesino! ¡Llama de una vez a la policía, me estoy volviendo loco!

—Esa no es mi intención, ni mucho menos —dice con extremada pausa y tranquilidad. No se inmuta ante mi desazón, así que es tedioso. Tanto que tengo que volver a agarrarme el pliegue del pantalón. La herida que me estoy haciendo duele de una forma que me reconforta. Me estoy autolesionando, soy consciente—. Espera a oír el final antes de acusarme de tal cosa. —Miro el reloj. Son las diez y media. Llevamos una hora, y lejos de sentirme mejor, me estoy angustiando como nunca antes en mi vida. Como si quisiera desaparecer—. Te voy a hablar sobre algunos autores especializados en el tema. El primero de ellos, Hervey Cleckley, concreta una serie de características clínicas de este tipo de personas. Por ejemplo, el encanto superficial, la tendencia a mayores capacidades intelectuales, falta de sinceridad, conductas antisociales no justificadas, egocentrismo patológico, pobreza e insensibilidad en la mayoría de las relaciones sociales, conductas extravagantes bajo la influencia del alcohol...

—Te juro, Antonio, que estoy a punto de explotar. —Aprieto los dientes y la piel bajo mi pantalón—. Como no dejes ya de acusarme de esta manera tan poco directa, voy a hacer algo de lo que me arrepienta. ¿Quieres decirme de una vez hacia dónde quieres ir a parar? Puedo soportar cualquier cosa. ¡Lo que no aguanto es esta incesante y oculta acusación sin sentido!

Me paro a respirar. Estoy hiperventilando. Parece que me va a dar un ataque al corazón. Me siento como el cuadro del grito de Munch. Me derrito hacia lo más profundo en mi locura. Mi cerebro se mueve a un ritmo despiadado, y son tantas las ideas que me pasan por la cabeza que no puedo filtrarlas. Me están desbordando. Se me caen.

—Confía en mí, Manuel, y espera hasta el final. —Cierro los ojos y los cubro con las manos, apoyando los codos sobre mis rodillas. Muevo la pierna inquieto, de arriba abajo, de arriba abajo... Que sea lo que quiera, pero que esto acabe ya. Estoy al límite. Miro el reloj. Son las once menos veinte. Llevamos una hora y diez minutos y sigo sin ver la salida. Sin salvación. Tengo miedo. Me araño, otra vez, la piel bajo el pantalón—. Conozco a otro autor,

Robert Hare, psicólogo criminal. Este hombre describió veinte síntomas que manifiestan los psicópatas: autoestima exagerada, tendencia al aburrimiento, comportamiento manipulador, afectividad frívola… —La lista de síntomas me bombardea la cabeza, me describe completamente y no lo soporto más.

—¡¡BASTA YA!! —grito vaciándome por dentro. Es como si cayera en un vértigo que no me dejara levantarme.

Pensamiento intruso. Pensamiento intruso. Pensamiento intruso. Uno. Dos. Tres veces.

Me flaquea el control… Me estoy mareando. Hago fuerza pero la gravedad aplasta mis mofletes contra la oscuridad.

—Cálmate, Manuel. Mira, no encajas en la descripción de un psicópata. Hay algunas características que aún no te he explicado. Si te tranquiliza, solo entre el uno y seis por ciento de la población padece una psicopatía. —Sí, las matemáticas me tranquilizan—. Una de las mayores características de estos sujetos, y que no he querido nombrarte, es su falta de vergüenza y de remordimiento. Y ahora mismo tú eres un manojo de culpa por miedo a ser un asesino en serie. No te sentirías así ni hubieses acudido a mí de ser un psicópata. Estoy seguro de que quieres proteger a Natalia de todo esto. Quisiste ser cirujano, pero decidiste ser médico de atención primaria por lo ocurrido con tu madre. —¿Cómo sabe eso? Un momento… ¿Quién se lo ha dicho? *Pensamiento intruso.*

—¿Y por qué no me has comentado todo esto hasta ahora? ¿Porque hacerme sufrir tanto?

—Quería ponerte al límite, ver cómo reaccionabas.

—Lo has conseguido. Casi me da un infarto… Supongo que he pasado la prueba. No te he matado ni agredido. —Me atrevo a bromear. Pero sin desprenderme del miedo. ¿Cómo sabe el motivo por el que me hice médico de atención primaria? Me repito a mí mismo.

—Sí. No creo que seas un psicópata. Además, el tipo de asesino que buscamos no encaja en el perfil de psicópata. Su intención es la de ser benevolente con las víctimas, siente piedad hacia ellas.

Dicta su propia justicia, pero cree que está haciendo el bien común.
—Respiro algo más tranquilo. Puede que no sea un psicópata, aunque eso no me exime de ser un asesino justiciero. Entonces una duda me sacude como un latigazo.

—¿Y si Salvador es el psicópata?

—No lo es —afirma rotundamente.

—¿Cómo puedes estar tan seguro? —pregunto algo confuso. ¿Cómo sabe que mi madre murió de un cáncer? Otra vez «la preguntita», yo no se lo he contado.

—Mira el reloj —responde aparentemente sin sentido alguno.

Hago lo que dice. Observo el dichoso reloj. ¿Cómo? ¡Son las doce y media de la noche! ¿Cuándo ha pasado tanto tiempo? Lo miro atónito, sin creer lo que está ocurriendo, y entonces lo dice:

—Acabo de tener una charla con Salvador.

43

Rosario Bermejo

- La víctima propició una paliza a su hijo.
- Palabras textuales incriminatorias: «Este tipo de personas debería morir. ¡Ay, Dios mío! El mundo está loco. No sé cómo voy a hacer para que a mi Juan no le pase nada».
- Relación con Camino - Enrique.
- Necesidades humanas acordes con el primer asesinato (supervivencia de su hijo).

Camino Anglada

- Relación con Enrique Montejo (vecinos y amigos) y más que probablemente implicada en su fuga. Estuvo ausente en su puesto de trabajo mientras se produjo la misma.
- Amistad estrecha con Rosario Bermejo.
- Conocimiento de los domicilios de las víctimas.

Manuel Alarcón

- Episodio amnésico en la noche de autos.
- Empatía con el asesino.
- Pesadillas nocturnas de contenido sangriento.
- Conocedor del domicilio de los muertos.
- Palabras textuales incriminatorias: «Tiene que morir».
- Necesidades humanas (autorrealización) acordes a los posibles motivos de los asesinatos.

Doctor Costa

- Aparece su firma en una autorización del tratamiento con morfina que resultó letal en la muerte del señor Fuentes, esposo de María Ángeles.

Acabo de quitar a María Ángeles de la lista. No es una homicida, es una víctima más. Ha muerto. Sin embargo, debo añadir a otro sospechoso:

> Salvador
> - Actos fuera de mí control consciente.
> - ¿Presente las noches de autos?
> - Palabras textuales: «Mi nombre es Salvador. Encantado. Salvador justiciero de almas en pena. En realidad, doctor Salvador. Cirujano».

Natalia me observa con cautela. No creo que sea por miedo, sino por algo mucho peor: compasión. Ahora ella es mi niñera. Antonio me recomendó que hasta la próxima consulta estuviese con alguien las veinticuatro horas. Debo empezar mi tratamiento. Seré derivado a salud mental. Me medicarán, me estudiarán, analizarán… Joder, estoy enfermo. Toda la vida planeando mi rutina al dedillo, controlando que mis hábitos fueran saludables, ¿y para qué? Ahora soy un enfermo de salud mental. Y puede que un asesino.

Antonio estuvo charlando con Salvador más de una hora. Debe ser un tipo seguro, satisfecho con lo que es, alguien que no tiene tapujos para decir las cosas como son. Han hablado de mí. Según lo que cuenta, surgió hace poco, pero antes de aparecer anduvo tiempo entre las sombras, más bien guiando mis pesadillas y haciéndome olvidar lo ocurrido las noches anteriores a estas. Tiene algo que ocultarme pero se ha negado a contárselo a Antonio. «He surgido para protegerlo de lo que no puede soportar y guiarlo hacia otro camino», le dijo sin especificar más. Era él quien escenificaba mis pesadillas, no yo. Era él quien se sentía satisfecho con lo que hacía, con tanta sangre, quien disfrutaba de su libertad. Sus apari-

320

ciones fueron fugaces y nocturnas, por eso nadie de mi alrededor fue consciente de su presencia.

Sin embargo la pregunta ahora es: ¿maté yo al señor González y me sentí tan culpable después que Salvador salió para protegerme de ello? ¿Es eso lo que no puedo soportar? ¿O fue el mismo Salvador quien lo mató sin mi consentimiento? Según Antonio, esto último no encajaría con las intenciones de Salvador. Es un tipo listo que quiere protegerme ante todo, nunca se metería en líos que pudieran acabar llevándome a la cárcel. O eso piensa Antonio, yo no estoy tan seguro. Me lo describió como el antihéroe. Solo pretende cuidarse a sí mismo, en este caso a mí mismo. No tiene necesidad de cuidar de los demás, entonces, ¿para qué ayudar a un moribundo como Enrique, por ejemplo? Arriesgaría demasiado. Ese es el mayor motivo por el que Antonio lo descarta como asesino. No sentiría ninguna necesidad de matar por clemencia o compasión y ese es el caso que nos ocupa: han matado a un mal hombre por compasión hacia una mujer embarazada y maltratada, han matado a un enfermo que quería morir, a un paciente terminal de cáncer y a María Ángeles. ¿Por qué a ella? Es una muerte que no encaja con el carácter de las demás. ¿Tal vez estaba extremadamente triste? ¿Se sentía tan culpable que no quería seguir con vida? No sé… Es rebuscado… Pero yo estaba allí, en el escenario del asesinato la noche de autos, y sin ser consciente de nada. Solo tengo esa estúpida foto frente a su portal, esa que seguramente Salvador haya hecho para ridiculizarme.

Antonio fue astuto al ponerme al límite para hacer salir a Salvador, para encararse con él. Incluso se atrevió a hablarme del psicoanálisis para irritarme aún más. ¡Qué cabrón y cómo me conoce! Tras la sesión, me pidió que confiara en él y dijo que lo abordaríamos todo en la próxima cita. Ha sido osado al no llamar a la policía para alertar, así que creo que sabe lo que hace y está seguro de sus impresiones. A mí no me queda tan claro. Salvador puede salir a sus anchas y hacer lo que quiera, incluso matar. No lo controlo. Y ODIO no controlar. Además, en mi sueño, se presentó como:

«Salvador justiciero de almas en pena. En realidad, doctor Salvador. Cirujano». ¿Se está delatando como justiciero de los crímenes? ¿O es mi justiciero? ¿Es él quien me protege? ¿Y por qué dice que es cirujano?

Salvador me oculta algo. Eso que no puedo soportar. Cada vez me parece más claro que yo mismo, Manuel, pude matar a alguien, y que él intenta protegerme de ese recuerdo. ¿Qué otra cosa podría haberme ocurrido que no pudiese soportar y que estuviese relacionado con varias muertes y la aparición de una segunda personalidad?

Natalia me lanza un grito desde el salón, me pide que vaya, parece urgente:

—Estaba buscando algo que leer en tu biblioteca y he encontrado esto en un libro de cirugía —me dice alterada mientras se sujeta la frente con la mano en un gesto de alarma.

Es un libro que leo a menudo, por el deseo no cumplido de ser cirujano y que arrastro desde que decidí ser médico de atención primaria. Desde que quise volver a salvar a mi madre de un cáncer de piel una vez muerta. Absurdo.

Es una carta. Para mí. De Salvador.

SOSPECHOSO N.º 8

SALVADOR

Querido Manuel:

Hasta la otra noche, en sueños, cuando hice las debidas presentaciones, no nos conocíamos, aunque yo sí sabía de tu existencia.

No debes temerme, he nacido para protegerte. Necesitabas una escapatoria y esa escapatoria soy yo mismo. O tú mismo. No lo sé. Otro tú, supongo.

Entiendo lo que te preocupa perder el control, pero te prometo algo: no haré nada que te perjudique, esa es mi función, todos mis actos van encaminados a liberarte. Estabas tan encerrado en ese mundo amurallado que te habías construido que de alguna manera debías compensar. Así surgí yo. Hubo un desencadenante, por supuesto, algo que tú no pudiste soportar, pero que yo sí y para eso estoy, amigo. No puedo contártelo; como he dicho, te protegeré de ello, y para que te quedes tranquilo: no he matado a nadie. O no hemos matado a nadie… Aunque sí fui yo quien le hizo el amor a Natalia encima de la lavadora. Una pena que te lo perdieras, pero nunca te habrías atrevido. Me gustó mucho, Manuel, y a ella también.

Cierto es que no soy lo que se definiría como «un buen hombre». Los demás me asquean completamente. Sé que tú opinas igual, pero nunca te has atrevido a soltarlo por la boca. Te retraes en una mueca

323

y una contracción de estómago y procuras ser aséptico. Ocultas la rabia que te producen las tonterías y los imbéciles que te rodean. Lo haces desde que aprendiste a controlar tus enfados ante papá y su forma sistemática de meter la pata y de intentar relacionarse contigo a través de intereses como el fútbol. *Vaya memez*. Pero era un buen hombre y te quería, lo intentaba y veías su cara de tristeza cuando no conseguía conectar contigo. Así fue como aprendiste a guardar la rabia en una cajita de tu interior; papá lo merecía, por lo menos eras educado con él.

Pero yo no pienso tener ese recuerdo en cuenta, por mi salud y la tuya. Prefiero andar a mis anchas y expresarme como quiero. Sin preocuparme por los demás. Por la gente que es más imbécil. De hecho, me gusta advertirles de lo tontos que son, me quedo a gusto al ver sus caras... Ay... es gracioso cuando les grito.

Porque, no te olvides, comparto tu intelecto, así que jamás haría la estupidez de matar por piedad. Admito que odio el sistema, odio que Enrique no tenga opción de morir dignamente y que Daniela no haga nada en contra de su marido, sin embargo, jamás me arriesgaría a una condena por ellos ni por nadie. Mientras no me incumba, pase.

Tampoco me arriesgaría por Natalia, aunque tú sí. Has empezado a sentir alguna que otra cosa por ella y tu parte más solitaria y narcisista no puede soportarlo. Es decir, yo no puedo soportarlo. Has cambiado mucho desde que ella apareció. No comprendías lo que te estaba ocurriendo, tu enamoramiento, y quisiste esconderlo, racionalizarlo como haces siempre. No eres capaz de aceptar los cambios. Supongo que eso también forma parte de una de las chispas que me desató. Por favor, Manuel, no nos pegan las ñoñerías, ni ser románticos, ni querer a nadie más que a nosotros mismos. Podemos continuar solos. Aunque debo admitir que a veces Natalia comparte muchas de nuestras maneras de pensar, no me aburre y tiene un movimiento de culo espectacular. Por eso tampoco me cuesta estar a su lado. Deberías hacer como yo, soy capaz de amarla liberadamente, sin miedo a perder el control con ella, a hacerle el amor brutalmente, a ser yo mismo... *O tú mismo... no sé...* (deberíamos encontrar un término para esto). No te relaciones con ella con miedo a perderla. Si esto último ocurriese, no sufras y no lo olvides: Natalia sigue siendo otra persona cualquiera.

Respecto a mí, vivo en mi propio mundo: ese que te gustaría construir y no te atreves. Soy cirujano, bueno, desde que aparecí me he empezado a formar y, en cuanto tenga un poco más de fuerza y me dejes actuar, dejaré el estúpido trabajo ese que has elegido desempeñar y me apuntaré a la especialidad de cirugía: nunca es tarde. Sé que querías ser médico de atención primaria porque creías que podrías salvar más vidas de esa manera, diagnosticando antes que la especialidad en sí misma, derivando a la gente a tiempo. Si el médico de nuestra madre la hubiese mandado antes a dermatología, seguramente no habría muerto. ¡Pero olvídate ya de mamá! Ese recuerdo te encarcela en la tediosa vida que llevas, además, ¿no te apoyaba y alentaba ella para que fueras cirujano? Debes decidir a pesar de sentirte culpable, porque conozco la oscura pregunta que te tortura. Cuando mamá murió estabas en primero de medicina y te fustigas pensando que pudiste salvarla tú mismo. Eres demasiado orgulloso, somos inteligentes, pero no tanto. ¿De verdad creías que hubieras podido diagnosticar su melanoma estando en tu primer año de medicina? Esta duda la construyes basándote en sentimentalismos, nada práctico, y resulta que has sido tan imbécil de decidir tu vida afirmándote en ello. Lo has escondido detrás de ideas razonadas, por supuesto, pero tanto esconder es lo que te ha llevado a mí. Has explotado, amigo.

Con todo esto, me despido. No te preocupes, estoy velando por ti.

Salvador

44

¿Me puedo fiar de mi propia palabra, pero a través de Salvador? Es como si me abofeteara un «yo mismo» más radical, todo esto es demasiado enrevesado como para poder analizarlo. ¿Es que ahora tengo que vivir con él? ¿Es que va a manejar también mi alrededor? ¿Es que tengo que compartir a Natalia? ¿Se puede estar celoso de uno mismo? Que otra persona decida tus actos es el colmo del descontrol, y tal vez por eso me ha pasado, porque ¡ODIO no controlar! ¡Joder!

Aquí estoy, ante la señora Arista, pasando consulta cuando no tengo ganas ni de existir. Pero no debo darle motivos a la policía para que venga a por mí. Bastante tienen. Estuve en el escenario del crimen, no entiendo cómo no me han metido en la cárcel ya. Yo me habría metido. *Pensamiento intruso.*

Menos mal que no falta mucho para la siguiente consulta con Antonio, espero que suceda algo importante. Algo que dé fin a la incertidumbre.

Me falta seguridad, lo que nunca… ¿Y si Salvador sale de entre las sombras para diagnosticar a la señora Arista? Natalia me acompaña como un guardaespaldas, no me deja solo más que para mear.

Ha aplazado sus grupos y consultas para acompañarme como un bastón. No soy quien era, ahora soy una versión inferior de mí mismo. Estoy enfermo.

La paciente tiene un dolor de garganta… la consulta más demandada en atención primaria. En este caso ni siquiera se trata de mononucleosis, una angina de Vincent o una bacteria a la que podría atacar con un antibiótico. Es un virus. Algo para lo que la medicina es impotente, no ha encontrado mucho remedio. Es un proceso, lo sufres y listo. Lo sé porque viene acompañado de un proceso catarral y cierta lesión en la mucosa faríngea, no ha tenido fiebre, no ha tenido un inicio brusco… Mi tratamiento va a ser sintomático. Vamos, caramelitos.

—¿Está seguro, doctor? ¿No es nada grave? —Otra hipocondríaca—. Es que me duele un montón.

Hoy en día, con tanto analgésico, la sociedad no ha aprendido a soportar el dolor. Claro que se conoce que yo no sé soportar el dolor emocional, así que no tendría que juzgar a esta mujer. Soy como ella.

—Tranquila, estoy seguro. —Intento sonreír—. No tiene nada grave, vaya a comprar esto a la farmacia. Vigile que la temperatura no le suba de treinta y siete grados y medio.

Sé que no va a tener fiebre, pero a veces les doy tareas inútiles para que sientan que pueden controlar el proceso. Vaya, otra vez el tema del control. He ofrecido a muchos de mis pacientes una herramienta que es útil para mí, dando por hecho que lo sería para ellos.

—¿Puede explicarme mejor lo que me ocurre? —¿De verdad tengo que explicar a estas alturas de mi vida una irritación de garganta? En fin…

—Mire usted, lo que le ocurre está relacionado con el catarro que…

«¡Mándala a tomar por culo ya!», me interrumpe una voz en mi cabeza. ¡Joder! Creo que es Salvador. Se me para la respiración, no como cuando veo una película de miedo. Del todo. Como si mi cuerpo olvidase que necesitara tomar aire para vivir. Se me contraen los músculos. El terror me inunda completamente. Oír un susurro en tu cabeza no es normal. Se diferencia perfectamente del pensamiento habitual. Es una voz. Otra entidad. Otra persona. ¡Viene Salvador!

La señora Arista me mira y Natalia también. Recobro la compostura a pesar de que el silencio ha durado lo suficiente como para ser delatador. Continúo explicando el dolor de garganta. Rápido. Entre hiperventilaciones disimuladas. Esto debe acabar ya para que Salvador no coja fuerza.

La señora, por fin satisfecha, sale de la consulta y Natalia me pregunta qué ha pasado.

—Estate atenta, creo que él anda por aquí. Déjame coger un vaso de agua y haz pasar al siguiente paciente —le explico.

—¿De verdad te sientes capaz?

—Debo hacerlo. No puedo levantar sospechas y tampoco debo dejar que Salvador me gane la batalla, tengo que aprender a controlarlo. No te preocupes, estaré bien.

Pero no lo estoy. Estoy acojonado. Cada centímetro de mi piel tiembla, como si toda mi esencia vibrara. Alguien que no soy yo mismo anda dándome órdenes. Es mi voz, pero con una sacudida más terrorífica. Fría. ¿Es él quien quiero ser? ¿Un cirujano? ¿Por qué me resisto entonces? Me siento. A respirar. Con la cabeza bajo los brazos, que descansan sobre las rodillas. Como el desequilibrado que soy.

A la vuelta, el siguiente paciente aún no está presente, Natalia no lo ha hecho pasar.

—Manuel, debo advertirte —dice entonces cogiéndome de las manos—, la siguiente cita es por un lunar. ¿Seguro que estarás bien?

—Hazlo pasar. —Me preparo para mi talón de Aquiles. Trago saliva. No podía llegar en peor momento.

Salvador surgió en parte para calmar mi culpa por la muerte de mi madre: si yo era tan listo, debí poder salvarla. Mi madre me acompañó para enseñarme a superar la parte negativa de mi don, pero la parte eficaz no pudo salvarla a ella. Salvar… Salvador… Mi inteligencia no pudo salvarla. Esta consulta es más que perfecta para perder el control y que él coja fuerza. Tendré ante mí a uno de mis peores enemigos, uno que ya me ganó la batalla en una ocasión: un lunar.

Se trata de una mancha en la espalda. Dudosamente cancerígena. Aunque, ¿aparentaba el lunar de mi madre ser cancerígeno? Para más inri, un niño acompaña a la señora Ibáñez en la consulta. Me identifico con él. ¿Y si ese niño perdiera a su madre?

Dudo. Mucho. ¿Me equivoqué al elegir la especialidad por culpa de un sentimiento de culpa? «¿De verdad sigues pensando que pudiste salvarla?». Salvador me invade el pensamiento en forma de ráfaga. Una sacudida que interrumpe mi diálogo interno. Como si se me apagara la cabeza un instante tras una cabezada. Miro alrededor, todo el mundo sigue esperando. Tan solo me he retardado unos segundos, pero mi diagnóstico sigue sin aparecer y la paciente se está alarmando. Ya no tengo preguntas que hacerle. Le he tocado el contorno del lunar demasiadas veces. Estoy bloqueado. He perdido la seguridad para diagnosticar. No sirvo para nada. «Eres igualito que el médico que no diagnosticó a mamá. El mismo tipo de inútil».

—¿Cuántos añitos tienes? —pregunto al niño sin poder esconder demasiado mi inquietud. Mi miedo. Tengo que hablar en voz alta para que Salvador deje de invadirme.

—Siete —contesta la madre por él—. Doctor, ¿es grave? ¿Por qué no dice nada?

«No te esfuerces más. Abandona ya el estetoscopio. ¡Vamos allá donde tu éxito no tendría fin!: la cirugía». Su voz retumba como si viniera del mismo infierno. Áspera y grave. Con fuerza. «En cuanto abres un cuerpo con el bisturí no hay dudas. Ves la enfermedad en pleno esplendor». Para hacer tiempo me dirijo hacia el cajón donde guardo piruletas para calmar a los niños. Natalia me mira asustada.

De vuelta, con la piruleta en mis manos... Me escondo, me oculto en otro lado:

—Señora Ibáñez, no se preocupe usted de nada. Ese lunar no tiene mayor importancia. —«Esta sonrisa no es la mía».

—¿Está usted seguro?

—Deberían dejar todos de preguntar lo mismo. ¡Joder! Vienen al médico para que les digamos qué les ocurre, entonces deberían confiar en nuestro criterio sin hacer más preguntas. Me cansáis —hago un movimiento brusco con los brazos, como si me desprendiera de un líquido que se hubiese derramado sobre mí. Espera... ¿«Hago»? o «Hace»—, sois como burros... no, no, no... déjame explicarlo mejor... ¡No sois más inteligentes que una oveja inmersa en su rebaño! —Sonrío... o sonríe... de manera loca—. Toma, bonito, una piruleta... —dice Salvador.

CONSULTA N.º 6

—Salvador está ganando terreno —le digo a Antonio.

Natalia me espera fuera del despacho. La verdad es que siempre está ahí, se ha mudado a mi casa y comparto con ella todas las horas del día. Sin embargo, me da la sensación de que se mantiene en silencio, distante, como queriendo dejarme espacio. El que realmente necesito. Esta mujer acierta con todo. Aunque a lo mejor lo que realmente ocurre es que estoy tan absorto en mí mismo que ni me percato de su presencia.

—Debes explicarme cómo demonios vas a tratarme, ¿cómo me deshago de él? —pregunto alarmado. Me froto las manos una y otra vez. Estoy perdiendo la tranquilidad a todas horas. Es como si recogiera cachitos rotos de mi tranquilidad por todas las esquinas y los volviera a engullir en un inútil intento de serenarme.

—¿Es lo que quieres? ¿Que se vaya?

—¿Cómo dices? ¡Claro!

—Recuerda que Salvador ha surgido para equilibrar una necesidad y para protegerte de algo que no quieres afrontar. ¿Estás preparado para superarlo?

—¿Y cómo demonios voy a saberlo si no tengo ni idea de qué me está protegiendo?

—En el fondo lo sabes.

331

—Pues no sé cómo llegar al fondo —digo con ironía. Socarronería. Yo qué sé... No tengo tiempo para pensarlo.

—Tal vez podrías preguntárselo a Salvador directamente. Puedes contestar a su carta o dirigirte a él. —No veo posible una situación más estúpida que ponerme frente a un folio en blanco y empezar a escribir una carta para un otro yo. El lenguaje se está quedando obsoleto para describir esta situación, debería haber una Real Academia que concretara una comunicación reglada para los locos, los absurdos, como yo—. No sé si funcionará, pero debes ir integrando y aceptando que Salvador está ahí, no puedes negar su existencia

—¿En qué consiste el tratamiento? —Que se deje de rollos ya.

—No es sencillo. Se debe fomentar la comunicación y colaboración entre las diferentes personalidades, aclarar sus relaciones y para qué han surgido.

—¿Puedo tener más de dos personalidades? ¿Puede existir un tercero? —Uno. Dos. Tres—. ¿Y si el tercero es el asesino? —Se me ocurre de manera alarmante.

—Es posible que tengas más de una, aunque no parece que se hayan mostrado, ¿no? —Me mantengo en silencio. Ya no sé qué más pensar, todo se me va de las manos. Antonio continúa—: En el tratamiento se procura el apoyo mutuo de todas las personalidades. Se conoce que Salvador está dispuesto a protegerte, pero tú no estás aceptando su ayuda.

—¿De verdad te estás poniendo de parte de Salvador? ¡Es el colmo!

—No te pongas celoso. —Lo dice con jocosidad, pero más claro no lo ha podido dejar: estoy quedando en ridículo—. Uno de los pasos consiste en afrontar el trauma que ha originado la disociación de tu personalidad. Desensibilizarse. Si conseguís llegar a un consenso, un acuerdo sobre cómo afrontar el pasado y cómo abordar el futuro, puede que acabéis integrándoos. —*Pensamiento intruso*. Me apuntaré a cirugía, eso sí puede satisfacernos a los dos.

—Ya estás otra vez con lo del proceso traumático. ¿Cómo demonios voy a saber qué fue lo que me ocurrió?

«Yo lo sé».

¡Mierda!

—¡Antonio! ¡Salvador está aquí! Lo oigo. —No quiero que me gane terreno.

—Déjame hablar con él. Nos dará respuestas.

—No pienso permitirlo. No va a vivir mi vida, no va a dirigirla. Debe extinguirse y dejarme el control a mí. Sea lo que sea lo que haya ocurrido, lo superaré. Si he matado, lo superaré.

—Manuel, acéptalo. Él quiere ayudarte. Debéis dialogar, tal vez a través de mí primero.

—¡Joder, Antonio! ¡Que no! ¡Medícame!

—Tendrás ayuda farmacológica en cuanto te citen en psiquiatría. ¿Has pedido la derivación, verdad? —Pensé que esto no iba a ser para tanto. Me daba miedo pedir la derivación. ¿Quién querría que su médico de cabecera o su cirujano sufriera una personalidad múltiple? No puede saberlo nadie. Lo tendré que solucionar solo.

—Sí —miento.

Se hace un escéptico silencio, pero Antonio no insiste en ello a pesar de la evidencia de mi mentira:

—Está bien, hablemos de lo que te cuenta Salvador. No quiere enfrentarte a la situación que ocurrió recientemente, sin embargo te habla de tu madre y de la cirugía. ¿Por qué crees que lo hace?

Algo se me rompe por dentro. Antes de volver a esconderme, me da tiempo de mirar el reloj. Son las siete y veinte. Él cada vez aparece con más facilidad.

—¿Manuel? ¿Estás de vuelta? —Son las ocho menos cuarto. Siento como si volviese de un lugar oscuro, como si perdiera el tiempo. Y no hay cosa que aborrezca más que eso: perder mi tiempo.

—¿Has hablado con él? —Antonio asiente—. ¿Y qué te ha dicho?

—Está algo enfadado contigo. Dice que si no eres capaz de aceptarlo a él, que es parte de ti mismo, no entiende cómo vas a

333

aceptar el trauma que viviste. Sin embargo, está contento con que hayas decidido hacer cirugía.

—¿Acaso conoce todos mis pensamientos?

—No lo sé. Pero desde luego, si él te acepta, estará más presente en ti. No te olvides, en realidad sois una sola conciencia que se ha disociado.

—¿No te ha dado ningún dato útil? ¿Acaso no has podido manipularlo de la misma manera que lo has hecho conmigo en cada consulta? —digo con cierta rabia. ¿Acaso él es más listo que yo? ¿Inmune a las pericias de Antonio? ¿Acaso Salvador nunca acabaría comiendo un bocadillo de chorizo? Algo me dice que sí, que es menos manipulable.

—En cuanto he insistido y le he apretado un poco las tuercas ha desaparecido. Apenas he podido entablar conversación, no está dispuesto a hablar. Pero hay algo que me ha quedado muy claro: si descubrimos lo que ha pasado con las muertes que te rodean, daremos con el acontecimiento traumático. Así que hablemos de ello.

Debatimos durante largo rato e incluso en un momento determinado hacemos pasar a Natalia.

—Por lo tanto —concluye Antonio—, el asesino se mueve por la compasión, cree que está siendo justo y benevolente. ¿Habéis oído hablar de los ángeles de la muerte? —Natalia y yo asentimos.

Lo leí en algún artículo. No soy del tipo de personas que buscan los datos relevantes en Internet, al menos no en cualquier sitio. Internet está repleto de imbéciles a los que les han dado libertad para expresar imbecilidades. Y luego están los otros imbéciles, los que se creen las imbecilidades escritas. Es contagioso. Me tendría que lavar las manos, los ojos y el cerebro después de usarlo libremente, sin protección, sin confrontar los datos. Así que me alegro de que Antonio este aquí para ampliar la información.

—Se trata de un perfil de asesino. Les gusta tomarse la justicia por su cuenta. Deciden qué es el bien y qué es el mal y ejecutan sin vacile su veredicto —añade Natalia—. En este caso, matar al señor González sería el bien porque salvamos a su esposa y al bebé del maltrato, y matar a Enrique y al marido de María Ángeles, también, por piedad.

—Así es. Pero hay más facetas que debéis tener en cuenta. Son asesinos en serie: una vez que empiezan, si no son atrapados por la ley, siguen matando. Comúnmente trabajan como sanitarios, lo que en nuestro caso no reduce significativamente a los sospechosos. El interés patológico por controlar la vida y la muerte los dirige hacia profesiones médicas o empleos parecidos. No tienen por qué ser sanitarios, pueden ser voluntarios, administrativos…

—Como Camino —digo.

—Es posible, pero no lo usual, suelen formarse en aspectos médicos como el uso de la farmacología, o por lo menos tener acceso a medicamentos y otros instrumentos. Generalmente, como he dicho, son sanitarios con cierto cargo de poder y necesidad imperiosa de controlarlo todo.

—Ya estamos con lo del control. Espero que no estés intentando acusarme a mí ni a ninguna de mis posibles personalidades. —«Gracias, Manuel, por salir en mi defensa», dice Salvador. Oculto su aparición, su voz; esta vez no me ha parecido tan desagradable.

—De ninguna manera, déjame continuar. Los contextos en los que se producen estas muertes suelen ser «escenarios perfectos». A veces el asesinato es difícil de reconocer.

—Por eso todas las muertes aparentan ser suicidios.

Antonio asiente y prosigue.

—Hay numerosos casos en la historia, como Harold Shipman, apodado «el doctor Muerte», un médico inglés que fingía que sus pacientes morían por causas naturales. Asesinó por lo menos a doscientas quince personas. También está el caso de Jane Toppan, una enfermera que administraba drogas a los enfermos: admitió que le excitaba quedarse junto a ellos para verlos morir. Incluso hay casos en los que un grupo de sanitarios se han juntado para obrar de esta manera. En Uruguay, en 2012, procesaron a tres sanitarios por la muerte de más de cincuenta personas «por piedad», aunque algunos enfermos no eran terminales.

—Tenemos varios sospechosos: Camino, la señora Bermejo y César. ¿Podrían haberse juntado igual que ocurrió en Uruguay? Todos tienen sus motivos, sus lazos y pruebas incriminatorias —añade Natalia.

—No podemos descartarlo. Os citaré más casos, para que tengáis un perfil más exacto. La personalidad de estos personajes suele ser sádica. Por ejemplo, Richard Angelo inyectaba droga a sus pacientes y corría a socorrerlos, jugaba con el hilo de la vida y la muerte haciendo pasar a sus pacientes por el proceso de reanimación una y otra vez. Los mataba por el simple gozo de poder revivirlos después. También podemos nombrar a los médicos de la Alemania nazi: a Josef Mengele, que trabajaba en los campos de concentración de Auschwitz, o Herta Oberheuser, que experimentaba con mujeres y niños en Ravensbrück…

«¿Cómo sabe tanto sobre ángeles de la muerte?», pregunta Salvador en un terrorífico susurro.

IRRITANTE N.º 1

Camino por la acera a una velocidad considerable. No es que tenga que ir a ningún sitio en concreto, pero tengo que escapar de mis pensamientos. O pensar más rápido, lo que se convierte en un andar más rápido también. Otra vez esa conexión mente-cuerpo inexplicable. Que un ictus influya en tu capacidad motora, pase. Pero que un conflicto emocional te quite el control sobre la velocidad de tu marcha... Es indigesto.

Entonces ocurre: una mujer se pasea lentamente, cómodamente... a sus anchas... por mitad de la acera. A ver... cuando son más de dos personas los que pasean por la acera y están conversando, tiene sentido. Pero cuando una sola persona se cree el rey del mundo, de la acera, y se coloca en mitad, ¡¡¡para que no puedas adelantarla!!! ¿Qué es eso?

—Perdón... ¿Me deja pasar? —digo con una más que evidente aspereza. «¿Vas a pedirle perdón?». Omito a Salvador. Pero la mujer se gira lentamente, muy lentamente, sin mover el culo de mitad de la acera. Me observa durante aproximadamente tres segundos. ¡Tres valiosos segundos de mi vida! Uno. Dos. Tres segundos. Eso es lo que le cuesta llegar a la conclusión de que ocupa toda la acera.

«Oh, Manuel, déjame a mí»:

—Señora, ¿no ve que está en mitad de la acera? ¿No ve que la gente no acostumbra a llevar el paso de rinoceronte que lleva usted? Si tiene problemas de velocidad de procesamiento de la información y sus neuronas no la advierten de que sus pies no solo van lentos, sino que ocupan un carril entero por donde la gente más avispada quiere marchar, vaya a un neurólogo o a un gimnasio, por favor —dice Salvador.

—Y usted vaya a un psicólogo que le trate el estrés. ¡Envidia es lo que siente de mi ritmo de vida!

«Joder qué asco. La verdad es que tu vida aquí fuera es horripilante».

IRRITANTE N.º 2

Ahora tengo que coger el transporte público, el autobús, para ir al trabajo. Antonio me aconsejó que en mi estado no condujera y, aunque Natalia se ha ofrecido a llevarme, no quiero depender de nadie. Sigo valiéndome por mí mismo. A pesar de estar enfermo. Sigo valiéndome…

Venga, no es tan grave. La frecuencia con la que pasa el autobús es razonable. Espero en la parada un buen rato. No controlo cuándo llegará, podría adelantarse unos minutos o retrasarse, como es el caso, así que tengo que estar en la parada con margen de tiempo y perder mi tiempo… Tiempo, tiempo… Mi tiempo es valioso y aquí estoy, andando de un lado a otro a la espera de que otra persona decida ser puntual o no. Pienso en mi coche, ahí guardado en el garaje, con el que podría seguir la secuencia lógica de rutina matutina. Me despierto, me aseo, desayuno, cojo el coche y llego al trabajo puntual. Ahora la rutina es la siguiente: me despierto, me aseo, desayuno, ¡ESPERO SIN HACER NADA! y llego al trabajo antes. Eso cuenta como ser impuntual.

Por fin viene el autobús. Cuando se abren las puertas y veo al chófer me quedo paralizado, repasando las estadísticas de accidentes de tráfico. «¿Vas a delegar tu seguridad en otra persona?». Me sacudo la cabeza, queriendo echar a Salvador y entro en el autobús.

Me pondré en el lado del chófer, ya que en caso de colisión su reflejo automático sería el de protegerse y, por lo tanto, proteger a quienes están tras él. Pero... ¡Pero! Dichoso destino, karma o quien cojones decida por mí las situaciones contextuales. El único sitio libre que queda a la izquierda está cerca de la ventana, y obstaculizando el paso un hombre está sentado en el lado del pasillo. Es decir y me explicaré mejor: hay dos sillas contiguas, y él ocupa la derecha, bloqueando mi paso a la silla libre. ¡¿Esto qué es?! A ver... ¿Qué es? ¿Por qué obstruye mi paso? ¿Por qué no se sienta en la ventanilla y evita que yo tenga que interactuar con él para pasar?

—Perdone... ¿Podría...? —«¿Otra vez con el perdone... Manuel?». Y de verdad, de verdad que intento controlar a Salvador, pero es que el hombre, lejos de deslizar su pandero hacia el asiento de la ventanilla y hacer más sencilla nuestra colocación, se levanta... ¡Se levanta! Y me hace pasar a mí al fondo. En ese momento en el que los dos hacemos equilibrismo sobre una plataforma en movimiento, una situación innecesaria desde el principio, el autobús da un frenazo y el hombre golpea su cabeza con la mía. «Oh... Manuel... Me toca»:

—¿Se siente, bien? —dice Salvador.

—Sí, gracias. Perdone usted.

—Pues se siente bien, ¡pero no se sienta bien! ¿Entiende el juego de palabras? ¿O no le llega sangre al cerebro? Escuche, para ahorrar energía del contribuyente, la próxima vez que tenga un asiento vacío a su lado, ocúpelo para que los demás podamos sentarnos sin tener que saltarlo a usted.

—Ocurre que me bajo en la siguiente parada y no quería hacerle levantarse una vez se hubiese acomodado para su trayecto. De todas formas, ¿por qué no se sienta en uno de los más que accesibles asientos de la fila derecha? —dice con contenido enfado.

—Jamás lo entendería.

«Joder qué asco. La verdad es que tu vida aquí fuera es terriblemente espantosa».

IRRITANTE N.º 3

¡EFECTIVIDAD, JODER!

Abro el lavavajillas y qué me encuentro… ¡El caos! ¡El caos que hace menos productiva la vida! Por favor, existen unas normas lógicas para ordenar un lavavajillas. Al fondo a la derecha los platos hondos, para que cada ranura sea completada. Si un plato hondo se junta con uno llano, crean un espacio que no puede ocuparse. Pues sí, los platos hondos y los platos llanos están revueltos. Los cuchillos… Hay una cajetilla para los cubiertos con cuatro fracciones. No solo por facilitar su colocación ordenada en los cajones, va más allá. Al fondo se dejan los cuchillos… para que al abrir y cerrar el lavavajillas se disminuya el riesgo de cortes. A su derecha los tenedores, que también son algo punzantes, delante en un compartimento propio las cucharas grandes y en el otro los tenedores y las cucharillas pequeñas, que sí pueden ir juntas porque no solo van en el mismo espacio del cajón de los cubiertos, sino porque no sobresalen con el riesgo de cortes. Pues bien, están toooodos los cubiertos revueltos a excepción de los cuchillos, que jocosamente alguien los ha colocado en perfecta conjunción pero en primerísima fila, para que yo corra el riesgo de cortarme las manos.

«Cortesía de la casa… si fueras cirujano jamás pondría tus manos en peligro, pero para ser médico de atención primaria no las necesitas».

CONSULTA N.º 7

—No consigo controlarlo, Antonio —estoy desesperado—. ¡Ha puesto el lavavajillas sin mi permiso!... y no sé cuándo ni cómo me poseyó...

Antonio me observa con serenidad. Se toma su tiempo, incluso para rascarse la nariz.

—¿Qué opinas de Einstein? —dice como si eso tuviera sentido en este momento. ¡¡¿Pero qué voy a pensar de Einstein?!! De adolescente, los demás empapelaban sus habitaciones con pósteres de Maradona, Laudrup o incluso de los New Kids on the Block. Si yo le viera sentido a eso de la decoración, lo habría empapelado con pósteres de Einstein.

—Era un genio.

—¿Cómo tú? —Debería ser humilde. «Responde que sí, joder». ¡Llega Salvador!

—Bueno, dicen que era una persona retraída y rutinaria, afirman que algo obsesivo. Y, por supuesto, muy inteligente. Sí, un genio.

—No has respondido a la pregunta. ¿Te ves reflejado en Einstein? —«Eres un remilgado, Manuel».

—¡Calla! —le grito a Salvador sin control alguno. En voz alta. ¡En voz alta! Antonio tiene la decencia de omitir mi conducta, pero sabe lo que está pasando y sigue esperando mi respuesta—. Puede que sí, que me vea reflejado en él. —¿Estás contento, Salvador? «A medias. Sigues siendo remilgado. Un rotundo sí nos habría hecho más honor».

—¿Entonces, te fías de él? ¿De sus conclusiones?

—Por supuesto.

—Antes asegurabas que no podías controlar a Salvador, que tus intentos no daban fruto: él te gana terreno y aparece sin permiso.

—Exacto. —¡Cómo odio que repitan lo evidente! «Eso es, Manuel… ¡Saca tu rabia! Estás rodeado de imbéciles y no haces nada por evitarlo. Puff… médico de atención primaria… ¿Acaso tienes conductas suicidas? No podías haber elegido una especialidad más contradictoria con tus valores. Eres un hombrecillo frustrado, tal vez me equivocaba, no tenemos nada que ver con Einstein». Acepto que un cuerpo anestesiado sobre una camilla de quirófano no da opción a tener que aguantar charlatanerías. Sus imbecilidades. «Exacto».

—¿Manuel? ¿Qué te hace tanta gracia?

—¿Qué?

—Acabas de reír. De hecho, nunca había visto esa carcajada en ti. —No respondo a eso—. Bien, te decía que tus intentos de controlar a Salvador no están dando fruto. ¿Sabes cuál es mi frase favorita de Einstein? —Por alguna razón, Antonio espera que yo sepa la respuesta. Y por alguna razón, la sé.

—Locura es hacer lo mismo una vez tras otra y esperar resultados diferentes.

45

—¿Qué tal ha ido? —pregunta Natalia refiriéndose a la consulta.

—¡¡Mal!! —Lo he dicho con demasiada brusquedad y eso se ve reflejado en su rostro. No debería tratarla así. «¡Pero qué ñoñadas dices, Manuel!».

Me siento en un banco, con las manos en la cabeza y los codos apoyados sobre las piernas. Parece ser que, cuando una persona no puede soportar más sus pensamientos, su materia gris pesa más de lo normal y necesita apoyar los brazos para poder sujetar la carga física de su propia mente. «¿Cómo va a pesar más la materia gris? ¿Lo ves? Te estás volviendo imbécil. Ahora crees que las emociones inflan el cerebro como un globo de agua que se ha metido en un frigorífico. Espero… Deseo seriamente… que no decidas el campo de la neurocirugía».

—¡Cállate! —Lo he vuelto a decir en voz alta.

—Lo, lo… lo siento, Manuel. —Natalia se separa unos metros. Yo la miro con ojos acristalados.

—No te lo decía a ti. —Ahora las lágrimas recorren mis mejillas.

—¿Salvador? —Natalia vuelve a acercarse y me rodea con sus brazos—. ¿Qué ha pasado en la consulta?

—Antonio ha sugerido que debería dejar de intentar controlar las apariciones de Salvador. Hasta ahora ha sido un auténtico fracaso, la verdad… Cree que debemos dialogar, que debo darle la oportunidad de comunicarse y transmitir su mensaje y que de esa manera podremos llegar a un consenso cuyo resultado sea la integración de las dos personalidades en una misma conciencia. —«¡Venga, Manuel! ¡Déjame salir! Te dejaré mirar… si es que te gustan esas cosas…». ¿Te permites reír?

—¿Y tú qué crees?

—Que intentar lo mismo una y otra vez sin conseguir resultados me hace ser un imbécil. —Natalia sonríe de una manera que me hace sentir algo de paz.

—Eso dice Einstein —añade oportunamente. Tan oportuno que me hace feliz. Es mi alma gemela. Y me besa. Me dejo llevar… cedo el control a… Salvador.

—Eh, eh, eh, Natalia. Si no dejas de besarme así, Manuel se pondrá celoso. —«Le oigo decir».

46

Es curioso que haya sido un factor social el que haya hecho que Manuel me deje tomar el control. ¡Cómo hemos cambiado! «Natalia no es un factor social más. Es diferente». Vale, Manuel, la cuidaré. No sabes hasta qué punto lo he hecho ya. «A qué te refieres?». ¡A lo que ocurrió sobre una lavadora centrifugando…! «¡No vuelvas a tocarla!». Está bien, está bien… Pero deberías ser más solidario conmigo, al fin y al cabo provenimos de la misma conciencia, no lo olvides. Somos un «nosotros». ¿Acaso no dice Antonio que debemos fusionarnos? Dialoguemos entonces, tus intereses son los míos, solo tenemos que aclararnos. ¿Qué me dices? ¿Firmo los papeles? «   ». Interpretaré tu silencio como un sí, para algo me has cedido el control. Mira, amigo, es tedioso tener que aclarar tus titubeos, pero lo haré:

—¿Esto es todo lo necesario para el cese del contrato, Camino?

—Doctor Alarcón, ¿está seguro de querer dejar esto? —Mira, parece que Camino nos tiene en estima al fin y al cabo—. Me refiero… lleva muchos años trabajando en este centro de salud.

—Demasiados.

—¿Cómo?

—Lo que ha oído usted. Demasiados años aguantando esta mierda absoluta.

—Doctor… ¿Qué?

—Hasta la próxima, Camino. Le deseo lo mejor. —Qué bien sienta esta sonrisa burlona.

«Deberías haber sido más amable, Salvador. No olvides que es una sospechosa más y tal vez tenga información que ofrecernos. Ya no lo hará». Manuel, integración… tienes que hablar en plural. No es que debería haber sido más amable, sino que deberíamos ser más amables, ¿entiendes? ¿O hago llamar a un lingüista? Si quieres que nos integremos empieza a usar la primera persona del plural… ¿Y por qué no te olvidas ya de los asesinatos? Te digo que no tenemos nada que ver. Deberías centrarte en estudiar para el examen de acceso a la especialidad de medicina. Preparar el mir y acceder a cirugía. ¿No es bonita ahora la vida? Un tiempo entre libros nos vendrá bien. «   ». Interpretaré tu silencio como una afirmación.

Uy. Antes de marcharme de este centro del horror me quedan dos cosas por hacer. «¿Por qué tú no usas el plural?». Bueno, por el momento no me interesa fusionarme contigo, aún necesitas de mi ayuda, pero no te apures, si sigues mis instrucciones llegará el día. Creo que vamos en buen camino.

Toc-Toc… llamo a la puerta de su despacho y lo hago lentamente, disfrutando el momento, no espero respuesta para entrar. El doctor Costa se encuentra atendiendo a un paciente. Tiene esa estúpida sonrisa de actor de cine que no llego a comprender. ¿Cómo puede ser tan feliz aquí?

—¿Ocurre algo, doctor Alarcón?

—En realidad sí. Explíqueme usted, ¿por qué disfruta de este trabajo?

—¿Le parece que es momento oportuno para hacer la pregunta? —dice señalando a su paciente. Varón, unos cincuenta y cinco años, gesto incesante de contracción facial a causa de un posible dolor agudo. Se sujeta el hombro derecho con la mano izquierda.

—¿Qué le ocurre? —pregunto al paciente.

—Un accidente casero, una estantería… No puedo mover el hombro… —dice contrayendo aún más la cara de dolor. Pero he detectado un pequeño gesto en su abducción de hombro que no encaja… la manera en la que se lo agarra no tiene sentido si…

—Ya veo… ¿es usted diestro? —El hombre afirma.

—Doctor Alarcón. No le incumbe a usted nada en lo referente a mi paciente.

—Sí me incumbe, ya que parece que usted no quiere contestar a mi pregunta hasta que él se largue.

«Está bien, hagámoslo… va a ser genial». ¡Hombre, Manuel! ¡Sigues por aquí! Eso lo hará más divertido. Te dije que te dejaría mirar…

Me coloco tras el doctor Costa y cojo una taza que está sobre su mesa. Tiene un dichoso mensaje feliz: *Al final siempre sale el arco iris*… «Puaj…». Eso es, Manuel… Puaj…

—¿Qué hace con mi…? —Es entonces cuando lanzo, lanzamos, la taza contra el paciente, con brusquedad, de manera inesperada y hacia su lado derecho. Y ocurre lo que habíamos predicho: el hombre, para protegerse y evitar el accidente, extiende el hombro hasta su límite articular sin ningún tipo de gesto de dolor y llega a coger la taza. Podría llegar a ser un jugador de fútbol americano estupendo, pero nunca trabajaría en el teatro.

—¡Milagro! —grito, gritamos, con éxtasis—. Hale, ya está usted curado. —Le doy una palmadita en la espalda al paciente y después me dirijo al doctor Costa—. Estaba buscando la baja laboral.

—¡Váyase de mi consulta ahora mismo!

—No se ponga así, hombre. Tan solo quería saber cómo alguien de su inteligencia puede ser feliz en un trabajo como este, pero ya veo que no es tan inteligente como nosotr… yo. Esta consulta era fácil de diagnosticar con una simple prueba, lo admito, poco ortodoxa. No se enfaden —digo antes de marchar—, la taza no tenía café. Me había cerciorado.

Manuel, ¿estás ahí? Si fuera posible, nos chocaríamos las manos. ¿Pareceríamos imbéciles si me choco la mano derecha con la izquierda? Sé que te estás sonriendo. Y sí, se me está empezando a escapar algún que otro plural. Nos queda una cosa pendiente, un regalo para ti: bajemos a la planta de atención a niños prematuros.

47

A ver… ¿qué te pasa con los bebés? «   ». ¿No quieres contestar? ¿Sigues en proceso de negación? Eso no es bueno para nosotros, para que nos fusionemos. ¿Oyes mis chasquidos de desaprobación? Te diré lo que ocurre, siempre te has escudado en que eres demasiado inteligente para dar una explicación orgullosa a tu incapacidad para relacionarte con los demás. Y por eso te pegas a este cristal cada mañana, para observar a los bebés y desear que alguno sea como tú. Un bicho raro que te acompañe. No lo comprendo del todo, esa necesidad por relacionarte y sentirte querido. No… no me cites a Maslow y su pirámide de necesidades. ¿Para qué quieres pertenecer a un grupo, para qué quieres sentirte arropado si tú eres único y destacado? «   ». Veo que tú tampoco lo entiendes. Sin embargo sientes la necesidad. Tendrás que explicarme para qué el amor, para qué la amistad, el acompañamiento… si es que quieres que nos fusionemos. Estamos llegando a fructuosos acuerdos, has dejado tu horrible trabajo y ¡vamos a ser cirujanos! Pero esta parte de necesidad social… A ver cómo acordamos… «Ahí tienes tu explicación». Oh… qué bonito… viene Natalia. ¿Es ella tu argumento? Como he dicho, te dejaré mirar.

—¿Manuel? —Se dirige a mí con rostro preocupado. Esta chica quiere protegernos, eso es cierto. Yo también quiero proteger a Manuel, en eso coincidimos.

—Dime, vida mía… —digo poniendo morritos.

—Salvador…

—Muy lista.

—¿Has dejado el trabajo? —No lo dice con reproche. Lo dice con curiosidad. Me ha llegado su fragancia, sí que es deliciosa. El olfato es uno de los sentidos más conectados a los recuerdos… Pero son recuerdos asociados a emociones… Qué aturullamiento… Emociones de Manuel, no mías. Es como una jarra de agua fría. O peor, una jarra de agua congelada que cae en un solo cubito gigante de hielo. Me aplasta sin que pueda hacer nada. Ahora que tengo el mando puedo entender mejor las reflexiones de Manuel. Es como si el cuerpo estuviera conectado con la mente para hacer sentir de otra manera… Percibo cosas que desde las sombras no podía… Chorradas… Sigo sin entender la dependencia que tiene por esta mujer.

—HEMOS dejado el trabajo. —Veo cómo inclina con escepticismo la cabeza hacia un lado y con ella su coleta. Sí, su física es admirable. Científicamente hablando.

—¿Manuel está de acuerdo?

—¡Lo está deseando!

—¿Y sabe Manuel que…? —La interrumpo inmediatamente, tapándole la boca con la mano. «¿Qué cojones está pasando? ¿Pero está Natalia implicada en esto? ¿Qué sabéis vosotros que yo no sé? ¡¿Qué me ocultáis?!». Cálmate Manuel, no estás preparado. Confía en mí. «¿Qué habéis estado hablando sin que yo estuviera presente? ¡Salvador, déjame salir! ¡Ya!». Lo siento, amigo, es mi turno. «¡¡¡Natalia!!!».

—¿Está Manuel contigo? —dice ella una vez entiende que debe guardar silencio. Respondo con un gesto de afirmación y, entonces, me agarra del cuello y me besa. Y es un beso que, aunque sienta, no es para mí. Bueno, es para mi otro yo. Para Manuel. Soy el conductor que transmite este cálido suspiro que no me desea y de repente me siento… ¡Siento!… me siento excluido de algo que nunca tendré. Pero aquí soy la personalidad objetiva y racional. Debo mantener mi papel.

351

Para dejarles intimidad, observo la cristalera desde la cual se ve a los prematuros bebés. ¿Cuál de ellos será como noso…, Manuel?

—Me gustan tus besos —dice Natalia. ¿Pero se está dirigiendo a mí? Me sonrío. Es graciosa.

—¿Mejor que Manuel? Entonces también soy el genio de los besos. —Natalia no se ofende, a pesar de ser lo que yo pretendía. Me desconcierta. En realidad se ríe a carcajadas.

—¡Quiero más! —Y vuelve a besarme. Me empotra contra la cristalera de la sala de prematuros. No sé si esto es muy adecuado, pero por eso mismo me gusta. Siento una especie de alegría… Un gozo interno que… ¡Anda! Aquí está la explicación… mi polla se alza, está pensando por mí. Es algo que no puedo controlar, así que supongo que eso de sentir alegría era un daño colateral—. Me divierte tener que adiestrarte en el amor a ti también —dice Natalia observando el bulto de mi entrepierna. Me ruborizo. ¡Me ruborizo! ¡Pero jamás conseguirá que me coma un bocadillo de chorizo! Me largo de aquí inmediatamente.

«¡Si pudieras ver mis lágrimas, Salvador… Ay… ¡qué lagrimones!… ¡De la risa que me ha dado!».

48

—Bueno, bueno, bueno… Nos volvemos a encontrar, doctor Alarcón —Salvador Alarcón exactamente, pero este no lo sabe. A pesar de su mirada inteligente, será como el resto, un imbécil poco perspicaz—. Lo veo cambiado… —¡Joder! Tal vez no sea tan estúpido como creía.

—Dígame —ofrezco al agente Santos.

—Ha dejado su trabajo —dice sin intención de añadir nada más.

—Evidente. —Evidente imbécil. ¡Qué rabia me da que la gente repita lo obvio! Lo diré las veces que haga falta. Aunque antes no lo sentía con esta intensidad. Veía cómo Manuel sufría por ello y me reía desde la oscuridad de su mente de su incapacidad para reaccionar. Pero ahora entiendo por qué Manuel debía ser cauteloso con el agente Santos, me lo dicen los pelos de mi antebrazo, que se estremecen como un gato que intuye el peligro. «¿Ahora te vas a guiar de tus sensaciones, de tu intuición para tomar decisiones? Para eso, déjame salir a mí. ¡¿Qué cojones escondes?! ¡¿Qué es lo que compartes con Natalia?! Ella es mía y no entiendo por qué confiaría más en ti que en mí». No estás preparado, Manuel. Recuerda que aparecí para protegerte. «Te juro que como no me lo digas ahora mismo empezaré a luchar. Me están entrando ganas de pedirle ayuda a gritos al agente Santos, y si tú conseguiste que gritara en voz alta una vez, yo también lo haré… Cogeré fuerzas y no te quepa duda de que él sospechará. Es un sabueso». No nos enfademos… Primera persona del plural, Manuel. Nosotros… pasemos el interrogatorio y hablaremos. «¡El agente Santos te está preguntando! ¡Atiende!».

—¿Se encuentra bien? Lleva un rato ausente. —Sus ojos me miran con detenimiento. Parece un lobo listo para morder. Esto no será tan sencillo. «Te lo dije».

—Sí, lo siento. ¿Qué decía usted?

—Lo que le digo es que su última implicación en nuestra investigación le puso como sospechoso número uno y, ahora, deja usted su trabajo. ¿Tiene intención de salir del país?

—No. Tengo intención de ser cirujano.

—Vaya, enhorabuena, supongo que es un gran paso. ¿Cuál ha sido el detonante que le ha llevado a tomar semejante decisión vital?

—No tenemos respuesta para eso, creo… ¿Se te ocurre algo, Manuel? «Deberíamos admitir que nuestra decisión tiene algo que ver con las muertes, ya que él espera que lo neguemos. Nos está poniendo a prueba, una medio verdad es la mejor manera de mentir». Estoy de acuerdo.

—Las muertes. Me he implicado demasiado con mis pacientes, lo sabe, hasta el punto de hacer mi propia investigación respecto a los asesinatos… Considero que… —Me estoy quedando sin ideas. «Admite que sientes apego por otras personas, admite tus emociones, hazle ver tu parte humana». ¿Mis sentimientos hacia los demás harán que salga de esta situación? ¿Qué sentimientos? ¡No entiendo! ¡No tengo! «Yo sí. Utilizando la primera persona del plural… Nosotros entonces… los tenemos»—. Estoy consternado porque conocía personalmente a las víctimas. No soporto que las personas de mi alrededor, aquellas con las que trato a lo largo de mi vida, aquellas a las que intento salvar, estén muriendo. Veo que me afecta más de lo que creía.

—¿Siendo cirujano no verá incluso más muertes?

—Muertes de cuerpos con los que nunca habré interaccionado. Además, siempre he querido ser cirujano. Los últimos acontecimientos solo han hecho que lo recuerde. Un empujón.

—¿Por qué se hizo entonces médico de atención primaria? —Siento un bolo en el estómago, Manuel. ¿Qué es esto? «¡Ja! A ver si lo averiguas solito».

—Por mi madre. Murió por culpa de un diagnóstico tardío. —«Bien usado, ¿ves su gesto? Ha empatizado contigo». Nos tiene lástima. El bolo del estómago sigue… ¿Voy a vomitar? ¿Es un virus? «La biología pocas pistas te dará…».

—Está bien, pero volveré a preguntárselo: ¿tiene usted algo que ver con las muertes de Pablo González, Enrique Montejo, María Ángeles Hernández y la de su marido?

Una imagen viene a mi mente sin mi permiso. Sin mi permiso porque no quiero que Manuel lo vea. «¿Qué es eso? ¿Qué hace Natalia arrastrando el cuerpo de Enrique?». No estás preparado para esto, olvida lo que has visto. Te cedo el control. Todo tuyo. «¡No huyas!».

—Veo, agente, que ha decidido incluir la muerte supuestamente natural del marido de María Ángeles en la ecuación. Me alegro. Respecto a su pregunta, no, no tengo nada que ver. —Aunque tal vez Salvador sí. O Natalia.

CONSULTA N.º 8

—Salvador no quiere salir —le digo a Antonio, que levanta las cejas como si esto fuera un chiste.

—¿Manuel? —Asiento con la cabeza—. Déjame que lo entienda. Primero intentaste controlar sus apariciones, ¡por nada del mundo permitirías que tomara las riendas de tu vida! Después permitiste que lo hiciera y él te ha devuelto ese control que tú tanto ansías, ese control que has protegido a lo largo de tu vida. Pero ahora… ahora quieres que aparezca.

—El agente Santos volvió a interrogarnos, y cuando preguntó por las muertes de la investigación, una imagen vino a la mente de Salvador, sin su permiso. Obviamente no quería que yo la viera: Natalia arrastraba el cuerpo inerte de Enrique. Tiene mucho que explicarme.

—Pero no quiere.

—Exacto.

—¿Cómo se presentó Salvador la primera vez que os conocisteis?

—Fue en un sueño. Recuerdo exactamente lo que dijo —«Genial, tu memoria eidética va a venir a joderme» ¡NUESTRA memoria eidética!—, se presentó como salvador justiciero de almas en pena.

—¿Y qué te sugiere eso?

356

—Bueno, en un primer momento, por las características piadosas de los asesinatos pensé que podía ser una confesión de mi inconsciente que me señalaba como el asesino. ¡Tenía las manos manchadas de sangre! Me confesaba que en mis momentos de amnesia resultaba ser un homicida… Un verdadero ángel de la muerte.

—¿Sigues creyéndolo? —Se me hace difícil esta pregunta.

—Te parecerá estúpido pero… He conocido más de cerca a Salvador, y no creo que sea un asesino. —«Uyyyy, si me has cogido cariño, Manuel».

—Te has sonreído. ¿Está él aquí?

—Más o menos. Se oculta, pero siempre tiene una coletilla que añadir.

—¿Una coletilla inteligente que te hace sonreír?

—Exacto.

—Jum… Interesante. —¿Qué es interesante? «¿Qué es interesante?» ¿Qué estamos haciendo? «¿Qué estamos haciendo?» ¿Quieres dejar de repetir lo que yo digo una y otra vez? «¿Crees que no lo intento? Joder, ¿no lo ves? Nos estamos sincronizando». Bien. «¡Nada de eso! ¡No estás preparado!».

—¿Qué es interesante?

—Habéis establecido una relación. Él te gusta. Te gusta que haya tenido el valor de encaminar tu sueño como cirujano. Y a él le gusta que valores lo que ha hecho, que se lo agradezcas. Por eso aparece cuando hablas con cariño de él. —«Ñoñadas».

—Él no siente.

—Él apareció para protegerte de un conflicto emocional, para llevar a cabo su función no puede permitirse el sentir.

—Yo soy su alma en pena. Salvador quiere salvarme.

—Debo admitir que tu imaginación no podía haberle puesto un nombre más evidente. —Antonio se permite reírse de mí. Si tan evidente era… «¿por qué no lo supo desde el principio?». ¿Ahora vas a acabar las frases por mí? «¡No puedo controlarlo! ¿Qué nos… me está pasando?». Somos una parejita feliz… de esas que se terminan las frases el uno al otro. «Cabrón»—. ¿Qué es lo que os separa?

—Bueno, yo ya he cumplido mi parte. Le he permitido cambiar mi vocación laboral e incluso he permitido que lanzara la taza del doctor Costa por los aires. Bueno… también ha estado cerca de Natalia. —Te juro que es lo que más me duele—. Lo único que nos queda es esa imagen de Natalia arrastrando a Enrique por el suelo. Ni siquiera sé si es una imagen real o parte de su imaginación.

—¿Natalia tendría la suficiente fuerza como para arrastrar ella sola el cuerpo de Enrique? Cierra los ojos y céntrate en la imagen que viste… —«¡Dile que pare!».

—¡Le estaba ayudando! ¡Joder, Antonio! ¡Salvador le estaba ayudando a llevar el cadáver!

—Volveré a preguntártelo… ¿Qué es lo que os separa? ¿Qué es lo que os diferencia?

—Él es el valiente. Quien lo aguanta todo.

—¿Estás seguro?

—Si mató a Enrique, obró bien. Actuó acorde con mis valores. —«¿Cuáááááááántas veces te tengo que decir que yo no maté a Enrique para que me creas?»—. Pero él sigue negando que tuviera nada que ver.

—Volveré a la pregunta, Manuel… ¿Qué os diferencia? —«Y otra vez».

—Nos estamos hartando de la preguntita. —«¡Muy bien, amigo! Desahógate!». ¡Calla! Creo que Antonio te irrita porque se está acercando.

—¿Nos…? —dice Antonio señalando el pronombre que he utilizado, en plural.

—Bueno, como te he dicho, él es el valiente. Ha conseguido que persiga mi sueño como cirujano.

—¿Qué te impedía hacerlo a ti?

—La culpa. Siendo médico de atención primaria podría evitar que volviera a ocurrir algo parecido a lo que le pasó a mi madre… porque… aún estando en primero de medicina, debí saber que su lunar era un melanoma agresivo… De esta manera me resarcía. —Tengo ganas de llorar. «No te fustigues. Eso era imposible. ¿Recuerdas siquiera que mamá te enseñara el lunar?». Cierto… no… ¡Joder, era objetivamente imposible que diagnosticara a tiempo a mi madre! Jamás llegó a enseñarme el lunar. Gracias, Salvador. De verdad.

—¿Consideras a la culpa una emoción? —continúa Antonio.

—Puede.

—¿Siente Salvador la culpa?

—No.

—¿Siente Salvador el amor que tú sientes por Natalia?

—No. —«Mierda, mierda…». Se está acercando, ¿no es cierto?

—Si quieres saber de qué te protege Salvador, debes concentrarte en su esencia. Él no siente, tú sí lo haces. Te protege de algo que no puedes soportar… Tienes un conflicto emocional que solucionar.

—Como he dicho, él es el valiente. Se guarda la información dolorosa. —Me siento un cobarde. «¡Toma ya! ¿Ves como tengo razón?».

—Lo repetiré… ¿Estás seguro de que él es el valiente? —«   ». Interpretaré por tu silencio que es aquí donde reside la clave…

—Si lo pienso bien… cuando él cogió las riendas se vio obligado a sentir con más intensidad. La irritación de las situaciones cotidianas, la rabia con Camino, el regocijo con el doctor Costa, la necesidad de la empatía con el agente Santos… incluso el amor que transmitió Natalia con un solo beso le hizo sentir la soledad y el anhelo… ¡Se ha fijado en su coleta! —«¿Cómo has llegado a esa conclusión? ¿En qué momento he dado indicios de sentir nada?». Estando en las sombras, como mero espectador de mi vida, se ve todo mucho más claro, ¿sabes? «Lo sé».

—¿Y qué hizo Salvador cuando empezó a sentir?

—Huyó.

—¿Es más valiente que tú?

—No.

49

La clave está en enfrentarme a mis sentimientos, tiene su lógica si Salvador no se permite sentirlos para poder protegerme. Pero apenas estuvo unos días en el poder y ya comenzaba a dudar en su comportamiento. Se vio afectado por los mismos factores a los que debo enfrentarme cada día. Cuerpo y mente se unieron y su percepción cambió, la información que recibía del entorno era diferente. Yo permití cederle el control para cambiar mi vida, seguir mis sueños, y él comenzó a sentir emociones... Hemos llegado a un equilibrio, pero, entonces, ¿por qué no desaparece? ¿Por qué no nos integramos? Está claro, nos queda algo pendiente: el trauma que no puedo digerir. Ante la presión del agente Santos, se derrumbó y dejó escapar una imagen que no quería mostrar. ¿Era un recuerdo? ¿O era una elaboración de su imaginación? Falta una pieza del puzle. «Podemos vivir sin esa pieza, Manuel». ¿Crees que podríamos dejar un puzle sin completar? Ni siquiera permitimos que un reloj quede torcido en la pared. «Debo admitir que la imagen de un puzle semiacabado me irrita. Más que incluso diagnosticar un jodido catarro. Pero seguiré protegiéndote... protegiéndonos». ¿Sigues afirmando que no mataste... que no matamos a Enrique? «Así es, y no necesitas saber más». Si no vas a contármelo, lo hará Natalia. «Para. Respira. Piensa... ¿No crees que podrías estropear la relación que tanto amas? Mira, he llegado a sentir tan solo un pequeño atisbo de esa felicidad, y entiendo por qué a veces te ves obligado a comerte un bocadillo de chorizo y a pasar un fin de semana en una cabañita veraniega del mundo de las hadas y sus polvos mágicos». Pss… «Confía en mí y déjalo estar». No. Eres un cobarde. «Pss…».

Natalia vive en un piso sobre una calle peatonal que suele ser concurrida, un agradable paseo entre tiendas, calles asfaltadas de piedras y farolas decoradas con macetas de flores. Corro a lo largo del paseo, chocándome contra la gente que viene en sentido opuesto, a contracorriente, como siempre he hecho. Tengo que averiguar el porqué de esa imagen de Natalia arrastrando el cuerpo de Enrique mientras unas manos muy parecidas a las mías le ayudaban a hacerlo.

Llamo al timbre y una voz melodiosa me contesta al otro lado. Creo que puedo incluso oler su fragancia… y su… inteligencia. «¡Joder, qué bobadas, Manuel! ¿Cómo vas a oler la inteligencia? Mírate a ver si un tumor está presionando tus nervios olfativos y no te llega la información al cerebro como es debido…». Incluso con la sospecha de que es una asesina, puedo quererla. Entonces, ¿qué es lo que me ocultan? «¿Ahora me ignoras?». Qué va, estaba pensando para mí. «Sí, claro. Como si eso fuera posible ahora para ninguno de los dos».

Observo que tiene un aspecto horrible. «¿Sufre al mismo tiempo que nosotros y por nosotros?». Es probable. Intento besarla, abrazarla… con cautela porque en realidad no sé a qué verdad deberé enfrentarme.

Natalia se aleja de mí dulcemente, apenas unos segundos en los que parece analizar la expresión de mi rostro…

—¡Manuel, has vuelto!

Entonces sí me besa. Salvador, incluso en las sombras lo estás sintiendo.

—¿Qué…? ¿Cuándo… cuándo te ha dejado salir? ¿Salvador se ha ido? —A pesar de su ilusión, tiene unas marcadas ojeras que no la dejan mostrar su luz con totalidad. «Un poeta estás hecho, Manuel... ¡Un auténtico poeta!».

—Él sigue aquí. —Su gesto se contrae y decido ir al grano—. Mira, tengo algo importante que preguntarte. Cuando Salvador estaba al mando, dejó caer una imagen. En ella... bueno... tú... —No sé cómo seguir. «Genial, fóllatela y nos vamos».

—Te lo contaré... —Natalia aprieta mi brazo con fuerza mientras habla, con cierto temblor, es un aviso de su nerviosismo. Me invita a tomar asiento. «¡Déjame salir, Manuel. ¡Te arrepentirás! Todo el trabajo que hemos hecho se irá a la mierda!». Ahora que sé que tú eres el más cobarde de los dos, no me cuesta mantenerte en tu sitio.

—¿Recuerdas las palabras que mantuve en la consulta con Enrique, verdad? Lo que le sugerí... —Natalia continúa su relato. Se le ha quebrado la voz y las lágrimas están a punto de salir—. Insinuarle de aquella manera cómo podía acabar con su vida... en ese instante me sentí muy culpable, pero, cuando estuve a solas en el botiquín, cogí fuerzas. Di un golpe sobre la mesa y lo supe: Enrique quería morir, apenas tenía oxígeno en sangre, se pasaría el resto de sus días en una residencia o en el hospital. Moriría de todas formas, pero en un proceso más lento y agónico. —Se muerde el labio superior y sentencia—: Fui yo quien le ayudó a escapar del centro, para que no se lo llevaran en la ambulancia. No pensaba implicarme más, bastante había hecho ya, pero antes de marchar me suplicó: «Por favor, enfermera, tome mis llaves y venga a casa esta noche. Ayúdeme por última vez». Y encontré el arrojo suficiente.

Natalia vuelve a sorprenderme. Tiene una fortaleza no alcanzable para el resto de los mortales. Y ahora, a su lado, yo soy un mortal más. Entonces, como si me aguijonearan, una oleada de *flashes* de recuerdos confusos, emociones enredadas y calambres me bloquean cualquier emoción. Me estoy poniendo tan nervioso que vuelvo a frotar la herida que tengo bajo el pantalón. La vieja herida de la consulta en la que Salvador se enfrentó a Antonio. Ahora sangra con más facilidad. «Manuel, serénate. Si has decidido llegar hasta aquí, ahora debes cumplir». Pero vuelvo a sentirme como en el cuadro del grito de Munch… «No es momento de derretirse». Tienes razón. Aprieto con más fuerza el pliegue del pantalón porque el dolor de la herida sigue aliviándome.

—Escondí a Enrique en mi casa hasta que la policía dejó de buscarlo. Finalmente lo llevé a su hogar, para que pudiese morir allí, y le dejé un frasco de medicamentos sobre la cama. Sin embargo, dado su estado, con su baja saturación de oxígeno —Natalia llora contradictoriamente serena—, no era capaz ni de subirse a la cama o alcanzar las pastillas. ¡Tuve que dárselas una a una y se atragantaba con el agua cada vez! Fue aún más horrible de lo que había previsto.

—¿Fuiste capaz de arrastrar su cuerpo tú sola? —Natalia duda mucho. Siento como si… «Exacto, me busca a mí, Manuel. Déjalo estar… no le hagas contestar… Admírala por su gran labor moral y… ¡suficiente!».

Pasa un rato hasta que por fin dice:

—Apareciste.

—¿Qué? ¿Estuve en casa de Enrique el día que murió? —Me viene una vaga sensación de reconocer lo que me dice—. ¿Estuve yo mismo o fue Salvador?

—En principio eras tú. No sé si lo recuerdas bien, pero aquella noche fuimos a cenar. Estaba consternada, sabía lo que iba a hacer… A pesar de mi determinación la culpa me ahogaba… bebí demasiado, perdí el control y acabé en tu cama… Me desperté de golpe. ¡Había acordado con Enrique que esa sería la noche! Tuve que escapar a hurtadillas y aproveché mientras dormías. Sin embargo, se conoce que es difícil engañarte, Manuel. Te despertaste, desconfiaste de mí (recuerda que por aquel entonces todavía me tenías en tu tablón de sospechosos) y me seguiste hasta casa de Enrique —a Natalia se le quiebra la voz—, llamaste a la puerta, gritaste mi nombre y me advertiste que sabías que estaba allí. Abrí la puerta y viste a Enrique, viste lo que estaba haciendo. Entonces, tu semblante cambió, como si te hubieses puesto una careta de serenidad. Observabas con pausa: apareció Salvador. Aunque yo no lo supe hasta más tarde… —Natalia emite una especie de quejido de desaprobación.

«¡Manuel, no permitas que me dé un rapapolvos!». ¿Ese quejido era por ti? ¿Está enfadada contigo? Dejo de arrascarme el pliegue del pantalón y la piel—. Pensaba que eras tú mismo, Manuel. Hablamos un buen rato, estabas de acuerdo en que lo que acababa de hacer era lo correcto. Me ayudaste a ocultar las pruebas y dejamos el cadáver de tal manera que pareciese un suicidio. Salimos de allí y me invitaste a dormir en tu casa. Y entonces, bueno, pasó lo de la lavadora. Fue algo mágico, no fue solo sexo. Yo estaba temblando, asustada, no me sentía cómoda conmigo misma, ni siquiera me identificaba con lo que acababa de hacer. Después de todo lo ocurrido, te paraste a observar mi semblante, con detenimiento. Pudiste constatar que estaba desencajada, pero me repetiste una y otra vez que tu deseo por mí había aumentado. Cada beso que me dabas iba acompañado de un «hiciste bien». Y fueron muchos besos.

Me mantengo en silencio. No puedo ni siquiera juzgar lo que está ocurriendo porque me abruma demasiado. Natalia continúa:

—Aquella noche me mirabas con ojos diferentes, como si lo que acabase de hacer fuese algo tan descomunal que nos uniera de manera casi mística. Fue un sexo desgarrador. Pero entonces lo noté: «No pareces tú mismo», te dije. Y Salvador se presentó. —«No te enfades».

—No me lo puedo creer…, Natalia. ¿Cómo pudiste ocultármelo? —«Tampoco te enfades con ella».

—Quería protegerte. Salvador aseguró que el secreto debía quedar entre los dos, porque tú no lo podrías soportar. Me explicó que, aunque en el fondo sí compartías la idea de que Enrique mereciera una muerte digna, nunca te habrías atrevido a apoyar el acto. Entraste en conflicto.

—¿Y confiaste más en él que en mí? —¡Esto es el colmo! Ahora está más enamorada de la disociación de mi conciencia que de mí mismo.

Me duele mucho la cabeza, suelen decir que como si la taladraran, pero en mi caso es más bien como si la deshicieran pieza por pieza. Como desgarrar un algodón de azúcar.

—Quería ayudarte… Por un lado, racionalizaste la situación,

no te querías ver implicado porque eso acarrearía la posibilidad de ir a la cárcel. Por otro lado, estaba esa certeza tuya que quiere construir un mundo con sus propias reglas, la que desearía poder participar de un acto justo y compasivo como el asesinato de Enrique. Ser valiente. Y luego… claro, era yo a quien tenías que delatar si acudías a la policía. Y no lo pudiste soportar. Según Salvador, estabas empezando a quererme y a confiar en mí. Tu bloqueo y conflicto interno dio paso a Salvador, así que guardamos el secreto para mantenerte protegido. Salvador prometió que nunca más tendría que mostrarse. Hasta hace poco, no había vuelto a saber de él y tampoco descubrí en ti indicios de que así fuera.

—¡Conocías mis episodios de amnesia! —le grito.

—Sí, lo siento de veras. Pero insisto, debíamos protegerte. Y lo admito, también quería protegerme a mí misma… Pero las cosas han cambiado, veo que Salvador quiere alzarse y coger protagonismo, ¡iba a confesar! Pero tienes que entender mis dudas. Si te exponía a aquello que no podías aceptar, podrías romperte aún más, tendrías que decidir si delatarme o no, sufrirías con la duda… Te desequilibrarías… Salvador nos protegía a ambos. Esperaba que él supiese mejor que nadie cuándo estarías preparado para saber la verdad. He estado cargando con la culpa todo este tiempo y ni siquiera podía compartirlo contigo, como me hubiese gustado. No se me ha hecho fácil, nunca he llegado a sentirme cómoda con lo que hice ni al ocultártelo. Por mucho que en mi fuero interno creyera que obré bien, en realidad, la triste y cruel verdad es que soy una asesina. —Rompe a llorar. Como si fuera a morir y, a su vez, como si fuera a resucitar, aliviada por poder confesar al fin—. El único suspiro de felicidad lo tenía cuando estaba contigo, porque me llenas de tal manera que incluso soy capaz de quererme a mí misma, aun con la dudosa y terrible decisión que tomé… Todavía me debato, ¿sabes? ¿Hice lo correcto? Creo que jamás podré decidirme sobre esa pregunta, me torturará hasta dejarme seca, sin nutrientes de vida… Jamás volveré a tener el mismo concepto limpio de mí misma. Ahora soy alguien turbio y en el filo de la culpa. ¿Qué soy? ¿Soy una buena persona? No lo creo, me he saltado muchas normas… normas muy importantes. Pero ¿ves? Ahora que lo digo en alto… pienso que obré bien. Enrique lo merecía. Me alegro de poder contártelo al fin. Eres muchas cosas para mí, pero sobre todo te considero mi gran compañero para esta vida, no podía seguir sola… no lo aguantaba más.

No puedo contestar. Por su discurso, Natalia sí tiene un conflicto interno muy revuelto, pero ha recobrado la compostura para esbozar esas últimas palabras, como si fueran tan rotundas que tuvieran el poder de enderezarla y alzarla de su culpa. Me siento como una mierda por no haber podido soportar la verdad, por obligar a Natalia a esconderme semejante secreto para proteger mi sensibilidad mientras ella sufría de esa manera. Aunque también estoy enfadado: me ocultó la verdad y algo mucho peor, la compartió con Salvador. Incluso han hablado de cosas que atañen a mi salud. Estoy confuso, porque uno de esos sentimientos debería eximir al otro, pero no lo hace. A ver… ¿Estoy enfadado con ella o me siento culpable por mi cobarde actuación? Comparto dos percepciones que son totalmente opuestas. «Ya está hecho, amigo. Ahora sabes la verdad, resuelve tu conflicto y no pidas más mi ayuda». ¿Es tu última intervención?

Y otra vez me quedo bloqueado sin ser capaz de explicar lo que me pasa por dentro, sin poder sacarlo fuera. Vuelvo a rascar mi herida. Natalia se enjuga y coge una servilleta de encima de la mesa. En el trayecto, me da un beso salado. Otra vez, como si entendiese mi confusión y mi incapacidad para expresarme, y otra vez sin temer mi enfado. Se aclara la voz y continúa con su relato.

—Salvador no estaba de acuerdo en ayudarme a esconder las pruebas incriminatorias de la muerte de Enrique, sin embargo, obró pensando en lo que tú querrías: que no me pillaran con las manos manchadas de sangre. Él hubiese preferido delatarme y seguir con su vida… o vuestra vida… no sé… ¿Cómo os llamáis?

—Primera persona del plural —digo como un autómata.

—Entiendo… Entonces, con vuestra vida. No creía que nuestra relación mereciera vivir un riesgo como el de ir a la cárcel. El conflicto entre lo que los dos queríais lo desató.

—¿Tienes algo que ver con las demás muertes?

—No. Por eso seguí ayudándote en la investigación.

—¿Y aun sabiendo de Salvador y de mis episodios de amnesia la noche de autos nunca creíste que yo fuera el asesino?

—Así es.

Silencio.

—Y bien, Manuel, ahora que te enfrentas a la verdad, ¿qué vas a hacer?

¿Cómo puedo explicarle a esta mujer que me he enfadado con bravura a la vez que la amo con locura? «¡Un poeta eres! ¡Eso es lo que eres! Un jodido poeta…».

—Natalia… Me he enfadado con bravura a la vez que te amo con locura.

Me besa. Yo la empujo contra el sofá. «Os dejo a solas». Nos desnudamos mientras acaricio su piel de porcelana con delicadeza, tocándola como si fuera la primera vez. Sintiéndola como una mota efímera de nieve que puede derretirse en cualquier momento. Al quitarme el pantalón, Natalia observa mi herida, sorprendida, pero actúa profesionalmente.

—Deja que te cure. —¡A la mierda la profesionalidad! Le quito la ropa interior y hacemos el amor de una manera tan intensa y desgarradora como la herida sangrante que quiere curarme…

Llega la calma, la abrazo y la beso en la frente. No quiero volver a perderla, no quiero volver a ser el cobarde que se esconde tras otra personalidad aún más cobarde para poder ser feliz.

—¿Se ha ido? —pregunta ella, su coleta y sus eternas pestañas sonrientes.

—Creo que sí.

«Qué va… aún estoy aquí…».

CONSULTA N.º 9

—¿Por qué cojones sigue aquí? —pregunto a Antonio.

—¿Estás completamente seguro de que habéis arreglado lo vuestro?

—Sí. Natalia fue quien ayudó a Enrique a escapar del centro de salud, yo lo vi y no supe reaccionar, entré en conflicto, no quería ser cómplice pero tampoco delatar a Natalia, así que Salvador...

Le he contado una medio verdad, no quiero que Antonio se vea en la tesitura de decidir si debe acudir a la policía o no. Puede que entre en conflicto también... ¿Cómo sería el Salvador de Antonio? «Déjate de chorradas y céntrate». ¿Por qué sigues aquí? ¿Qué más escondes? «¡Nada! No tengo ni pajolera idea de por qué estoy aquí!».

—Vaya, me alegro de que no seas un asesino, amigo... —Me da una palmada en la espalda, pero por su semblante intuyo que no se ha creído del todo mi versión. «Cada jodida vez que has intentado engañar a este psicologucho no ha salido bien, ¿por qué iba a ser diferente esta vez?»—. ¿Estás más tranquilo?

—Lo estoy.

—¿Has solventado tu conflicto interno? ¿Apoyas la decisión de Natalia?

—Así es.

—¿No te queda duda alguna?

—Ninguna. Incluso me alegro de que todo esto haya pasado, de que Salvador hubiese aparecido… ¡Voy a ser cirujano!

—¿Y cómo explicas todas las demás noches en las que sufriste amnesia y que son, además, coincidentes con los asesinatos? —¡Cierto! ¡Salvador, me ocultas algo! «Y dale…».

—Él no sabe nada de eso. Puede que se estuviera apareciendo con más frecuencia.

—¿Justamente la noche de autos? ¿Y las pesadillas? ¿Qué te dice eso?

—Él aprovechaba mis sueños para coger fuerza.

—¿Y ahora que le has permitido salir, que por fin seguiréis el sueño de la cirugía y que has procesado ese supuesto acontecimiento traumático —madre mía, no se ha creído ni una absoluta palabra—, Salvador sigue aquí? —«Eso, eso… que te explique por qué cojones sigo aquí».

—Él tampoco lo entiende.

—Entonces queda claro que aún os queda algo por resolver, y lo más interesante, ninguno de los dos sabéis de qué se trata. Me gustaría proponeros algo: la hipnosis. —¡¿La hipnosis?! «¡¿La hipnosis?!». ¡¿Tenemos que ceder el control de nuestra voluntad a otra persona?! «¡¿Tenemos que ceder el control de nuestra voluntad a otra persona?!». No me gusta no controlar. «No me gusta no controlar». ¡Odio no controlar! «¡Odio no controlar!». Vamos a dejar esto de repetir el pensamiento, por favor. Es como si nuestro cerebro tartamudeara. «¡Pero ha dicho la hipnosis!, ¿vamos a cacarear como gallinas si él nos lo pide?».

—¿Vamos a cacarear como gallinas si tú nos lo pides? —Antonio ríe. «Mira cómo se ríe». Ya me he dado cuenta. Cada vez hablamos más cerca y esto empieza a ser molesto, ¿quieres integrarte ya de una vez? «Para mí también es incómodo».

—No… Esa creencia popular —¡creencia popular! «¡Nos compara con el populacho, Manuel!»— es absurda. La hipnosis no es más que un proceso de trance que mediante una sugestión inicial ayuda a reorganizar elaboraciones y procesos cognitivos.

—Ya lo sabía. —«Ejem… ya lo sabía».

—Bien, si estáis de acuerdo, empecemos. Podéis tumbaros… —«Cómo usa el cabrón ahora…» la segunda persona del plural…—. Centraos en la respiración y…

50

Estoy sentado en una mesa que decora una sala de interrogatorios. Frente a mí está Salvador, que se columpia sobre la pata de una silla.

—Buenas noches —me dice—, aquí estamos. Cara a cara. ¡Pero me cabrea soberanamente el no tener ni idea de por qué! —dice dando un golpe sobre la mesa.

—Igual te estás resistiendo. Quieres seguir vivo.

—Yo siempre voy a seguir vivo, dentro de ti.

—Pero sin identidad propia.

—Te equivocas. Tendré la misma capacidad de toma de decisión que tú, que yo ahora mismo, que nosotros. No me da miedo integrarme.

—No me encaja… ¿Por qué querrías compartir nada conmigo? No querrás ceder el control si tú eres un poco como yo…

—Sigo echando de menos un lenguaje adecuado para esta situación —dice jugueteando con sus dedos sobre la fría mesa de metal.

—¡Era yo quien echaba de menos un lenguaje para poder explicar tu aparición!

—Ya ves, estamos mezclando recuerdos. Nos queda poco…

—En todo caso, como decía, si tú eres un poco como yo no querrás ceder el control… ¿Por qué tanto interés en integrarte?

—Aparecí para solucionar un conflicto, y ya está hecho. No tiene lógica que siga aquí. La falta de lógica nos irrita, Manuel.

—¿La falta de lógica…? No te creo… Espera… y si… ¡Quieres fusionarte para poder sentir algo! ¡¿Quieres poder querer a Natalia?!

—Pss… —acaba de admitir con reticencia, como hacía yo en mis inicios emocionales—. Dejemos nuestras diferencias, centrémonos en lo que nos une: nuestra inteligencia. Tenemos que pensar, Manuel. ¿Qué nos queda pendiente? ¿Qué queda sin resolver?

Los dos nos apoyamos sobre la mesa unos segundos. Como en aquel sueño, Salvador parece mi reflejo en el espejo y se mueve a la par que yo. Jugueteamos con nuestros gestos para ver cómo bailamos al son. Me saca la lengua en un gesto feo y me permito reír. Lo imito al mismo tiempo, es algo que no puedo controlar. Es extraño que nos comportemos como niños de diez años en este momento… Hasta que… nos miramos directamente a los ojos. A nuestros idénticos ojos…

—¡Los asesinatos! —gritamos al mismo tiempo…—. ¡Eso es lo que nos queda sin resolver!

—¿Sabes quién es el asesino? —pregunto.

Salvador niega con la cabeza y añade:

—Lo voy a repetir… Hemos batallado contra nuestras diferencias. Creo, amigo, que la clave es que nos unamos en nuestras similitudes para resolver el conflicto. Cada uno tiene sus piezas, y están sin unir —dice mientras carraspea. De golpe, con brusquedad, comienza a toser como si tuviera serruchos que excretar por la garganta.

—¿Qué te ocurre?

—Me estoy quedando sin voz. —Ambos sabemos lo que eso significa. A pesar de querer que desaparezca, ahora siento vértigo en el estómago al pensar que puede marcharse y dejarme solo con mi vida.

—Oh…, venga ya, seguiré siempre contigo —dice con socarronería. Una socarronería que en realidad no siente. Salvador ya no es inmune a lo emocional, tiene miedo y lo esconde en su máscara de racionalidad—. ¡Céntrate! Sabemos más de lo que creemos. Recopilemos. Somos unos genios…

—Lo somos. —Me regodeo. Como lo haría él—. Repasemos cada noche de autos. La primera fue en la que murió el señor González. ¿Dónde estabas?

—Ese día me dejaste surgir en tus pesadillas. Llevaba tiempo intentando presentarme y tú tiempo resistiéndote.

—¿Y qué manera de presentarse es esa? ¿Por qué las pesadillas eran tan sangrientas? ¿Cómo no iba a temerte? —insisto en mis preguntas—. ¿Por qué te sentías o… me sentía… o…?

—Nos sentíamos. —Él acaba la frase por mí, pero tose y excreta sangre. Si en las pesadillas antes sentía terror por él, ahora también lo hago, pero terror ante la posibilidad de que desaparezca.

—Está bien: ¿… nos sentíamos tan satisfechos acuchillando cuerpos, abriendo entrañas, manchándonos las manos de sangre?… ¿Maté yo al resto de las víctimas? ¿O tú?… Digo… ¿Nosotros?

—No. Te lo he dicho una y otra vez, Manuel. Uuuuna y otra vez. —Se atraganta y tose. Pierde salud. Pierde vida. Pierde presencia—. No sé por qué no te fías de nosotros de una puñetera vez. ¡Nunca me arriesgaría a ir a la cárcel por nadie! ¿Cómo iba a matar por piedad? ¡Se puede decir que soy tu mala educación! Pss… era insufrible ver cómo tratabas a los demás en un intento de ser aceptado, conteniéndote las ganas de decirles lo imbéciles que son. Tus comentarios se volvían antipersonales, triviales y vacíos. En tus mejores momentos, eras capaz de manipular a los demás con artimañas, pero siempre mantenías la compostura. Frente a los demás eres un cuadro tenso, rígido… ocultabas tu verdadera esencia porque en el fondo quieres encajar y, escúchame bien, no lo consigues, en realidad te respetan menos que a mí. Se ríen de ti, de lo rarito que eres. ¡De mí jamás se atreverían!

—Anda, no estás en posición de ponerte gallito, tú no puedes asimilar ni una mota de amor sin sentirte frágil.

—Deja ya ese cuento. Lo que importa es que surgí para hacerte libre. ¿No ves lo estúpido que era cómo te escudabas en la muerte de mamá para soportar tu trabajo y cómo contabas hasta Uno. Dos. Tres para ordenar tus rutinas?

—¿Cómo has dicho?

—Tres.

—No. Has dicho Uno. Dos. Tres.

—No tengo fuerzas para estas chorradas. Lo que importa es que nunca mataría por compasión, me importan una mierda los demás. Soy el antihéroe, ¿recuerdas? Eso dijo Antonio de mí. —Se ha sentido herido, eso parece.

—ERAS el antihéroe. —Esboza una especie de sonrisa de alivio. Cómplice—. Me implicaste en un asesinato al ayudar a Natalia a cubrir sus huellas.

—Me vi obligado a pesar de que me costara creer que arriesgarse por alguien tenía algún sentido.

—Cada vez que sales al exterior «te ves obligado». Las cosas no son tan sencillas aquí fuera, ¿verdad? —No encuentra una respuesta o no quiere encontrarla.

—Natalia fue la grieta por donde escapar, mi oportunidad para salir a la luz. Llevaba más de un año esperando un detonante, solo lo aproveché y te protegí hasta que te decidieras.

—Pero, dime, ¿si no los mataste, por qué son mis pesadillas tan sangrientas? —Exijo una respuesta.

—Porque tú eres así. El color de la sangre te atrae, la palpitación de un corazón en tus manos te cautiva y descubrir a la vida funcionando en nuestro interior llama a tu curiosidad. ¿Has observado que todas las pesadillas te invitaban a la cirugía? Para eso sí estabas preparado.

—Más bien me quedé con la parte en que mis manos estaban manchadas de sangre.

—No puedo controlar ni manipular nuestros sueños a mi antojo, requiere su esfuerzo, ¿sabes? Tan solo me concentré en poder salir en ellos. Estabas implicado en un asesinato, eras cómplice, y se conoce que esa era la manera en que tu inconsciente te avisaba.

—¿Y lo de «Salvador de almas en pena»?

—¿Y qué alma era más penosa que la tuya antes de que yo apareciese? Además, siendo cirujano, salvarías miles de vidas, la vida de los pobres imbéciles que te rodean. ¡Y sin tener que relacionarte con ellos, solo con sus entrañas!

—Quieres salvar mi alma —le digo con escepticismo.

—Bueno, algo así. Presumes de ser racional, pero tenías tanto miedo ante la idea de ser un asesino que te has bloqueado y has dejado de usar nuestra privilegiada cabecita, nuestra extraordinaria memoria para resolver los asesinatos… Recopila lo que ha ocurrido, deja de dudar de ti mismo y ata cabos. A ver si entendemos de una vez por qué sigo aquí.

—Lo intento.

—Creías que lo más lógico era que tú fueras el asesino porque hay más preguntas sin contestar y factores contextuales que te relacionan con el crimen, como las amnesias. Pero te estoy diciendo ¡que nosotros no fuimos! ¿Quién fue, Manuel?

—Vale, sigamos con el repaso de los acontecimientos. Entonces la noche que murió el señor González tan solo surgiste en mis pesadillas, no saliste a la luz.

—Exacto.

—Debemos buscar la causa de mi episodio amnésico…

—Yo no fui. —Intenta ser gracioso, pero su quebrada y débil voz no se lo permite. Es trágico—. Pero lo que sea que ocurriese en esa laguna de tiempo hizo que yo empezara a coger fuerzas y a tener presencia en ti.

—¿El alcohol? Me salté mi norma del Uno… del Tres. —Salvador levanta los hombros sin tener respuesta a eso. A lo largo de ese gesto, su figura se vuelve intermitente. Desaparece y vuelve a aparecer como una televisión mal sintonizada. Él no se ha percatado y yo omito lo ocurrido. No quiero asustarlo—. Tenemos claro lo que ocurrió la noche en que murió Enrique. Descubrí a Natalia cometiendo el delito y entonces…

—Aparecí en escena para ayudarte a solucionar el problemilla, pero me volví a ocultar en tus sueños, aunque con más frecuencia e intensidad. Seguía cogiendo fuerzas.

—¿Y en la muerte de María Ángeles? Sufrí un episodio de amnesia mientras vigilaba su portal.

—Bueno, me di una vuelta, pero para comprarte un bocadillo y nada más. Tenías hambre, joder, y tus emociones no te dejaban ver el peligro inminente de una hipoglucemia. Lo admito, también jugueteé un poco con tu móvil… ¿Estabas guapo en aquella foto, Manuel?

—¿Solo te diste una vuelta? ¿No matamos a María Ángeles? ¿Crees que podemos tener una tercera personalidad homicida?

—Mmmm… No tengo el placer de conocerla… y tú tampoco… No lo olvides, yo te daba pistas de mi presencia… Yo te daba pistas de mi presencia… yo te daba… —Salvador se repite como un disco rayado. Está estropeado—. Usemos nuestra privilegiada cabecita. Es lo que nos queda.

Se oye el ruido que hace un viejo reproductor de cine. Entre los dos desciende una mampara de tela que nos separa. Ya no veo a Salvador, pero intuyo que está al otro lado, pensando al mismo tiempo que yo. Resolviendo el rompecabezas conmigo. Las imágenes que se reproducen sobre la pantalla son en blanco y negro. Comienza la cuenta atrás desde Tres. Dos. Uno. Empieza la película. Me mantengo supervisando las imágenes durante más de una hora. Rebobino, acelero, selecciono, grabo… Y de repente, a cámara lenta, surge la siguiente escena: estoy en la consulta con Alfonso, un viejecito arrugado con bastón. Todo esto ocurrió antes de que acontecieran los asesinatos. Era el segundo catarro común de la mañana. Aburridísimo. El catarro se complica porque Alfonso padece una bronquitis crónica. Un griterío nos interrumpe el diagnóstico. En la consulta de al lado un hombre ha caído desplomado y César lo está reanimando haciendo su teatral actuación de héroe.

—¡Eso es, Manuel! —dice Salvador. Cogiendo fuerzas para su escena final—. Un sádico que corre a salvar a un paciente mientras disfruta al observar el hilo entre la vida y la muerte, lo quiere ver morir por el simple gozo de reanimarlo. Sentir bajo las palmas de sus manos el corazón. —Su imagen vuelve a vibrar, tartamudea con el riesgo de desaparecer.

—Estoy seguro de que el propio César provocó el paro cardíaco de ese hombre para después poder salvarlo y ser considerado un héroe.

—Con aquel hombre desplomado en su… en su despacho, seguramente comenzaban sus pericias, sus experimentos como ángel de la muerte hasta que pasó a matar. —Cada vez tose con más dificultad para respirar. Mierda, se ahoga—. ¿Acaso no encaja con el perfil que dio Antonio? Se contonea por el centro de salud como si fuera jurado de la vida, el salvador… Salvador es mi nombre, ¿recuerdas? Nuestro inconsciente acertó más de la cuenta. Cuando ya no esté deberías ir, inmediatamente, al registro civil y cambiarte el nombre de Manuel por el de Salvador.

Entonces ato otro cabo: César dando una conferencia sobre la paliación del dolor… Ese especial interés por cuestiones relacionadas con el dolor y el fin de la vida. ¡Es él!

—¡Es él!

En ese momento Salvador parece recordar algo, se entusiasma y empieza a hablar, pero ya no queda volumen en su voz. Es una película del cine mudo. Lo que dice parece importante y no alcanzo a escucharlo. Se sujeta la garganta con las dos manos, frustrado. Entonces, hace el gesto que haría alguien que llama por teléfono. Con ese gesto está su última comunicación y no la entiendo. Es triste. Finalmente se rinde y niega con la cabeza en un gesto consternado. Sin embargo, tiene fuerzas para lanzarme una sutil sonrisa. Sutil en el gesto, pero es como si me hubiese inyectado toda su fuerza en vena. Le devuelvo la sonrisa justo a tiempo y con una lágrima para él.

Me despierto con brusquedad de la hipnosis. Antonio me observa con extrañeza, pero no puedo contarle nada porque podría implicar a Natalia. Debo hablar con ella inmediatamente.

—¿Lo tienes? —pregunta.

—Lo siento, me tengo que ir. —Salgo corriendo de su consulta.

51

Debo alertar a Natalia. Entre los dos tendremos que decidir qué hacer, es una difícil situación, ya que si delatamos a César, la pondremos en riesgo a ella también. Y bueno, a mí mismo, soy cómplice al ocultar las huellas de Natalia en el escenario de un crimen.

Me dirijo al centro de salud, pensé que nunca tendría que volver. Ahora que ya no trabajo aquí no lo veo tan horrible, lo que no hace que dude ni una sola pizca sobre mi decisión de ser cirujano... Saludo a Camino con una inclinación de cabeza que no me corresponde. Claro, la última vez tuvo que tutearse con Salvador... No la culpo por su rudeza conmigo, incluso se me curva ligeramente una sonrisilla.

—¿Qué haces en el botiquín? —le escucho decir a Natalia. No se está dirigiendo a mí. Le oigo hasta su sonrisa, porque no ha sido una pregunta inquisidora, sino amable y divertida. Como ella.

—Necesitaba un tensiómetro —escucho decir a... ¡César! Me asomo al botiquín y me quedo frente a él, en un careo más propio de una guerra fría que de un combate de boxeo. ¿Cuál de las dos modalidades es más cruel?

Ni siquiera me da los buenos días, no está al tanto de que conozco su identidad secreta de ángel de la muerte, su aspereza es lógica y razonable porque lancé su taza del café contra un paciente suyo. Bueno, la lanzó Salvador… entonces, como he dicho, lancé…

—Natalia, ¿puedes venir un momento? —digo sin poder quitar la mirada de César.

Agarro con fuerza a Natalia para empujarla, obligándola a entrar en uno de los despachos que quedan vacíos. Verla tan cerca del asesino, sentirla en peligro, me ha erizado los pelos de la nuca, los brazos y todas las demás partes de mi cuerpo. ¡Incluso las innombrables! Tal vez mi reacción haya sido algo visceral y brusca, poco sutil, pero es que no puedo aguantarlo más. Tanto disimulo me está matando, ahora soy un hombre más sincero, libre.

—Mierda, Manuel… —responde Natalia horrorizada cuando le explico mi teoría sobre la investigación y el papel de César en ella—. ¡Es mi amigo! —susurra, como si alguien nos pudiera escuchar, y a mi pesar, ya no es Salvador.

Natalia se retira a un lado, se sienta sobre la camilla y apoya las palmas de las manos sobre ella. Me oculta el rostro.

—¿Te queda alguna duda? —pregunto.

—Ninguna. Manuel… tengo una pieza más que completa el puzle… —No solo ocultaba el rostro… ocultaba información—. Hay algo que aún no te he contado… Algo que ni siquiera Salvador sabía sobre la noche que murió Enrique. —Una cosquilla de traición me revuelve el estómago. Salvador reside en esa cosquilla—. César me ayudó…

—¿Con el asesinato de Enrique?

—No. Con su huida del centro de salud —dice Natalia con unas recién nacidas lágrimas, como los prematuros del piso de abajo, crudas—. Y…

Hay algo más, pero en ese preciso momento un estruendo nos interrumpe, proviene del despacho de al lado. Cruzamos por la puerta que une ambas salas. La puerta está abierta de par en par y una maceta que ha caído deja la tierra esparcida por las baldosas como prueba incriminatoria de que alguien tenía muchas prisas por huir. Seguramente alguien que ha escuchado nuestra conversación y ha huido: César. Mierda, mi reacción anterior con Natalia en el botiquín ha sido tan evidente que ha sospechado.

—Tenemos que salir de aquí —dice Natalia con alarma. Me coge de la mano y la sigo.

—¿Y adónde vamos? No podemos acudir a la policía, eso podría incriminarte.

—Y a ti. —De nuevo, entramos en conflicto. Pero esta vez no necesito a Salvador.

—¡Huyamos! ¡Escapemos! Podemos viajar a cualquier lugar. Marchémonos ahora mismo… ¡El mundo es tan grande! —Natalia se atreve a sonreír, de manera simplona, nostálgica. Como si echara de menos los buenos tiempos que morirán.

—¿Estarías dispuesto a hacer eso por mí?

—¿Y por qué no? —¿Y por qué no?

—Cojamos algo de equipaje y nos reunimos en la casa del lago. Después pensaremos qué hacer. No podemos dejar libre a César.

—¡De ninguna manera voy a dejarte sola! Te acompaño.

Entramos en casa de Natalia, ni siquiera cogemos el ascensor, subimos los escalones a trompicones, con la inquietud tirando desde arriba. Natalia busca sus llaves con prisa pero eso no entorpece su habilidad. Me paro a pensar, ensimismado, en ese hermoso detalle, ese que hace a Natalia aún más admirable, hasta que… justo a punto de cruzar la puerta, siento un dolor agudo en la cabeza y caigo al suelo semiinconsciente. Entreabro los ojos. Alguien me ha golpeado. A mi lado, unas manos rudas tiran de Natalia, que es arrastrada por el suelo del pasillo desde la puerta de entrada hacia la cocina. Se resiste y patalea, no la han golpeado como a mí, pero César es mucho más fuerte que ella. César… Ese «alguien» es César.

Me tambaleo intentando levantarme antes de que vuelva a por mí, le costará un tiempo contener a Natalia. Puedo emitir una especie de grito de socorro, pero apenas es audible. Todo el cuerpo me pesa y las cuerdas vocales también son parte de «todo el cuerpo».

César cree que sigo inconsciente y si sigo gritando vendrá a por mí. A pesar de mi estado debo aprovechar para actuar. Ahora mismo, mi mayor aliado es la puerta de entrada. La primera regla para la supervivencia es huir. Sin embargo, hay un factor no biológico que me lo impide: Natalia. No puedo dejar la puerta abierta en el intento de que alguien acuda a salvarnos, porque lo primero que va a hacer César en cuanto vea esa puerta abierta será cerrarla bien cerrada, seguramente con llave. Así que, irónicamente, mi aliado se convierte en mi mayor enemigo, la evidencia de que la puerta está abierta dará a César una pista sobre cómo actuar racionalmente. Por eso, antes de que él tome el control, lo hago yo. Porque ODIO no controlar, y esta vez, es útil. Entre temblorosos gestos, cojo mi tarjeta de crédito de la cartera y la coloco con disimulo sobre el pestillo para evitar que se cierre por completo. Mierda, me está costando más de lo normal, se me cae una y otra vez. Intento centrarme, últimamente he conocido la relación cuerpo-mente en profundidad. Me siento aturdido, pero mi cuerpo ayudará a mi cerebro y mi cerebro a mi cuerpo, si se coordinan. Me paro a respirar… Tranquilo. Fallo unas cuantas veces más hasta que por fin consigo empujar la puerta con cuidado de que la tarjeta no caiga. Esta se retuerce dejando un espacio que lo justo permite disimular la evidencia de que no está cerrada del todo. Queda bloqueada.

Justo a tiempo, César vuelve a por mí… Me abalanzo sobre él con pasos descoordinados, como un torito bravo, y lo alejo de mi artimaña. No se parará a pensar en la puerta porque, para él, está cerrada. Al ser embestido, seguramente crezca su rabia, su orgullosa necesidad de ser el pavito real de este siglo, y sus emociones no le permitirán pararse a pensar con calma y efectividad. Acabo de usar las emociones como arma de lucha… César me noquea sin dificultad, tiene una jeringa en sus manos que inyecta en mi brazo.

Si alguien ahí fuera es algo listo… si alguien que no soy yo, ni Natalia, ni Salvador, las personas en las que he confiado, puede ayudarnos… verá la tarjeta de crédito bloqueando el cierre del pestillo y sospechará que algo ocurre. ¡Joder! ¿Tengo que fiarme de los demás y de su inteligencia para salir de esta?

Mis párpados se levantan con pesadez. Natalia está a mi lado, atada de pies y manos a una silla… la misma postura que tengo yo. Está dormida, también la ha drogado. Pasan un par de minutos hasta que abre los ojos, y apenas lo consigue. Veo cómo César acude con prisa y le toma la tensión. Algo no encaja, no se andaría con tanto cuidado si fuera a matarla.

—¿Por qué a mí no me mides la tensión? —esbozo con socarronería—. Te da igual que yo muera, pero a ella vas a mantenerla con vida… ¿Por qué? ¿La quieres? —Incluso en estos momentos puedo ponerme celoso y, por primera vez en mucho tiempo, digo la verdad tal como la pienso, sin ocultar mis emociones, sin contenerme ni contar hasta tres. Algo digno de Salvador, ahora digno de mí mismo.

César, tras auscultar a Natalia, se ríe con una macabra carcajada.

—Cierto es que la quiero, compartimos la misma visión de la vida y entenderá lo que pueda ocurrirte a ti, no te quepa la menor duda…

—¿Crees que porque ha estado implicada en uno de los asesinatos no te delatará?

—Eso es.

Por fin Natalia vuelve en sí. Me alegro de que este sádico la vaya a mantener con vida.

—¿Qué ha ocurrido? —dice en un susurro.

Entonces se da cuenta de que está atada de pies y manos. Comienza a forcejear, en vano, la droga sigue haciendo su efecto, no tiene fuerzas. Se detiene en sus débiles intentos por escapar para dirigirse a mí:

—Gracias a Dios… Estás bien. —Entreabre la grieta de su débil mirada y esboza una de sus sonrisas, pero el gesto queda diminuto, únicamente lo percibiría alguien experto en ella: yo.

—¿Cómo has llegado hasta nosotros? —me dirijo a César—. ¿Nos escuchaste en la consulta?

—Mira, Manuel, es mejor que te sientes y atiendas. —El pomposo se digna a hablar, con condescendencia y motas de aburrimiento en sus frases. Ya estoy sentado y ¡no por gusto! Como si tuviera opción… y él lo sabe. Por eso se atreve a sonreír—. Natalia y yo nos conocemos desde hace mucho tiempo —no me gusta cómo ha empezado el tema; la voz de César es tranquila y segura, como el maldito controlador sádico que es—, y nos reencontramos este año. Siempre hemos tenido una relación especial. —Carraspea.

—¿Estáis liados? —¿Cuánto temo perderla? ¿Cuánto la quiero como para que los celos puedan apoderarse de mí en este momento?

—¡¿Qué?! ¡¡¡No!!! —dice Natalia medio sorprendida, medio enfadada. Indignada. Parece que eso le ha dado fuerzas. Va despertando. Me avergüenzo, no debería haber dudado de ella y no sé cuánto tiempo de vida me queda para poder quererla.

—No te alarmes, de verdad, nada amoroso   continúa César, aunque algo molesto—. Natalia y yo compartimos una forma de ver la vida semejante, una privilegiada perspectiva que nos diferencia del resto.

—¡De eso nada! —añade Natalia escupiendo rabia—. ¡Pensaba que podía confiar en ti!

—Manuel también creía que podía confiar en ti… Es el ciclo de la vida… ¿No hay nada que quieras decirle?

—Sé que le ayudaste con la huida de Enrique. —Intento ahorrarle las palabras a Natalia y evitar que este imbécil crea que hay secretos entre nosotros… Pero no lo consigo porque se conoce, se conoce… que los hay.

—Manuel, debes entenderlo… —Rompiendo la carcajada irónica de César, Natalia se dirige a mí, claramente consternada—. El día de la consulta con Enrique, César me encontró en el botiquín, llorando, así que le conté lo sucedido. Me dijo que había obrado bien, me llamó valiente…

—En el abrazo de consuelo que le di —dice él relamiéndose. ¡Me hierve la sangre!

—¡Cállate, sucio manipulador! —A Natalia le hierve aún más—. César me animó a ayudar a Enrique. Me sugirió que lo sacara del centro de salud antes de que llegase la ambulancia.

—¿Te ayudó a matarlo también?

—No. —Cada vez que Natalia niega con la cabeza, su coleta se balancea. Sigo pudiendo admirar este tipo de cosas—. Pero ahora empiezo a pensar que en realidad sí lo hizo. Él me empujó, me metió todas esas ideas en la cabeza.

—¿Llegaste a confesarle lo que hiciste? —También se le mueve la coleta cuando afirma.

—Natalia y yo nos vemos con frecuencia. Bueno, me pesa decir que quedábamos más antes de que empezarais a salir. Pero así es el amor… —refunfuña César como un niño perdiendo al parchís—. En aquellas charlas debatíamos sobre todo tipo de cuestiones. Entre ellas, por supuesto, la moralidad de una muerte piadosa.

—Me fue de gran alivio poder hablar de todo eso y en cierta manera César me ayudó a aceptar lo que hice… —dice Natalia—. Ahora veo que tan solo intentaba manipularme, empujarme a hacer lo que hice y relamerse con lo que había conseguido de mí. Fui su marioneta.

Me siento culpable, claro, conmigo no pudo desahogarse porque fui tan sumamente estúpido como para no aceptar lo que vi, y surgió otra personalidad para protegerme de la elección que debía tomar: ¿seguir a mis códigos egocéntricos y salvarme de la cárcel o seguir con Natalia? Y mientras me decidía Natalia se reunía con César para encontrar afirmación. ¡Joder! ¡Cómo me duele no haber estado a la altura de las circunstancias! Natalia encontró apoyo en César y no pudo confiar en mí. Fui el cobarde que siempre he sido y Salvador surgió para ponerme las pilas y cumplir con mi vida y con esta mujer. Pero soy incapaz de admitir mi culpa ante ella y pedirle perdón, decirle algo bonito, porque me duele lo que han hecho. Ella y Salvador, juntos. Ambos debían haberme dado una oportunidad para reaccionar de otra manera.

—¿Y no sospechaste de él?

—Me equivoqué al confiar —dice aún más avergonzada que antes. A esta mujer le avergüenza más errar que mentir, me gusta.

—Creo que a partir de ahora me toca a mí seguir con la historia —dice el pomposo con aire de superioridad—. ¿Alguna vez te has planteado si piensas por ti mismo? ¿O son la sociedad y las reglas impuestas quienes deciden por ti y anulan tu criterio, anulan tu inteligencia…?

—Eres un puñetero narcisista —dice Natalia. Yo no he dicho nada porque creo que en realidad… vamos que… bueno… en fin… las palabras de César me han llegado hondo. Pero hay una diferencia entre nosotros dos, ¿no?

—Soy narcisista porque puedo serlo. Lo merezco. —Madre mía… cuántas veces he pensado yo eso…—. Si reflexionáis un poco, veréis que mis méritos van más allá de haber salvado a una mujer embarazada matando personalmente a su maltratador. También he conseguido, tan solo con el don de las palabras, facilitar que María Ángeles acabará por fin con la agonía de su marido y… por supuesto, empujarte a ti, querida —le dice a Natalia cogiéndola del mentón para observar su belleza. Soy un barco a la deriva impotente ante la inminente inundación de rabia, culpa, orgullo herido y miedo a morir… peor, miedo a perderla—. Ni siquiera necesito estar presente en el escenario de un crimen para lograr una muerte… Piadosa, que no se os olvide.

—Disfrutas jugando con la muerte… de todas las formas posibles… —Natalia se deshace de su carantoña con un gesto brusco—. ¿Confiesas entonces haber matado al señor González?

—Oh… no puedo resistirme a ti, Natalia. —Claro, como yo. Como Salvador. Como seguramente todos los hombres de este planeta, porque ella es perfecta—. No solo confieso haber matado al señor González, sino también a María Ángeles.

—¿Por qué confiesas ahora todo esto? No teníamos pruebas.
—Nos va a matar.

—Me gusta que escuchen mis historias.

—Cierto, siempre te ha gustado pavonearte —escupo.

César hace una pausa y he creído notar un leve gesto de irritación, como si quisiera afirmar mi inteligencia, como si dijera «tus preguntas son las oportunas, Manuel» sin admitirlo.

—Pero no te preocupes, te mataré. ¿Responde eso a tu duda? —dice con el tono que usaría para cantar una canción infantil—. Una de aquellas tardes en las que Natalia y yo charlábamos, ella vino muy alterada, fue mucho antes de que ayudásemos a Enrique a acabar dignamente con su vida… o bueno, a que ella le ayudase… Me contó toda la historia del señor González. La situación de su esposa, el maltrato, el bebé… Estaba frustrada por no poder hacer nada y dijo cosas como «se merece estar muerto», «las alimañas como él no deberían haber nacido»… y entre estallidos de rabia, ella misma aseguraba que el señor González debía morir. Sé que la gente hubiese reconocido al enfado como motivo de esas palabras, pero yo descubrí su tinte de verdad. El deseo de que ese hombre desapareciera de la faz de la tierra era la verdad más pura, y la incapacidad para ejecutar su muerte, la regla impuesta por esta sociedad. Allí comprendí que debía empezar a actuar. Ese día, y ante el relato de Natalia, alcancé la determinación para tomar las riendas. Era responsable, el más indicado para tomar esa decisión.

Natalia se ve horrorizada.

—Te crees un superhéroe, ¿verdad? Un hombre que vio la justicia y el camino a seguir en un momento de lucidez, un iluminado —lo acuso—. No eres más que un asesino. No puedes negarme que ya antes del señor González anduviste jugueteando con la vida y la muerte.

—¿Cómo sabes tú eso? —Lo he inquietado y se ha delatado.

—Dime una cosa, ¿qué fue lo que le inyectaste? —César pone cara de incredulidad—. ¿Qué le inyectaste a aquel paciente de tu consulta que cayó desplomado? Deduje que tú mismo provocaste su paro cardíaco, para reanimarlo ante tu público. Precisamente para sentirte como un héroe… Das asco. ¿Y el congreso? ¿Te especializas justamente en el tratamiento del dolor? ¿A cuántas personas has torturado ya con tus experimentos? ¿Con cuántos has jugado antes de empezar a matar?

—Eres listo… Pero no voy a contestar a esa pregunta.

—No quieres que ella se entere —digo señalando a Natalia. Le importa que ella tenga una buena imagen de él mismo. En el fondo, César es también vulnerable a ella, como yo. Hale, otra cosa más que compartimos.

—Sigamos con mi relato —dice con aire ligero y desviando la conversación—. Me fue fácil acceder a los datos administrativos del señor González y gracias a la historia clínica supe que su mujer no estaría aquella noche, estaba en el hospital, así que decidí actuar. Subí a su casa, llamé al timbre y, al abrir, él ya estaba borracho, lo que me facilitó mucho la tarea. Le administré aire con morfina y lo colgué del pomo de la puerta, para ahorcarlo y rematar la tarea. Pero al salir del escenario del crimen tú me sorprendiste. Me viste exactamente en el portal de la víctima. Me acerqué a ti, también ibas muy borracho. —Me golpea suavemente con el codo en un costado, fingiendo un guiño cómplice—. No conocía esa faceta tuya.

¡Fue la misma noche que me salté por primera vez la norma de las un… Tres copas! Recuerdo la conversación con Jose. Ahora lo veo todo con una claridad sorprendente… Me refiero a la claridad emocional… Fue la desazón que me causaban mis sentimientos hacia la recién conocida Natalia lo que me hizo saltarme la norma, no las preguntas de Jose sobre Daniela.

—¿Por qué no recuerdo nada de aquella noche?

—Eso fue culpa mía —dice con orgullo. Le encanta que todo sea «culpa suya»—. Ese día me preguntaste qué hacía en la casa del señor González. Gracias a tu prodigiosa memoria recuerdas hasta los datos administrativos de tus pacientes. ¿Qué suerte, verdad? —lo dice con ironía. Ese dato no era difícil. Jose salía con Daniela porque su bar estaba en la misma manzana que la casa de esta. Qué predecible es el amor en realidad—. Si tú no hubieses dado muestras de saber cuál era el domicilio del señor González, no habría tenido que drogarte como lo hice.

—¿Qué me administraste?

—Bueno, me aseguré de que no recordaras nada y de que llegaras a tu casa. —Sé de qué cruel droga me habla, los dos somos médicos. Es la misma que usan los violadores con sus víctimas—. Aunque debí matarte. Sí, ahora me cuesta admitir que en aquel momento era un justiciero primerizo y dudoso. Después no diste señales de saber nada, así que decidí dejarte con vida.

—Es un honor. Te lo agradezco de todo corazón —diría Salvador con chulería. Y yo también.

Hay algo que me repugna. Salvador cogió fuerzas en sueños precisamente aquella noche… La droga… Puede que lo que aconteció con Enrique empujara a Salvador a salir a la superficie, pero lo que lo potenció fueron las drogas que César me administró aquella noche. Eran psicoactivos… Bien sabido es que las drogas pueden causar daños cerebrales y enfermedades mentales, un caso típico es el de la esquizofrenia paranoide. A algunas personas una sola dosis de marihuana puede activarles la enfermedad. Tienen cierta predisposición, una vulnerabilidad anterior a padecerlas y la droga es la chispa que necesitan para activarlo todo, y lo que Salvador necesitó. Una vez que empieza… ¡Mierda! César también es el responsable de mi trastorno de personalidad múltiple. No le dejaré ser protagonista. No voy a permitir que se relama.

—¿Acaso no te das cuenta de que ni el asesinato del señor González y mucho menos el asesinato de María Ángeles están justificados? ¡Ella era mi amiga! —grita Natalia con rabia contenida.

Las lágrimas resbalan por su rostro en abundancia. Son tantas que van haciendo nuevos recorridos cada vez que una se desliza por su mejilla—. No tiene nada que ver con lo que hablábamos en nuestras tertulias.

—María Ángeles sabía demasiado. Vino al centro de salud para preguntarme sobre mi implicación en la muerte de su esposo. Lo admití y me dio las gracias. Sin embargo, hizo muchas más preguntas… Intuí que estaba atando cabos y que me estaba relacionado con las otras muertes. —Joder, María Ángeles lo descubrió antes que yo—. En ese momento supe que debía matarla, para protegerme y protegernos, Natalia. Además, no me negarás que estaba sufriendo. La pena y la culpa por lo que hizo con su marido ya la estaban matando. Ha sido un acto compasivo más.

—¡No lo justifiques! Has perdido el norte —acusa Natalia.

—No te olvides: vamos en el mismo barco… Tú eres cómplice.

Natalia me mira suplicante, quiere que la perdone y que la entienda. Y esta vez saldré a apoyarla.

—No es ni por asomo lo mismo. Tú disfrutas con esto, saboreas el poder que te produce decidir sobre la vida de los demás. Natalia actuó por compasión y demostró valentía. —Se me quiebra la voz. ¿Y si no vuelvo a verla?—. Y yo no estuve a la altura de las circunstancias, fui un enclenque y por eso ella tuvo que recurrir a ti. No me lo perdonaré…

—No es culpa tuya, Manuel —me dice ella con cariño, casi con amor. Es amor—. Lo siento, de verdad… yo te he metido en todo esto. Hubiera sido mucho mejor para ti que jamás hubiese aparecido. —Es la mayor estupidez que he escuchado en mi vida. ¡Y mira que he escuchado estupideces! No puedo contestar a eso con palabras, pero le niego con la cabeza y se me escapan unas cuantas lágrimas.

—Ya está bien de tonterías. —César no soporta vernos tan conectados, coge aire profundamente, como presentando lo inevitable, como si hiciese algo rutinario: me va a matar.

—¡Natalia, lo siento! Debí estar a la altura, debí protegerte.

—Ahora no me cuesta hablar, Salvador está conmigo, siendo yo mismo: Manuel. Valientes, los dos.

—¡¡¿Lo vas a matar?!! —grita Natalia entre lágrimas.

—Chsss… —César la hace callar con un poco adecuado tono dulzón—. A ti no va a pasarte nada.

—¡No te dejaré hacerlo! ¡Te delataré!

—No. No lo harás —dice con seguridad. Natalia queda en el más absoluto silencio y después comienza a lloriquear en un susurro.

—No importa que tenga que cumplir mil años de cárcel, si matas a Manuel, ¡te delataré! O tendrás que matarme a mí también. —César se ha puesto triste. ¡Se ha puesto triste! No soporta perder a Natalia. Oh, por favor, ¿qué tiene esta mujer que además ha decidido ser mía?—. He sido una ingenua, pensaba que eras el amigo que creía.

—Y lo soy. ¡Todas las muertes están justificadas! —A César le han dolido esas palabras.

—¡Si eres mi amigo, deja a Manuel con vida! —insiste Natalia.

—No puedo. En estos momentos lo sabe todo. Lo contará sin reparos.

—Y yo también.

—Entonces, no me dejas opción, tendré que matarte a ti también. ¿Queréis daros la manita?

César se ha puesto una nueva máscara, no vacilará ni siquiera ante el amor que siente por Natalia, se dirige hacia sus agujas.

—Manuel, tú primero, a ver si esta princesita se toma su tiempo para pensárselo. Veo a Natalia patalear y gritar:

—¡No lo hagas! ¡No dirá nada! ¡Si te delata tendrá que delatarme a mí también y no lo hará! ¡¡Por favor, no lo hagas!!

César cierra su boca con un trapo porque no soporta nuestra conexión y me va a matar sin dejarme escuchar las últimas palabras de Natalia.

—Morirá con una nota de suicidio en la que admita todas las muertes con todo detalle. Lo dejaremos en su casa y alejaremos las dudas de nosotros mismos. Piénsate la estrategia, Natalia, no querrás acabar como él. Sé racional.

—¡Seré emocional! —Me lo está diciendo a mí.

Intento escapar, escupirle, golpear… en vano. Así que decido que en mis últimos suspiros me detendré a observar la inverosímil coleta de Natalia, que se zarandea como un perfecto péndulo. Es hermoso, y supongo que quería despedirme de ello. Imagino cómo César inyectará la aguja mortal. Aire con morfina. Se acerca… voy a morir. Y… en ese preciso momento, ante mi incredulidad, veo asomar una figura a la luz de la cocina. Esa figura golpea con fuerza la cabeza de César con un objeto que cae hecho añicos. Estoy en *shock*. Natalia consigue escupir su mordaza, pero no logra articular palabra. A mi lado, en el suelo, enfoco con dificultad el objeto con el cual han golpeado a César… es ese jarrón que tenía Natalia sobre la mesa del salón y que guardaba unas flores de goma EVA. Las descubrí en nuestra primera noche de sexo, cumplían su función decorativa sin necesitar cuidados extra como tener que regarlas… Ahora han cumplido una doble función.

—¡Joder, Antonio!

52

No sé describir el gesto de Antonio... ¿Abrumado? No. ¿Está en *shock*? No, eso tampoco es. Observa a César que yace en el suelo y después al jarrón. Lo hace una y otra vez. ¿Angustiado? Tampoco. Se recoloca las gafas y se peina la barba, jugueteando con los dedos. El tiempo se estira mientras ninguno de los tres presentes en la sala dice nada. ¿Está Antonio estropeado? No... no...

Este momento está siendo extraño, como si alguien hubiese conseguido estallar una bomba emocional en la sala y nuestros oídos pitaran y nuestros tímpanos nos hicieran caer en un vértigo inmovilizador.

Un sutil e impropiamente elegante movimiento interrumpe la escena: en la quietud del rostro de César, un hilillo de sangre comienza a deslizarse desde su nariz hasta el suelo.

—¡Comprueba si está vivo! —Por fin consigo reaccionar. Antonio (¿aliviado? No. Eso tampoco es) se acerca, le coge el pulso y niega con la cabeza. Realmente le ha dado bien con el jarrón. ¿Ahora cómo está? ¿Acongojado? No parece. Después busca unas tijeras y nos desata.

—¿Cómo sabías que estábamos aquí? —pregunto. ¿Tranquilo? Tampoco.

—¿Cómo has sido tan jodidamente inteligente como para dejar el pestillo de la puerta bloqueado con una tarjeta de crédito?

—Es la primera vez que Antonio se sorprende de que sea un genio. ¿Está descentrado? ¿Confuso? Joder, no lo sé.

—¡Antonio! ¿Cómo has sabido que estábamos aquí? —repito. Le agarro del brazo, con fuerza. Él parece reaccionar.

—Te escuché hablar, bueno, farfullar, durante la hipnosis y me quedé preocupado. Fui a tu casa, al ver que no estabas supuse que estarías con Natalia.

—¿Y cómo sabías dónde vivo? —pregunta ella reaccionando por primera vez.

—Eres la persona de contacto de Manuel. Rellenó la ficha con tus datos…

Dos… ¡Dos factores sociales son los que me han salvado de la muerte! El primero, el *psicologucho…* y el segundo, mi persona de contacto… ¡Mi persona de contacto! Natalia. Ya no tengo que reflexionar sobre lo equivocado que estaba al menospreciar la necesidad de estar acompañado. Incluso la compañía de otro yo mismo me ha salvado la vida.

Seguimos en una situación comprometida, los tres implicados de alguna manera en un asesinato. Natalia es una asesina. Yo soy su cómplice. Antonio tan solo en defensa propia, pero si ocultamos sus huellas empeoraremos las cosas para él, se hará cómplice también.

—¿Cuánto has oído? —pregunto.

—Nada que pueda hacerme cómplice de nada. —¿Está mintiendo? ¡Está mintiendo! No nos delatará y ha dejado una puerta abierta: ¿entonces, llamamos a la policía? Culparán de todo a César y él no estará vivo para desmentirlo… Natalia quedará libre de sospechas.

¡Ay, la cara que pondrá mi querido amigo…!

EL INTERROGATORIO

—Así que asegura que todas las muertes son responsabilidad del doctor Costa, que los secuestró a usted y a su enfermera... —El agente Santos repite mi testimonio como si fuera un autómata. Está harto de verme implicado una y otra vez en su investigación, cada vez con un motivo excluyente diferente.

—Natalia.

—¿Cómo dice?

—Tiene nombre.

—Claro... que los secuestro a usted y a Natalia y que su psicólogo apareció para salvarlos... ¿Usted iba al psicólogo? No parece de ese tipo de personas... —¿Qué tipo de personas? Tan dignas como yo mismo.

—Antonio. Mi psicólogo se llama Antonio.

—Está bien, está bien... se ha vuelto muy respetuoso. —Se frota la sien con las manos y dice con ironía—: Menuda aventura ha vivido... ¿Tiene usted alguna prueba que cerciore su testimonio?

Hay dos cosas que me torturan. La primera de ellas es qué quería decir Salvador con sus últimas palabras sin voz en aquella sesión de hipnosis que mantuvimos. Ese gesto que hizo... como si llamara por teléfono... Y la segunda es que ya no siento su presen-

394

cia, no me acompaña con sus habituales y acertados comentarios. Aunque a veces irritantes, no les faltaba razón. Salvador ya no me da pistas de su presencia… Ya no me da pistas de su presencia… ya no me da pistas de su presencia… He repetido esta frase tres veces. ¿Por qué tres veces? ¿Es una señal? ¿Una señal de humo de Salvador? ¿Código morse? Ahora está conmigo, así que… Pistas de su presencia…

Mi prodigioso intelecto acude con un nuevo dato. ¡¿Cómo no había atado cabos antes?! Efectivamente, Salvador me dejó tres pistas de su presencia: las horribles pesadillas, una carta encerrada en un libro de cirugía y ¡una foto que hizo con mi móvil del portal de María Ángeles! ¿Era eso lo que me indicaba con su entusiasmada mímica? ¿El teléfono móvil? Los dos teníamos la clave… pero Salvador lo detectó en aquella sesión de hipnosis en la que repasamos el caso antes que yo mismo.

—¡Espere! Creo… ¡Sí que tengo una prueba! —El agente Santos se hace a un lado en la silla, intrigado ante mi nuevo entusiasmo adquirido.

Cojo el móvil y observo con detenimiento la foto que Salvador me dejó. En ella aparece mi rostro, con esa cara de estúpido que me hizo poner en la pose. ¡Cómo le gustaba al maldito dejarme en ridículo! Pienso entre una sonrisilla… Esa imagen antes me producía horror y por eso la había evitado. Creí que era un dato autoincriminatorio que me ubicaba en el lugar de autos la noche del asesinato. Sin embargo, los últimos días la he observado con melancolía… pensando en Salvador. ¡Y ahora mi inconsciente me da la clave, la pista que llevaba días observando sin darme cuenta! Concentro mi atención en la imagen, entonces puedo ver que a través del cristal del portal de María Ángeles se intuye la figura de un hombre que sube las escaleras. Salvador sacó una foto del asesino sin saberlo… Somos listos sin querer. Se nos había olvidado.

Si no estuviera dudando de él, no hubiera podido identificarlo, ni me hubiese detenido en ello, pero ahora estoy seguro: ¡es César!

Seguro que el *software* de identificación de la policía no tendrá problemas. ¡Estaba delante de nuestras narices todo el rato!

Me permito reír y sentirme orgulloso de mi otra persona. De mí mismo.

PENSAMIENTO INTRUSO: ese pensamiento intruso que todos guardamos podría esconder un Salvador.

CPSIA information can be obtained
at www.ICGtesting.com
Printed in the USA
LVHW090240160519
617871LV00001B/14/P

9 788491 392156